记忆坊出品

近在咫尺的你

Accident
for one
Night

南绫 —— 著

江苏凤凰文艺出版社
JIANGSU PHOENIX LITERATURE AND
ART PUBLISHING, LTD

目录 | CONTENTS

楔子
寻寻觅觅
▼

当初。

很多人都会有一些当初，当初当初，总是悔不当初。

危瞳的当初不算太悔，有点儿遗憾，最多的，是模糊……

模糊到每次回想，画面总是支离破碎，没有一次能够完完整整从头演完。

……

那一年那一天的凌晨四点半，她按着胀痛沉重的头，在某个钟点酒店的套房里醒来。

床铺凌乱，到处都是她的衣服。

她掀开被子，从自己赤裸的胸口一路看下去，呆若木鸡……

窗外传来车子发动的声音，她卷着薄被跑到窗前。房间朝南，位于二楼，能清楚地看见凌晨路灯下，一辆黑色车子自酒店门口倒车转弯，箭一般地驶入夜幕里。

她在窗边僵了很久……

那车的速度，简直就跟见了鬼一样！

果不其然，后来看到浴室镜子里的人，连她自己都被吓了一跳。镜中人脸上的深色烟熏妆已全部化开，两只黑黑的熊猫眼几乎覆盖了半张脸。

唇上鲜红的色彩晕开了，变成可怕的血盆大口。再加上要掉没掉的假睫毛，还有金红二色挑染的凌乱长发……镜子里的人跟鬼没什么区别。

她扶镜默哀。

人生的第一次，在一个不认识的地方跟一个不知道是谁的人，甚至连做还是没做她都确定不了。

因为在那张凌乱的床上，并没有落红。

难道只做了一半？

死党之一不负责任地说，估计第一案发现场不是在床上，而是在浴室……

另一死党很负责任地说，不是每个女人第一次都会见红，像她这样长年过量运动和锻炼的人，那层薄薄的膜可能早就自动破裂了……

所以，在那一夜成为记忆的几年里，她始终没弄清楚，那些暧昧激烈的肢体记忆，到底是曾经发生过的，还是只是她疯癫到极点的一场生动春梦？

最重要……最重要的是，那个坐在黑色车子里落荒而逃的男人——到底是高是矮？是胖是瘦？是帅是丑！

是的，除了知道自己喝醉外，整件事的细节她没一样清楚，连对方的长相也不知道，就算是面对面在街上擦肩而过也未必认得出来！

问：想在一座人口千万的现代化大都市找一个跟她有过一夜情的男人有多大可能性？

危瞳答不出来。

在这件事过去五年后，始终寻寻觅觅不得的某人开始朝另一个方向思考——会不会不是男人，而是女人？！

五年之后，故事开始了……

Chapter. 1
办公室动作片
▼

　　作为一位毕业后在社会上游荡了一整年的碌碌女青年，危瞳终于凭借邻居的姨妈的小妹的老公的兄弟这层裙带关系，在凌氏找到了一份适合她的工作。

　　这位大叔是凌氏保安部分组组长，之前凌氏发生"内乱"，一位保安大哥骨折入院，位子空缺，这才让危瞳捡了便宜。

　　她也算认真，去凌氏之前，她在短时间内从各渠道打听了一遍有关凌氏的种种八卦。她想，知己知彼才能百战百胜。

　　据闻，凌氏是家族企业，集团的所有关键位置都被姓凌的掌握了。

　　又据闻，凌氏很大，超级有钱，是城中四大集团之一，主事人却作风低调，从不接受任何采访。

　　再据闻，凌氏内部纷争不断，尤其是"凌太"和凌公子，明争暗斗多年，让人不胜唏嘘。

　　再再据闻，凌氏的女职员个个貌美如花娇艳欲滴，随便拉一个打杂的小妹出来都能参加电视台举办的选秀大赛。

　　再再再据闻，每年都有成千上万的应届毕业生挤破头皮地想进凌氏工作，然而最后录取的只有区区一百人。

……

因为渠道有限，八卦的来源不外乎家里家外那些好友邻居、楼下卖水果、街口收旧货的……

不料霉运当空照，就算她如此敬业，上班的第一个月还是出了事。

事件很简单：她把凌氏的公子给揍了。

后来邢丰丰和苏憧问起这事儿，她觉得完全不能怪自己。那天轮到她值夜班，一组四人，两人蹲点看监控，另两人负责巡视整栋大厦。

凌氏集团大厦有三十层，巡视下来估计要大半夜的时间。这向来是保安部最不受欢迎的工作，轮到的人一般都只坐着电梯上下一回，从不认真巡视。

危瞳上班的这些日子，作为凌氏有史以来第一位女保安，享受到了一众男同事的保护，主要工作就是在监控室看看监控屏幕，给大家买买下午茶，其余时间发呆聊天随意。

这让好动的她差点儿闷出内伤来，现在难得有活儿干自然不遗余力，拿着钥匙卡一层层一间间地细细巡查。

凌氏主要是做房地产项目，城内最有名最奢华的几个楼盘皆是凌氏旗下产品。近几年发展更是迅猛，逐渐进军酒店业和旅游业。

危瞳对这类与自己生活没什么关系的商业信息素来懂得不多，只晓得隔壁阿成哥想买房想了六年，结果却因为年年飙升的房价至今还住在他们那条旧街。

她还记得老爹为庆祝她进凌氏工作请客吃饭那天，她去请阿成哥时，对方那忧愤的表情和语气："凌氏？！你知不知道，就是这个凌氏，弄什么贵族楼盘，开发什么温泉建什么度假酒店，弄得Z城房价连年翻涨！那个叫'清风望山'的高层公寓，居然卖到五万块一平方米！简直是要我们老百姓的命啊！"

多亏了阿成哥的碎碎念，让危瞳对凌氏的了解又有了一个质的升华。

当然，这时的她压根不知道，就在半小时之后，她的人生也将发生质的变化。

说来也巧，保安部的男人们之前没怎么让她做事，危瞳至今在凌氏见到的最大的人物就是保安部部长。其他一概不认识，自然也没人跟她提及凌氏高层某大人物的特殊癖好和习惯……

所以，当二十八层某间办公室深处传来女子隐隐约约的呼救声时，危瞳毫不犹豫地出手了。

她踹开反锁的办公室门，借着电筒的微光和落地玻璃窗外的隐隐月光，清楚地看到沙发上双手被绑、正一脸痛苦地挣扎着的女人，还有衣衫半褪正压在女人身上做禽兽事的男人！

危瞳一巴掌把男人拍了下来……

"浑蛋！是我！"挨揍的某色狼愤怒地吼道。

"打的就是你！"拳打脚踢……

事后，当事人之一询问危瞳在那一刻的心理活动时，危瞳用犹带回味的神情慢慢说道："憋了快一个月，打得真是过瘾……"

某当事人："……"

后来危瞳才知道，她打的人是凌氏公子，那位传闻中和"凌太"明争暗斗多年的凌氏少东——凌洛安。

凌洛安在危瞳面前的初次亮相，委实有些瞎眼……

事实证明，在办公室玩带剧情的"爱情动作片"是不明智的，不仅会危害自身，还会危害到别人。

危瞳被炒了，连解雇信都没收到，在值班的另几位同事赶到事发现场的同时，被脸上青青紫紫的凌公子当场开除……

诡异的是，在被炒掉后的第三天，危瞳再度收到了凌氏集团发来的一封录用通知单，还是原来的工作，薪金待遇也没有任何改变。分组组长琢磨了半天也没弄懂这算怎么一回事。他只知道新的通知单是凌氏某个高层直接下发的，而这位高层的地位显然高于凌家公子。

那天，危瞳捧着通知单复职，笑得眼都没了。

一旁的男同事们纷纷躲避，保安部人人都知道，危瞳的杀伤力不仅限于拳脚，她的笑容更加"可怕"。平日里素净的浅麦色脸蛋一旦笑起来，又可爱又性感，简直明艳得不可方物。可是凌氏规定，公司内部尤其是同组人员不许恋爱，男人们不想跌落深渊，只能纷纷避走。

对于这些背后原因，危瞳不想多做探究，反正工作没丢，她照样在保安部轻松地过日子。

虽然她如此轻松，但组长大叔却轻快不起来，以之前的经验来看，得罪凌氏公子的人没一个有好下场。

这位少爷人长得好看得紧，脾气却坏得很，又任性又跋扈，却偏偏很受女孩子欢迎。不过他从来不懂什么叫君子风度，就算对方是女的，只要他看着碍眼，照整不误。

危瞳的保安工作自此多了些奇奇怪怪的任务，例如连续三夜独自一人巡视整座凌氏大厦；被叫到某部门对着一大箱情书找一封署名为×××的信；在吃饭时接到通知说有工作，而等她整座大厦晃悠下来早过了午饭时间……

到最后直接发展为接到凌公子电话召唤，令她火速赶到二十八楼，可当她在办公室外等接见等了几个小时后，凌洛安才晃着悠闲的脚步从电梯出来，一脸诧异地问她怎么还在这里？

危瞳默了……

危老爹说了，出来打工就是要受气的。反正基本上都是体力劳动，危瞳没其他长处，就是身体素质好，跑跑站站完全能应付。

其间，唯一值得欣慰的是，危瞳第一个月拿到手的工资比实际薪金多了百分之二十，并提早结束试用期，成为凌氏的正式员工。

不用说，这项通知也是凌氏某个高层直接发下来的。那天，她捧着工资单，不禁对那位神秘的高层有了些好奇和感激。

工资是涨了，工作的变态程度也开始与日俱增。

好在凌氏公子目前还在大学修课，并不是天天都在办公室，危瞳总有些喘息时间。

那天是周末，危瞳应两个死党邀约，去野生公园进行两天一夜的露营以作发泄。

近郊的野生公园非常大，时常有厌倦了都市生活的年轻人来露营过夜。上午，当危瞳顶着个大包努力朝露营地所在的山腰爬去时，一旁的邢丰丰和苏憧一起挨过来朝她挤眉弄眼，说旁边有个绝代帅哥已经瞄了她很久了。她们还说，和他一起的那些人一看行头就知道来头不小，光一件运动开衫就足够抵她们三人全部的行囊，绝对是富家子弟！

危瞳回头，那伙人距离她们不远，大约七八个，有男有女，都很年轻。果然有个穿着红色运动装的年轻男人正侧头看向她们这里，他身材挺拔，头发染成棕色，鼻梁上架着副墨镜，举手投足间气质不凡，一看就是有钱人家的公子，连摘墨镜的姿态都格外优美。

对方见她看了过来，桃花眼一瞪，那飞斜的长眉蹙在一起。他的五官出众精致，眼底却流露着不加掩饰的骄傲和嚣张。

危瞳在心里轻轻叹气，看惯了对方在公司里的正装打扮，突然换了身这么休闲的运动装，她起先居然没认出来！顺便小小感叹了一下对方可真是帅到家了，简直像是杂志上的服装模特，甚至可以用美来形容。

邢丰丰和苏憧看得双眼放光，不断推着危瞳想让她上前"搭讪"。

她瞥了她们一眼："他就是凌洛安。"

两人立刻就蔫儿了，开始啧啧感叹，说明明就是个绝代帅公子啊，怎么就这么变态呢，难道是下半身用太多造成脑缺氧了吗？

这句生动而形象的描述是危瞳原创的。创作这句话时，邢丰丰和苏憧正在讨论凌氏公子是当年与她发生一夜情的那个人的可能性究竟有多少。之后危瞳就很粗犷地回了这句话："啧啧，如果一个下半身用太多而造成脑缺氧的傲娇变态是我当年一夜情对象的话，我明天就去东陵寺出家……"

她不想影响自己露营的心情，于是揪着两个女人，避开了。

哪知，最后还是没避掉。

大雨下起来是在半夜两三点的时候，那时所有人都睡着了，山腰的露营地上帐篷不多，除了危瞳和凌洛安两帮，就只有山壁附近的两三帮人。

天气预报里并没有说有雨，这雨来得又突然又大，水开始往帐篷里灌的时候，危瞳醒了，接着便听见不远处的人慌乱叫喊的声音。

她推醒身旁两人，敏捷地跃出帐篷，大雨倾盆而下，虽然是夏末，但这种风雨交加的深夜也让人冷得够呛。

出事的是凌洛安那伙人的帐篷，他们搭的位置离坡地很近，现在所有人都拥在山坡边上，似乎在朝下面喊着什么。

她上前随便找了个人问了下才知道，原来是下雨时几个女生的帐篷漏水，她们想带着睡袋去男生的帐篷躲雨，结果其中一人在黑暗里看不清路，脚下踩空滑到坡地下面去了，现在几个男的正沿着坡救人。

危瞳正要上前帮忙，就听见斜坡处一声欢呼，原来滑下去的女人被连推带拉弄了上来。下着大雨，她看得不是很清楚，只见一个红色身影正在坡下继续推着那个女人。突然一道雷电闪过，眼尖的危瞳瞥见坡下那人脚底借力的石头正慢慢松动，她心下大叫不妙，立刻拉开了那个动作缓慢的女人，俯身探出手臂，一把抓住了那人的衣袖。

雷电中，她看清了对方的脸，对方也看清了她的脸。

凌洛安狠狠地瞪了她一眼，几乎没有犹豫就去甩她的手，企图把她的手指从自己衣袖上剥离。

"你个白痴干什么？"真是个不知好歹的东西！

"不用你帮！别以为来这套我就会原谅你！"凌洛安显然没发现自己已经处于险境。

"你脑子有洞，谁要你原谅！"

"这套我见得多了，你给我松手！"

"你变态！"

"臭女人！你骂谁？"

"就骂你！"

"……"一旁的几只落汤鸡被他们吵蒙了，正发着愣，凌洛安一个使力，结果危瞳的手指没甩开，他脚下的石块却松脱了，他的身体飞快下坠，连带着危瞳一起跌下了山坡。

"臭女人！看你做的好事！"

"变态！早知道摔死你算了——"

落汤鸡们齐齐扑到坡边，只听见对骂的声音随着下坠的两人一路远去，众人面面相觑，目瞪口呆……

去医院的救护车里，危瞳披着毛巾打了个喷嚏，旁边有人鄙夷地嗤笑："活该！"

危瞳余光一瞥，随手将用过的纸巾丢在他脸上。

"干什么？"

"垃圾当然是往垃圾那里丢。"危瞳扬眉。

"你说什么？"某帅哥怒。

"怎么，想打架？"

这句话引起了某人很不好的回忆，片刻沉寂之后，救护车内乱作一团。凌洛安原来只是手臂有擦伤，到了医院却连额头和小腿一起挂了彩。

危瞳处理完擦伤的手背后，只听见一旁的急救处理室不断有叫骂声传来，一会儿说要报警，一会儿说要找律师告她。

她看着自己还在渗血的伤口，开始后悔刚才怎么不出手重点儿，这聒噪的男人，应该直接打昏。

过了一会儿，急救处理室的护士跑出来，四处呼叫凌洛安的家属。他之前同行的几个朋友还没赶到，处理室外就她一个，正当她想上前时，一道修长的身影走了过去。

"你好，我是凌洛安的家属。"声音入耳，危瞳竟有片刻恍惚。

非常优雅的嗓音，声音清晰，带了一点儿磁性，听得人心里酥酥麻麻。从小到大，她所有认识的男生嗓音都是粗犷豪迈的，她从不知道男人的声音居然能好听成这样。

她上前两步，对方正和护士说着什么，男人穿了件烟灰色的西服，里面是白色衬衣，领口微敞，袖口整洁，那衬扣一看就价格不菲。他的侧脸很干净也很漂亮，眉眼异常清俊，薄唇优美。与人说话时，神态淡然，却有一丝温柔，让人情不自禁地将目光专注于他，转移不开。

对方说完，似乎注意到一旁的她，转身朝她走来。

"你的伤口严重么？"男人的视线笼罩过来，那气息也笼罩过来，空气里仿佛有不知名的夜花绽放。

危瞳回神，扬了扬自己的手背："小伤而已，没事。"

"那就好。"他淡淡一笑，正巧这时又传来处理室里凌洛安的叫骂声。他眉头似乎蹙了蹙，危瞳还没来得及仔细看，他已经朝她微微颔首，说了句谢谢，随即转身走向处理室。

谢谢？

凌洛安明明就在骂她，他怎么还和她说谢谢？

等领了药，跟来医院的警察同志简单交代了一下事件经过，已是半个多小时之后。

踏出医院时，天已微亮。

初秋的爽朗空气将她整夜的疲惫一扫而空，她伸了伸手臂，朝最近的公交车站走去。一辆烟灰色的车在她面前停下，车玻璃降下，驾驶座上的男人目色平淡地看着她说："上车。"

危瞳看了眼自己脏兮兮的衣裤，犹豫不决，对方却再次道："上来吧。"

她长这么大，第一次坐陌生男人的车，车内是胡桃木色的装饰，空间很大，脚下铺着米白色的地毯。她有些不好意思地缩着脚，旅游鞋实在太脏，把地毯都踩黑了。

"没关系。"他明明在开车，却似乎看到了她的细小动作，"去哪儿？"

半夜出意外后，她的行囊已经由邢丰丰和苏憧一并带走，那两人现在应该已经到她家里了。危瞳报了地址，车子很快驶入车道。

时间尚早，路上基本没什么车，玻璃隔绝了风声，车内很静。

"洛安额头和腿上的伤是你弄的？"对方突然开口问道。

"对，是我弄的。"危瞳眯起眼，该不是要兴师问罪吧？

"怎么弄的？"他凝视前方，并没有生气的迹象。

"我们打架，他打不过我，自己摔着了。"

"他打不过你？"男人优雅的唇似乎弯了弯，危瞳不禁怀疑是自己看错了，然而他接下来却说，"不错。"

"……"这人真是凌洛安的家属？看他的年纪，应该三十岁不到，莫非是他哥哥？可她之前并没听说凌氏另有一位公子。

"没必要担心。虽然在公司他是你上司，但这是在私人时间发生的事，我不会兴师问罪的。"

"你是他哥哥？"

男人微微抿唇，没有回答。之后车内又重新陷入沉默，危瞳靠着柔软的椅背昏昏欲睡，不知不觉车子在一条老旧的窄街外停了下来。

"不用开进去，里面太窄，车子不能进。"危瞳很有礼貌地跟他道谢，他朝她颔首，似乎又想到什么，开口说道："好好工作，凌氏从不会亏待有能力的员工。"

危瞳很收敛地"哦"了声，目送车子离开。

走进老街没几步，就被邢丰丰和苏憧一左一右逮住："刚刚那是谁啊！那车一流哦！"两人揪着她，非要她交代。

"那只变态的家属。"危瞳当然知道那车子一流，2008款的宾利欧陆GT SPEED，三厢六档手自动一体，官方报价438万的豪车。所谓低调的奢华，一般不懂车的人根本想象不到这个价格。

这天，两个死党一边感叹着凌氏果然是个好地方，一边照旧去她家骗吃骗喝。

周一上班时，组长大叔递了个信封给她。

"又炒我？"凌家公子不仅变态，还很小心眼！

"不，是调职。"组长大叔用怜悯的眼神看着她，身旁其他的同事也同样以同情的目光看着她。

"调去哪里？"危瞳眯起眼。

"调去凌公子身边。"组长大叔把信封递给了她，"从明天起，你就是凌公子的私人保镖了，无论他来公司，还是去学校，都要跟着……"

"呃……"

据说，现年二十三岁的凌家公子目前正在Z城X大经济系读四年级……

正常来说，读到大学四年级基本就没什么事了，反正该修的学分都已修足，剩下的只有实习和玩。

但从危瞳手上这份资料来看，这位凌公子的学业并不轻松！如果这最后一年不好好地努力，恐怕真的会毕不了业。

资料往下看，是凌公子的日常作息时间和常去的玩乐场所：高尔夫俱乐部、私人会所、桌球俱乐部、酒吧……基本上不到凌晨不会回家。

而组长大叔告诉她，她的首要任务就是让他每天能在半夜十二点之前回家。当然，作为她加班加点的回报，她的工资也会再度增长百分之二十，而且工作日仍是周一至周五，周末两天她可以休息不必管凌洛安。

即便如此，危瞳仍觉得任重而道远。

收到新任务的当天傍晚，危瞳在公司外的路上看到了熟悉的烟灰色宾利，车窗降下，车内的男子朝她颔首："上车。"

危瞳不觉得意外，早前就从八卦知道凌氏是家族企业，他既然是凌洛安的家属，当然也在这里工作。

"回家？"他淡淡地看了她一眼，黄昏的光晕里，清俊的眉眼风情如画，却又淡薄如雾。

危瞳点点头。车子启动，还是跟上次一样，车内静得什么声音都没有，连她的呼吸声都特别惹耳。

"凌老板。"没几分钟，受不了安静的她还是开口，"凌公子真的需要一个贴身保镖吗？"

"你知道我是谁？"男人反问。

"我也只是猜猜。上次你让我好好工作，回头我就收到了调职命令。"

"既然是命令，那你应该知道，需不需要你不用考虑。你只需把工作做好。"他的声音仍旧优雅富有磁性，危瞳却分明感觉到一种不容拒绝的气场。

"新的工作要求和待遇你应该知道了，具体细节在后面，自己看一下。"他示意她翻页。

危瞳又埋头去看。

所谓私人保镖，就是从他出门开始跟着，跟着去学校或公司，跟着吃饭，跟着下午茶，跟着晚餐以及后续的所有活动。把对方的一切行动以及行动对象记录在案，并定时汇报凌公子一周的活动记录。

不用说，汇报对象一定是她身旁这位家属先生。

除增长的薪金外，上面还注明工作日的车费以及餐费都可以报销，不得不说，这待遇相当优渥。

"每周六下午，我会在公司旁的乔安会所三楼。"

危瞳想，他这应该说的是每周汇报的时间和地点，她怕自己忘记，想找笔记下来。结果翻了半天包都没找着笔。

"用这个。"一旁的男人递来一支钢笔，银色的外壳，触感光滑微凉。他的手很大，骨节均匀漂亮，手指修长，肤色偏白，非常好看。

"你两周来一次就可以，从这星期开始。如果哪天我不在，会提前通知你。"见她记完，他又开口，"还有其他问题吗？"

"有。"危瞳转头看他，"为什么找我做这工作？"明知道凌洛安看她不顺眼，天天整她，这么一来不是恰好给了他一个机会变本加厉继续整她，天天整，往死里整……

男人的薄唇轻轻提起微毫，笑容虽淡，但眸底却染上了几分发自内心的笑意："因为他打不过你。"

"呃……"真是好答案，她是不是该鼓个掌？

这天凌洛安上午在学校有课，于是早上八点，危瞳便出现在了凌家大宅外。她报上名字后黑色大铁门缓缓打开，她沿着车道一路走进去，正巧看见凌洛安在取车。

两三天时间，他的伤还没完全好，额角和手臂还贴着OK绷。

一见到她，那种跋扈嚣张本能似的一涌而出，颇有点儿凶狠和不解地看着她。

估计这事他还不知道。

"早！从今天开始我负责你的安全问题，如果给你带来不便，请不要介意。"危瞳语调平整，像在背书。

"神经。"他瞪她一眼，转身跳上座驾，拉风的红色小跑车飞快启动，像离弦的箭一样"嗖"地一下就没影了。

危瞳工作的第一天，被"工作"甩了……

好在凌洛安的行程她都清楚，一个小时后，她便在X大某教室外找到了里面熟悉的身影。

凌洛安这两天都有课，她估计也得在学校里过。时间并不难打发，她本来就好动，一个人也能蹦跶。她计算着凌公子下课的时间，去操场跑了两圈，后来看见有人在打篮球便在一旁看了起来。

上午一切顺利，可惜凌洛安很快就发现了危瞳的存在，午饭后开始和她打游击，在校园里开着他的小跑招摇过市。可怜的危瞳只追到一排尾气，于是下午她改变了战略，开始贴身跟踪。

提问：一个打架打不过她的纨绔公子能否跑过她？

危瞳靠在红色小跑上，看着面前气喘吁吁的人，有点儿兴奋地问："还跑么？刚刚算是热身，现在正式开始？"

"……"

"其实我也不愿意这样跟着你，这只是工作，你忍耐一下吧。"危瞳收紧五指，很认真地看了看自己的拳头，"况且，沟通就能解决的问题我也不想用暴力解决啊！打架也挺累人的……"

"……"

这一天，凌家公子被制得死死的，晚餐后他本来约了其他几个哥们儿带美眉去俱乐部打牌，可身后多了个危瞳自然不可能尽兴。在其他几个哥们儿一再八卦询问那个不远处始终用专注敬业的目光看着他的女人是谁时，凌洛安怒气横生，搁下美女和兄弟，走了。

这晚，他破天荒在十点多就回了家。

这晚，凌公子失眠了，他翻来覆去许久，最后拿起手机开始打电话。

次日，危瞳在某条僻静的街角遭到围攻。

大白天的，几个男人突然从角落闪了出来。原本一脸不爽的凌公子很随意地伸了伸懒腰，走到一旁靠在墙上，满脸看好戏的嚣张神态。

危瞳数了数，对方一共五人，个个人高马大，正不怀好意地看着她，并且步步逼近。

"凌少，你这个保镖长得不错嘛，胸是胸腰是腰的，肤色还这么性感，你就真舍得？"对方笑得很放肆。

凌洛安低头笑了笑，将墨镜取下，美美的桃花眼显示出他此刻的好心情。

同一时刻的危家。

危老爹正被一群五大三粗的男生包围着，据说昨晚他们家瞳瞳将近十一点才到家，他们正八卦地询问危老爹瞳瞳是不是交了男朋友，却被告知只是新工作的要求而已。

男生们听了个大概，都觉得凌家公子很嚣张，应该很难对付，估计他今天会耍一点儿小手段。

某人猜：金钱利诱！

立刻有人反驳：应该是男色诱惑！他们家瞳瞳素来对钱没概念，倒是对男人挺那个什么的……

另一人猜：表面谈和，背地从男厕落跑！

第三人猜：宅家，干脆哪里都不去！

……

大家七嘴八舌地猜完，有人总结：以上各项都可以使用，只要别笨到学电视里找人围殴就行！他们跟危瞳混了这么多年，每次就算吵架也只敢迂回作战。

理由很简单，因为打不过。

别说是三四个围攻，他们的最高纪录是十一人齐上，结果惨遭滑铁卢，养伤养了好几天……

此时那个僻静的街角。

五个男人已被放躺在地，凌洛安脸色铁青，危瞳松了松手指，一脸不高兴："都说打架很累人的，害得我早餐都消耗掉了。凌洛安，请我吃午饭！"

"……"

转眼到了周末，第一次的工作汇报不能马虎。周六下午，危瞳吃过午饭，早早去了乔安会所。

这是家大众会所，面向所有人开放，只是价格贵得离谱，来去就只有一些消费得起的熟客。

三楼几乎没人，偌大的厅堂显得有些空旷，非常安静，将外界的一切喧嚣都隔绝开来。

那人就坐在窗边座位的外侧，午后的阳光透过玻璃静静洒落。他的黑色西服搁在右手边的座位上，仍然是白色衬衣，领口微敞，衬扣完整地扣好。桌上搁着一台小小的笔记本，左手边是一杯咖啡，旁边还有两块装在盘子里的蛋糕。

他注视着屏幕，右手不时地敲打一下键盘。阳光落在黑色的玻璃桌面上再折射到他脸上，他的脸孔漂亮得有点儿不真实，眼神依旧很淡。

细细看来，其实他和凌洛安在五官上有一点儿相似。同样线条完美，气质卓然。不同的是，一个美得很嚣张，一个却美得很内敛。

危瞳摘下贝雷帽，先恭敬地说了声您好，随后便将记录着凌洛安一周活动的笔记本递了过去。

他头也没抬，接过笔记本搁在一旁，说了句："坐。"

危瞳在他对面坐下，等着他看。结果等了半小时，他仍旧在忙自己的事。她有点儿坐不住了，挪了下屁股，对方立刻觉察到。抬起眼，视线轻轻落在她身上："不喜欢咖啡？"

她愣了愣："我以为这是你的？"

"我的已经喝完了，这杯是给你叫的。"他将咖啡朝她推了些许，"如果喜欢，蛋糕也可以吃了。"

蛋糕很可口，咖啡很香醇，阳光晒在身上又暖又舒心，她的心情顿时好转。

就这么过了一个多小时，他终于合上电脑，开始看她的笔记本。简单浏览后，他问她："麻烦能应付么？"

他似乎很清楚凌洛安那些不安分的小动作。危瞳想，与其说她是私人保镖，不如说是能以暴制暴的监督者。

"只要是跟体力有关的工作，我都能应付。"而且，自从群殴事件之后，凌洛安似乎安分了许多，不再找她麻烦，偶尔还会和她说话，或者问她晚餐想吃什么。由此可见当初的调职是多么明智，对付那位少爷，暴力才是王道。

"多看着他点儿，辛苦了。"他薄唇微扬，整张脸瞬间温柔起来。

这一刻，危瞳觉得自己被蛊惑了，她开口问道："老板，你有女朋友了吗？"

她看到他皱起了眉，眼底掠过一抹不悦。

危瞳心想还好自己及时刹车，她原本是想问他有过一夜情没，但考虑到正常人的承受能力，作罢了。毕竟，他这样的身家摆在那里，人又如此优雅漂亮，不可能缺女人和一夜情。

她拨了下头发："是我唐突。"

"没有。"他将笔记本递还给她，"我只是不习惯和不熟悉的人谈论私事。"

"我们都见过三次了，怎么算是不熟悉的人。"危瞳一脸坦率。

他看了她一眼，那双墨黑漂亮的眸子再度放淡，没有说话。他伸手招来服务员，一个水灵的年轻女孩脸红红地走过来，一边报价格，一边偷偷看他。

他是常客，显然这里的服务员对他很熟悉，但整个买单过程他连一个眼神都没给对方，冷漠得近乎残忍。

真是奇怪。

明明是这么漂亮的人，却仿佛不自知般，目光和神态总是显得淡然。就仿佛晨间弥漫在湖面的渺渺轻烟，看得见，摸不着，美得让人恍惚，却始终无法靠近。

他仍旧很绅士地送她回家，危瞳始终没弄清他那句"没有"是指她没有唐突他，还是他没有女朋友。

忙到周四，凌氏公司传闻的内部纷争在高层会议上再度上演。

自对讲机里接到组长大叔消息时她正在凌洛安的办公室外翻看杂志，因为会议室就在楼上，她离得最近，所以第一个赶到现场。

凌氏内部分成两派，保"太"派与保"公子"派。只要"凌太"和凌公子一拍，下面的人就跟着骚动。参加会议的高层还好，职位越往下越混乱，每个办公室都有不同帮派的人，有时语言解决不了就直接用肢体解决，之前的保安大哥就是这样进的医院。

在危瞳看来，这事很好理解，"凌太"估计是百分百的后妈！

前几年凌洛安的父亲去世时他还小，自然不可能继承这么庞大的公司。现在凌洛安大了，太后却想继续掌权，当然要打压这个嫡长子。

然而会议厅内，与凌洛安面对面的并不是危瞳想象中年轻艳丽身材丰满的后妈，而是那个清俊内敛的漂亮男人。

"凌太在哪儿？"她不死心，随便拉了个人问。

对方冲她嘘了一声："找死啊，在这儿还敢直呼老板名字，叫凌总！"

凌总=凌太=男人？！

"我们老板叫凌太？太太的太？"

对方给了她一个白眼："泰山的泰！"

危瞳躲去角落偷偷捶墙。

她一直以为"凌太"是凌家的太太，是个女人……

危瞳正纠结着，僵持的气氛赫然发生了转变。

凌泰看着面前的年轻男子，缓缓拿起一旁会议桌上的那份调查资料："不管怎样，公司现在的决策人不是你，南苑这块地非卖不可。你不愿意，可以离开，我没必要对下属解释太多。我需要解释的对象，是公司的其他股东。"

"凌泰，别忘记你只是暂代！这是我父亲留给我的公司，你真以为你是凌氏的决策人？别说这种连自己都不相信的笑话！你自己数数，你还有多少日子！"凌洛安素来都是嚣张的，此刻那份跋扈里更多了些锐利和恨意。

在场的人都知道这话说得过了，大概是因为凌总这回动了不该动的地，所以这位凌氏公子也前所未有地凶狠起来。

危瞳站在角落，远远看着，某个瞬间，她仿佛从那双淡漠的黑瞳里看到一丝隐约的嘲讽。他看着他，眸色渐渐深了，仿佛乌云蔽月一团漆黑的深夜天空，看不到底，触摸不到尽头，永远不知道里面藏着什么，也永远不知道下一刻在那里会出现什么。

与她见过的淡然时、温柔时、微笑时，全然不同的凌泰。

"很遗憾，在那之前，你只能听我的。不愿意的话可以离开。"他搁下手里的资料，优美的唇角却轻轻勾起一点儿，"保安，请他出去。"声音清晰、低缓、淡定。

会议室内，瞬间鸦雀无声。

匆忙赶到的保安们停在门口，却在凌泰一个眼神下，硬着头皮上前，将凌洛安与凌泰隔出一个空间。组长大叔僵着脸开口："凌经理，不好意思，老板请你离开。"

凌洛安死死地盯了他片刻，夺过他手里的资料朝边上一丢，然后冷笑。

凌泰视若无睹，重新坐下，神情淡漠地喝着他的咖啡。

局面又僵住了。

危瞳看不下去，轻手轻脚地拨开人群，动作又快又稳地拉住凌洛安的手："凌经理，公司外有个人找你有急事。"说完，手腕一发力，直接将人拖走。

保安和高层们自动让出条路，凌泰搁下咖啡杯，修长睫毛下的黑眸慢慢抬起，看了眼两人的背影，复而又落下。

Chapter.2
一波又三折
▼

三十层之上的屋顶。

风很大，阳光弥漫，但是很安静。从这个高度看这座城市，很多东西都不一样了。

感觉到凌洛安在挣扎，她松开手，任他跑到边缘的防护栏前。

他很久都没出声，她便也不开口，靠着楼梯口旁的墙壁。等了会儿，渐渐开始犯困，他还是一动不动，她走上前，脚步轻缓。靠上防护栏时，她注意到他紧握住栏杆的手指，指关节因用力过度而泛着白，手指微颤，似乎正努力抑制某种情绪。

她一时有些无措。跟家里那些男生们混了这么多年，类似的神态她却只见过一次。那个人是渚宸，最最疼她的大师兄，如今远在南半球打拼。那次他被工作的老板冤枉，带着羞辱被强行辞退，他也是这样坐在家附近的小河边，一动不动地盯着河水。那天她看到他颤抖，以为他会哭，可后来他忍住了。

凌洛安发现了她，警觉地回头。

"你可别哭啊……"这种气氛真是尴尬！

某人的怒火开始四溢："你跟着我做什么！刚才还没看够吗！"

"嗯，没看够，比起刚才，你现在的独角戏更精彩。"看来他比诺宸的心理素质要好得多，她调侃，"你真的不哭？"

回答她的，是他的拳头。凌少爷再度忘记之前的惨痛教训，选择了最不明智的发泄方式。

又来？危瞳很不给面子地翻了翻白眼，大概是这个神情让他彻底恼怒，他的动作赫然迅猛起来。

她心里一动，顿时认真了几分。

数分钟后，凌洛安眼底的怒意散去，力度也跟着减小。

十分钟后，她分腿压坐在他身上，将他几欲上扬的肩膀推下去，双手一伸，一左一右地制住他的手腕并牢牢压在地上，将他定得死死的。

"不得不说你潜质不错，可惜，你还是输了。"她笑起来，明亮的眼笑成弯弯的月牙，浅麦色的脸孔仿佛刹那绽放出光芒，流光潋滟，又性感又可爱，就像只妩媚的猫。

已入秋的天气，她仍穿着牛仔短裤，双腿的皮肤光滑、肤色健康，又直又紧绷，就像凝脂一般。

他记得第一次见到她时，她穿的是公司保安部的统一制服，黑白两色的修身小西服，将她身体的线条勾勒得完美无比。只是那会儿他好事被扰怒火攻心，根本没有多留意。

后来她被指派为他的私人保镖，时常跟他到处走动，穿衣也渐渐随意起来。

她的腰浑圆又纤细，带着其他娇俏女生没有的韧性和力度，无论再普通的T恤或是运动开衫、连帽短装，都能穿出独特的味道。

她的头发很长，是那种带点儿微卷和微乱的茶色，有些时候盘束起来，更多时候则是随意披着。发丝细细软软，有长有短，一直垂到腰侧。唇微微有点儿翘，上唇是漂亮的菱形，饱满丰盈，不说话时也始终带着飞扬的弧度。

凌洛安发觉自己的身体有些发热，不小心贴合的某个部位正在隐隐变化。

他的情绪平静下来，任由她跨坐在自己身上，调笑着开口："原来你喜欢主动，也好。"

危瞳眯起眼，照着他脸颊就是一拳："变态！"

他等的就是这一刻，没有了钳制的手爬上她的背，用力一压，她顿时跌在他身上。他身体一翻，将她压在下面。

肩膀被按住，随着他的动作，一股矜贵的淡香水味混合着男人略微粗重的喘息扑面而来。

唇被吻住了！

这是一个突如其来又辗转火热的吻，双唇被吮吸摩挲，舌尖轻佻地在她唇上描绘，技巧高明。

危瞳僵了两秒，在他的舌尖掠过齿缝，试图撬动她牙齿时，一记右勾拳。

……

那天下午，二十八楼的女秘书发现她的经理凌洛安肿着半张俊脸从电梯里出来。片刻后，凌洛安从办公室打来内线，吩咐她订明天晚上乔安会所的包厢，并在花店预订一千朵粉色玫瑰。

女秘书习以为常的同时也不禁感叹一下，脸跌肿了都不忘泡妞，果然是号称Z城四公子之首的花花大少。

周五晚上，危瞳在乔安会所布满粉色玫瑰的包厢里，吃了她有生以来最烦躁的一顿晚餐。

他看着对面安静用餐的女人，忽而笑了起来："还在生气？"见她抬眼看自己，他举起手指，在自己的唇上轻轻摩挲，桃花眼荡漾着动人心魂的光芒。她的唇味道很甜，一如他想象中那样，只是反应有些青涩："那个，初吻吗？"

危瞳继续低头吃东西，左手却举了起来，先比了比中指，接着握成拳头，朝他无声地展示了一下。

凌洛安一口红酒喷了出来。他来去花丛这些年，她是第一个直接对他比中指的女人。

"下午的事分明是你主动！"他搁下杯子，长眉拧了起来，"你该不会打算一直不说话吧！"下午那个小小的甜头，根本不足以扑灭他对她凭空蹿起的火苗——他凌洛安看上的想要的，还从来没落过空！

危瞳仍旧面无表情地吃饭，左手随意拽起一张用过的餐巾纸，揉成一团朝他脸上砸去。动作又快又利落，命中！

"危瞳！"他恼了，丢下刀叉起身朝她走去。

又要打？危瞳擦擦嘴角，她还就怕他不肯和她动手呢！

包厢内一触即发的战火被推门而入的女人以及拦在她旁边的服务生打断。那女人嘴里还嚷嚷着今天非要见到凌洛安，脸色尴尬的服务生得到凌洛安的示意后退了出去，顺手关上了门。

那女人直冲上来，环视了圈周围的粉色玫瑰和桌上的大餐，最后再看看危瞳，眉间的怒意顿时转变成强烈的妒意，战火迅速转移。

随着一句"凌洛安你怎么可以这样对我"，女人以伶俐的口才和超强的记忆力，将他们为期两个月的恋爱经过从头到尾事无巨细，用愤怒哀怨的语气说了一遍。

在这中间，危瞳听到了一个熟悉的情节，当她再度打量那女人后，发现她正是那晚在办公室手被绑着一脸痛苦叫救命的女人！

女人可能说得太过投入，其间虽然瞪了危瞳不下三眼，却还是没认出她来。显然，危瞳那窈窕婀娜的身姿和性感的浅麦色肌肤让对方把她当成了此刻的强大情敌。凌洛安花名在外她素来清楚，一开始她会应约也只是因为心底那股虚荣和好奇心，然而短短相处，她才发现男人受欢迎必定有他的道理。

凌洛安是个好情人，对女人从来都很大方，懂得制造各种浪漫的惊喜和意外，虽然性子有些自负任性，但恋爱中的女人都是盲目的，就连那些傲慢都可以视为一种独特的魅力。

只是她没想到，他换女人的速度真的可以这样快，才一个多月就不再打她电话。每回她打过去，不是没人接，就是接了后说没空。

她就猜到他有了新女人，之前从乔安会所相熟的接线员那里得知他定了今晚的包厢，就直接杀了过来。她并非傻到以为纠缠不放就能挽回男人的心，她只是愤怒和不爽，凭什么他说没兴趣就没兴趣？凭什么让她来承担这一切？就算是分手，她也要在他的新欢面前，把她们那些卿卿我我的情事通通说一遍！

看他们还有什么兴致继续下去。

凌洛安的脸色比想象中的更冷酷，双手插着口袋用那张曾经温柔过的精致俊颜居高临下地看着她，眼神很不屑，仿佛在看一个可怜的小丑。

她到底说不下去了，又不甘心就这样离开，突然夺过桌上的红酒瓶，朝面前的人泼去。

凌洛安要躲已经来不及了，却感觉眼前一花，那个适才还安然坐着吃晚餐的女人已闪身到他面前。她将他向后一推，自己却被红酒淋了一身。

他一时有些怔忡，危瞳的举动完全出乎他的预料。刚才明明还在生气，现在却用身体为他挡酒，她的长发淋湿了，酒顺着衣服朝下滴，非常狼狈。

他看着她，目光渐渐温柔下来。然而当视线接触到对面捏着酒瓶的女人时，那目光又狠厉起来，刚要开口，已有人先他一步。

危瞳看着自己横在他身前的手臂，再摸摸一头一脸的红色液体，一把夺过对方手里的酒瓶："靠！你会不会教训负心花心的男人啊！乱泼什么酒！既然拿起酒瓶就应该用力砸上去！砸得他血流满面，砸得他毁容，砸得他阳痿！"丫的，早知道这女人有心没胆只是泼酒，她又何必献身挡在凌洛安面前！真是岂有此理！

凌洛安听得脸色铁青，当下叫来服务生收拾残局，顺便解决了那个已然呆滞的女人。自己则捏住危瞳的手腕，将她拽了出去。

乔安会所的四楼到六楼是贵宾套房，是专为有钱人提供的雅致的私人空间。

危瞳确定房门反锁后，才进入浴室洗澡。

白色的连帽衫是她上周才买的，牛仔短裤也是她最喜欢的一条，现在全毁了，有钱人的保镖真难做！洗完澡，在等待服务生送来干净的替换衣服前，她只得裹上为客人提供的浴袍。

她一边擦着头发一边走出来，却觉得气氛有些异常，她拐过套房客厅，走进一旁的卧房。里面的灯光调得很暗，朦胧的晕黄，将整个房间气氛衬托得愈加柔软暧昧。

落地窗下，是车水马龙的大街。冷不防地，自她背后伸来一双手，撑着玻璃将她整个人圈在里面。

她一惊，他是怎么进来的？

"卧室有和隔壁套房相连的门，你没发现？"熟悉的香水味随着灼热的气息在她耳侧徘徊，他轻嗅着她的味道，"好香。"声音有些轻佻，却蛊惑诱人，充满了危险的信息。

见他没有妄动，她收回本欲撞向他腰际的手肘，将脸贴着玻璃不作声。

湿漉漉的发丝被挑起一缕，他拉过她手里的毛巾，站在她身后为她细细擦拭："头发留了多久？真的很长。"

"五年。"五年来，一直没大剪，只偶尔小修一下。虽然知道不可能，但不免心存幻想，或许有一天真会让她碰到他。就算他记不清她的长相，就算其他都不同了，只要发型没变，也许对方还是会认出她来。

如果真有那么一天，她绝对会让他知道，男人占了女人便宜却落荒而逃是件多么错误的事！是的，她会用她的拳头，让他知道这一点！

"头发很漂亮，也很软。"他擦完，低头将鼻尖轻埋在她发中，"危危，以后这样叫你吧？"

赞美她的头发？危瞳眉头打结，很不甘愿地开口试探："凌洛安，你有过几次一夜情？"她觉得这是个很正经的问题，主谓俱全，易懂易回答。

可身后的人却忽然绷住了身体，呼吸顿时有些混乱，温热的气息喷薄在她的头顶，一言不发。

"凌洛安？"她叫了声，没有回应，"凌洛安你死了吗？"她慢慢回头，却赫然被一个滚烫的怀抱裹住。他的身体贴了上来，将她压在玻璃上，一个湿滑的物体落在她的脸颊上，带着喘息重重地含住她的耳垂，接着朝她浴袍衣领下的脖颈而去。

她原来是想自己去引开他们，这个方法最简单，但也危险。而现在——她敛气凝神，飞快无声地在枝丫上蹲下，右手从左手里取出两块小石头，用上劲儿，连续向一个方向掷去。

　　石头打在落叶上，一前一后，微小的动静像极了人逃跑时不小心发出的声音。那些人果然警觉起来，立刻朝声音传来处跑。

　　她稍稍直起身体，保持半蹲，又将两块小石头掷了出去，只是落得更远。

　　之后，她再度直起身，又是一块碎石，这回落得愈加远。这种丢掷的力度要掌握得非常好，很费手劲，她以前和师兄师弟们玩耍时就用这个方法，用石块制造声音，骗蒙眼的人找错方向。要能骗过他们的耳朵，功力差一点儿都不行，就这么练啊练练出了这一手。

　　最后两块石头，距离非常远，她完全站直身体，全力掷了出去。石头安然落在预定的位置，可她却忘记了此刻脚下踩着的不是实地，而是高低不平的枝丫，用力过猛身体失去平衡，看眼要朝下落去。

　　男人的手臂及时围了上来，将身体倾斜的她牢牢圈住，收在怀里，只是因为事出紧急和角度的问题，那手不怎么巧地罩上了她的胸——那被"范思哲"挤成D cup的胸沟处。

　　有人……耍流氓！

　　危瞳身体一僵，同一刻身后的人也似乎一僵。

　　他想缩手，但刚松开一点儿，她倾斜的身体却再度下滑。手臂连忙收住，这回更准，他的手完全罩住了她左边的胸……

　　又有……流氓！

　　他另一只手正紧紧拽住树枝，避免两人一同滑下，这种状况下完全动弹不得。危瞳脚下滑了两次，终于勉强站稳，然后借着附在胸部的手，一点点找回了平衡。同时人朝后转，将那只手转移到了她的背部，并试图用一条腿勾住他的腿帮助自己尽快平衡。

　　还没站稳，树下又传来脚步声，两人一惊，动作僵住。

　　黑暗里，他们的身体贴在一起，她的胸部挤着他的胸口，她的大腿勾靠！这人怎么说发情就发情！

危瞳被压得动弹不得，一时竟甩不开。对方似乎发现了这点，立刻顺势而上，一手搂紧她的腰，一手滑进她浴袍里面去了。

手指触到一片柔嫩的肌肤……

危瞳急了。她里面可什么都没穿！

"你丫的！"她火了，照着他的脚就是狠狠一跺，后脑用力撞向他的脸，同时扣住浴袍里的那只手，用力拽出来的同时一个转身反扭，把他重重压倒在地毯上。

他不肯罢休，长腿夹着她，又翻身把她压住，这回唇落在她的唇上，不停地吮咬着。然而不过两秒，一记沉闷的"咔啦"声自两人中间传出。

凌洛安痛得连声音都没了，被危瞳直接从身上踹开，紧接着又是一记"咔啦"声，他倒在一旁动弹不得。

"流氓！"成功卸了他两只胳膊的人终于爆发。打工的确是要受气，可她也是有底线的，"丫的，这工作老娘不干了！"

危瞳到底还是送他去了医院。手臂脱臼这种事，她只会脱，不会接……

这回他倒是忍得了痛，骨骼复位时，只闷哼了两声。开车送他们到医院的是乔安会所的经理，三四十岁的气质男人，戴着黑框眼镜，打量着负手靠在一旁的危瞳，几次欲言又止。

见凌洛安手臂归位，危瞳瞅了个空当就走了。结果却在医院大门外碰见踏上台阶的凌泰。

他来得似乎有些匆忙，只着了件单薄的衬衣。没系领带和衬扣，墨黑的发丝有些乱，看模样像是刚刚从床上起来。

现在十点都不到，他这么早就睡了？

"怎么回事？"他见到她，眉头轻蹙。

"他受了点儿小伤。"她就猜到乔安会所的经理会通知他。

"我问的是，他怎么会受伤？"注视着她的目光凉而淡，分明没有施压，危瞳却感到了压力的存在，这个男人有太多种不同的面孔。他和凌洛安不一样，其实他们见面次数也不算少，但她对他仍一无所知。

唯一了解到的，是昨天她从组长大叔那里打听来的。

跟凌洛安不同，一提到凌泰这个名字，大叔明显严谨了许多。

他告诉她，凌家的内乱已有很多年。起初，凌公子的父亲还在世时，他们关系还是可以的，矛盾出现在凌父过世之后。由于凌洛安还在读书，凌氏便暂时交给凌泰打理，等到凌洛安大学毕业，再正式继承。可这一交，却就此天下大乱。

具体怎样没人知道，公司的高层各有心思，职员们也只是道听途说，加上胡乱猜测。

不过就目前的形势来看，明显是凌泰的势力更胜一筹。

"凌泰和凌洛安到底是什么关系？"这么打听下来，她对此来了兴趣。

答案是相差八岁的叔侄。

她一直以为他不过二十七八岁，原来他已经三十一岁了，居然比她大了七岁！想到先前几次见面，近距离观察，他的脸上没有分毫岁月的痕迹，这男人可以说保养得非常好。

大约与他不抽烟有关，之前在乔安会所，咖啡他也喝得不多，是一个非常有自控能力的冷静男人。

这种男人，一般不太会有一夜情的历史，并会把真实想法埋得很深。她见到的他只是他呈现给众人的样子。他笑，不代表友好，他温柔，不代表友善，他冷淡，也不代表疏离。

危瞳收回思绪："他的伤是我弄的。"虽然两次他都有来医院，但她并不觉得他们的关系有多好。

他没说话，似乎等着她自己继续说下去。

"他对我无礼，所以我教训了他一下。"她说得很客气，与面对凌洛安时不同，这男人太高深莫测，她本能地委婉。

"无礼？"他淡淡笑，"以你的身手，他的无礼也能成功？"

"凌总你想说什么，难道你觉得是我心甘情愿被他无礼吗！"

他唇角仍保持着意义不明的微笑，看着她不说话。

第一次，危瞳感觉自己心里怒火乱窜。这大老板果然不好伺候，连笑都带刺的！

她重新踏上台阶，缩短两人因身高差距而产生的视线落差。她朝他笑了笑，突然出其不意地抱住他，踮脚在他耳侧吹了口热气。极淡的皂角清香滑入鼻中，她有些意外，没料到这男人的气息竟如此干净。不仅没烟酒味，连女人的香水味都没有。

目的达到，她飞快地放开并退后，很满意地看着脸色有些僵硬的他："凌总你看，你是个大男人，不也被我无礼到了？"

"胡闹！"他眼底掠过一抹冷厉，她却毫不躲闪地看着他，片刻后，男人的目光又重新淡下来，"下次就算想证明也不能用这种方式。"

危瞳耸耸肩。不是叔侄俩么？相比侄子，叔叔也太保守了！

"为了避免有下次，我申请调回保安部！"

他静静地看了她一眼："不行。"

"……"身体里那股气堵得她胃痛。

"另外，如果你想辞职，需要提前一个月申请，现在不做依照合同要赔偿公司一个月工资。"他的声音清淡平缓，听不出什么情绪。

危瞳的心肺肝连着一起开始痛："算了，当我什么都没说！"她摆摆手，转身就走。

"等一下，这个周末需要你加班。"

她疑惑地回头。

"今天回家收拾几件轻便衣服，等会儿让司机送你回去，把相应的证件给他，明天下午就走。"

"去哪儿？"她怎么突然有点儿彷徨……

"香港。"

"呃……"

接过空中小姐递上的哈根达斯后，危瞳已将彷徨丢弃。

第一次坐飞机，不仅是商务舱，目的地还是香港。她从他手里接过自己的通行证，赞美速度和效率的同时也在感叹，这个世界果然是属于有钱人的。

凌泰的司机很准时，午饭后没多久就来了，她虽然不是第一次远行，但家里那十一个男生却一直将她送到街口。自她复读并考上大学后，危老爹就像完成了一件心事，对她采取放养政策，给予充分自由。倒是这些个大男生，缠着烦着比老太太还啰唆。

车子发动后，她才长长地舒了口气，回头却见凌泰若有所思地看向车窗外："你家里挺热闹的。"

"师兄师弟，都是我爸收养的。"她简单解释了句，"我家开武术道馆，创立者是我爷爷。"

她家的武术生意，一直都平平淡淡，撑不了也饿不死。她老爸为人乐观积极，每逢家里境况好一些，就会去孤儿院挑小孩。见到资质好又听话懂事的就收养，同时传授武术。

危家的师兄师弟除了远在澳洲的渃宸，还有十一个。渃宸最大，二十七岁，其余年龄都没他大，最小的才十五。

为了收养这事，危瞳的爸妈没少吵过。在她十八岁那年，危老爹又去孤儿院收养了两个孩子，还把本来打算给她过十八岁生日的一笔钱给两个男孩交了学费。

那次，危妈和危爸吵得很凶，之后怒气冲冲地出了门。后来隔壁的阿成哥慌慌张张地跑来说，对街的施工工地出了意外，被砸中的人里有一个正是危妈……

那是危瞳这一生中最伤痛的一年，很长一段时间，她像是完全生活在另一个世界中，很不愿意再回忆起这段过去。

路上不堵，他们抵达机场才两点半。

在候机厅等待那会儿，凌洛安来了电话，危瞳本来就不想接，加上凌泰曾有吩咐，如果凌洛安问起，不能告诉他去香港的事。她干脆直接关机，之后把手机丢进背包里。

抵达香港差不多是晚餐时间，此次同去的还有凌泰的一个助理。他年纪不大，也就二十五六岁，但神色精明，衣着打扮十分干练。

他们坐上前来接应的车子，直接到酒店放行李。

有凌大老板在，酒店自然不可能差，五星级大酒店，两间房相邻。她将行李丢在床上，环视可以俯瞰海港夜景的华丽双人套房，然后激动地在床上滚了一圈。

死党邢丰丰是大公司白领，每个月都要出差，每回都说公费出差多好多好，除了吃喝玩乐之外还有出差补贴。

危瞳对此有些期待。

陆路拿着裙子去敲危瞳房门时就在想，老板未免惊动那人不想调动太多保安是对的，但挑这么个纤瘦的女子也实在太……这会不会成为老板此行最大的隐患？

然而做下属的——尤其做凌泰的下属，有时不开口比开口好。

他手里的裙子是范思哲，鞋是LV，拎包是香奈儿。

他几乎可以预见对方开门后脸上的震惊与喜悦，然而当他将老板的意思传达之后，房间里穿着连帽长衫半趴在床上啃零食的女子却撇撇嘴，吐出一个单音：靠！

陆路："……"

"要我穿这个？"金铜色的包肩紧身小短裙，包得住上面包不住下面，当然这不是重点，重点是她自打娘胎以来就没穿过裙子！

"老板的意思，这是工作。"陆路的脸色变得很不好。

危瞳眯起眼："我的工作是陪酒？"

"保镖！"

"有穿成这样的保镖？"

"我建议你可以直接和老板谈。"

"……"

"没问题了吧？老板十五分钟后下楼，我们的行程很赶，你别迟到！"

"……"危瞳又彷徨了。

这是一个很小型的晚餐会，除了凌氏的老板凌泰以及他身材火辣的新秘书外，还有一位不惑之年的男士和他的随行助理。

请注意，当那位男士和他的助理将目光落在凌泰身边的秘书身上时，脑中出现的形容词是"身材火辣"。

　　这位火辣女秘书身高适中，骨架纤细，再加上细高跟鞋，整个人显得愈加娉婷婀娜。诱惑的金铜色包裹着纤柔的腰身，笔直修长的双腿，皮肤如同凝脂一般光滑，长长的茶色软发落在腰侧。带着笑容的脸庞漾着一抹甜蜜的性感，看得人心痒难耐。

　　危瞳假装没看见对方暧昧的眼神，难得穿一回裙子，才知道自己身材这么好，明明是常穿的S码，装下了腰，却装不住胸。挤得前方波涛汹涌，C cup有逼近D cup的趋势。下楼后连陆路见了她都怔了好一会儿，见状她促狭心起，眯起眼睛朝他直笑。

　　只简单擦了唇彩的浅麦色脸庞艳光四射，陆路跟见鬼似的狼狈地别开头。

　　相较之下，凌泰倒是淡定得多，只是微微一瞥，说了句"不错"，就移开视线。他今天的西服非常正式，领带衬扣一样不少，西服质地柔软，将他修长的身体线条完美勾勒出来。如画优雅的眉眼依旧淡薄如烟，眉心有小小的褶皱，不知在思考什么。

　　司机开车送他们到用餐地点后，凌泰给了陆路一个眼神，对方点点头，留在车内跟着司机去了停车场。

　　"凌总，有没有要注意的？"进门前，危瞳主动问他。

　　"保持笑容，安静用餐。"见她仍看着自己，他的薄唇微微弯起，"不用紧张，只是一个简单的饭局。"他想了想，将手里的文件夹交到她手里，示意她跟上。

　　进包厢十分钟，危瞳放下了戒备。对方很明显是个商人，与国内生意人吃喝谈生意的方式不同，晚餐只有点缀用的白葡萄酒和精致西餐。凌泰与对方交谈的内容她听得一知半解，大约谈的是凌氏在香港投资的一块地。

　　晚餐进行了约一个半小时，最后对方顺利在文件上签了字。

　　临结束前，对方提出第二天出海的邀请，并邀了凌泰身旁的"危秘书"一同前去。危瞳看了凌泰一眼，后者笑容静柔，没正面拒绝，但也没有答应。

见到两人安全上车，陆路才松了口气。要不是这次生意紧急又重要，凌泰也不必亲自来香港。这片远离Z城的土地，看似时尚繁华，却处处充满了危机。一年前那次意外事件，让他了解到那个平日里吊儿郎当的凌氏公子在这里到底有多深的关系。

有时候，男人用下半身缔结的交情，不比女人差。

一年前，陆路跟着凌泰安全回到Z城后一直想，如果当初没有那辆突然经过的警车，没有跟在暗处的两个保镖，凌泰恐怕就回不去了……

面前的男人手里还握着咬到一半的热狗，表情却萧瑟而悲壮，危瞳忍不住伸手戳戳他的肩膀："吃不下可以给我，我不嫌。"她还真有点儿饿，西餐分量实在太少，更别提凌泰，几乎只喝了几口汤。

凌泰松开西服纽扣，将文件交给陆路，莞尔一笑："找个地方吃饭吧。"

他们在一家酒吧吃了顿简单的美式晚餐。酒吧客人很少，放着轻松低缓的美国乡村音乐。室内是原木色系的布置，他们三个挑了张靠里的小吧台桌，坐在高脚椅上舒适地享受晚餐。

比起之前，凌泰的情绪似乎有所放松，那股天然的温柔神色比平日里更加明显，在晕黄的灯光下，整张脸格外柔和，已不是普通的漂亮俊美所能形容。

他话真的很少，陆路在旁边说话，他大部分只是听，偶尔才回一句。危瞳始终不明白他让她跟来香港的用处，她不懂商场上的事，也不是让她陪酒，那是做什么？保镖？

她看不出他们有需要她保护的地方。

从用餐的酒吧到停车场需要经过一个安静的靠山公园，陆路和危瞳吃得有些饱，一致决定散步过去。

危瞳今天这条裙子惹来目光无数，每回俯身时总能听到一旁传来一阵骚动，听陆路说还想找个地方喝东西忙说不去了要回酒店。

陆路很不满意，跟她争论起来。

凌泰在旁打了个电话，走过来开口道："司机正开车过来，让他送你回去。"

危瞳感激地看着他，果然还是这男人的观察力强，知道她实在没办法继续穿着这一身到处晃。

"没关系，我自己打的。"他肯放人她已经觉得很好了，哪里还会坐他的车，她跟他们说了再见，便朝能打车的街口走去。

快到街口时，正巧凌泰的车也拐了进来，她无意间瞥了一眼，觉得有些怪怪的。

片刻后她反应过来，匆忙转身，那车已经停下，凌泰正弯腰上车。

"等等！"她朝他们大喊，凌泰回头，同一时刻，从角落阴影处窜出几个彪形大汉，一个扑向陆路，另两个按住凌泰朝车里推。

陆路本身也懂拳脚，可此刻全然没有防备，一时竟被那彪形大汉缠得分不开身。

这条小路位于公园侧面，树木多，基本没车经过，仅有的几个路人一看不对劲儿纷纷跑了。

眼看凌泰要被人强摁上车，陆路心急如焚间，只见街口那个女人毫不迟疑地扔了手提包，脱下鞋子，接着扯住裙边用力一扯。"刺啦"一声，紧身裙顿时变成高衩旗袍，她速度飞快，几步就奔了过来，飞起一脚蹬开凌泰旁边的一个男人，又扣住另一人的手腕，一拉一转，骨骼断裂的声音清脆可闻。

那声音让陆路打了个冷战。到这时他才明白凌泰只带她一个来香港的原因——好一个看似无害实则凶猛无比的"人间凶器"！他精神一振，一拳将纠缠自己的人打翻。

还没等松口气，车子副驾的车门打开，跳下一个握着刀的男人。这是一辆七座商务车，之前他藏在副驾的位置，用刀制住司机。危瞳之前感觉不对劲，就是因为看见了那一截抵着司机喉咙的刀刃的反光。

司机脱难，立刻一脚油门狂飙而去。

而此刻，在街口处又出现了十几个彪形大汉，为首的几个抽出了匕首。

陆路再次不争气地打了个冷战，求救似的望向危瞳。不出所料，她应景地骂了句街，拽住凌泰就朝小路的另一头跑去。

陆路忙狂奔跟上。

跑着跑着危瞳才知道对方没有双面堵人的原因，原来这公园后面就是山，下坡路虽然宽敞却毫无遮蔽，而且路一眼看不到尽头，朝这个方向跑绝对会被追上。

上坡路曲折狭小，可是依靠着山，旁边有树有灌木，可以躲藏。她不再犹豫，一边跑一边让陆路报警，说明了身处的位置，接着离开坡路，朝坡地间的树林里窜去。

没跑几步，坡路就上传来凌乱的脚步声。

她瞄到一旁的两棵大树，指了一棵示意陆路爬上去，又示意凌泰爬另一棵树，自己则打算朝其他方向跑。

刚迈开脚步，手臂就被男人的手牢牢抓住："不行。"男人的呼吸混乱沉重，嗓音因为压低而越发显得有磁性，轻软却斩钉截铁。她回头，黑暗中，他的眸子紧紧凝视着她，静默却焦灼，带着从未有过的认真。危瞳不太应景地想，这大约是她第一次见到这个人眼底的真正情绪。

他知道她想做什么，他不想让她这么做。他在担心她。

这样的猜测，却突然令她觉得感动。

她想挣，却发现原来他力气这样大。时间紧迫容不得争执，她的大脑飞快转动，随后弯腰在地上匆匆抓了一把碎石土块。反手一推凌泰，两人一起朝树上爬。

刚刚在一根略高的树枝上站稳，树下已传来追踪者的脚步声。今天没有月亮，浓云覆盖了夜空，可见度很低，他们藏身的大树枝叶繁茂，从下面根本看不清上方。

但仅仅如此是不够的，这里到处都是灌木和树叶，如果有人在里面跑动不可能没有声音。

着他的长腿。呼吸对着呼吸，心跳对着心跳，没有一丝缝隙。

她不敢动，他也不动。如此贴近，她感觉有一缕淡淡的幽香钻入鼻中，不是香水的味道，有些类似须后水，清雅却绵绵不绝。

透过彼此单薄的衣衫，她觉察到他慢慢升高的体温。

她抬眼看他，暗色里，唯一可见的是他的眼眸，海洋般深邃的瞳仁中发出的目光笼罩着她，那里面似乎泛着些异样的情绪，似乎是迷惑探究，又像是诧异惊讶。她想要仔细辨清，这时树林外隐隐传来警车的鸣笛声。

他们得救了！

Chapter. 3
凌洛安的计划

▼

    陆路看到危瞳从树上大大咧咧地爬了下来，本来担心她走光，结果发现在她开衩的短裙下居然穿了条贴身的运动短裤……

    香奈儿丢了，LV没了，范思哲也毁了，一场惊心动魄的遇险，外加去警局录口供。三个人折腾了大半夜，第二天自然也不可能出海，在房间休息到下午，直接坐晚机回了Z城。

    接他们的司机很准时。从机场回城的车上，凌泰一直在闭眼休息。事实上，自昨晚被警察救下后，他就一直在沉默。

    就算要尴尬也是她尴尬，她都不介意，他一个男人介意什么？

    他一路闭眼，她趁机欣赏他线条干净优雅的侧脸，鼻子非常挺，鼻尖微翘，像是韩国整容院的成品般完美无瑕疵。他的眼窝较深，闭上眼的时候越发显得睫毛浓密修长。眉形工整，颜色略淡，此刻轻轻蹙起，显得有些疲倦。最完美的是他的唇，既不浅薄，也不太丰满，线条清晰而柔和，宛若开在夏天夜晚最沉静唯美的花。

    真不像三十多岁的男人。她记得组长大叔今年也是三十出头，两相比较，凌泰完全看不出已到了叔的年龄。

    与凌泰的沉默相反，陆路一路都有些愤怒，从眉眼唇角迸发出难以抑制的情绪，尤其刚刚从警署出来时，咬牙切齿地自言自语说这事一定是他做的！又责怪自己不该离开去吃饭。

危瞳分明记得，录口供时他告诉警方并不清楚来人是谁，目的是什么。

这个矛盾点让她生疑，但她没有直接去问。有些事他们并不希望她知道，就算问也问不出来。

只是这个他，到底是谁？

车子慢慢停下，陆路的住处到了，他一直有话想单独和凌泰说，只可惜旁边杵了个危瞳，没找到机会。现在看凌泰的脸色，也知道这件事他暂时不想多提，只好下车。

之后，车里更安静了，她曾试图给他说两个笑话放松气氛，可惜大老板不捧场，连眼皮都没动一下。倒是开车的司机，不时抖几下肩膀，似乎正在忍笑。

好不容易到了她家街口，她嘀咕了声"谢天谢地"就开门下车，脚刚着地，身旁的人赫然动了。

抵着额际的手缓缓放下，那双淡薄的黑眸侧了过来，月色之下如星辉一点："为什么要那样做？"

没头没尾的一个问题，她居然也听得懂，笑着反问："那你又为什么要阻止我？"她知道他不会开口，于是又继续说，"你是什么理由，我就是什么理由。凌老板，这个问题多余了。"

"不好奇么？"

"我不是不好奇，只是我知道问了你也不会说。"危瞳低下头去看车里的他，语气带上了些许义气，"你放心，你吩咐过这次去香港的事不要提。我知道你一定有自己的理由，我相信你，所以这件事我不会跟任何人说的。"

他凝视着她，目光沉静，眉间的疲态消散了不少。他似乎正在仔细打量她的脸，见她看自己，又收回目光，缓缓道："谢谢。"

这一年的秋天来得晚，也特别短，天凉了没多久，直接转入冬季。

天很冷，危瞳这两周的心情也像天气一样，因为冷，所以抖……

原因很简单，她服务的对象自一周前自动转换身份后，一天比一天禽兽，进度快得让她实在有些吃不消。

这事还得从她刚回Z城的第二天说起。

故意不接凌洛安电话时，危瞳预想过回来后那位骄傲少爷该有多嚣张多愤怒，不过现实情况却有些不同。

周一，她照例出现在凌家大门外，那个人居然靠在红色跑车上等她。

阳光下，棕色的发丝被风微微拂动，他指间夹着香烟，那背影似乎与以往轻佻跋扈的形象有些不同。听见脚步声，他回头上上下下地打量了她几眼，哼笑之后，脸冷了下来。

"你还挺有胆，把我弄成那样还敢挂我电话！"

"是你活该。"她耸耸肩，心情很烦躁。

他丢了烟头："这两天去哪儿了？"

"干吗？"

"干吗？"他悠悠地吐了口气，"你说我能干吗？平白无故失踪不应该交代？"

"又不是上班时间，去哪里和你有什么关系？"她有些嫌恶地甩开他的手。

"你这女人！"他扬手，作势要教训她。

她斜他一眼，一大早就想挨打？

或许是之前脱白的教训起了作用，凌洛安的怒气被压下去："你不说没关系，我总有办法知道。"

见他说着说着手又爬上她的肩膀，危瞳再度甩开，视线却不自觉地朝凌家大门里面瞟。凌家这套别墅是整个小区里位置最好的一栋，从大门到房子，有一片极大的绿色草坪，中间的车道两旁栽种着法国梧桐。现在的季节，树叶黄了大半，落满大道，衬着后方烟灰色的别墅和蔚蓝晴空，让人有一种置身童话的错觉。

她几乎天天早上都在凌家等凌洛安，可来了这么多次，还从来没在这里碰见过他。

那张精致的俊颜挡住她的目光，脸色冷淡："不用看了，你另外一个老板不住这里。"

"不是叔侄吗？"

"打听得挺清楚！"他嘲讽，"怎么，又看上他了？"

"哪儿来的又？我先前也没看上谁啊！"她朝车子走了两步，他没跟上，回头发现他还站着，脸色有些沉闷。

"到底上不上班？"烦躁升级。

他快步上了车，等她坐好，启动离开。

到达公司后，他拉住正要下车的她，脸色有些严肃："你听着，你不可以喜欢上凌泰。"

"……"又来了，这自说自话自以为是的个性真是……

"听清楚我说的话了吧！"

"这种事凭什么要听你的？"

他目色微敛，眼底带上几分认真，唇边却拉出了笑容："因为你是我先看上的女人。"

传闻，凌氏公子最近又有了新目标。

大家都说，凌洛安八成是鲜花看腻了，开始对"食人花"有兴趣。不过所幸，见过这朵"食人花"的人都一致觉得长得还不错。只是作风不怎么正，成天见她和保安部的大男人们勾肩搭背，交谈用词粗鲁，完全不像个女人。

危瞳听到后，只扯了扯嘴角。这种程度就叫用词粗鲁？这些人还没见过她真正粗鲁的模样……

不过关于危瞳粗鲁的风评，凌洛安倒是全然不在意，他只对另一个风评稍稍关注。

危瞳很快便感受到被他关注的结果。这天照例跟着凌洛安到公司，刚进保安部休息室就被一股喷香的牛肉面味吸引。原来是几个值完夜班的男同事在吃外卖早餐，桌上的食物一大堆，旁边也挤着几个凑热闹的同事。

她顿时也凑了上去，随意勾住其中一人的脖子，想将他拉开以便自己能挤进去，结果对方一见是她，"啊"的一声挣脱之后速速远离。

其余的人见到她也纷纷起立，退后保持距离。

"见鬼了吗？"她看看自己背后，"背后灵？"

"比见鬼还可怕！"某同事答，随后解释给她听。

原来今天他们已从保安部部长那里接到最新消息，凌氏公子已正式放话说危瞳是他的女人，以后各男职员和她一起工作切记保持礼貌距离，否则后果自负。

这虽然不是由正规渠道发布下来的命令，却是凌洛安亲口说出的，而效果显而易见地好。那一整天，保安部的男人们别说和她勾肩搭背，就连正常的交谈都没了。她走到哪儿，人就散到哪儿。

就像是蚊子遇见了杀虫剂……

危瞳无趣了一天，跟凌洛安一起下班时，刚抵达停车场就忍不住推了他一把："谁是你女人？又找打？"

他难得不生气，弹弹衣服，斜着眼看她："不都说打是情吗，你打我那么多次，你自己说说你对我有多少情？"虽是玩笑话，他看着她的目光却透着些认真。这种认真让她的心情又毛躁起来。

危瞳虽然从小和一群男生混到大，但和他们是家人一般的感情，她个性强悍，在家谁都顺着她。现在遇上这么个擅长花言巧语又忽假忽真的男人，只觉得烦心。

"我不喜欢花花公子！"凌洛安是长得好，背景也好，可惜私生活实在太混乱，她最烦这种人。万一哪天真喜欢上了他，下场绝对比那天乔安会所的女人更惨。

"你以为我天生爱风流？"他放慢脚步，用桃花眼再度瞪她，"换作是你，打从生下来就有钱有势前呼后拥，又长了这么一张脸，女人根本不用追就一群群地扑过来。你觉得这种情况下从一而终现实吗？再说了，就算我肯认真，也要看对象是谁，我又不是白痴！"

"你这哪叫风流？明明是下流……"她不客气地嘀咕。

他额前青筋爆裂："不就被你见了一回吗，你要记多久！"上次在乔安会所也是，居然帮着其他女人说话，脑子进水！

"现场版的，还是在办公室，我长这么大也只见过这一回。"她侧着头，瞪回去。

"哦？"他突然又坏笑起来，"那感觉如何？"

她慢慢笑起来，表情意味深长："憋了一个多月，打得真是过瘾……"

他火又高了："……谁问你这个了！"

凌洛安的车子还没开出凌氏停车场，就接到秘书的电话，说今天是她生日，其他部门的人要给她办个庆祝会。因为才提议的，怕凌洛安没空，于是打来问问看。

他问身旁的人："去不去？"

"去！"危瞳非常干脆。

他又笑了，长眉一挑，飞斜入鬓，容颜堪比桃花。

见凌洛安带着危瞳出现，谁都不惊讶，几个平静默契的眼神交换后，众人该干吗干吗，吃东西唱歌喝酒恭维继续。

其实危瞳也不是来玩的，反正凌洛安下班不可能回家，和一群人在一起比和他单独在一起要安全得多。进包厢一个多小时，危瞳没唱歌也没喝酒，凌洛安看出了她的心思，眉头一皱，起身说了个"走"。

看着两人一前一后出去，一群人顿时又有了新的八卦话题。

"玩得好好的干吗走？"她抱怨。

"你有在玩？"他停步看她，"怎么，就这么怕和我单独相处？"

他在这方面倒挺聪明。危瞳叠起手臂，也认真了几分："凌洛安，你到底看上我什么，我不就揍了你几回吗？"

他无语，说得他像受虐狂一样："我说看上就看上，你废话这么多干什么！我又没说要娶你！"

"那你的意思是你准备玩弄我？"

"你这女人！"心火那个蹿啊蹿，"总之你少废话！反正从现在起你是我凌洛安的女人，在我同意和你分手之前你别想找其他男人！"见她悄无声息地退开朝马路蹭，他立刻追上去，"跑什么？我话还没完，有你这种保镖吗？"

"我是领工资的保镖，不是陪睡的保镖。"她动作看似无声，身形却十分轻巧，步履飞快，没几步就蹭到了马路中央。这条街行车较少，她倒退着走，也没多注意后面，不巧转弯处一辆汽车飞驰而来。凌洛安顿时冲上去，抱着她闪到一旁，那车一个急刹，堪堪停住，随后走下来一个发抖的男人，见到凌洛安忙胆怯地弯腰："凌……凌经理，我没看到是你，真……真是对不起……"

原来是凌氏某个部门的员工，加班结束赶来参加生日会，开得急了些，差点儿闯祸。

"和你没关系，去吧。"凌洛安低头看怀里的人，"没事吧？"

"没。"她脸上也不见害怕，只是看了他两眼，便从他怀里挣脱。刚一转身，又回头看着他。

"怎么了？"对上她的目光，他有些得意地扬起眉，"谢谢之类的话少说，我喜欢实质性的奖励。怎样，有什么表示？"

她眯起眼看了他一会儿："刚才那件事不会是你安排的吧？"

"……"这女人真是欠揍。

这天晚上危瞳回到家，破天荒地发了会儿呆。

问是那样问，可看刚才的车速，整件事不像是刻意安排的。也就是说，在危险关头，凌洛安的第一反应是护着她，这个举动回头再想她多少有些感动。

他这么认真，那她是不是该给他个机会呢……

心念变了，再见面说话相处时，对方总会觉察出来。他心里有了数，也没多问，直接当她默许。

他在女人方面素来是高手，反正他看中的从来都跑不掉，所以有些话他也从来不会重复说。

于是自这天开始，她发现他对她，一日比一日禽兽……

拉手搭肩搂腰这些都是小儿科，通常都是一见面直接扭过她的下巴亲她的脸——这还是慑于她的拳头，稍稍收敛的举动。

"凌洛安，你能不能别这么猴急？"就说花花公子最烦心，她还没决定要不要给他机会，他就迫不及待地想把她压倒。下了班不是带她去私人会所的包厢，就是开车到四下无人的地方，在车里跟她聊人生。

那志在必得的自信真令人无语，她也不能每次都把他揍进医院啊！

为这事，她一直想找凌泰，申请重新调回保安部。可自香港回来后，她就再没见过他。试图打他手机，但没有接通过。倒是在公司外碰见过陆路，听他说，老板去了B城，并且最近一段时间都会留在那里的公司办事。

关于她两周一次的汇报工作暂时由他代为执行。

"凌总到底有没有说几时回来？"她曾这样问陆路，但对方的态度却有些奇怪。看她的眼神似乎有点儿恨铁不成钢，该回答的没答，只说这件事暂时不会报备给老板，让她自己好自为之。

危瞳斜他一眼。话说得这么隐晦，是想让她听懂还是听不懂？

凌洛安就这么自以为是地当起了她的男友，一当就是两个月。

凌氏的员工们也从原本窃窃私语的观望变成如今长吁短叹的习惯。已经两个月了，危瞳打破了凌公子以往任何一个女人的纪录，成为前所未有的第一名！

只是，众人并不了解事实的真相。

真相是，城内有名的风流大少用了两个月的时间，还没把新女友弄上床！压倒事件，就此一拖再拖，最后变成谁都不能说的秘密。

周末，难得凌洛安不缠人，危瞳偷得浮生一点闲，用刚发的工资请邢丰丰和苏憧吃哈根达斯，岂料她们真正有兴趣的不是冰激凌。

"你真的在和凌洛安交往？"邢丰丰也是靠着自己在大公司的人脉才得知了这个消息，听完就打给了苏憧，两人相邀一起来审问危瞳。

"差不多吧。"她如今已不像之前那么烦心了，老实说，凌洛安对她还算不错。大约是他对待女人的经验丰富，和凌洛安在一起时的感觉，跟她以前在大学和学长学弟交往时完全不同。

以前那种总让她觉得累，她从来不是个体贴的女人，经济方面也不宽裕，不可能付出很多，也不懂得撒娇，遇事只会用暴力解决。在她第一次把勾搭她学长成功的某学姐揍完之后，原本总追着她跑的男生们就消失在了逆奔的风里……

而凌洛安不一样，他从不对她做任何要求，相反他总认为女人是应该被宠着的。他不会让女人花钱，同时因为女人看得太多，也不会轻易被其他女人勾引。

除却那些花花绿绿的过去和时常发作的禽兽病，其他都还好。

危瞳七七八八地说完，却见苏憧忍不住叹息："那你的初夜对象呢？你不找了？我总觉得这应该是个故事。"和现实的白领邢丰丰不同，在幼儿园工作的苏憧是个言情小说迷，只爱浪漫。

"那种不切实际的事就算了吧！"邢丰丰抢话，"不如问瞳瞳他们进展到哪一步更实际！"

她们想知道的她都不想说，忙又追加了两份蛋糕，以求堵住她们的嘴。

三个人边吃边聊，计划着晚餐的去向，凌洛安到底没放过她，临近傍晚时打来了电话。

"你今天不是打高尔夫么？"危瞳不怎么高兴，"我还要陪朋友呢，你继续玩吧！"

"天都快黑了，还玩什么高尔夫！"

"音量低点儿，我头痛。"但凡接到他的电话，她头就会痛，"那你自己找节目吧，我没空。"

"你在哪儿？"他决定直接点儿。

"我在外面——"她还没说完，邢丰丰就抢过电话，"在市中心步行街的哈根达斯！"

"谢谢！"他笑了笑，"尽量拖延时间别让她离开。"说完手机一丢，油门一踩风驰电掣。

另一头，危瞳给邢丰丰展示了一下自己的拳头。

"我这不是为你打算吗！你们也两个月了，也是时候出动姐妹帮你鉴定一下了！"邢丰丰打开化妆包，开始补妆。

"又来了……"苏憧白她一眼，当没看见。

当晚，凌洛安表现得像个绅士，对邢丰丰有意无意的"眼波挑逗"礼貌无视，对苏憧的频繁提问耐心十足。到最后，连危瞳都诧异了。

和她们分开后，她忍不住摸了摸他的额头："病了？"

"你才病了！"某少爷瞪她一眼。

"没病。"她下结论。

"怎么，给你朋友留个好印象不行？"他说着握起她的手，一把将她拖了过去，一个湿热的吻落在她的脸颊上，"一天没见，你就不想我？"

"你要听真话还是假话？"

他一口咬住她的耳垂。

"你烦不烦啊！"禽兽果然是禽兽……

"别吵，带你去个地方。"他搂住她的腰，朝停车场走去。

"会所楼上的套房还是四下无人的湖边？"她打了个呵欠，他用美美的桃花眼斜她一眼，将她推上了车。

结果表明，禽兽偶尔也会人性一回。

他带她去的是天文馆。

还没到闭馆的时间，但馆里却一个人都没有，他从工作人员手里接过钥匙，带她上了天文馆的顶层——瞭望台。

"听说今晚有流星雨，肉眼看不见，但用望远镜可以看到。"

"《流星花园》？"偶像剧她不太看，但经典的还是知道一些。

"别把我和道明寺比。"他不屑地撇嘴，"我可比他帅多了！"

结果这一等就等了三个小时，危瞳流星没看着，最后在暖和的长绒地毯上睡着了。

他看了会儿她呼吸均匀的睡颜，在她身旁侧躺下，撑着额角，那双桃花眼，带了些许与他轻佻的个性并不符合的莫测。

手指随意地抬起，自她前额划下，停在丰润的唇上。

他低头吻了吻，尝到红酒的气息，酸酸甜甜，似乎沿着接触的部位一路渗到他心里去。

他的眉头微微蹙了起来，不知是不满意这种被侵蚀的感觉，还是不满意这种浅薄的接触。有一股熟悉的燥热自他体内蔓延开来，他的眉心似乎更紧了。换作以前，他绝想不到自己竟能放任一个女人在身边这么久而不碰。

近来，似乎真的有些偏离他自己了。原以为一两周就能拿下的女人，居然拖了两个月。而那个人，这两个月也一点儿行动都没有。对方太警惕，有关南苑那块地的所有一切都捂得严严实实，甚至不惜躲去了B城，但这并不代表他就插不进去一丝一毫。

过去很长一段时间是真的天真，可当后来把一切看清，却又不得不继续维持这种天真，时间久了，有时连他自己都快忘记自己不伪装时的模样了。

目光再度落在身旁的人身上，那人明目张胆地把这女人弄到他身边，无非两个目的：监视他，或是侵蚀他。哪种都好，他无所谓。

只是，两个月接触下来，她似乎跟他想象的不太一样。他甚至有些看不清这些不同是表面的假象，还是真实的。

或许她并不在这个局里，可那人去香港时却把她带在身边，又等于变相向他宣告，她是这个局里的一员。

也许，他的放任应该到此为止，得到她之后，没有这些奇奇怪怪的念头，可能他会看得更清楚……

凌洛安再度低下头，覆上她的唇，随着柔软斯磨一点点加重力度，最后滑入她的齿缝。

舌尖慢慢勾缠着她的柔软，吮吸翻转，他翻过身，整个人压了上去。

这一压她立刻就醒了，推着他的肩膀，夺回了自己的呼吸。失离的唇赫然令他有些烦躁，手上的力度不知不觉就加重了，捏着她的下巴，再度堵住她的唇，深深探进她的口里。

一起配合的还有手指，轻巧熟练地从她的衣襟下摆慢慢探入，沿腰际向上。不同于一般女人，她的腰肢很柔韧，细致的肌肤因为紧张而格外紧绷。

她一直在挣扎，像之前的每次一样，通常她这样的动作不超过十秒，他就会因"身手不敌"而放开她。可今天，他没有放。

十秒，二十秒，三十秒……她的唇逃不掉，身体也逃不掉。他目色渐深，呼吸渐沉，直到她眼里掠过一丝诧异，才赫然清醒。

他被一记右勾拳击倒在一旁，急促的喘息声里，她迅速爬起来，怔怔地看着他。

凌洛安躺在那里与上方的人对视，忽而勾唇调笑："早知道你刚刚醒来这么不中用，我就该多挑这种机会亲近你！"是了，有一些事现在还不该让她知道。

她到底没怀疑，补踹他一脚，转身去整理衣服。

危瞳再次见到凌泰是在圣诞前夜，那天凌洛安带她回家吃饭，在大宅旁的玻璃温室摆了自助餐宴。来了这么多次，这还是她第一次进门。

那晚她见到了凌家不少亲戚，好几位都是曾在公司见到过的熟悉面孔。

跟凌泰一样，他们并不住在凌家，但看起来跟凌洛安关系都挺不错的。危瞳想想，觉得也是，能接到邀请来到凌家吃饭的，基本都是"公子"派。

凌洛安的母亲没有出现，据说她很讨厌冬天，每年秋天一到，都会带着凌家小姐一起飞去澳洲度假，直至来年初夏再回来。

因此也从不在国内过年。有钱人的想法危瞳很难理解，对她来说，一年里最期待最热闹的日子就是春节，全家老少都放假，有红包，有丰盛的年夜饭，老街上到处都是放烟火的小孩，一家人其乐融融地围在大桌子边吃饭打闹是最开心的事。

她的思绪被突然寂静下来的周遭打断。

围在凌洛安和她身边的几人都侧着头，看向进门处。

危瞳转头，月夜掩映的玻璃门前，那个男人长身玉立，清隽淡雅。微敞的黑色修身薄呢大衣里，只穿了件白色衬衣。没有系领带，看起来有一股淡淡的闲适，强大的气场却未因此而减弱半分。

轻淡的目光掠过一旁的她，男人的眉皱了起来。

收到调职命令，危瞳并不觉得意外。

还是组长大叔递来的通知单，白纸黑字，命令是执行总裁下达的，将她由凌泰的随行保镖转回保安部。

圣诞前夜在凌洛安家见到凌泰时，她就有这种预感。

凌泰的出现令自助晚餐寂静了很久，直到凌洛安与凌泰单独踱去玻璃房清静的一隅，众人才又慢慢有了声音。但也只是小范围的私语，大家现在都是凌洛安这边的人，对凌泰始终有些忌惮。

凌洛安扫了眼周遭，神态傲慢地开口："因为南苑那块地，你似乎损失了好几个人。"拿着小股份的股东们，大多态度保守，要拉拢过来并不难，他也并非真为此自傲。

"那些人，送给你也罢。"凌泰淡淡道。

"你今天来，只是为了确定我撬了你几个人？"他看起来很不耐烦。

"我是来送邀请卡的。"男人略微勾起唇角，薄唇的色泽被灯光与玻璃反光映得莹润如玉。他慢慢自大衣内袋取出一张狭长的烫金薄卡，夹在细长的手指间，递了过去，"恒安集团与凌氏在未来一年最盛大的宴会，凌氏总经理若缺席，说不过去。"

凌洛安的脸赫然僵住了，他接过来，看了一眼，眼底顿时起了漫天惊怒："不可能！恒安的主席至今还在医院里！"每天躺在重症监护病房的癌症晚期病人，怎么可能与他谈生意！也是因为笃定了这点，他才会在几家有实力的合作方里忽略了这家。同时积极拉拢凌氏的股东们，打算在凌泰忙碌这件事时，把主权夺回来。

男人那双墨黑的瞳渐渐深冷："你以为，得罪了其他几家备选合作方，就万无一失了？凌洛安，你不小了，借助玩弄别人家的女儿来达成目的会不会太幼稚。万一别人只有儿子呢，你要变性？"

他那样地平静，就连这些讽刺的话也说得极为平淡："去香港，不一定只是谈香港的地。怎么，你安排的人没告诉你，我一进酒店，恒安主席的儿子就已在房间了？"

"香港那件事与我无关。"他做过的事他会承认，没做过的也不会背。

"我知道和你无关。"回到Z城他就得到了调查结果，不过是凌洛安的某个女人自作聪明的报复，而凌洛安做的，只是放任不理。

"我要知道你是怎么跟恒安达成协议的！"据他所知，他们父子一向不和，老人进重症病房前早就把权力移交给了其他董事，那些老头和凌氏的老头一样保守，根本不可能在南苑这个计划上下重金，那等于是要他们的命。

"一些东西有很多种方式取得，你看得见的，你看不见的，这是战场，你以为过家家？"说着，男人的视线转移，再次掠过远处浅麦色肌肤的女人，"我的人，你用得可还好？"

话题转移到女人，凌洛安自然露出他一贯的神情："你亲自送来的，当然好。"

"可惜，到今晚为止。"凌泰的眼底有一丝不易觉察的冷芒掠过，锐利而危险。香港之后，他本来不想再拖她入局。哪知两个月的放任，却成了这种结果。

"都么久了，该驯服的早就驯服了。"凌洛安懒洋洋地笑，"比起之前那些，做保镖的女人，倒是最合我胃口。"不知是否是他的错觉，总觉得凌泰这一刻的目光过于深暗。他倒是奇怪了，如果是对方特意派到他身边的女人，何必如此在意？

男人的薄唇再次勾起，安静地结束了这场对话。

离开时经过危瞳身边，他顿住脚步，侧目对上她猫一般眯起的眼瞳，淡淡道："你不该在这种场合出现。"

就这么一句话，凌大老板说完即走。

看不出表情，也听不出情绪，唯有那双眼，深沉地一瞥，仿佛能把人吸进去。就像片刻前他与凌洛安谈话时朝她投来的那淡淡的一眼，总觉得太深不可测。

那一刻，她就有了某些预感。去香港前，他曾在这方面警告过她，现在演变成这样，大老板估计打从心里认定是她勾引了凌洛安！

真是冤枉死了！

她回头想瞪凌洛安，他人却不知什么时候不见了。后来凌家的管家老伯找上她，说少爷突然身体不太舒服，晚上不能陪她，会让司机送她回家。

"别忙了，我自己回去。"她猜那家伙大约又躲到什么地方郁闷去了，想到他上回郁闷时的模样，不觉有些担心。到家后，她主动给他打了电话，可惜没接通。

调回保安部危瞳求之不得，就算每天窝在休息室发呆发霉，也比十六小时全程跟着凌公子要强。

最高兴的人是危老爹，他的女儿终于能每天正常下班了，虽然最近听说凌氏的什么公子在追求她。但他对有钱人素来没好感，巴不得女儿调职。

调回保安部后，凌洛安连着数天都没出现，听说每天还是照常上班或去学校，只是没主动找过她。

倒是凌泰，曾在下班时遇到过两次，第一次下雨，他在她身边停下，叫她上了车，把她送到老街的入口，还把车上的伞给了她。

第二次是她主动等他的车，打算把伞还给他，结果他看了她一眼，问她喜不喜欢海鲜，之后便载她去了一家很小的饭店。危瞳后来才知道这种店叫私家厨房，里面只有三桌，需要预订，一般人就算有钱也得提前三个月订位置。

饭店的包厢很安静，布置淡雅，灯光柔和。

桌子不大，他就坐在她身边，将一本小巧的菜单翻开给她看："想吃什么就点。"男人的声音清淡柔和，危瞳却坐立不安。

大老板找她八成是要谈凌洛安的事，先前那回她根本没这个心思，当然理直气壮，可现在……不知道是不是被压着压着压出了毛病，这几天她常常想起凌洛安，总担心他有事。

照苏憧的说法，她这模样八成是春心动了。

对一个花花公子动心？真是恐怖！更恐怖的是，这花花公子还有位更恐怖的叔。

刚认识那会儿，只觉得这男人优雅成熟温柔，完美得没法说；稍微了解之后，觉得他有些深不可测；而现在，却又多了迷惑和畏惧。

从小到大，她都是毛毛躁躁的性子，从来没真正怕过什么人，可这男人，却是个例外。

"不舒服？"她毛躁的表情引起身旁人侧目。

那温柔的声音令她彷徨。实在是太温柔了，温柔得让她肺疼……

"那个，凌总，我有话要和你说。"她心一横，豁出去了，"我知道你不喜欢公司女职员和凌家人扯上关系。我也不是故意要这样，起先的确是他一厢情愿，可凌洛安对我很好，到了现在我不想把责任都归在他一个人身上。我不知道公司里那些谣传是不是真的，也不清楚你们的关系到底是好是坏，但恋爱这种事说到底是两个人的事，对不对？"

他看着她，她回视他，空气的流动似乎变得缓慢。

他的瞳渐渐变深，又缓缓变淡。

"我没有问你这些事情。"他眸光慑人，却始终没露出任何表情。

大约是见她没有说话，男人敛起眸色，又淡淡地笑了笑："点东西吧，我饿了。"

"好。"

这顿晚饭，危瞳吃得非常潦草，离开饭店后推说自己还有事，早早退场。

Chapter. 4
措手不及的订婚
▼

回家的公车上，她再次打凌洛安的手机，仍然没通。她在心里狠狠骂了他一百遍，结果却在自家老街的街口看见斜靠在红色跑车上的人。

又在抽烟，每回在他不知情的状况下看他，总觉得和平时的凌洛安有些不同。

她直接走到他面前："找我？"

"这么晚？"他丢了烟头，伸手拉住她的手，却没有进一步动作。她注意到他略显疲惫的脸："最近忙什么，都没接我电话。"

"一些生意上的事，太忙了，也没顾得上回你。"他轻轻揉着掌心的手。

"难道为了南苑的地？"这几天多少也听同事们说起，凌泰如何雷厉风行，硬是独自完成了这笔生意。而一直持反对意见的凌洛安就算再不愿意也无计可施。

"是。"这几天，他都在忙南苑的事，想了各种方法，却发现一切已成定局。他再一次输了，这次输得实在太难看太彻底。

跟那个人相比，他还是太嫩！

他幽幽地看着她，忽然道："你会不会觉得我很没本事？每次都输给他？"

"你输给他很多次吗？"

"大约……很多次吧。"他笑得很难看。

"真的一次都没赢过？"

"……"

"别这表情，一点儿都不像那个讨人厌的凌洛安！"她说着说着，自己也笑了，"不过这也是没办法的。他比你大八岁，年龄的差距无法轻易改变，他现在赢，是靠着这么多年的经验累积。你还这么年轻，只要继续努力，当经验超越他时，总会赢回来一次的！"就像武术，天知道她当年为了赢她老爹，吃了多少苦头！

"总会赢回来一次……"他喃喃念着她的话，目光开始变得深远。

"对啊，总会赢的，人生不可能一直这么输下去。"她脱开他的手，用力拍拍他的肩膀，"好了，别耍忧郁了，早点儿回去休息吧，我也要回家了，明天请你吃饭！"

她刚刚转身，身后人的手臂就缠了上来，扣着她的腰，将她紧紧按在怀里。

很紧很紧。

凌洛安从未用这种力度抱过她，他的拥抱总是轻佻暧昧的，带着诱惑，显得有些虚浮。而这一次，他仿佛在用他的全部力气来拥抱。

没有那些多余的修饰，反而令人身心鼓噪。她的心脏不受控制地跳动着，怎么也平复不了。

"凌洛安……"

他"嗯"了一声，手臂又紧了几分，她差点儿喘不上气，却听见他在她耳旁低低开口："你永远是我的，对不对？"

这么孩子气又庸俗的一句话……可是，令她战栗的酥麻感觉却自他气息游移的部位一路蔓延至全身。危瞳捂着心口，烦恼地闭上眼。

她想她是真的动心了，真真愁人啊！

紧紧拥抱中的两人都没有看见，在街口远处的路旁，一辆烟灰色的车升起车窗，无声地驶入夜色。

人生总是大起大落，在大学里，曾一度被学长学弟嫌弃的彪悍女人终于迎来了自己的春天。

危家老宅内的道场门口，十一个师兄弟挤做一堆，好奇地观望着里面那个棕发帅哥。

对这些习惯了吆喝着锻炼身手的粗大男生来说，凌洛安那张脸孔未免太过精致了些，尤其那双桃花眼，怎么看怎么不顺眼。

危老爹和凌洛安对坐已近半个小时，而主角危瞳现在还在睡，对目前的状况一无所知。这天是周六，天很冷，但阳光很好。危老爹打开门，才发现敲门的是个陌生人。

一身看起来很贵的衣服，一张一看就很不靠谱的脸。

他称他为伯父，据说是来找他家瞳瞳的，据说是她的男朋友，最后他提出了今天过来的目的：他想在过年之后和危瞳订婚……

"订婚？！"苏憧喷了邢丰丰一脸茶水，后者嫌恶地踹了她一脚，擦完脸慢条斯理地说道："果然是有钱公子说的话，订婚？这种事太没意义了，难道订了婚人就不会跑？结了婚还能离呢！"

"你不懂，这是归属权的象征，向全城宣告瞳瞳是他的女人，多浪漫啊！"

"浪漫？等哪天被劈腿了，她就是全城第一弃妇！"

"你能不能别泼冷水，是你眼光不好老遇上爱劈腿的，不代表瞳瞳也这样！"

"不怎么有钱的都花心，何况还是城内花花四少之首，有钱有势有脸！那男人先前差不多每个月都换女人，连他跟瞳瞳第一次见面都是在搞女人！浪漫？这个初遇够浪漫了！"

苏憧最讨厌男人滥交，可今天却和邢丰丰杠上了，很不服气地又找理由："花花公子又怎么了，一旦收心比谁都专一！他八成是见自己那个优雅成熟的叔叔把瞳瞳调去了身边，才会紧张地想先订婚！"

"她又当上大老板的私人保镖了？"邢丰丰对此事完全不知情，"喂，死女人！这事怎么告诉她不告诉我！"

"谁是死女人？"危瞳吹了吹自己的拳头。这事可不是她说的，而是苏憧自己撞见的。

跟凌泰吃饭后没几天，调职通知就来了，组长大叔可能习惯了，信封一丢人就走了，一句废话都没有。

工作内容和之前基本一样，每周五天，每日从上午八点到晚上八点，跟随在大老板身旁。不同的是，就算他在公司她也不能回保安部，而是要留在三十层随时候命。至于出差公干，她自然要跟，逢节假日贴她三倍日薪。另外薪酬方面，再度涨了百分之二十，都快赶上组长大叔的工资了！

后来她问凌洛安这是怎么回事，对方却只是玩味地笑了笑，告诉她别想太多，把工作做好就行。

碰见苏憧那天是她新工作的第五天。

前四天只能用乏味形容，因为凌泰连办公室的门都没怎么出。她坐在助理室斜对面的见客沙发上，时而翻翻杂志，时而打手机游戏，或者干脆趁陆路不在，用他的笔记本打僵尸。

第一天本以为他会出去吃饭，结果到了下午一点他都没出去。她在一旁饿得不行，返回三十楼的陆路见状不禁奇怪，问她怎么不去吃饭？

危瞳指指办公室门，对方领悟过来，笑了笑："老板有时忙，中午是不出去的。"

"那他都不会饿？"

"我会帮他带。"他提着手里的口袋，那眼神像在看一个白痴。

危瞳默默地走进电梯。

闲了四天，像是要证明她那百分之二十的薪水不是白加的，凌泰招呼她准备简装，跟他出差。

这次去的是S城，两座城离得比较近，车程才两个多小时。那天清晨，她一边啃油条一边走出老街，发现他的烟灰色宾利已经停在那儿了。本以为陆路也一起去，谁知车上只有他一个人。

很冷的冬天，车里空调打得温暖如春，他的大衣脱在后排，身上只有一件单薄的白色衬衣。

"开来我这里不顺路吧，我记得高速入口在你家附近。其实你早点儿告诉我时间，我去你那儿等好了。大冷天害你起这么早。"大老板亲自来接她真有点儿惶恐。还在做凌洛安保镖时，回回都是她去凌宅等他。

"没关系，我习惯早起。"男人的容颜静淡优美，没有丝毫倦色，显然是实话。

起初当他保镖，危瞳有些不习惯。

跟凌洛安比起来，他的个人生活只能用平淡形容。如果没有饭局，下了班基本直接回家，有时经过书店停下去买一两本对她来说太深奥的书，有时进音响店买几张CD。

他喜欢听美国乡村音乐，很多都是老歌，老到她完全没听说过。果然人说三年一个代沟，他们差了整整七年。已经不是代沟，而是鸿沟。

他的公寓在城东，高级区，凌氏旗下的贵价楼盘"清风望山"。整片区域占地很广，但真正的住宅楼只有两栋，一栋叫清风，一栋叫望山，遥遥相对的空中高楼。

他的公寓她没上去过，她知道是在顶层，估计是那种超级奢华的半空豪宅吧！

她是在刚出高速口没多久的路上遇上苏憧的。说来也巧，她所在的幼儿园今天组织大班去S城海洋动物园一日游。然而前方发生车祸，造成拥堵，就是这样两人看见了对面车上的彼此。

下车后，苏憧立刻用星星眼看她，说这车不就是上回送她回家那辆，凌洛安的家属是吧？又问她不是在和凌洛安谈么，怎么又跟他的家属跑这里来了。

听完危瞳的解释，她仍然星星眼，不时从降着玻璃的车窗外偷瞄里面的人。哪个女人见到凌泰，都会这样。那种令人恍惚的薄淡之美和那双睿智深邃的黑瞳，对女人来说有着致命的魅力。

结果苏憧看到第三眼时，车玻璃就很不配合地升了上去。

回到车上，危瞳朝凌泰笑笑："我死党，是幼教老师，还没男朋友。"

"你想说什么？"他淡淡甩她一眼，不算太愉悦，"我的私事，还不至于要你来操心。"

危瞳讨了个没趣，快快扭头决定看风景。

这趟行程为两天一夜，原本计划是先工作再吃饭，结果堵车堵到城里已近中午。凌泰问她是否饿了。

她公式化地回答说工作比较重要，她忍得了饿。其实她没这么伟大，只是估计他来S城也是与人谈事。无论在哪儿，茶水点心总是有的。

可没料到，她竟生生挨了三小时饿。

凌泰直接开车去了工地。

这是片还在建造的商业区，钢筋水泥混凝土弄得满天尘埃，到处都是噪音。她跟在他后面，顶了个安全帽，先去工人吃饭的地方，之后坐着临时工作电梯上楼察看，最后还去了建筑区边上临时搭建出来的工人住处。

接待他们的包工头有些惶恐，虽然之前就有耳闻凌氏的主事人相当认真，但没想居然能认真到这个份上。身为大老板，亲自来工地，弄得满身尘土，疯了！

"过年准备放几天？"临走前，凌泰取下安全帽，淡淡地问道。

"三天——哦！不不不，七天七天！国家规定的日子肯定要放足！凌总您就放心吧，那种虐待工人的缺德事咱不干！不干，哈哈！"包工头点头哈腰，"凌总您记得鄙人啊，鄙人姓张，这个是名片，下次有工程还请多多关照啊！"

凌泰接了名片，略一点头就离开了工地。

要上车时，闷了半天的危瞳喊住他，在他背上噼里啪啦一阵乱打。

他面色暗沉地回头，忍着痛看她。

"凌总，你背后都是灰，我帮你拍呢！"饿了三小时，她毛躁啊毛躁，不打他几下怎么能解气。

凌泰不是傻瓜，瞥了她一眼："我记得这附近有个面包房。"

话音刚落她人已上了车。

他到底没忍住，薄唇漾起了些许弧度。

晚饭前，他问她想吃什么，危瞳才啃完一块玉米芝士包没多久，并不怎么饿，就说吃什么都行。

"海鲜吃吗？"

"我基本没有不吃的东西。"

"倒是好养。"他微微一笑。正值下班高峰期，路上非常拥堵。危瞳没来过S城，下午去的地区属于待开发地段，比较偏远，没什么人气。此刻车子穿行在流光溢彩的喧嚣马路，才发现这个城市如此美丽繁华。

凌泰似乎对这里的路很熟，大约开了二十分钟，车子驶入一片商业区。周遭的建筑、灯光和氛围明显与之前经过的那些区域都不同，一看就知道是高级区。

果然是吃海鲜，一人一锅的养生餐饮。漂亮的大堂经理从进门就一直殷勤地跟着他，引他们去包厢，亲自布置每一样餐具，声音低柔恭敬地同凌泰说话。

相比之下，危瞳的存在感就低得多。直到凌泰从大堂经理手中接过菜单递到她面前，语调温柔地开口："有什么想吃的自己点。"

那位美女经理的态度立刻改变，恭敬地俯身到危瞳身边，柔声细语热情招待，害得她浑身都不舒服。

翻开菜单，上面的价格让她噎住。找了半天，见到最便宜的也要三位数。她看了一会儿，那些听都没听过的海鲜让她头晕，她把菜单推给凌泰："还是凌总你点吧，我没来过不知道吃什么。"

到底是有钱人，随便吃个饭也贵成这样，如果正式吃岂不是一顿能吃掉她一年的工资！

这时的危瞳不知道，能看得见价格的根本称不上贵，看不见价格的才是真正地贵。

夹着鲍鱼加吉鱼在小锅里涮时，凌洛安打来电话："哪里呢，找你吃饭。"

"S城，出差。"

他在电话那头拖长调子"哦"了一声："要住在那儿？"

"是啊，不然怎么叫出差！"

"想不想我？"

危瞳望天："你就没有其他比较有建设性的问题？"

"没有！"那声音有点儿恼，片刻又带上了诱惑，"在成功把你带上床前，我不太会有其他建设性的问题。"

"等你什么时候打得过我再说！"聊到这时，桌对面的凌泰搁下筷子，看了她一眼。

她举起手机："凌总，是你侄子，要对话吗？"

他做了个不用的手势，起身出了包厢。

凌洛安大约听见了关门声，知道他暂时走开，又继续问："怎么，就你们两个？"

"你烦不烦，这么多问题！"

"危危，我好像有点儿吃醋了。"

"滚！"吃他个鬼！边笑边说能叫吃醋！

"你这女人……"她的反应总是和一般女人不一样，有时很有趣，也有时让人气得牙痒！

"行了，明天我就回来，回来请你吃饭！"

"危瞳保镖，你的下班时间是晚上八点。"

"那吃消夜总行了吧，另外再陪你去会所打桌球！"

"这才乖，来亲亲。"

"……"这家伙最近越来越黏人，受不了啊受不了！

挂了电话，才发现凌泰不知什么时候已经回来了。包厢明亮的灯光下，他的神色不知怎么的有些沉凝。

第二天上午没有行程，她一觉睡到中午。在酒店简单吃了个午饭，他与她驱车来到一片老旧街区。

街道最起码有三四十年历史了，青砖地、石子路、石板桥，狭窄的小巷，曲折的街市，密集的小摊，还有陈旧的小楼。林立的建筑，带着尘世的喧嚣与浓浓的烟火气息，是和时尚快节奏的大都市完全不同的一个世界。

侧前方的男人走得很慢，目光在周遭来去，那张优雅的脸再次透出与平时不同的拒人千里的冷漠。整个午后他一句话都没说，她跟在后面，陪他走完了整条街道。

离开之前，她注意到街口一隅一块几乎快倒掉的路牌，上面写着三个字：南苑街。

原来这就是南苑，他非卖不可的那块地。

回程路上，她想了想，还是开口问他："凌总，为什么要卖南苑？"

他大约料到她会问，神色淡然地看她一眼："商业机密。"

很久以后，当危瞳再度回想起这天的这句"商业机密"，总有种想扁人的冲动。比起行为一向轻佻的凌洛安，这个男人才更加欠揍！

关于订婚，危瞳从来没表示过同意。但这并不妨碍凌洛安来她家拜访的热忱。

曾问过他为什么，答案是能够正大光明地压倒她……

听完，她一时没忍住，又动了拳头。

自她做了凌泰的私人保镖后，凌洛安不仅越来越黏她，在她面前脾气也收敛了不少，虽然还不能做到打不还手骂不还口，但起码不记仇不要诈……

这一年的春节来得早，一月下旬，全国就开始放假。Z城纷纷扬扬下了几天雪，湿冷的天气冻得要命。

对建筑行业的商人来说，这个年过得半点儿也不悠闲。年后，凌氏与恒安的南苑计划即将开始，未来几年，这块陈旧破败的街区即将成为S城第二个商业中心。这块肥肉，谁都想分一口，大大小小的公司都在忙各自的招标计划书。

年后，凌洛安一反常态，参与所有有关南苑计划的会议时不再有任何反对意见。

这一现象令公司上下议论纷纷，猜测这是不是凌氏公子彻底向凌泰表示臣服的征兆。而凌氏的股东们，也再次因为凌公子态度的改变而发生了微妙变化。一些"公子"派渐渐趋向凌泰，其他则选择沉寂。

伴随南苑计划如火如荼展开的，还有凌洛安的订婚计划。

与众不同的是，这个消息是在凌氏某个例会上被公开的。凌公子靠在转椅上，双腿交叠，侧身玩着桌上的文件夹，在凌泰指派他去B城参加某招标会时，笑着拒绝。

"下个月我会请长假，这个重要任务得劳烦凌总另派他人了。"在凌泰缓缓投来的清冷目光里，凌洛安的笑容越发灿烂，"下个月，我订婚。"

凌家公子身边来去的女人虽多，但涉及婚嫁的，危瞳还是第一个。

邢丰丰后来问过她，是什么让她改变了主意？到底凌洛安这花花公子做了什么令她感动的事，让她愿意冒着变成全城第一弃妇的风险和凌洛安订婚？

危瞳撑着额头，苦笑两下。

说起理由，实在有够狗血。不是因为凌洛安，而是凌泰。

订婚消息传遍全公司的那天，唯独她不知道。因为她整个下午都在凌泰办公室外打手机游戏，那些八卦只能传到二十九层，三十层往上是隔绝八卦的空间。

下班后，她照旧跟在凌泰身后上车，他直接驱车回到清风望山。车没有像以前一样在楼前停下，而是直接驶入车库。

她不解地看着他："有事吗，凌总？"

他深深地看了她一眼，缓缓开口，声音有些低冷："跟我上楼，有话问你。"

"好，不过我晚上约了凌洛安吃饭，我只能再待半小时。"

他眉峰一抬："你的下班时间是八点，还有两个小时。"

"可我上午已经和陆路报备过，今晚——"

"我并没有批准。"他率先下车，示意她跟上。

她瞪了他的背影一眼。

电梯上升得非常快，几乎没什么感觉就到达了顶层。

四十五层的高度，对危瞳来说很新奇。凌泰的公寓出乎她意料地低调，简单的三室两厅，没有炫目的装潢，也没有豪华家具，简单的灰色调，太过清冷的摆设。唯一惊艳之处是客厅朝南延伸出去的一个弧形阳台。

全封闭式的设计，上下左右均是玻璃。踏在上面犹如站在半空，畏高的人只要朝下看一眼，基本吓尿了。

室内空调打得暖融融的，凌泰将呢大衣脱去，半挽起衬衣袖口，冲了杯咖啡，搁到茶几上。

"就一杯，你的呢？"

"你先喝。"说着，他打开冰箱，随意问她，"有没有什么不吃的东西？"

"凌总，我不在这里吃饭。"她走到冰箱旁，轻轻推上冰箱门，"你有什么事请直接和我说，这种状况让我很不舒服。"

他旋身走上玻璃阳台，靠着玻璃朝她低低道："过来，和你谈谈订婚的事。"

危瞳这才知道凌洛安这家伙已自作主张地把她根本没答应的事在全公司宣扬开了。

按常理，她会立刻向误会了的"衣食父母"解释此事，但看凌泰现在的态度，对这事显然非常不满意，估计已把她想成了为飞上枝头而不择手段的心机女！

她突然有兴趣听听他会说些什么。

"订婚这件事我不赞成。"

"为什么？"她直视着他，半点怯色也无。

他垂眸看她，静默下来。

她从来不是胆怯的女孩，现在或是以前，这种带了些莽撞的无所畏惧一直没变。

这一刻，他突然想起了那个晚上。迷离暗淡的光线里，她微微倾身，柔软年轻的身体向他靠了过来。挑染的长发，像极了一个夜不归宿的不良少女，太过成熟浓重的妆容掩藏了她真正的脸孔，却掩不了那双清亮美丽的瞳和可爱笑容。

她一手搭着他的肩膀，另一只手缓缓划过他的脸颊，口吻轻佻地说他很漂亮，紧接着一个吻就落在了他的唇上。很浓的酒味，却混杂了一些水果的甜。他刚恼怒地想推开，她却已经放开了他，冲他软软地笑道："别生气嘛，喜欢你才亲你的，别人我才不亲！"明明是在笑，眼底却仿佛带着寂寞。

和他一样的寂寞……

他反对他们订婚并不仅仅因为他清楚凌洛安的那些打算。世界有时太大，寻找多年都一无所获。有时又太小，触感与气息的记忆，令这个影子般的女孩瞬间在面前清晰。

认出她之后，他才知道五年可以令一个人有多大的改变，那几乎是完全不同的两个人。

他从来都是自律的人，五年前的那夜是他至今为止最大的也是唯一的一次意外。

他也曾想过，再见对方，会是什么样的场景，他会说些什么，她又会说些什么。只是没有料到，最后的结果是他认出了她，她却忘记了他。

清俊的眉宇间慢慢透出冷厉之色："你在公司的时间也不算短，应该听说过我和洛安之间的关系。"

"听说过，这两者有什么关系？"

"我曾经派你去他身边，在他眼里，你是我这边的人。"

"所以，凌总你的潜台词是，他并不是真的喜欢我，他和我订婚只是为了利用我？"她慢慢笑了，"那现在，我是不是应该感谢凌总对我的关心？然后拒绝与凌洛安订婚，并和他分手，以后各自人生互不牵扯呢？"

他长久无声地注视着她，屋内静了很久，直到他再度开口："你最好让你的头脑保持清醒。"

"凌总，你喜欢过一个人吗？"她到底是忍不下去，"也许那人有很多缺点，也许周围的人都反对，可是喜欢不会因为这些改变的。凌洛安以前不见得是个好男人，以后也未必会做个好男人，但他现在对我的好是真的！跟他相处的人是我，没有人比我更清楚他是真是假。还是那句话，说到底这是他跟我两个人的事，就算以后会被欺骗会被伤害，我危瞳也认了！因为这是我的选择！我非订婚不可！"

她是个护短的人，从小就是如此。也许平常会对那人打打骂骂，但这些仅限于自己，其他人的指责批判她一概不会接受。

于是，就这样，她一时愤怒，把自己搭了进去……

订婚日之前，远在澳洲的凌夫人得知了消息。她本人没有回国，却吩咐凌家小姐凌静优坐飞机赶了回来。

她回国当天就拖了行李直奔凌氏。

凌家小姐，芳龄二十，人如其名，又恬静又优雅，有着清纯无比的柔美脸蛋和柔软嗓音，无论任何表情都美得赏心悦目。

她把行李丢给凌洛安的秘书，径自走进他的办公室，关门谈话。

秘书小姐不敢打扰，凌家小姐虽然来公司的次数并不多，但谁都知道凌洛安对这个妹妹非常宠爱。可这天，凌小姐离开时却红着眼眶，办公室里的人连眼皮都没抬一下，照旧做他该做的。

凌夫人不同意订婚，遣凌小姐回国阻止却遭凌公子冷言拒绝的消息很快传遍公司。

这天晚上吃消夜时，危瞳戳戳半靠在她身上的人，笑嘻嘻地问道："要不，别订婚了？"

"怎么？"他挑眉，"你后悔了？"

后悔很久了……她再戳戳他："你家人不是不同意吗！其实不光你妈和你妹不同意，连你叔叔都不同意……"补充，还有她爸和家里那十一位师兄弟都不同意。虽然尚未通知远在澳洲的诺宸，但她知道他也绝对不会同意。他的脾气最像她老爸，对富豪人家总存着天生的排斥。

"哦？我叔叔也不同意？"他笑得眼角生风，"说说，他都是怎么跟你说的？"

"这不是重点，重点是大家都反对……"

他的手指掠过她的脸颊，停留在她唇上，将她其他的话压了回去："你知道我的脾气，我决定的事，从不会因为别人的意见而改变。"他低下头，用他的唇擦过她的，最后停留在她耳旁，吐出一口热气，"尤其是他。"他的猜测没有错，那个人与她，的确有些什么。

凌泰做事，又何曾这么沉不住气过。

不像他，真不像他。

不过整件事最有趣的地方也就在这里。第一次发现那人在意的事物，他自然会不遗余力地利用。

身边的女人低着头，正用手指梳理着她微乱的茶色长发，不知道在想什么。清亮的眼微微眯起，就像只正在思考的猫咪。

非常可爱。

他把手臂绕过她的肩膀，将她按入自己怀里。眼底慢慢升腾的笑容里，带着连他自己都不曾觉察的暖意。

订婚仪式最后在凌家举办，跟凌洛安原本计划的大张旗鼓有所区别，是更类似于家宴般的聚餐。

这应该算是他向母亲妥协的底线。

危瞳对此十分满意，不必弄得全城皆知惹来一堆八卦记者，也不会有这这那那的前任跑来示威哭闹撒泼演戏。其实她也挺佩服自己，天知道和一个曾经风流多情的花花公子订婚需要多大的勇气！他交往过的女人估计比她这辈子前二十年后六十年加起来认识的男人还多！

订婚当天，危老爹没有出现，虽然现在他对自家女儿采取放养政策，但这次订婚的事他实在很不满，两天前就拖着好友到乡下钓鱼去了。至于她家里的师兄师弟，也被暗令不许去参加订婚，不仅如此，他们还被警告不许把消息透露给诺宸。

最后，危瞳这边参加的人只有邢丰丰和苏懂两个。这两个都不怎么靠谱，直到进场前一刻还在争论订婚到底对不对。

这晚，危瞳第一次见到凌洛安的妹妹。

的确如传闻的那样，是个长相非常柔美的女孩，只是那双笑意盈盈的眼，在看着她的时候，似乎透着一缕寒意。

这是一种很怪异的感觉，她不知道这是不是她的错觉。

凌泰没有出席订婚宴，听组长大叔说S城那里似乎有急事，两天前带着保安部两个人赶去了。凌洛安仿佛有先见之明一样，预先替她请了假，否则这会儿她人还在S城赶不回来。

虽是家宴，但晚上凌家还是来了不少人，寒冷的早春，宾客却大多衣着单薄。仪式很简单，开香槟，切蛋糕，然后凌洛安替她戴上订婚戒指。

两克拉的豪华钻戒，邢丰丰的眼睛在戒指出现的那一刻闪闪发亮，而她和苏憧关于该不该订婚的争论也就此停止。

订婚宴后的第二天，一则有关S城南苑街的新闻席卷了整个凌氏。

据记者报道，南苑街居民因不满凌氏的逼迁举动发出抗议，截至发稿前，已有一部分居民达成共识联合起来，宣称会以法律手段维护自身利益。

危瞳关掉网页，立刻拨了凌泰手机。

电话通了，但没有人接。

半个小时后，对方回电话过来，声音略有些低沉，带了些疲惫的暗哑："什么事？"

"凌总，我看了网上的新闻。S城那边没什么事吧，如果有需要我可以现在过去！"

"没事。"偏冷的语调。

"那你大约什么时候回S城？是这样的，我已经回公司上班了，可是你不在的话我不知道该做什么。"

"还得过几天，在我回来前，你可以继续放假。"

"那好，我知道了，凌总。"

危瞳原以为真能多放几天假，但这天下班前她却接到了陆路的电话，对方语气略显凝重，告诉她如果私事忙完了，立刻去一趟S城。

"有事吗？我下午才和凌总通过电话，他没事吧？"

"这件事暂时别告诉任何人。"陆路嘱咐道，"老板现在在医院。"

凌泰前一晚就进了医院，也就是说，当危瞳给他打电话时，其实他人正在医院。

南苑那里的问题，只报道了一部分出来。居民遭到手段恶劣的逼迁对待，将愤怒发泄在前来解决问题的凌泰头上，结果引发意外，导致误伤。幸亏有保安跟随，情况才能很快得到控制。

"凌总伤得严重么？"连夜坐火车赶到的危瞳问陆路。

"都是轻微擦伤，主要是右手腕关节挫伤有点儿麻烦。"

"凌氏真有用恶劣的手段逼迁居民？"

"你认为老板是那样的人？"陆路看她一眼。

危瞳摇摇头。虽然那个男人在面对公事时总是一副漠然冷淡的模样，但她却觉得他不是那样的人。一个会关心民工食宿假期等各种待遇的执行总裁，绝对不是冷酷的人。

单人病房的灯还亮着，那个男人正坐在沙发上看笔记本电脑。

大约是因为右手受了伤，左手使用电脑很不方便，他没有多久就会停一下，过一会儿再接着继续。

陆路见状无奈地叹了口气，上前从凌泰手里取走电脑："老板，你应该休息！"

"已经休息了一天，现在没事了。"他微微抬手，将电脑拿了回去。

陆路不敢再取，只能嘴上抱怨："怎么会没事，当时都痛成那样了……医生也说要休息几天！"

"我没有那么脆弱。"说着，他的视线转向门口，落在那个浅麦色肌肤的女人身上。

她自寒夜而来，脸颊因冷而泛着淡淡的红，口里呼出白色雾气。见他看向自己，双眼一眯，轻轻弯成了月牙："凌总！你又受伤啦！"

陆路翻了个白眼。老板受伤，她高兴什么劲儿！

"小伤而已。不是让你放假么？"话是对危瞳说的，目光却瞟向一旁的陆路，入院的事他本没打算让她知道。见老板面带不悦，陆路立刻找了个借口离开病房。

危瞳关了门，一边脱下外套挂在衣架上一边对凌泰说："这次发生意外时如果我也在，凌总你可能就不会受伤了。"虽然上次的谈话不太愉

068 / 近在咫尺的你

Accident
for one Night

快，但现在她毕竟和凌洛安订婚了。说到底，他是凌洛安的叔叔，如果以后她真的和凌洛安结婚，那他也会成为她的叔叔。这么一想，现在还是该尽量搞好关系。

"这次就算你在也没用。"当时的情况紧迫，巨大的水泥板当空砸下，就算她身手再好，也根本不可能全身而退，"陆路没告诉你？另外两个保镖都受了伤。"

"他们身手又没我好。"这点她确信无疑，见他再次因伤手而停下休息，她忍不住上前为他扶住电脑，"凌总，你要看什么，我帮你弄。"

她侧坐在他身旁，靠得很近，他甚至能闻到属于女子的淡淡体香。她脸孔素净，鼻子小巧挺拔，微翘的唇轻轻开合，露出雪白的牙齿。大约是觉得唇有点儿干燥，她无意识地舔了舔下唇，小小的舌尖粉嫩，勾起了他曾经的记忆。

女孩柔软的舌，似乎有一点儿羞怯，却仍大胆地滑入他口中，一点点好奇地探索。当触上他的时，仿佛吓了一跳，轻轻缩回，过了片刻又悄悄探过来。反反复复地探索退离，如同燎原的星火，慢慢点燃了他，在她不知第几次玩着来来去去的舌尖游戏时，他眼眸骤暗，反吻住她。

她有些惊慌地低叫，却又在瞬间被他吞没……

"凌总？"

放远的眸光收了回来，他垂下眼帘，习惯性地淡淡一笑："手。"在她不解的目光里，他握住她的手搁在了键盘上。

"今晚我要把这些资料看完。"她的手很小，肌肤也很软。单是这么握着，很难想象当五指收拢时所爆发出的威力。

"好，我知道了。"他的指尖微有些凉，修长的大手完全覆盖住了她的手。她等了一会儿，不见他移开，心里有点儿怪怪的。正打算不动声色地抽离，覆着的手却慢慢收紧了力度，将她的手握紧。

她忍不住问道："凌总？你是不是觉得冷？"病房的空调温度打得是高，可他毕竟是个病人，穿着这么单薄的衬衣实在少了些。

"没有。"他看着电脑屏幕，清隽的眉宇间似乎漾着淡淡的温柔。

"那你——"

话还没说完，就被他打断："请保持安静。"

"……"算了，这男人情绪太莫测，他要握就握着吧，反正握一下手也不会死……

　　第二天，陆路来送早餐时，危瞳才刚睡着没多久。眼前的画面让他大吃一惊。

　　长长的沙发，他的老板靠坐一侧，电脑搁在宽大的扶手上，他的左手在忙碌，受伤的右手却半拢着沙发上躺着的人。危瞳横躺着，几乎占据了整张沙发，头还搁在他腿上，睡得那个香甜啊！

　　"老板"还没叫出口，凌泰就警觉地抬头，朝他做了个嘘的手势。陆路点点头，放轻手脚将早餐搁在一旁，又慢慢走到他面前，压低音量道："老板，查清楚了，闹事的那帮人是当地一伙儿结派的外来人员，没有固定职业，平时干些小摸小偷的勾当。这次明显是拿了钱受人指使，被闹得最厉害的那家在南苑街有些声望。他们家里还有个亲戚在电视台做事，这件事想不闹大都不可能了！"说完，他叹了口气，"老板，我还以为他真没动静了，没想到……"

　　凌泰微微勾动唇角，眸色深邃："你也把他看得太低了。让你准备的都准备好了？"睡在他腿上的女人动了动，差点儿滑下沙发。他忙把她揽紧，眉头却不由得蹙了蹙。

　　"嗯，都好了。"看着凌泰因使用伤手而忍痛的样子，他上前一步，"老板，我把她移到床上去吧。"手指才刚刚碰到她的衣角，就被凌泰伸手挡住了。

　　"没事儿，我来。"他合上电脑，小心翼翼地将人抱了起来。

Chapter.5
419的谜底
▼

　　危瞳醒来时病房已经没人了，她倒像个病人一样躺在床上。一旁柜子上还搁着早餐，是装在保温杯里的咖啡和鲔鱼三明治。

　　感觉是留给她的，但她猜测这应该是凌泰的早餐。一个三明治下肚，她没觉得饱，干脆取了外衣出去觅食。

　　刚走进电梯，一个男人喊着等等，加快脚步跑了进来。

　　"谢谢！"对方很客气。危瞳看了他一眼，身着白大褂，板寸打理得十分神清气爽，应该是这里的医生。她打量那人时，那人也正打量着她。危瞳心里有种说不上的感觉，这种感觉在电梯抵达一楼，她正要踏出门时，被对方的两个字终结："危瞳？！"

　　"呃……"原来真的认识，怪不得她觉得眼熟！只是一时仍想不起他是谁。

　　见她疑惑，对方不由得失笑："小瞳瞳，不过五年不见，你就认不出我了？"

　　小瞳瞳……危瞳抽了抽嘴角，这么恶俗的称呼，也只有他才会叫！

　　十分钟后，两人在医院对面的小餐厅坐下。危瞳忍不住打量他，以前留着齐肩长发，整天逃学泡在游戏房和酒吧的混混如今成了大医院的医生，不得不说是个奇迹，实在不能怪她健忘！

当年陈郁是那条街的常客，有时也兼职酒保。听闻他不是本地人，习惯独来独往。他们差了几岁，背景也不同，严格来说不算是朋友。但那阵子她晚上也时常去那条街混，时间一久就和他熟了。

那夜意外发生后，她曾为了找男主角去过那条街，不过再没碰见过陈郁。听人说，好像被家里人揪回去了。

今天见到面，才知道当年是他父亲亲自来Z城逮人，直接将他打包送去国外读书。巧的是，学成归来还不满一年，就又碰上了。

异地重逢旧友，自然有很多话说，聊着聊着就忘了时间，直到凌泰打来电话。

"我在对面吃早餐，现在就要回去了吗？……驾照？我有啊，不过考出来之后就没开过，现在基本忘记了。"危瞳试图说服对方，不过没啥效果。

"我现在经过餐厅门外，你出来拿钥匙，车停在地下车库，十分钟后在医院后门等我。"对方淡淡地下达命令。

她让陈郁稍等，随后飞快出了餐厅，路边停着辆黑色轿车，后座的车窗降下，男人漂亮优雅的脸露了出来。他一夜未眠，不过看起来精神不错。能回Z城，估计事情已经解决了。

她接过钥匙，返回餐厅打算和陈郁道别。还没开口，对方已用颇为敬佩的眼神看着她："你居然真把他搞定了！小瞳瞳，以前还真是小看你了！"

她头上顶了个问号："你在说什么？"

"说他啊！"他扬着下巴，看向玻璃窗外的车子，"刚才那个极品男人！当年他出现在酒吧那夜，我们不是还打赌你能不能和他说话超过十分钟吗……"

虽然已过了五年，但这件事陈郁仍记忆犹新。夜店那种地方，很少见到这种气质的优品男。一般来这里的男人，不是为了找女人，就是为了找男人。可他却只是一个人坐着，眉宇清隽，面容温雅，神态却淡凉。

有一种不同于其他人的清贵出尘。

在第N个女人上前搭讪失败后，他和危瞳打了这个赌，至于赌什么，连他自己也忘了，唯一清楚的反倒是这个陌生男人的脸。

当时她已经有十成醉了，二话不说就冲上去。结果不知怎么的，居然真的和人家说上了话，后来客人多，他一时忙没注意，再回头看时，那两个人都不在了。当时陈郁也没想到，那晚竟然是他在酒吧的最后一夜。

他回忆完，却发现危瞳站在那里，像是僵了："没事吧？"

危瞳隔了半天才找回声音："你的意思是说，刚才车里的那个男人……五年前曾和我在酒吧里聊天？……你确定你没看错！"

"看错？靠！我陈郁什么眼神！何况那种男人，见一眼就绝对不会忘记，你以为谁都能生那样一张脸出来……"

陈郁话音未落，危瞳已经冲了出去。

她一口气跑进医院大门，大脑此刻已经当机，几乎一片空白，只有手脚在机械运动，眼睛不断地四下搜索。

她终于在大堂找到了熟悉的背影！

那个人正走进电梯，侧头不知在和陆路说些什么，神态轻淡温和，却自有一种高人一等的气质。

陆路惊讶地看着气势汹汹冲过来的女人，还没开口就被她一把推到旁边。危瞳按住凌泰，直接将人推入电梯，紧接着凶巴巴地赶走了电梯里的其他人。

她随便按了个钮，转身盯着他："你说，你五年前是不是去过老城区的渡岸吧？"

男人墨黑的瞳深沉清冽，仿佛一池不见底的寒潭，随着她的话，视线自上而下地将她笼罩，仿佛无形的锁，在她周遭发出细微声响，将她紧紧困住。

"你到底去没去过？"她火了。

"你知道了？"他面上仍旧平静，只是眼眸深处，慢慢起了波澜。

这个问句让危瞳心里仅存的一点儿希望也破灭了。她低低哀号一声，抱头蹲在地上："居然真的是你……原来你早知道了……等等！"她又腾地站了起来，揪住他的衣领，"你怎么可能会知道？你到底什么时候知道的？"

"香港那次。"他拉下衣服上的手，收在掌心没有放开，怒火中烧的她没有留意这个细节。

"那岂不是三四个月前？！你那时就知道，为什么不早点儿告诉我？"现在这算什么事？才和男朋友订婚，却发现男朋友的叔叔曾经和自己有过一腿！别说凌洛安知道后会怎么样，就是她自己也没开放到大小通吃的境界啊！

电梯的门开了又关，他重新按下楼层，待到达后，将一脸颓败正发呆的人拉了出去。

"等一等。"身后传来她的声音，他没回头，继续朝病房走去。

"我让你等等！我要你说清楚，为什么早知道了却不说？还看着我和凌洛安恋爱，莫非你觉得这样很有趣？"

她说了那么多话，却不见他停下脚步。他是个冷静成熟的男人，也拥有普通人无法企及的背景和地位，甚至如果他说那一晚是你情我愿并不存在任何责任这种话，她都可以理解！

但问题是，在这种情况下，他怎么还可以这样淡漠？

难道在他眼里，她这个过客只是无聊夜晚的消遣工具？用过了就丢弃遗忘了，即便再见面认出她也没有说出来的必要？！

他的态度让怒火在她的身体里肆虐，她手腕用上了力度，强拖住他："凌泰！该死的你给我停下！我要你说清楚！"

前方的人脚步突然顿住，他回过头，黑眸一片深邃，情绪莫测难辨。

她的肩膀被抓住，男人的唇压了下来，有一点儿凉，却出乎意料地软。

危瞳愣在那里。

他的气息干净而浑厚，纯粹清澈，与凌洛安的完全不同。

他亲吻的动作很温柔，如轻软的羽毛拂动，如果不是在这种尴尬的情况下，如果不是发生在他们之间，她几乎要以为这是情人宠溺呵护的吻。

她没有闭眼，看着近在咫尺的漂亮眉宇，僵硬的手正要推开，他已睁眼放开了她。

"现在，冷静了没？"贴近的距离让视线的落差增大。他薄唇微动，气息暖融，唇上面还留有她的温度。然而他凝视她的目光却如此淡，仿佛刚才吻她的人并不是他。

修长的手指拂过她的脸颊，将散开的发丝理顺，又轻轻抚了抚她的发顶："如果冷静了，我们谈一谈。"

Z城。

某私人会所包厢内，刚得到S城那边最新消息的助手正一一向他的老板汇报。最后，那人停了停，犹豫着该不该把最后一件事也一同汇报。

"有事就说，你知道我不喜欢藏着掖着！"灯光昏暗的包厢沙发上，五官精致俊美的年轻男子正摇转着手里的红酒杯，深红色的透明液体在玻璃杯中轻轻晃动，映出他那双带着不悦的迷人桃花眼。那人如此轻而易举地就解决了麻烦，着实令他有些头痛。

"是……是关于危瞳小姐的。"他低着头，到底把监视者在医院看到的情况说了。

许久的沉寂，长到他几乎以为对方没有听清楚自己的汇报。然而，清脆的碎裂声赫然响起，红酒洒了一地。助手微微抬头，发现自己老板的脸色比想象中更加难看。

"再说一遍，他们两个是怎么认识的！"

"是……是五年前一次———一夜情。"虽然监视的人没听到他们谈及此事，但因为两人不同寻常的态度展开了追踪调查，结果就查到了陈郁这个人，并从他的口中套出了整件事。

助手小心翼翼地看着沙发上眼神阴郁狠厉的男子，大气都不敢出。

他还从来没见过自己老板这种表情，不过是女人而已，照以往的经验，他根本不可能对危瞳真正上心。他也是因为想着这点，才敢把实情说出。早知道他这次这么在意这女人，就该把消息嚼烂了吞下，死也不说！

凌洛安缓缓伸手，重新取了个杯子，给自己倒上红酒："那两个人现在呢？"

"已经在回来的路上，算时间，现在应该快到了。是……危瞳小姐开的车，他的助理负责把人引开……"

"行了！"他捏着杯子，满面戾气。

那助手不敢久留，打完招呼，匆忙退出了包厢。

车速不快，危瞳一路都没说话，坐在副驾的男人撑着额角，同样缄默，像是要给她一个安静整理思绪的环境。

中午在病房，她所有的恼怒情绪在他一句话之后消散于无形。

"这件事说出来你觉得会有什么好处？对你，对我，还是对洛安？你不是不知我和洛安的关系，也应该可以想象这件事会令你们之间产生什么后果。我不介意做不择手段的事，但你应该会介意。"

他坐在沙发上，长腿交叠，眉压得很低，神色稍淡。微勾的唇角似笑非笑，眸色深沉，仿佛有一些更加深层的东西在里面，但她却偏偏看不明白。

"人与人之间的关系，一旦改变就很难恢复，我不希望你后悔。"他的视线锁着她，她所有微小的反应都躲不开他的眼睛。

"那你的意思是，这件事对你没有任何意义？"所以，才会在事后用不告而别的方式消失！她在心里恶狠狠地补充，他要敢说是，她就立刻揍他，管他是不是老板！

"意义是双方的，建立在你和我拥有共同想法的基础上。"锁定着她的视线移开，落在窗台一缕跳动的阳光上，"单单是我，怎样都不会有意义。还是等哪天你希望它有意义的时候，再来问我吧。"

谈话到这里结束，危瞳的怒气是没了，可情绪却更混乱了。

这个初夜对象实在太出乎她的意料，究竟是五年前的她太牛叉，还是五年后的她太逊？五年前她只用一晚就搞定了他的身体，可五年后她怎么也搞不定他犀利的唇舌和冷静的头脑。

危瞳最后总结，凌泰这个男人着实可怕！

他太深沉太睿智太从容太成熟，她在他面前，就像个傻乎乎的小女孩，完全没有任何威慑力。就连她的拳头，也像是冲动小青年才会使用的道具。

经过两个小时的车程，她终于想清楚了：这样的男人，能避就避，绝对不能正面交锋，否则连怎么死的都不知道！

当年那件事，反正都过去了，那就干脆让它永远过去，他不提，她也不提，就此烂在肚子里！

她依照他的吩咐，直接送他回了"清风望山"。

"车你开回去，明天准时来接我，这几天你暂时当一下司机。"

"凌总，这么豪华的车，我怕停我那里会被人砸。"她语气凉凉地说。

他的视线在她脸上停留了会儿，轻轻淡笑："那么，车停这里，你人也留这里，如何？"

"你什么意思！"毛躁的人到底没忍住，又爹毛了。

"你觉得，我是什么意思？"他解开安全带，俯身靠近她。迫人的男性气息袭来，优美的薄唇近在眼前，危瞳慌了，脊背紧紧地抵在椅背上，抿紧了嘴。

他淡淡一笑，手从椅背越过，取了后排的笔记本电脑，推门下车前，朝她缓缓道："开回去吧，明天别迟到。如果真被人砸了，我也不会让你赔。"

看着那男人修长优雅的背影，危瞳发泄般地将脑袋磕在方向盘上。

他、他居然用言语调戏她调戏她调戏她！

真想揍他真想揍他真想揍他……可是偏偏不敢为什么为什么为什么！

她超级烦躁啊！

陆路中午回到公司，发现保镖兼司机的危瞳，脸很臭。

虽然不知道她和老板之间发生了什么，但她昨天对他不礼貌是事实，他搁下文件，端着总裁助理的架子刚教训了两句，原本窝在沙发上装死的女人赫然直起身子。

她从小茶几上取了罐加多宝，揭开，一口气喝光，随后捏着那只空罐举到他面前。单手一用力，那只坚硬的罐子在吱嘎吱嘎的噪音中逐渐萎缩，这一刻，陆路只感觉自己的心肝也如同这只罐子一般萎缩、萎缩……

不是铝制的可乐罐，是铁质的加多宝罐啊！

这女人实在太可怕了！

可怕的女人示威完毕，又抱着手机跌回沙发装忧郁。

从上午到现在，她都在想同一个问题：到底要不要给凌洛安打电话？

这件事来得太突然，虽然她是想让它永远过去，烂在肚子里。可她不是擅长掩饰的人，心里有事，肯定会被凌洛安看出来。

到时他问起，她怎么可能装着若无其事地继续跟他吃饭约会？！

她有想过主动把这件事和他一五一十地交代清楚，但一想到事件男主角的身份，这想法就自动消失了。

这让她怎么开得了口？！

那人可是他的叔叔啊！

想到这里，缩在沙发上的女人忍不住一声低吟。她丢了手机，捂住眼睛，把自己埋进了沙发中。

这世界上怎么会有这么巧的事！好尴尬、好烦躁、好……好想找个人揍一顿出出气啊！

助理室内的陆路，突然没来由地打了个冷战……

危瞳一直忧郁到下班，她跟着凌泰走入电梯，电梯停在二十八楼，凌洛安走了进来。

"嗨！"他今天穿了件紧窄的烟灰格子短大衣，裤脚笔挺，更显得他身体挺拔，腿长腰瘦，帅气逼人。

随着他的进入，狭窄的电梯里立刻弥漫开一股矜贵诱惑的香水味。他朝凌泰打完招呼，那双桃花眼比平常任何时候都含情脉脉地落在危瞳身上："危危，我可是等了你一天电话，你看你，昨天回来也不知道给我打个电话。"

"啊……"她发了个无辜的单音。

他低低笑着，边说边勾住她的肩膀，抚着她漂亮的长发，手指在其间缠绕玩耍："静优说想请你吃饭，赏不赏脸？"

"静优？不是吧……"不安的思绪暂时被这个名字打断。若她没记错，订婚那晚见到的这位凌洛安的妹妹似乎并不怎么喜欢她。现在主动请她吃饭，难道是鸿门宴？

一个湿热的吻落在她额角，暧昧的声音在电梯里显得格外惹耳。她捂着额角瞪了他一眼，真是越来越过分了，有人在还敢这么放肆！

她本想退开些，但肩膀上的手顿时紧了，将她按在怀里的力度强到出乎她的意料。

"凌总，你也听见了，今晚难得我妹妹开口，是不是给个面子早点儿放我女朋友下班呢？"凌洛安的目光移向电梯里的另一个人，原本侧身对着他们的男人转过头来，他比凌洛安还高一些，就这样随随便便站在那里，就能让人感觉到无形的压力。他的视线从按在她肩膀的手扫向她的脸。

一个简单的注视，却令危瞳无端地有些心慌。果然凌泰说得没错，事情说出来并没有好处，这种尴尬不是谁都能承受的，大小通吃这种事真不适合她……天知道他每次这样看她，她的脑海中就会自动浮现出他们在床上翻滚的画面，想象力丰富真不是件好事！

她想死……

"这不是你第一次影响我保镖的工作。"凌泰容颜静冷，"你知道我向来不喜欢公私不分。"

"都下班了还这么一本正经。你也可以一起去啊，反正静优也好久没见你这个叔叔了。"

"静优？"他似笑非笑地眯起眼，"我见她的次数似乎真的不多。"

"别麻烦了，凌总的伤还没有好。这样吧，我先送他回家，之后再过去，反正来回一趟而已，不会耽误多少时间。"要真让这两个男人一整个晚上都待在一起，她会更累……

说话间，她感觉肩膀上的手指收得更紧了，仿佛要深深地陷进去。俊美至极的脸孔带着惑人的笑，不知怎么，她总觉得这种笑容并未到达眼底。

片刻，他的手赫然松了。看着她的瞳色似乎有些凉："危危，你可真是个好员工。"

赶到凌洛安所说的会所已经是两个小时之后，正值下班，路上比她想象中的更堵。

开着凌泰的宾利，她又不敢乱超车，只能一路"龟爬"，凌洛安倒也没打电话催她。

会所包厢里，晚餐尚未开始，一侧的沙发上，黑发黑眸的柔美女孩乖巧地靠在凌洛安身边，就像一只听话的宠物狗。随着凌洛安的话，时不时笑几下，或者娇嗔着捶打他。

听见她进门的声音，凌静优那双黑白分明的眼看了过来，凝视了几秒钟，随后柔柔一笑。那时危瞳正脱下厚实的羽绒服，里面穿着单薄的贴身卫衣，她长年练武，身体素质很好，冬天基本就是里一件外一件。

小小的卫衣将她圆润的胸线和浑圆的纤腰勾勒得分外动人，她取下盘发的发圈，柔软的茶色卷发轻盈披下。

她一边走向沙发，一边笑着说抱歉，明亮的水晶灯光映着她熠熠生辉的脸孔，凌洛安的目光赫然被吸引过去，仿佛被什么东西黏着住了，转移不开。

她不是那种第一眼就让人感觉惊艳的女人，起初会觉得她太凶悍，完全不像女人。了解之后却发现她可爱而且单纯，与他身边那些心思缜密矜持的女人完全不同。

还有她的笑容，古人曾说"笑谈间樯橹灰飞烟灭"，他觉得就应该是这种感觉。她根本无须开口，只要静静地那么弯眉一笑，恐怕这世界上没有几个正常的男人能拒绝得了。

一夜情……心头又浮上这几个字，胸腔间涌起的不快超出了他的想象。

这个女人的嘴唇身体，曾被那个人抚摸过亲吻过，连他都没有碰触过的私密，曾被那个人身体的一部分贯穿过。那一刻，她在他身下是怎么样的呻吟，表情是欢愉还是痛苦？

想起今天在电梯里那两人站在一起的画面，怒意再度在他的身体里翻滚，或许他不该继续在这个局里和她纠缠下去！

她，还有那个人，随便他们干什么他都不再理会，也许这样才是正确的！

凌静优的笑容在发觉凌洛安的情绪变化后慢慢淡了下去，她轻轻地推了推他，一个"哥"字还没叫出口，他就赫然站了起来。

危瞳看着几步跨到自己面前的人，堪堪收住脚步，这才避免相撞。

然而下一刻，她整个人就被他拥进了怀里。手臂的力度很紧，拥抱来得突然，她整个脸都埋在他的肩窝里，差点儿被闷死。

"凌洛安……"她挣扎着叫了几声，对方又突然放开了她，随后脸颊被他的双手捧住，一个深绵的热吻席卷而下。带着烟味的舌尖强行闯入，掠夺她的气息，蛮横霸道，最后甚至一口咬住了她的嘴唇。

她扑腾了半天才推开他，这家伙的力气什么时候变得这么大？！

"凌洛安！你禽兽病又发了？怎么老这样，你妹还在呢——"

话没说完整，下颌已被他捏住，那双素来诱惑迷离的桃花眼此刻竟闪着冷厉的光："记住了，你是我的。是我凌洛安的女人！"

危瞳后来想明白了，月圆夜，又变身狼人，这种事大约得习惯了才好……

这顿饭吃得很不像话。

饭前被骚扰，旁边还有个看戏的，后来饭吃到一半去洗手间，在洗手时，又遭人"袭胸"！

危瞳愕然地看着前方的镜子，那里面映出了站在她身后正摸着她胸部的那个女孩面无表情的脸。

危瞳僵了……

这是在干什么！

凌静优神态安宁地收回手，开口道："手感不错。"

"……"她该说谢谢吗？果真是有其兄必有其妹！

然而对方轻柔地笑了笑，再度道："危姐姐，你是在哪家做的？"

"……"危瞳看了眼对方那张笑意盈盈的脸，凭着女人的直觉，她看出那笑容并非真的如此善意。她笑了笑，抽了张纸一边擦手，一边回道，"谢谢，我爸妈做的。"

"原来危姐姐的爸妈是做整形的，那改天真的要登门拜访一下呢！不过危姐姐，就算家里是做这行的，你也得小心啊！我哥手劲可不小，假货毕竟和真货不同。别一不小心，爆了……"

她"啪"地丢了手纸，敛起笑容："你在找碴儿？"

"姐姐，女人生气是会变老的哦！"女孩眼瞳清澈，嗓音轻柔。

"老？"危瞳对着镜子抚了抚自己光洁柔滑的脸孔，挑起眉梢朝凌静优说道，"姐姐这不叫老，叫成熟！起码该发育的都发育好了！"说完，她有意无意地瞟了眼凌静优的胸部。是的，凌家小姐长了张水水润润、赏心悦目的脸蛋，黑白分明的眼瞳唯美得犹如春天山涧的碧色潭水。只可惜，胸部不怎么给力。

"凌妹妹，如果你真有这方面的需要建议你直接去韩国，那里的隆胸技术比国内的要好。至于姐姐这个，原装货！你要喜欢呢，姐姐不介意让你再摸一会儿，只是你得明白，你摸多久都不会和我一样。人类嘛，又不是哈利·波特，对吧！"

看着凌静优渐渐僵住的唇角，危瞳长长地吐了口恶气，转身离开。光动嘴不动手，今天这位凌家小姐可真是走运了！早就听邢丰丰说过有钱人家变态多，原以为一个凌洛安外加一个凌泰已经够了，结果一家子都是变态！

要不是看在凌洛安的面子上——她就直接动拳头了！所以说动心这种事最麻烦，可恶的凌洛安！

凌家小姐从洗手间出去后还是那张笑容盈盈的乖巧脸孔，跟凌洛安娇嗔地说着话，跟危瞳笑得亲热，那演技绝对是影后级别。

这顿晚餐吃得时间挺长，凌洛安本来还想着后续，只不过娇柔的凌静优说她头突然有些痛，想要回家。

"没事，你送她，我有车。"

"他那辆欧陆？"他问得浑不在意。见她点头，眼底又掠过些微妙思绪。

危瞳并不知道，那辆宾利欧陆GT SPEED，是凌泰的私人座驾，别说公司里的那些司机，就连他最忠心的助理陆路，都从来没有开过。

凌静优系好安全带，发现驾驶座上的人仍盯着后视镜，不知在看什么，眼神有一些阴沉。

"哥。"她很小声地叫了他。异常乖顺的语调，任谁听了都会心生怜爱。

"嗯，走了。"他启动车子，慢慢驶离停车场。

路上，凌静优朝他撒娇："哥，回去陪我在沙发上看电影好不好？"

"你头不痛了？"

"人家不是头痛啦……"她露出些羞涩，"其实人家是那个来了，刚才在危姐姐面前不好意思说。"她看着他凝视前方的脸庞，慢慢靠上他的肩膀，"哥，你像以前那样抱着我在沙发上陪我看电影好不好，这样我就不会痛了……"

"好。"他随口应了声，视线却始终在另一张浅麦色的素净脸孔上。

这几天，凌洛安令危瞳有些困惑。他时而热情如火，时而傲慢欠抽，种种表现简直堪称行为艺术，难道凌少准备转型做文艺男青年？

事情得从六天前的晚上说起，那晚手机响起时危瞳刚刚爬上床，电话是凌洛安打来的，她看了看闹钟，已是深夜十二点。

这天是周五，凌泰难得晚上有饭局，她跟完全程后还得送他回"清风望山"，等到家已经十点多钟。几天接送下来，凌泰似已完全习惯，知道她每天早晨都会在固定时间等在楼下。之后让她载他去咖啡吧吃个美式早餐，也会顺便给她买杯咖啡和蛋糕。

危瞳以前都是吃中式早餐，看他每天咖啡面包的觉得矫情，结果自己吃了两次也上瘾了。实在是那家的曼特宁非常香醇，早上不喝上一杯总觉得不舒服。

就她观察，凌泰的右手腕应该差不多恢复了，可车的事他一直没提，仍理所当然地把她当作司机。换作以前她一准会提加工资的事，现在嘛，她最多和陆路抱怨几句。那位凌大老板唇舌如此犀利，目光如此深沉，她不想自讨没趣。

电话里，凌洛安很简洁地说道："我在你家街口，出来。"

"凌少爷，现在几点了！"

"出来！"他加重了语气，"否则我就自己敲门。"

丫的真是欠揍！果然是少爷不知道保镖女的苦，半夜三更搞什么！她火了，在睡衣外随便裹了件羽绒服，拨拨凌乱的发，踩着棉鞋就出门揍人去了。

走到街口不见红色小跑，取而代之的是另一辆超跑，最新款的奥迪R8 V10 Spyder，嚣张而霸气地停在夜色里。

她裹紧衣服爬上车，还没发作，对方就启动车子，飞快地驶入夜幕。

凌洛安带她去了凌氏旗下的温泉度假酒店，衣服用品之类的自然不用她操心，他甚至连泳衣都帮她准备好了。取卡进房时，已近凌晨两点。

危瞳对他说，这是赤裸裸的绑架！

"我今天生日，想从凌晨开始就跟你在一起。"在她关门时，他侧身闪进房间，将她整个人圈在墙上，"我只开了一间房，你该不会要我睡走廊吧，我可爱的未婚妻？"他的视线落在她手上，却没有看见意料中的戒指。

精致的长眉皱了起来，他有点儿不悦。

危瞳注意到他的目光，自己解释道："钻石太大了，我总不可能睡觉也戴着。"

"是吗，上次在公司也没见你戴。"他魅惑一笑，眼底却没什么温度。

"我是做保安的，戴着那么大颗戒指怎么工作？"

"你总有你的理由。"他捏住她的下颌，昏沉的套房内只有他们两人，她就在这里，在他面前，再没有比这更令人舒心的事情了，"算了，这事不跟你计较，不过我现在想要我的生日礼物——"他的唇低了下来，似乎有些迫不及待，深深吻住了她。

她火速地推开了他。夜深人静孤男寡女，还干柴烈火，这事依邢丰丰的说法就是一准"被吃"！

"别闹了，都两点了，让我睡会儿，你也回你房间去睡！"危瞳觉得就算看在以往被揍的次数上他也应该懂得适可而止。

然而他并没有适可而止，他握住推他的手，用力朝墙上一摁，整个人再度压了上来。双唇间的呼吸炽热，舌尖热情探入，厮磨纠缠。

两个人谈恋爱这么久，她也不可能真像刚开始时那样动手揍他，以前通常威胁几句，推搡一下，他就作罢了。可今晚的凌洛安有些不同，她可以感觉出这个吻里的占有欲，他的手甚至在她的身上游移起来。

手指带着十分的技巧，宛如灵活的蛇，并没有探进里面，只是隔着单薄的睡衣一寸寸游移。

渐高的体温让他身上的香水味变得越发诱人，他的唇触碰着她的脖子，一点一点细微地轻咬，激起她莫名的战栗。

这细微的反应自然不可能瞒过他，他的身体愈加紧密地贴了上来，挤压着怀里的她，惑媚的眉眼间尽是撩人的风情，还有逐渐涌起的情欲："危危，别担心，我只是想要让你放松……"

放松个屁！这种情况下她怎么可能放松下来！偏偏这种时候，她又想到了凌泰。想到在医院时，他淡淡地看着她，眸色深沉却语调淡凉地说：你知道了？

还有五年前那个支离破碎的模糊夜晚。照陈郁的说法，主动上前搭讪的是她，那么最后究竟是他扑倒了她，还是她扑倒了他呢？

……

身上的手开始解她的睡衣扣子，她飞快地握住那只手："凌洛安，今天就算了，你回自己房间吧，好不好？"她不是保守，只是那件事还没来得及消化。

叔叔和侄子……每次一想到他们两个的关系她心里就烦躁……

"怎么，不愿意？"他挑眉，凝视她的眼神带着探究和不悦，语调有一点儿嚣张，"难道身为未婚夫，连这点儿权利都没有？"

"权利？"他的语气令她恼火，"肯不肯给你是我自己决定的！你别把用在其他女人身上的那套用在我身上！"

"这么说，你是不愿意了？"那张精致漂亮的俊脸，逐渐散出一种张狂的傲慢。他的手指轻佻地划过她的脸庞，"危危，你可考虑清楚了。要知道，Z城的女人们都排着队想爬上我的床呢！你就真的不想试一试？"手指经过她小巧的下颌，顺着颈脖向下，朝她半露的胸口而去。

轻佻的手被她毫不犹豫地打掉："不想！"哪壶不开提哪壶，她最讨厌的就是他以前那些风流史！别说今天不肯，明天后天大后天都不肯！他想把她弄上床，就慢慢等吧！

他低头看了她很久，最后低声哼笑："危危，可别忘了，这两个字是你说的。"

威胁她？她眯起眼，也笑了笑："是啊，我不会忘，你自己别忘记才好！"她拉开门，"回房吧，少爷！"

　

第二天上午，危瞳自己去泡了温泉。

经过一晚，心里的气消了不少，不过她没打算主动找凌洛安。邢丰丰说过，男人和女人的第一次吵架，先妥协的那个将注定在以后这段恋爱中的位置比另一个低。

他本来就够傲娇了，再顺着他，她以后恐怕连一点儿主动权都没有了！这实在违背她强悍的原则。试想有一天，她和其他娇媚的女人一样，穿着性感表情妩媚地依偎在他身边，张着诱惑的红唇喊一声："凌少！"

得！这情景她想想就发寒，还是免了！

这里是整个酒店的贵宾专用温泉，几汪碧池建在石林与翠竹之间，非常安静雅致，除了她基本没别人。没泡多久，便看见从远处走来的熟悉身影。他穿着泳裤，身上随意披着块白色浴巾，于是第一次见他展露身材的危瞳终于明白他那么喜欢脱别人衣服的理由。

他的身材确实很好，精壮的线条，没有一丝赘肉，肤色也很健康，搭配那张精致的脸孔，非常养眼。她正思忖着凌少主动找来，她要说些什么，结果那条窄窄的石林小道上又出现了一位容貌艳丽的年轻女子。

她穿着白色的比基尼，早春还是很冷的，这里又是室外，她居然连浴巾都没拿。那脚步轻盈得，那腰身摆动得，简直像走在夏威夷热辣的海滩。

"洛安！"她笑着叫了他一声，"你干吗拿我的浴巾，自己又不带，不知道我会冷啊！"

哐！危瞳像是被人捶了一下。什么情况！

"危危？"两人走到水边，凌洛安这才像刚看见她一样，桃花眼流光潋滟，"原来你自己下来了，怪不得刚刚打你手机没人听。"

"洛安，介绍一下吧？"危瞳没开口，美女倒开口了。

"危瞳。"他言简意赅，"简薇妮。"

简薇妮又是一笑，大约凌洛安如此介绍让她很满意，她朝危瞳略一点头就进了隔壁的池子。凌洛安朝危瞳说了句"我过去陪她聊聊"，就也跟着进了隔壁池子。

危瞳始终没出声，坐在温热的水里看着对面两人。

很愉悦的聊天，非常靠近的距离，时不时推推肩膀打打头之类的肢体动作……丫的，现在这算什么状况？！

难不成，他这是为了昨天的事故意气她？

凌洛安，你有这么幼稚吗？

两人聊了十来分钟，虽然暧昧，但始终未见过分到能令她出手的举动。之后简薇妮似乎有事，取了浴巾围住身体匆匆离开。她一走，凌洛安就进了这边池子，见危瞳正眯着眼睛看自己，在她被热气氤得红通通的脸上摸摸："怎么了，还在为昨天的事生气？不会就这么不理我了吧？"

语气神态十分正常，还是那个凌洛安，看来是她想多了："那女人是谁？"身为女友，还是要问一声。

"一个朋友，正巧遇上。"他笑得眉宇飞扬，"我的危危吃醋了？"

"滚！我才不会吃你的醋！你那么多红颜知己，我要吃醋我不淹死！"

危瞳以为这次的事只是偶然，却没想还有后续。

凌洛安带着她在温泉酒店住了两天，那位简薇妮也一直都在。因为危瞳和凌洛安的房间不同，通常出现的情况是，她去敲他的门，没人在。之后遇见他和简薇妮在一起，他又说没找着她。

都怪这人半夜三更把她带出来，她身上除了手机什么都没有，电偏偏又用光了。

这事总让她觉得有点儿不舒服，可又偏偏说不出是哪里不舒服。

周日中午三个人一起吃饭，快吃完时，凌洛安说简薇妮没有开车过来，下午临时要赶去机场。因为机场和Z城市内是不同方向，所以他让危瞳在酒店等他。

下午她在房间看了会儿电视，手机没电又不知道他的号码，原本一个小时的路程等了三个小时都没见他人。等到傍晚五点，她不耐烦了，换上衣服拿着手机去前台给他留言说自己回去了，又让人帮她找了辆出租车，自己坐回Z城。

这趟打的让她大出血，她在心里骂了凌洛安一百遍。当晚手机也没充电，吃完饭直接洗洗睡觉。

哪知这天后凌洛安一直没主动打电话给她。上班后凌泰饭局增多，她跟着进进出出，之后还陪他出了趟差，基本没回公司，也没和他碰上面。

大抵是南苑计划启动，凌大老板变得相当忙碌。这天早上她刚起床，就接到了陆路的电话，让她立刻准备几件夏天的衣服，说要出差，还让她提早半个小时出门，接到老板就直接去机场。

Chapter. 6
凌静优的设计

▼

听到夏天的衣服，她就想起香港，以为这大抵又是一场无间道，火辣女秘书加街头火拼。结果他们的目的地不是香港，而是海南。

陆路没有同行，上飞机的只有他们两个。

三个多小时的飞行中，凌泰一直在安静看书。飞机上暖和，他脱了西服，身上只着白色衬衣，领口解开两颗纽扣，里面的肌肤隐约可见，光洁白皙如同骨瓷一般。她忍不住多看了两眼，隐约发现里面似乎戴着一条银色项链，坠饰掩在衬衣里，看不清楚。

"怎样，有什么新发现？"男人不知何时合上了书，侧头似笑非笑地看着她淡淡道，"这层衣料底下的光景你没有看过么？"

又用语言调戏她……她不过是羡慕他的肤色而已啊！

"冰激凌够吃吗？"他搁下书，取走她台面上的两个空盒，折叠之后丢入垃圾纸袋，回头见她头发上沾了一抹白色。他取出纸巾，很自然地帮她擦拭。

"我自己会擦！"她抗议，伸手去挡。

"没事。"磁性的男声随着倾靠过来的身体接近，干净浑厚的气息在空气里蔓延，她的心里不禁有些浮躁。正要再拒，他的动作却停下了。

她回头看见他半撩起她头发的动作，目光凝在她脖子的侧后方。

浅麦色的细腻肌肤上，有一个几乎快要褪去的红印。

他当然知道这是什么，也知道是谁弄上去的。她一脸不解地看着他，看样子并不知情。

清隽的眉眼浮起一抹凉意。他松开手，一语不发地坐回去，一路再没说过话。

从车牌可知，前来接机的人来头不小，足可见凌泰的交际人脉。到达海南刚过中午，一行人招待他们吃了顿丰盛的海鲜，之后便开了间房让他们先去休息，顺便邀请他们参加晚上的饭局。

晚上对方那里多了个气派不小的领导，吃饭地点也上了一个档次。

对方好酒，拿了两瓶茅台非要和凌泰干一杯。

危瞳知道他在Z城应酬素来不喝酒，有时对方有要求也都是被陆路挡下。这回陆路不在，她心想这重任估计得她顶上。可是当手伸向酒杯时，却被身旁的人轻轻捏住。

他握着她的手放回桌下，同时拿起酒杯，一饮而尽。

领导大悦，旁边人顺势又满了一杯。凌泰笑笑，再度饮尽。

这么一顿饭吃下来，他前后喝了足有三四两酒，依旧面不改色。她暗暗钦佩他的酒量，结果饭局一散，他还没到酒店就在车上睡着了。

都说从酒品可以看出人品，喝多的凌泰很安静，往日总透着淡漠冷厉的眼睛闭上后，整张脸越发清隽柔和。行驶的车颠簸了一下，他身体微斜，头轻轻靠上她的肩膀。

她侧头，只看得见他高挺的鼻梁和浓密的睫毛。肩上沉重的感觉让她心里又有些浮躁，刚想小心地移开，身上的手机突然振动起来。

她心里一喜，以为是凌洛安，结果来电话的是邢丰丰，找她周末喝茶。她没了心情，没聊几句就挂断了。

因为要工作，手机通常开着振动。一整天下来，里面没有未接来电也没有短消息。

凌洛安那家伙居然真的不打给她！真是可恶！

车沿着海岸一直开，一边是灯火璀璨的酒店和夜排档，一边是深寂浩瀚的大海。她纠结了许久，终于忍不住，一个电话打了过去。

片刻后，接通了，那边传来一个女人的声音。手机那头很安静，不像是在外面。女人声音妩媚，问她找谁。之后又告诉她凌少这会儿正在洗澡，她会告知有电话来过。

那女人说完就挂了，态度跩得二五八万，危瞳心里一下就烦躁起来！

狠狠地将手机丢到脚下，一回头，却发现凌泰已经醒了，这么安静的车内，电话里女人的说话声他不会听不见。他坐直身子，视线在她的脸上停留片刻，随后将手机捡起，放入她手中。

见他没说话，她倒忍不住了："凌总，你有话就说吧！"

他微微眯眼，眼神莫测地看了她片刻，唇角微勾："让我说，说什么？人不是你自己选的吗？在我面前一字一句维护他的人是你自己。你说，是你们两个人的事，你想要订婚。"

"所以你现在是在幸灾乐祸？"她心里清楚自己这种情绪叫作迁怒，不过她忍不住……

"本来就是预料中的事。"他靠着椅背叠起长腿，修长的手指轻点膝盖，"没什么可意外的，所以也没什么可说的。"

"你说得倒轻松！"

"危瞳。"他突然连名带姓地叫她，倒把她吓了一跳。记忆里，这还是凌泰第一次直呼她的名字。他素来高人一等，很多时候都是直接对话，别人的名字对他来说形同虚设。

那双墨色的眼睛在车外流光的映衬下越发深沉浓黑，他倾身过来，扶住她的脸颊，一言不发地吻住了她。危瞳惊得瞪大了眼，当觉察到对方带着酒意的柔软舌尖正在撩拨她的舌尖时，才赶忙推开："凌泰！"

他仍然倾着身体，并没有继续的意思，微凉的指尖自她湿润的唇上掠过，觉察到上面有自己的气息，嘴角又微微提起些许。

他在黑暗的车里看着她瞠目结舌的脸，淡淡道："如此，无论今晚他在哪里，和谁发生了什么，你都不算吃亏。"

再度被占便宜的危瞳生气了半天也没敢对凌大老板下手。

真不明白自己是怎么了，对着凌洛安的时候，一天一顿揍都是家常便饭，怎么到了他叔叔这里，竟不敢了呢！

后来回到房间没多久，凌洛安居然回了她电话。

他的声音有点儿哑，语调淡漠而傲慢地问她什么事。什么事？！周日把她搁在酒店不管的人是不是失忆了？！

不过目前她最想知道的不是这个："凌洛安，刚才接电话的女人是谁？"

他似乎有点儿不耐烦，随便丢了句"朋友"，仍然问她有什么事。她心里的火当即就蹿了上来，说了句"没事"，就啪地把电话挂上了。

可恶的凌洛安，真当她好欺负啊！

周末回到Z城和邢丰丰苏憧喝茶时，她把这事说给她们听，两人都非常诧异地看着她，说她怎么就挂电话了呢！

"你当时就该好好审他，事后再想追究就困难了！"邢丰丰这样说道。

"这么听起来凌洛安好像真的很花心呢，有钱人就是女人多，你说他会不会……劈腿？"苏憧虽然爱看言情小说，可不爱渣男……

"他敢！"危瞳眯起眼，"他又不是不知道我的脾气。"

和两个死党喝完茶回家，她在自家旧街的路口看见停在那儿的超跑。

她不想错过时机，便爬上车直接问那天电话的事儿。

"那天我在医院，她正巧来看我，在我洗澡时帮我接电话而已。"他的解释很简单，找不出破绽。

"你怎么会在医院？"

凌洛安轻轻勾了勾唇，笑得有些讽刺："那几天我住院了，你不知道？"他告诉她，那天他送简薇妮去机场时，出了点儿小意外，之后被送进医院，等到伤口处理完毕回到酒店，才知道危瞳已经留言退房离开了。

然而那晚他打她手机，却一直都在关机状态。

"你住院了？没事吧！"听他这么一说，她倒有点儿自责，"你怎么都不打电话告诉我，那几天凌泰很忙，我压根就不在公司，后来还去了海南出差！"

"凌泰？"他笑弯了桃花眼，"什么时候开始直呼他名字的？"

"也就私底下。你伤在哪里，好了没，让我看看。"

他拉住她卷他衣袖的手，摁在胸口："伤在你看不见的地方，如果有兴趣，今晚给你看？"

"你就不能正经点儿！"

"好，正经点儿。其实我就是来看看你，晚上我还有个饭局，今天自己乖乖在家。"他搂过她，在她脸颊轻轻一吻，之后便将她送下了车。

夕阳晕黄，她纤长窈窕的背影被拉出长长的倒影。

车里，男子敛起了嘴角的弧度，那双风情的眼中仿佛从来不曾有过一丝笑意。

周一再去公司上班，果然从保安组的同僚那里打听到凌洛安入院的事，听说几个高层还去医院看望过他。看来他真没骗她！危瞳放心了，又欢乐起来。

之后她忙工作，他忙学业。话说读了五年大学的某人，终于要毕业了……约见面的次数少了，但凌洛安照旧会打电话给她，问她晚上吃什么，工作累不累。算起来，这恋爱也谈了近五个月。从一开始被动不情愿，到后面动心订婚，不得不说是一个很神奇的过程。

就连她老爹的态度也有所改变。话说她老爹也不容易，那么一把年纪的人，每次都去报亭买一堆八卦杂志回来使劲儿看。大抵是这几个月没从八卦新闻里看到凌洛安，对他印象有所好转，偶尔晚上也会问问她谈恋爱的情况。这天她在家吃饭，危老爹居然破天荒地说下周末他不去钓鱼，如果她想请谁谁回来吃饭提早和他说一声，他去买菜。

那天吃完饭，她被十一个师兄弟包围了。

"老爹的意思，难道是同意了？！"

"这不明摆着嘛！老爹都开口暗示请人回家吃饭了！"

"师姐，你是怎么说服老爹的？太神奇了！"几个师兄弟纷纷感叹，以老爹先前的态度，此次松口实在不易啊！

"老爹考察了这么久，哪能不松口！"危瞳还没开口，就被素来自诩为情场杀手的四师弟抢白。他交叠手臂，摸着自己棱角分明的下巴，认真分析，"这一松口，也就等于默认了师姐和凌少的订婚，看来过不了多久我们就要办喜事了！师姐，订婚归订婚，正式结婚前还是要小心，别弄出什么意外啊！你要知道，大着肚子穿婚纱可不好看——啊呀！"

胡说八道的"情场杀手"被危家大姐大一拳掀翻，其余师兄弟见状迅速作鸟兽散，该干啥干啥去。危瞳拍拍手，心情不错地回房洗澡。

待到危险人物离开，散开的十一人又再度聚拢，这回，气氛明显凝重了许多。

"咱瞳瞳这次挺认真的啊！"被掀翻在地的四师弟斜躺在地板上松了松肩膀，那里还一阵阵的麻痛，"下手居然不轻！"

大家长吁短叹七嘴八舌。结婚不是小事，那个有钱少爷怎么看都不靠谱。他们倒还好，如果让大师兄知道，问题就大了。

"那就别把这事跟大师兄说！"三师兄果断开口，五、六、七、八立马附和。

"不行！结婚这种事不能隐瞒，怎么也要跟诺宸通个气！"二师兄拧眉，九、十、十一点头说是。

意见不一致，众师兄弟分成两派，渐渐从动嘴变成动手。

四师弟在旁观战，最小的师弟身手最弱又不爱打架，悄悄地蹭过去，躲在他身后以免殃及池鱼。

二师兄虽然身手好，但三师兄那里到底多了个人，一番武力较量后，众人一致听从三师兄——决定不说，打死也不说这事儿！至于诺宸从澳洲回来后他们是怎么个死法那是另一回事儿。

房间里，对此情况一无所知的危瞳正打电话问凌洛安下周末哪天有空，然后告诉他自家老爹要请他来家里吃饭。

"周末两天晚上我可能都有事儿。"他顿了顿又道，"不然，我把手上的事情延后？"

听他这么一说，危瞳连忙表示不用延，她知道他这个大学读得不容易，吃饭的事哪天都行，等他有空再说。

快要挂上电话时，他突然叫住了她："危危……"似乎有些欲言又止，片刻后又传来熟悉的调侃，"这几天不见面，有没有想我？"

她趴在床上，笑了："一点点。"

"就只有一点点？"他似乎不满意，"危危，我可是很想你。"

那晚，她对着手机里跟他的合影看了很久。照片是他刚缠上她那会儿硬拍的。她正在吃饭，他搂住她的肩膀，整个人半挂在她身上，另一只手捏着手机自拍，唇还黏在她的脸颊上。她一脸不爽，他却笑得春风得意，眸光潋滟。

想着他那句"我可是很想你"，她心里甜甜的，痒痒的，突然很想见到他。抱一抱，亲一亲……恋爱这回事，果然很神奇。

关灯睡觉前，她终于打定主意，要把她和凌泰之间的事跟他坦白。

两个人如果真在一起，不应该有秘密。她希望，能继续这样和他在一起，没有隐瞒，没有掩饰，好好地在一起。

想通之后，危瞳长长地松了口气，压在心底许久的包袱似乎卸了一半。她捏着手机，甜蜜而忐忑地睡去。

第二天，凌洛安没来公司，凌泰也没有出去。她闲来无事，见陆路不在，拿了他的笔记本电脑打僵尸。她第一次用陆路笔记本打游戏被发现时，对方相当排斥，不过最近这款游戏陆路没事也会玩，所以一直没卸载，对她私下动电脑也没再说什么。

游戏玩到最关键时，手机响起，她忙着点鼠标，没看号码直接接听。电话里传来一个陌生的男声，对方让她留意自己的QQ邮箱，说有重要的视频要她查收。

电话很短，说完就直接挂断。

原本飞快点击着的鼠标停了下来，游戏场面一片混乱，僵尸一拥而上，吞没了满地植物，她的心跳没来由地漏了两拍。

来电显示是个陌生的号码，她想了想，还是上QQ开了邮箱。片刻之后，她盯着打开的视频，呆坐在那里。

视频不长，只有二三十秒，画面不是很清晰，一看就知道是潜拍的。然而这二十多秒，却让她整个人如坠冰窖！

这是一段性爱视频，上面的女人娇喘不断，动作间只看得见雪白的背部和凌乱长发，而那个和女人交缠着的男人——居然是凌洛安！

捏着鼠标的手指赫然收紧，关节因为用力过度而有些泛白。

她不停地深呼吸，努力让心里翻涌的愤怒平静下来。在关掉并删除视频下QQ关机的过程里，她将邮件正文里附带的地址和时间默念了数遍。

很明显，对方唯恐她不相信，于是留下了让她亲自去验证的时间与地点。

是谁做的，为什么要这么做……这些疑惑她通通没办法思考。从下班到只身前往Z城南区高级别墅区的过程里，她始终安静无声。唯独下意识收紧的手指和紧咬下唇的牙齿，出卖了她内心的纠结与愤怒！

是的，她会去看，她要去看个清楚——即便事实真如视频里的画面那般不堪，她也要亲眼看到才会相信！

纤长的身影自别墅外墙利落地翻入，庭院的对面，华丽的二层别墅矗立在静谧的夜幕下。

她的目光，从停在车库里的那辆熟悉的超跑一路转移到别墅的大门。

门是虚掩的，像是知道有人要来。

里面很安静，空调打得非常热，她慢慢地朝里走，楼上隐约传来声音。垂在两侧的拳头不自觉地握紧，她看了眼楼上，放轻脚步走上楼梯。

走廊一侧的房门没有关实，有女人的呻吟和男人的喘息声传来，握紧的拳头无意识地放松，再无意识地握紧，反反复复，直到掌心传来刺痛。

上一次见他，是一起去看电影，他买了情侣座，整整两个小时他一直搂着她，时不时地笑，在她耳旁说些挑逗的话。

这一次见他，却是全然陌生的刺目画面。床上的两人大约真的很急切，衣服都没有完全除尽，在明亮的吸顶灯下，不停地纠缠着身体。

她突然想起第一次见他，在公司把他误以为是色狼。严格说起来，这已经不算是她第一次见到。但她却从来没想过，上床是这么肮脏的一件事！

他伏在她身上，闭着眼睛，像是非常享受，看不见的那部分在女人的身体里进进出出。

当看清他身下女人的那张脸孔时，危瞳差点儿叫出声。

居然是凌静优？！他的妹妹！他们两个乱伦？！

这个世界真的疯了吗？！

她仓皇倒退，悄无声息地走下楼梯，在即将踏下最后一级台阶时突然顿住身体。

震惊、惶恐、茫然、痛心、难过……这种种复杂的情绪到最后转变为一股强烈的愤怒！自己的男朋友在楼上和其他女人上床，她就这么走了还像个女人吗？！

还是危瞳吗？！

她的视线在四周搜索，最后锁定了一只细长的古瓷花瓶。

她重新上楼，脚步飞快却无声，一脚踹开半掩的房门，举起那只花瓶："凌洛安！你这个死变态！连自己的妹妹都不放过！"

突如其来的变故让两人俱是一惊，眼看花瓶朝自己飞来，他急忙俯身，堪堪避过。花瓶碎在墙上，凌静优尖叫一声，扯过被子，将身体掩住。

捉奸在床？

看着闯进房间的女人，凌洛安突然笑了起来。这种事情，果然只有她才做得出来，还是这么不像个女人。

笑完，他简单整了整衣服，在一旁的沙发上坐下，随手点了根烟，懒懒地靠在那里，戏谑道："危危，你知不知道这种时候打断男人是很不道德的，离高潮……只差那么一点点而已。"

"哥……"凌静优缩在被子里，像是在羞恼。

"你、你再说一遍？！"她收紧的手指发出咯咯的声响，指甲已深深掐入肉里。

"危危，你真的要我再说一遍？"他笑得妩媚生花，连同肩膀都在颤抖，她却在那种笑容里一点点苍白了脸。

他盯着她，每一瞬的表情都没有错过。这是他从未见过的表情，原来——她也会因为他有这种表情！

她没有出手，走的时候声音冷得完全不像她："凌洛安你这个败类！算我有眼无珠看错了你！打你是脏了我的手！我们以后一刀两断，别再在我面前出现！不然，见一次打一次！"

她一脚踢在门旁的饰品柜上，玻璃柜子晃动了几下，哐啷倒地，玻璃碎了一地，房间一片狼藉。

他看着她离去的背影，沉默着深深吸了口烟。

其实他本想笑着反驳她，说在同一个公司，碰不到面是不可能的。可是不知为什么，在看着她愤怒决绝的背影时，那笑容突然在他脸上凝住了。

"哥……"床上柔美的女孩又低唤了一声。

他侧头，投去的目光赫然变得冷冽："你做的？"简单的三个字，却让凌静优原本柔怯的脸闪过一丝异色。

"哥，我不是……"她睁着水汪汪的大眼，想辩解，却在看见他唇角的冷笑时停下。

"静优，我不是傻瓜，从你第一晚爬上我的床开始，我就知道那不是意外。"他掐灭烟头，眼底一丝温度都没有。

时间，倒退到他住院的那几天。

这几天，公司陆续有人来看他，但来的人里始终没有她。周日那天，他拨了一晚她的电话一直关机。耐性早已用尽，他绝不可能继续主动联络。

其实，他并不想承认自己在等，更不想承认原来心中竟有想念！他希望她主动找来，主动关心他。是的，这么久以来，她主动找他的次数寥寥无几，或许她根本没有真正在乎过他。

越是等待越是生气，后来某天听说有个找他的电话时，其实他很高兴，只是不想让她听出来，结果她只丢下两个字就挂了。

那晚，他丢了手机，独自换衣溜出医院，找了间酒吧喝酒。

他没料到有一天，自己的心情居然会被这个女人影响！这太可笑了，一切不过是一盘属于他的棋，她只是这盘棋里的一颗棋子，他何必这么当真！

只是，从那天在温泉酒店被她拒绝后，他就时常有种莫名的烦躁！那是一种很难控制的感觉，无声无息地游走在他身体里，并不真切，抓不住也挥之不去。

更多的却是觉得可笑，明明是她的女人，身体却是别人的，连碰都碰不得！这算什么！

在酒店遇到简薇妮是个意外，心里也有过想看她反应的念头，但刚一出现就被他丢开。他凌洛安何曾这么幼稚过，以前不会，以后也不会！

是了，他想他只不过是忘记了，她本来就是那人摆在他身边的棋子，他在演戏，她也在演戏。现在他只是掌控不了，这不是在意，而是素来高高在上的骄傲受到了挫败。

喝了几杯烈酒，他转而又笑了起来。

想想也真是无趣，何必呢？又不是真的喜欢她，这种样子还像凌洛安么！果然，天真装久了，人都糊涂了！竟然会有这么可笑的念头！

那个女人来也好，不来就罢，主动与否，真心与否，他都无所谓！

灯光昏暗的音乐声里，似乎所有的事都变得不值一提。他无声地笑，精致脸孔越发迷媚惑人。

酒喝到第十杯，来酒吧猎艳的美女妖娆地在他面前出现，奢靡的香水味在空气里弥漫，指甲涂成黑色的柔软手指自他肩上划过，放肆地游移到他胸口。

"一个人吗？"对方笑了笑，"我也是一个人呢……"

他接过对方递来的酒，迷人的桃花眼带着微醺醉意。

……

怀里的女人在进入酒店房间之后已经换了，这一点他非常清楚，不过无所谓。

在那一刻，是谁都无所谓。

"静优，看来你在澳洲这些日子学了不少东西，是我妈教你的，还是跟别人学的？"凌洛安眯起眼，唇角带笑，但眼神却阴沉得骇人。

"哥，我不懂你在说什么。我不是说过了吗，那天晚上刚巧在附近，看见你喝醉也担心……后来发生的事我知道你很难接受，可我是真心爱着哥的，所以我一点儿都没有不情愿，我——"

"静优，别叫我哥，我从来不是你哥。"他不想再继续这种对话，缓缓站起身，拎起地上的外衣，"其实你不必演戏，对我来说任何女人都无所谓。和别人上床也好，和你也罢，根本没有区别。以后，你可以继续做乖巧的妹妹，或者做一个顺从的女人，怎么样选择，你自己决定。"

他穿上外衣，毫不迟疑也毫无留恋地离开房间。

当耳旁再也听不见那人的脚步声时，凌静优满脸的楚楚可怜才一点点退去，直至完全消失。

手臂上的疼痛仿佛刚刚才转来，花瓶的碎片在娇嫩的肌肤上划了道口子，血正从里面渗出来，而那个离开的男人却完全没注意。

也许就算注意，也不会关心。

她从小养尊处优，从来没受过什么伤害。可这一刻，她抚着那道流血的口子，心里却没有痛，只有无比的畅快。

再没有什么，比伤害一个她憎恨的人更让她愉悦的了。

这么多年，凌洛安身边来去这么多女人，她一个都没有恨过，只有她是例外！

那天晚上，当她在酒店从那名酒吧女手里接过凌洛安的时候，她心里竟还存着一丝天真的期待。只是她没有想到，自己真心的表白，会换来那样的羞辱。

是的，她和凌洛安并非亲生兄妹，她从小被凌家夫人领养，接受各种优越的教育，为的就是有一天能成为他完美的妻子。

她很聪明，当她觉察出凌洛安并不喜欢这个安排后，就在他面前一直扮演着完美的妹妹。乖巧顺从听话懂事，她做着他喜欢的样子，并在寻找改变他们之间关系的机会。

凌洛安酒量很好，虽常喝酒，但很少喝醉。

她想他应该不会介意。他抱了那么多女人，她也是女人，他们没有血缘关系，这没什么不可以的。

她将他扶上沙发，轻轻抚摸着他，在他耳边告诉他：哥，我一直都喜欢你，是女人喜欢男人那样的喜欢。今晚，你对我做什么都可以……

他的眼底现出疑惑，她想他应该认出了她，她喊着他的名字，吻上了他的唇。

过程比她想象的更加顺利，他的动作有些粗暴，甚至没什么前戏就直接翻身将她压在沙发上。

衣物被他急切地扯开，当被强悍占有的那刻，她的身体像藤蔓一样缠住了他，终于是拥有了。身体那么满足，可下一刻她却像是进入了地狱，因为粗重的喘息里，他在她耳旁喊出了两个字：危危。

每喊一遍，他的动作便会愈加激烈，仿佛要把她吞噬。

这是耻辱！

尽管他在事后没有说一句后悔的话，尽管后来他们在清醒时做爱，但她却一点儿喜悦感都没有！

所以，她暗地安装了针孔摄像机，留下时间地点，等她自己来发现！

"危瞳……"床上的年轻女孩忽而笑了，笑容柔美又纯真，"这只是一个开始。"

危家武馆的道场内，乒乒乓乓的撞击声已经持续了大半夜。这几天都是如此，周围邻居大约也习惯了。起初还有人上门投诉，后来不知谁从危家师兄弟们那里打听到危家闺女惨遭劈腿抛弃的伤心事，这才作罢。

然而众人不知道的是，危家大姐大正是因为某次上街买早餐不小心从三姑六婆的议论里听到自己被抛弃的事，才会持续对家里那十一个师兄弟展开"武力训练"……

她也只不过在第一晚回家躲在道场里喝光老爹的一瓶洋河大曲被某师弟发现时，口齿不清地骂了几句，结果这事第二天就弄得全街坊尽知。

失恋这种事她不是第一次，大学时期短暂轻浅的恋爱少说也有两三段，每次都是男人先跑，可哪次都没有这次伤得重！

危瞳回去想了很久都不明白，一个几天前还说很想她的男人怎么就跑到别的女人床上去了呢！最恶心的是，那人居然是他妹！

危瞳一拳把最小的师弟揍趴后，心情不爽地扬长而去。

去哪儿？

她还能去哪儿！当然是洗洗睡了。说到底只是失恋而已，又不是失身！况且她也不是没失过身，失身加上失恋……她算是死在凌家这对叔侄手里了！

再怎么烦心，班还是得上。早上照旧要去"清风望山"接凌大老板，晚上也得照样送回去。之前在海南被他偷袭成功后，她对他多了份提防。但凌泰始终淡然静默，仿佛从来不曾做过那件事。

危瞳这几天着实心情不好，想到每天要和凌洛安在同一家公司进出，说不定在哪儿就会碰上，心里非常烦躁，堵着一口气，找不到地方发泄。

这么闷堵的状态下，居然还有人前来挑衅！

这天是周六，难得休息日，她跟邢丰丰和苏憧去吃哈根达斯。一口气连吃四个球，她烦躁的心情才平息些许。不过这么狂吃两个死党都看出点儿问题，还没开口问，她就拍桌而起说了句去厕所。

哈根达斯所在的高级商厦一层专卖奢侈品，洗手间也是五星级的，里面空荡荡的几乎没有人，除了那个对着镜子涂抹唇彩的凌静优！

果然是厕所孽缘！

"哟，真是巧啊！"凌静优朝镜子里的女人笑笑。

危瞳白她一眼，推门进了格子间。

等她解决问题出来，凌静优又在刷睫毛，一层又一层，没完没了："想不到在这种高级场所也能看见你，现在保安的工资都这么高吗，连奢侈品都消费得起？"

危瞳洗手擦手，没出声。

"我知道了，一定是我哥给的分手费非常丰厚。"她刷完睫毛，软软一笑，"危姐姐，其实你算不错了，跟我哥的时间挺长，还混了个订婚仪式，以前那些姐姐可就——"

"你闭不闭嘴？"危瞳一脸踩到大便的表情。

"危姐姐，你何必——啊！"飞掷而来的擦手纸团正中她的鼻尖，危瞳用上了十成力，痛得她眼泪直流，"你居然敢砸我的脸？！"

"你该庆幸我手里的是纸团而不是铅球。"危瞳气焰凶猛，"我还真没见过你这么不要脸的！跟自己哥哥乱伦有什么可炫耀的？说这些话就想要打击我？你低能啊！像你哥那种只会用下半身思考的禽兽送给我我也不要！"

"你——"

"别你了，再'你'我打到你毁容！"

"你敢！"

"那来试试！"危瞳作势扬拳，凌静优惊叫一声，拽过自己的包包逃了出去。

平息怒气回到哈根达斯刚坐下，危瞳就收到了一条短信。

是个陌生号码发来的，她匆匆看完，那股在身体里堵了几天的怒气又腾地蹿起。玻璃窗外的马路边，红色小跑车降下车窗，凌静优朝她笑了笑，戴上墨镜缓缓驶离。

危瞳半秒钟都没浪费，说了句我有急事，抓过背包就冲了出去。凌泰那辆宾利一直都是她在开，以这车的性能想追哪辆车都是轻而易举的。

可惜，她忘了一件重要的事：她是个马路杀手。考出驾照已有几年，但实际驾龄只有一两个月……

红色小跑是追上了，不仅追上，还追尾了……

大约是宾利的车头太硬，跑车的后车灯全部被撞碎，那一刻危瞳看着缩在车里的女孩，心里说不出地爽快。

逞一时之快的后果很严重。

一个小时后，危瞳因为拿不出车子行驶证和严重违章驾驶被带去了附近的公安局。红色小跑后端严重变形，凌静优一口咬定对方是恶意撞车，之后叫了拖车，存着看笑话的打算也跟去了公安局。

然而，还没等她看着什么好戏，得到通知的车主已匆匆赶至。

这是从澳洲回来后，凌静优第一次见到凌泰。

如果说凌家还有什么人是她打从心底里畏惧不敢接近的，那就只有这个表面看起来优雅成熟的叔叔了。

这个男人身上，有一种清雅淡漠的特殊气质，明明是温柔轻渺，却又偏偏强大得让人无法忽视。在他面前，无论说什么做什么她都要加倍小心。总觉得，那双墨黑的瞳即便只是匆匆自她身上掠过，也能将她压在内心的东西看个透彻！

从出现到交涉再到带人离开，只用了短短五分钟。他话不多，神情淡然，仿佛根本没看见她，只在拉起危瞳时，漾出短暂的柔软。

很短的一瞬，除了一直盯着他的凌静优，没有任何人觉察。

凌家小姐搅动着手里的纸巾，觉得自己身体里再一次蔓延开莫名的嫉妒和不甘。

凌泰开的是公司配车，奔驰S500。

危瞳一路保持安静。

假日开着大老板的私人座驾到处乱晃还发生严重追尾，导致那辆名贵的车被迫维修……她越想越郁闷，冲动害死人啊！

郁闷完毕，才发现凌泰不是朝她家的方向开。

"凌总，如果你还有其他事，可以让我下车，我自己回去。"

"我没事。"

"这条不是回我家的路。"

"我没说要送你回家。"

"……"

他报了个数字，见她不解，继续道："车子的修理费用。"

"不是有保险公司吗？"她大惊。

"那是我和保险公司的事。"他侧头，淡笑，"至于这个数字，是我和你之间的事。"他顿了顿，又道，"所以现在，我们找个地方聊聊这件事。"

凌泰最后开回了"清风望山"。

坐在色调清冷的公寓客厅，危瞳内心烦躁。

公寓的男主人一进门就进了房间，不知道是换衣服还是脱衣服，她真怕他等下出来时会来一句费用肉偿……不过撞凹个车头而已，居然要这么贵！她不吃不喝几年才能赚到啊！

想来想去，都怪凌静优那条短信！正当她对着手机咬牙切齿时，凌泰出来了，他将干净的白色浴袍和毛巾搁在茶几上："去洗个澡。"

"……"他可真直接！

"换洗衣我已经让陆路去准备了，他一会儿就过来。"他拉起她的手看了看，"伤口不深，好好洗干净。"

听他这么一说，危瞳这才发现自己左手背有一处擦伤，血迹沾在袖口，暗红斑驳。

"小伤而已，没事！"

"去洗。"他直接下命令，见她眯起眼不悦地看着自己，又轻轻一笑，"你身上还有哪里我没见过？"

危瞳脸红了，低低骂了句，拿起衣服走进浴室。

男人的浴室非常整洁，清一色男性用品。

她洗完出来，他正在沙发上工作。茶几上搁着喝到一半的咖啡，旁边是几份文件。他换了身烟灰色的居家服，衬得他的肤色更加白皙，坐在那里温雅清隽，仿佛春日午后一幅和谐自然的画面。

听见脚步声，他起抬头，沾染了深邃的视线在她身上停留了半响。

危瞳拉拉领口，表示自己洗完了，只是不清楚陆路同志什么时候能把替换衣服送来。

"先过来坐。"他放下电脑，自茶几下取了个小小的医药箱，拿出两片创可贴，拉过她的手，小心地将伤口贴上。

她的手有些凉，他的掌心则温热，明显的温差让相触的肌肤格外敏感。眼见他贴完，她急忙想收手，却被他牢牢握住。

修长的手指摩挲着她的手背，她抬头，面前的男人视线变得有些难以捉摸，眼底似乎蕴着一丝厉色。这次她学聪明了，他不开口，她就等在那里。

许久，他才缓缓道："你看男人的眼光实在太差。"

他知道了？她心里一咯噔，目光无意落在茶几角落的手机上。刚才进浴室匆忙，忘记把短消息关掉，一定是被他看见了。

消息是凌静优发来的，大致内容是嘲笑她到现在居然还不知道她和凌洛安并没有血缘关系。她是凌家领养并自小尽心培养的未来凌少夫人，她和凌洛安的关系也不只这一天两天。无论凌洛安身边有多少女人，最后有资格跟他结婚的人也只有她。而她根本就是被凌洛安要了，就连订婚也是他为了把她弄上床的一个手段而已。

危瞳突然想起上次来这间公寓时凌泰和她说的话。

他告诉她，她是他派到凌洛安身边的人，在对方眼里，她处在敌对位置。他也告诉过她，要保持头脑清醒。可惜那时候，她护短心切，加上对凌泰并无太多好感，所以硬是要对着干。

最后变成这样，实在是她自讨苦吃。

"凌总，你带我回来，只是为了嘲笑我？"

他微微眯起眼，唇角却似乎提了起来："嘲笑你对我有什么好处？"

又是这样淡定自若的口吻，这个人仿佛从来不知道挫败是什么滋味。危瞳扭头想起身，却忘了自己的手还被他搂着，人没站稳。对方的手指突然发力，她就这样被拽了过去，跌落在他怀里。

男人清爽淡雅的气息扑面而来，她推着他的胸口想起身，他的手臂却缠绕上来，围住她的背，将她揽在怀里。

"乖，就这样待一会儿。"微沉的磁性嗓音自耳畔传来，他的气息撩动着她耳际的发丝，酥酥麻麻地痒。这样亲密的语气和姿势让她的心跳不自觉地加快，想使力脱离，却又听见他继续道，"比起五年前，这个拥抱不算什么。听话，你现在需要放松自己，就这样别动。"他轻轻梳理她背上的湿发，靠着沙发，将她抱得更紧了些。

她的脸紧紧贴在他的胸口，甚至能感觉到微微起伏的呼吸与胸腔里的心跳声，温暖有力。

她的确需要一个怀抱好好依靠，但这个对象怎么想都不应该是他。

感觉她还想挣脱，男人修长的眉压低几份，叹了口气，声音听似平淡，却又震撼性地在她耳边响起："危瞳，你打算什么时候对我负责？"

凌大老板可谓一语惊人，短短十一个字，就成功让她僵在那里不再动弹。

而他接下来的话，更是一句比一句震撼。

"五年前那晚，其实我只是送一个喝醉又不知道家在哪里的女孩去酒店住宿。结果……"

"别开玩笑了凌总，你可是男人！"她在他怀里抬头，对上他仍旧清淡的目色。

男人握起她的手，将她的手指轻轻展开，看似随意地在她指尖一一掠过："你是不是太小看自己的身手了？"

惊骇中……

"危瞳，那晚我挨的拳可不少。"

继续惊骇中……

"再好好回忆一下当晚的事，然后告诉我，准备怎么对我负责？"男人神态平和，仿佛是在说别人的事。

危瞳愣了很久，好半天才从这个猝不及防的"真相"里回神。她有些呆呆地"啊"了一声，随后抓住了一个漏洞："既然是我强迫了你，那你为什么不等我醒来当场要我负责！为什么天不亮就一个人偷偷摸摸地跑了！"

"我后来回来了，不过你已经不在了。"他触摸着她的脸颊，"没看见我留给你的纸条？"

"呃……"她又被震撼了，"什么纸条！我没看见啊！上面写了什么？"

他眸色微暗，隔了片刻才慢慢道："没看见就算了，反正都是过去的事。想好该怎么对我负责，然后再来告诉我。"

这个狗血的真相让危瞳傻了。

之后的时间里，她一直在回忆当晚自己如何主动勾搭引诱，如何缠着他去宾馆开房，如何饿狼扑食般将他放倒，如何压迫而上行××○○

之恶事……

可惜，脑袋里仍是一片糨糊。

想得太专注，连陆路来了都没有觉察。直到听从凌泰的吩咐将衣服换上再出来时，才猛地意识到另一个问题。

对他负责？五年前，他一个二十六岁的正常男人，就算被女人放倒又怎么样！

说到底也是他占了便宜，难不成他跟她一样还是处不成？！

听完她这个问题，正缓缓穿上西服外套的男人看了她很久。

那深邃莫测的眼神让她心里阵阵发虚。

他走过来，微微俯身，在她颊边吻了吻："很好，看来我们，谈到重点了。"

危瞳："……"

Chapter.7
美人实在凶猛

▼

S500平稳地在绕城高架上行驶。

车内播放着他喜欢的美国乡村音乐，轻松的曲调却难以抚平她毛躁的心情。

酒后打赌果然是件不靠谱的事，作为不良少女混江湖的那一年，她也就疯了一回而已，结果惹来的麻烦潜伏了五年，居然到了现在才爆发！

她应不应该相信他的话？

如果相信，又要怎么负责？

在她思考着这种种纠结的问题时，车子已停在了一家会所前。

会所位于城市边缘，第一眼看去并不太奢华，不过只需看一眼门前停着的车，就大约能推测出这里的顾客是什么层次。

相比之下，凌泰的S500倒显得朴素了。

危瞳不得不想起另一件头痛的事，宾利的维修费用……

在包厢坐下后，他照旧将菜单推到她面前，让她自己看，想吃什么就点。她看了眼价格，一口茶水呛在喉咙里。居然比之前在S城去的那个海鲜小火锅还要贵！这还是人吃的东西吗！难道端上来的是黄金珍珠？！

"凌总，我……"

"凌泰。"他纠正。

"……"

他的视线从一旁恭敬俯身与他说话的领班身上转移过来，墨色的瞳深幽清冽："叫凌泰。"

"凌……凌总……"她叫不出来，突然让她换称呼，这太古怪了！

"凌泰。"他干脆完全转过了身，手伸开架在她的椅背上，淡淡的气息中却散发出某种强大气场。

"凌……"

"凌泰。"

"凌……"

"继续。"

危瞳火了，长这么大还没被人逼着叫名字！

"凌泰凌泰凌泰凌泰！行了吧！"

突如其来的气势让一旁的领班倒吸了口冷气，凌氏的老板来这家会所的次数虽然不多，但根据她的观察，他并不是个好脾气的男人。那张漂亮的脸看似优雅温柔，可从没有人敢在他面前放肆过。一来是因为他的寡言，二来是因为他的气场。

然而这天，她却发现了一件跌破眼镜的事。

听到那女人如此无礼的话，凌大老板却缓缓扬起了唇角："不用一次喊这么多遍。乖，等下吃完饭，带去你看电影。"

危瞳："……"好吧，黑线的不止那领班一个。

晚饭快结束时，陆路打来电话。听见凌泰有公事要忙，危瞳连忙表示可以自己回去。

他没出声，之后还是亲自将她送到旧街路口。

周一上班，因为宾利还在维修，她便直接去了公司。例会之前，她在走廊看见了推门进入会议室的凌洛安。她懒得进去找晦气，将陆路交给她的文件托付给同去开会的某部门经理，随后回了三十楼，窝在沙发里打手机游戏，连凌泰开完例会走出电梯时投来的目光都没兴趣探究。

结果这天晚饭后，凌泰真带她去了电影院，甚至还给她买了大号的爆米花和哈根达斯。

　　看完电影时间尚早，市中心的街上仍然有不少行人，很多都是情侣。

　　他看了眼四周，停步回头，等到她走上前，便伸手握住了她的手。

　　她抽回手，不爽地看着他："凌总，请问您这是在干什么？"

　　夜幕的街灯下，他低头凝视着她，片刻后他徐徐道："现在的年轻女孩都喜欢些什么？"他的话有些突兀，由他说出来却又那么自然，那淡薄如烟的眉宇在夜色里透着静谧与温软，"其实我不太懂年轻女孩心里的想法，你喜欢什么可以直接告诉我，想去哪里也告诉我。"

　　危瞳看了他好一会儿。他帮她解决车祸的事她很感激，他没有冷嘲热讽她被劈腿的事她也很感谢，就连他让她思考对他负责的办法她也认真地想了，可现在这算什么？这男人真是越来越让她看不懂了。

　　夜风微微拂来，她将挡住视线的头发拨开，心里缓缓冒出个念头。她朝他笑了笑："是不是真的……我说了算？"

　　二十分钟后，两人已置身于步行街上某家人声鼎沸的酒吧。酒吧的装修非常豪华，动感的音乐震耳欲聋。

　　进场后，危瞳看了眼凌泰的脸色，没有她期待中的不耐。她拉着他在吧台坐下，问酒保要了两杯朗姆酒。

　　"干杯！"她知道他不喜欢喝酒，所以才这么豪爽。

　　他看了她一眼，喝了。

　　她又喊了四杯，在桌上一字排开。其实她不是真的要和凌泰拼酒，只是知道他喜静，存心想惹他生气。

　　反正清白和钱都欠了他，她就破罐破摔了，大不了他发怒把她开除。

　　结果他忍耐力极好，酒过三巡她犯晕又尿急，一拍桌子就朝洗手间冲。出来时见楼梯挤，就穿过走廊朝另一侧楼梯走去。这条走廊左边都是包厢，一般来酒吧进包厢的不是一伙人就是两个人。

　　一伙人是来闹的，两个人是来"搞"的。

　　正思忖着，却看见不远处楼梯走上来一对贴在一起的男女。

　　女人穿着低胸裙，八爪鱼一样地黏在男人身上，看起来倒是颇有几分姿色，男人的脸孔俊美精致，飞扬跋扈，笑容轻佻。

危瞳立马僵住。真倒霉，又是凌洛安！

她曾告诫他如果再碰到会见一次打一次，不过他命好，她站的地方在暗处，他在看见她之前就推开了包厢门。危瞳本已打算将怒意压下，结果那穿着低胸裙的女人进包厢前居然好死不死地缠着他问前任的事，而凌洛安则更好死不死地答了句："无趣生硬又保守的女人，甩了！"

包厢的门在她面前关上，危瞳的拳头咯咯作响。

片刻后，她走到一旁某个帅哥身边，朝对方展颜一笑，要求借手机用用。对方被那笑容一勾，呆呆地说了句好就直接递过手机。

她走到边上，拿出自己的手机找出那条短信，飞快地用借来的手机发了条短信过去。

还回手机返回吧台的十五分钟后，她在看到某女孩匆忙离开的身影时笑弯了眼。她撑着下巴又向酒保要了六杯酒，照旧一字排开，招呼凌泰别客气，说今天她请客。

喝酒期间，危瞳的笑容一直没断，笑得性感撩人又可爱，似乎有什么天大的喜事。用危家师兄弟的话来说，危家大姐大体质特殊，喝多不上脸，但只要见她这种状态，就知道是喝过了。

以前在家这种时候，都是大师兄诺宸负责安顿她。其他十一个自认定力不够，受不了一个妖媚撩人还会主动脱衣服献吻的C cup女人……

可惜凌泰不是诺宸，更不是那其他十一个师兄弟，五年前唯一一次现场体验也不足以让他完全了解这个女人喝醉之后的"凶猛"反应……

所以在他送她回去的途中，她一边一本正经地喊热，一边微笑脱衣服的举动着实令他一惊。

他开了些车窗，四月初的春风吹着很凉，怕她着凉，开了一会儿就关掉了。结果在等红灯时，她开始脱第二件衣服。

不得不说的是，她一共才穿了三件衣服。

第一件是连帽开衫，第二件是卫衣，第三件是贴身内衣……

凌泰连忙挂了空挡，脱下西服盖在她身上。路灯下，车内越发显得暗沉，反倒衬得她肌肤莹润细腻，散发着蜜一般诱惑的色泽。

"干什么？"她口齿清楚，只是看他时眉梢带着惑人的风情，"你以为我醉了在乱脱衣服？错了，我才不会醉，那么点儿酒而已。"说着，她自西服里伸出手臂，沿着他的肩膀一路爬上他的脖颈，手一勾，探过去在他的脸颊上重重一吻。

凌泰这才知道她真的喝大了。他皱皱眉，将她推回去，重新盖好西服，再度开动车子。

这一路开得很不顺畅，她没一刻消停过。比起喝醉耍酒疯的人，她倒是安静得很，不吵不叫，就只是笑，像猫一样舒展着身体和手臂，在他身上又蹭又摸，勾着他的脖子不知道揩了他多少油。

边揩油还边一本正经道："帅哥你长得可真漂亮……你不高兴吗？……喜欢你才亲你的，换了别人我才不亲……我身材很好哦，挤一挤就有D了……"说着，西服被她彻底掀开。

"坐好！"凌泰的脸色有些变了，眼底除了薄怒还有另一种情绪。

他重新将西服朝她身上盖去，顺势按住她，单手飞快地开着车。

她被他吓了一跳，缩在那里一动不动地看着他。片刻后，安静的小猫再度化身恶猫，她上前抱住他，一身不吭地吻住他的唇。

舔舔，软的凉的，很舒服。继续舔舔，然后啃，最后直接把舌尖探过去，揪着他的脖子泰山压顶式地吻下去。

男人被这突如其来的吻挡住了视线，车子方向一偏，他急忙踩下刹车，好在夜深路上车不多，才没发生追尾。

他抓住她的胳膊，将她推开时脸色已变得极其难看。

"不许抵抗，要听话！"她腿一伸，整个人几乎跨坐在他身上，还眯着眼展示了一下她的拳头。

这一刻，就算凌泰再淡定，也快崩溃了……

她勾住他的脖子，手指发力，再次低头和他吻在一起，咬、啃、缠、舔……

男人的眼眸暗了又明，明了又暗。两人在车里"缠斗"了半晌，其间她不安分的脚蹬到了座位旁的什么东西，驾驶座立刻朝后降下。跨坐在他身上的危瞳也顺势压了下去。

身上胡搅蛮缠的女人勾起了他很久以前的回忆，凌泰叹了口气，若是她真的知道自己在做什么也就罢了。偏偏除了吻和摸，她什么都不会做。

在第N次放冷语调命令女人下去无果后，那双墨黑瞳底的清冷终于退去，被另一种渐渐升温的情绪替代。她上身半裸，内衣的肩带滑下一边，明媚的春色在他眼前诱惑荡漾。大约是吻累了，她微微仰头，无意识地舔了舔唇，他却在这个时候吻了上来。

起先是轻柔的吸吮，之后慢慢深入，逐渐变得激烈。

吻与被吻是两种完全不同的感觉，被吻的时候，主动权在对方手里，节奏也由对方掌握。她被堵得有些呼吸不畅，想从他身上滑下，可男人的身体跟着翻转过来。副驾的座椅靠背也被放下，她的肌肤感觉到了冷冷的皮革，在他身下挣了挣，后腰不知道撞在哪个硬实的东西上，痛得她直喊疼，又说不要在这里。

他支起半个身体，蹙眉看她，微有些无奈地理理她散乱的头发，扶她坐好，之后直接掉头开回了清风望山。

他用西服包裹住她，打横抱上公寓。

经过这番闹腾，上楼后他的情绪已冷静下来。本想安顿她休息，结果刚为她拉上被子，就再度遭到突袭。

女人之中，她的力气算是大的。他一时间被压得动弹不得，她趁势而上，又吻又摸，还一直笑。

他躺在那里，手指在她光裸的脊背上滑动，面上仍淡淡的，但只有他自己知道，他的呼吸和心跳已经被她搅乱了。

漆黑的瞳底掠过很多种不同的情绪，她这样无所顾忌，他却不可以。

一次失控就已经够了，五年前是因为他喝多，可今晚他并没有。如果继续下去，错的人就会变成他。

头脑真的非常冷静，可身体和心不同，它们只听凭最本能的反应。

"危瞳……"他扶着她的背，撑着床缓缓坐起身，她也顺势滑落在他腰间，不知什么时候蹬掉长裤的双腿紧紧围住他的腰身，紧致光滑，媚惑非常。

他眉头又是一紧。她对他的影响，远远超出了他的预计。

"嗯？叫我？"女人勾着他的肩膀，笑容更甜了，"我是叫危瞳，帅哥你呢？"

"凌泰。"一个吻，带着细腻的微凉，轻轻地落在她脖间。

"凌泰？"她学着他也啃上了他的脖子，"这名字好熟啊！"

"嗯，我是你的雇主。"又一个吻，落在她柔嫩的胸口。

她照旧有样学样，三下五除二地扒开了他碍事的衬衣，一口咬在他胸口。男人发出低沉的闷哼，揽在她腰上的手指赫然收紧。

一个深长的吻。

他扣着她的后背，力度坚决而隐忍。当然，这因为某种顾忌而残余的为数不多的隐忍，也很快在她继续扒衣服啃人的动作下退得一干二净。

脱衣服从来不是什么难事，何况危瞳也差不多脱光了。

皮带松开，西裤被某人蹭啊蹭地蹭掉……她依旧分腿跪坐在他身上，树袋熊似的紧紧攀着他。他的肌肤微凉，正适合降温。她更高兴了，继续笑着蹭他，完全没觉察身下人的变化。

主动权再度被夺走，吻得到反馈，纯黑的眼瞳如同暗夜天空，深邃沉敛，安静无声地盯着被吻的女人。脸这么近，她媚笑的眉眼和颤动的睫毛都看得一清二楚。

喘息变得浓烈，身体相贴，四肢相缠，这样女上男下的姿势更增添了几分暧昧。

她长长的柔软发丝垂下，在他肩头摩挲，浅麦色的肌肤与白皙的肤色搭配刚刚好。他的手指自她的脚踝一路上滑，纤细的小腿、紧绷的大腿、最后是……

她低低叫了一声，离开他的唇，似有些不解地低下头。

指尖又是一动，她身体直发软，有一股莫名的燥热自体内蔓延开来。大约是觉察到不太对劲，她推着他的肩膀想离开，然而这种时候他又怎可能让她离开。

墨黑的眼已沾染上世俗的欲色，哪怕再清冷的男子在情动时也不可能冷静。理智终究落败，他微微抬起她的身体，找到位置，揽紧她的腰身按了下去……

突兀的不适感让她挺直了脊背，发出断断续续的低呼，死死按着他的手臂，不让他再动自己的身体。

圈着她腰身的修长手指微微有些发颤，不知是因为这一瞬间的强烈感觉，还是她强迫他停下后的痛苦煎熬。

她动了动，再次想逃离，却让他的理智又一次退去五分。

温软的唇吻上她的下颚，随后是唇角，接着猛地一个深吻，同时将她牢牢地深深地占有。

她的低呼消失在男人的唇齿间……

夜有些深了，房间的落地玻璃前窗帘大开，因为是高层，根本不必担心有人偷窥。

月色皎洁，床前地板上的投影凌乱地耸动，房间里的低吟和粗重喘息如同不曾停止的原始曲调。男人的理智大约早已丢失，仍然是她在上面，可节奏完全由不得她。

她的手臂无力地搭着他的肩膀，他握着她的腰，送递的期间，将她吻了又吻。唇、鼻尖、眼帘、眉心、脸颊、耳垂、下颌、脖颈、锁骨、胸口……细碎的红色印记一路蔓延。像是要把上一次没有留下的记号全补回来，这样，她就不会再忘记他了。

她是这么柔软轻盈，仿佛掠过指尖的羽毛，想要拥有，唯有收紧五指。

她始终看着他，眼眸睁得大大的，眉紧紧地蹙起，看起来似乎非常清醒。但仅仅只是似乎，他知道或许第二天早上醒来，她又会再度忘记这一切。

不同的是，这次他不会离开，这回……不仅仅只是一次就了结。

这一晚，月光映照了多久，床前地板上的投影就耸动了多久。

休息是短暂的，失去理智的男人有着无穷的精力，他始终温柔，有着十足的耐心，缠绵的亲吻与无尽的抚摸，然后沉寂无声尝试推进，最后坚决地深深占有。

动作是这样决然，每次开始时她都会因不适而低呼，也会下意识地挣扎。

他抱着她吻着她，像哄一个孩子般在她耳边呓语。

她早就醉得什么都分辨不了了，他想他一定是也醉了，深深地死死地醉在她身体里……

如果一次不够深刻，醒来会完全没有印象，那么一次又一次一直维持到天亮呢？

在浅睡片刻又忽然惊醒的那一刻，危瞳按着跟五年前一样涨痛沉重的头，很快便回忆起了昨晚的一切。

那个整夜抱着她的男人，那个跟她缠绵了一整晚的男人，有着再清晰不过的清俊脸庞和优雅眉宇以及浓烈的墨黑瞳仁。瞳仁深处有一把火，每一次都像是在她身上燃烧……

浅灰色卧室，明净的落地玻璃窗，俯视苍生的高度——没有错，这是凌泰的公寓！

危瞳吓得直接从床上滚落，身体接触到发凉的地板才发现自己仍然一丝不挂。幸亏房间里只有她一个，她随手挂起地上凌乱的衣服，冲进了一旁的浴室。

身上惨不忍睹……

丫的死男人，当她是田地在种草莓吗！

就算种草莓也不是这个种法，简直跟小时候出红疹一样！

爬进浴缸洗澡时，不小心牵扯到了下身，那股酸胀的肿痛比她丢失初夜那次更甚。

该死的闷骚男！平时装斯文装正经，想不到一退去假面具居然这么狠！正在心里咒骂，门外却传来脚步声。浴室门被敲响，非常礼貌的三下。

她烦躁又尴尬地问他干吗。

"你的手机在响，要接吗？"男人的嗓音依旧优雅，似乎还带着一抹轻软的笑意。

"我现在……不方便！"危瞳关了水龙头，"是谁打来的？"

"没有名字，已经响了几次。"

"那你帮我接吧。"她说罢，又扭开笼头继续洗澡。

洗了一个十分漫长的澡，她也终于把昨晚所有的一切在脑中理顺。于是很悲催地发现，果真是她强上了他……

那么接下来，她是不是又得和他谈谈负责任的问题？早知道自己喝醉后是那个德行，她怎么也不会带他去酒吧，还好死不死地碰见凌洛安……真是越想越郁闷。

走出浴室，房间里没有人，床角放着干净的替换衣服。从外到里，甚至连内裤内衣都是适合她的尺码。危瞳脸上又是一热，快速穿戴整齐，来到客厅。

餐厅和厨房是连着的，黑色大理石台面的长方形吧台桌上搁着两份早餐。

他穿着居家的松软长裤和棉长衫，正捧着笔记本浏览网站新闻，茶几旁的地毯上，搁着几个女装纸袋，除了她身上穿的，里面还有数套。

"陆路来过了？"能亲自将衣服送上楼的，只有可能是陆路。

"嗯。"他低低地应了声，听起来并无异常，却似乎少了之前那份轻软。

钟上时间已指向十点，她思量着该用哪句做开场白时，他已合上电脑，抬头看她。神情疏淡，清俊的脸庞因为逆光而显得有些模糊："先吃早饭，我十一点有个会议，吃完一起去公司。"

她"哦"了一声，和他一起在吧台桌两侧坐下。吐司、火腿片、鸡蛋以及咖啡，他吃得越安静，她的心就越闹腾得慌："早餐是你做的？味道真不错，我还以为大公司老板不会自己做东西吃！呵呵！"笑完，危瞳觉得自己有点儿傻，又埋头吃了几口。

他仍旧不出声，静静地喝着咖啡，修长睫毛下的目光微微垂落，连看都没在看她。

看这态度，估计是想逼她表态了？

身体还酸痛着的女人暴躁起来，说到底昨晚她只主动了第一次，后面可都是他什么什么的，而且这种事男女双方都一样，她又不是把刀架在他脖子上逼着他脱衣服！

危瞳忍了半天，终于还是没忍住，将叉子重重朝盘里一搁，发声道："想怎么样你倒是说句话啊！有你这么逼人表态的吗！你可是男人！"

端着咖啡的手顿住，他的视线淡凉得有些过分，在她身上匆匆一扫，便起身去收拾电脑了。

危瞳被气得够呛。什么人！这个性也太莫名其妙了吧！

"凌总！"

没有回应。

"凌泰！"

还是没回应。

看着他冷漠的背影，她的心里就像钻进了一千只蚂蚁，在那里挠啊挠的。她憋了半天，最后憋出这么一句话来："好了好了！我知道了！我负责，负责任还不行吗！昨天是我的错，五年前也是我的错，我、我跟你去注册！"

最后一句吼得很大声，吼完她有点儿傻了，心想真是见了鬼了！

沙发前的男人终于停下动作，转过身来，那双原本淡漠的眼瞳在看清她的神情后逐渐染上厉色，他冷凉地开口："不必了，我凌泰就算要结婚，也不会跟心不甘情不愿的女人。"

他拎起收拾好的手提包，取过西服外套朝门口走去："会议很赶，我先回公司，你走的时候记得锁好门。"

门"砰"的一声关上，危瞳继续呆傻。

这么说，她人生里第一次求婚遭到拒绝了？

她长长地出了口气，抹了抹前额的冷汗，刚才真是见鬼了才说出那句话，幸亏他没有答应，否则这事她也不知道怎么收场！

有点儿郁闷地吃完早餐，她开始收拾自己的东西。从沙发上拿起手机时，她想到之前让凌泰帮她接的电话，点开一看，却发现那个号码有些眼熟。

原来电话是凌静优打来的！

除此之外，还有一条已被读取的新短消息：你别以为不出声就行！我知道昨天发消息的人是你，你以为我和你一样，这么简单就会受到打击？得了吧！我哥又不是今天才出去玩，明明是你自己嫉妒。奉劝你以后别这么三八，做再多我哥也不会要你了！

危瞳无语了。

这位凌家小姐果然非一般地强悍，看来下次见面还是得用拳头好好"问候"她一下。

将手机放好，她突然意识到一个问题。

莫非这通电话和短消息就是凌泰刚才态度异常的原因？

在这种冷漠疏淡的关系维持了一个月后，危瞳想，她的雇主绝对是这世界上最小气最小气的男人！

这一个月，他倒是进进出出镇定自若，却辛苦了不得不跟随在旁的她。被当作透明人的滋味不怎么样，跟一个明明有过亲密关系的人假装上司下属正当关系的滋味更不怎么样！

晚上那些应酬还好，毕竟是公事，餐桌上总会有对方的人与他聊天，气氛虽不能说热络，但需要应付应对时，他还是会开口，唇边也会有礼貌的笑容。她杵在旁边也没那么尴尬。

最令她受不了的是两人偶尔的单独相处的时间。陆路虽是助理，但毕竟有自己的工作，有时用餐或者出行就只有他们两个。

说起来，她也不是没试过主动开口。

但那几句底气并不足够甚至有些试探的搭腔，激不起他的任何反应。效果最强烈的，他的回应也不过是淡淡瞥来的漠然视线。大部分时候，连这一眼都没有。

危瞳很烦躁，她不是那种擅长猜人心思的女人，何况对象又是凌泰这种本来就深不可测的男人。他不说话时，也就代表着他拒绝与对方交流，光从视线和表情她根本看不出他的任何情绪。

反过来说，若她真有这个本领在异性拒绝交流的情况下猜到对方在想什么，并能够想出解决办法，她大学时期那几段青涩的恋情，也不会纷纷在短暂的时间内结束了。

被冷处理的滋味要真正体会过的人才知道，用武者的话来解释，就像是决战打败仗时遇到一个莫名其妙的对手。干干脆脆给一刀，还是彻底放过对方？

不过是两者选其一的题目，对手却偏偏不阴不阳，不冷不热，高高在上地端着架子，用沉默凌迟着对手，就是不肯给个干脆！

这种情况次数越多，危瞳的思路也跟着越乱。在她看来，凌泰之所以能抱着如此淡定又有恃无恐的态度，最可能的原因是他之前所言非虚——也就是说，在他们之间这件说不清理还乱的"霸王硬上弓"事件里，他是绝对的受害者……总而言之，凌泰越是淡漠，危瞳就越烦躁和郁闷。

后来因为心里实在堵得慌，她跟邢丰丰说了这件事，对方听完，抱着星冰乐喝也不是不喝也不是，用看怪兽的眼光直愣愣地看了她半天。

"再看这顿你请客！"危瞳毛躁了。

邢丰丰鄙夷地掀掀唇："你丫还真行啊！这么劲爆的事居然瞒着我们两个这么久！"

"少废话！告诉你是让你帮忙想办法！你说这男人心怎么也像海底针！之前态度那么好，还跟我说喜欢什么想去哪里都可以，才一晚上就大变样！他想干什么直接说不行吗！说一说又不会死！我又不是不讲道理的人！"

"你真不知道他为什么变这样？"邢丰丰翻了翻白眼。

"大概是因为凌静优的电话和消息吧……但我之前就跟他说了啊，我说我会负责！"

"负你个鬼！他是男人，要负责也是他负！以后出去混，别说认识我邢丰丰！"情场杀手恨铁不成钢，只差没把杯子飞出去，"不过凌洛安那家伙这么快就搞上别人真是让我对有钱人绝望！"她突然想到了什么，又问危瞳凌洛安在出轨前是不是知道了她和凌泰的事。

"我还没来得及说。"她快快地搅动着星冰乐。

星巴克外就是步行街，午后的春阳明媚轻盈，不知不觉五月已经来临。凌泰拿她当透明人的这个月，其实心底除了郁闷和毛躁，还隐隐有些不舒服。那是一种很奇怪的感觉，若有似无却又偏偏在她几乎快要忘记的时候掠过心头。

不舒服，很不舒服。又奇怪又诡异的感觉，似乎不太像生气，只是纯粹在想起他的时候，心底会有些涩涩的不平整感。

为什么呢？她实在想不明白。

邢丰丰见她这个模样，皱着眉头问："瞳瞳，你该不会是……有了吧？"

咯咯！塑料杯被神思飘远的某人失手捏扁，她恼了："你才有了！我又不是小女孩，当然知道怎么做事后措施！"

被邢丰丰这话一搅和，她也没心情继续研究下去，两人离开星巴克，又一起去吃了顿自助餐，之后各自回家。

周一上班，她发现那位冷冷淡淡的雇主干脆不见了。

之前凌泰被她撞坏的宾利早就修好取回，但他一直都没提让她继续做司机的事，所以这一个月都是两人上各自的班。偶尔他上午有事，便不回公司直接过去会客，但通常这种情况陆路都跟在身边。

这天直到下午她也没见着凌泰人影，倒是陆路一直在她眼前晃着。后来她忍不住了，直接冲到陆路面前，问他凌泰的去向。

怎么说她都是凌泰的私人保镖，哪有不做事干发愣的保镖，她危瞳不做这么不负责任的事！

陆路一脸你居然不知道的神情，告诉她老板昨晚就去S城了啊！

"出差怎么不告诉我！"她"砰"地一拍桌子，把陆路吓了一跳，他把脊背贴在椅子上，尽量平和着语气："我怎么知道老板为什么不告诉你？我以为你知道啊！"

"这么重要的事我不问你你也该主动跟我说！我不在他又受伤怎么办！"

"老板有带保安组的人过去。"陆路无奈，"危大姐啊，你以为我很闲？要不是这里一堆事情没处理完我早去了！"

"行。"危瞳懒得听他废话，问他要了凌泰的酒店地址，立马收东西下班。

非常倒霉的是，她在电梯里碰见了凌洛安。

这一个月他在公司的时间并不算多，凌氏几个大项目都开始运转，除了S城的南苑计划，还有香港的一个项目也已启动。

听陆路说，凌洛安时常在两地飞来飞去。

香港可以算是他的天下，他在那里的人际关系远远超越凌泰，故此凌大老板将项目交给了他。

在这事上，危瞳曾问过陆路，既然凌泰跟凌洛安不和，又为什么把这么重要的事交给他，像之前南苑计划一样压制不是更好？

"你觉得老板是这样的人？"还是与上次拆迁事件一样的以问作答。

陆路一问她便没声音了。是的，无论凌泰有多么莫测深沉难以捉摸，她都觉得他不是这种人。

他和凌洛安，他们是完全不同的两种人。

这一个月，公司职员们早看出她跟凌洛安的事，私下里纷纷议论他们分手的原因。大部分人都猜测是凌少终于受不了"食人花"的粗鲁暴力，毫不犹豫地将人甩了。

当然这些流言也仅是流言，没人敢在危瞳面前乱说一个字。毕竟她的身手如此了得，又是公司大老板的贴身保镖，得罪她不是明智的事。

分手后，凌洛安比以前更加随心所欲，八卦杂志的女主角经常更换，不少人在上下班时看见他身边带着不同的女人。

危瞳自认不是情感细腻丰富的小女生，危老爹常说，做人要拿得起放得下。他劈腿是不争的事实，她也从没想过某天可以复合。但一想到他那些虚伪的甜言蜜语，心里到底生气。

一生气，手指就自动做了些事。

她拍下他和那些女人勾肩搭背、亲热吻别的照片以及视频，一条条全部发给了凌静优。

所谓以彼之道还施彼身，一开始凌静优还能忍住，某次一条激吻的视频发出之后，对方开始疯狂地打她手机，她一律不接，直接关机。之后再开机发现对方传了条咬牙切齿的短消息：你算什么女人！

危瞳看完就删除了，她当然是女人，而且还是个有骨气的女人！

她知道自己不是会装的人，偶尔在公司无法避免地碰到他，她一概无视。就像现在，电梯里只有他们两个，她也只当没看见。

"听说，你最近传了不少精彩画面给静优。"男人插着裤袋斜靠在电梯上，看着前方银色电梯门映出的她。

危瞳瞥了眼电梯门，男子说话的神态依旧那么轻佻，以前某段时间她曾觉得他如此挑眉的神态很帅，但现在只觉得自己当时是眼瞎了。

"静优被你激得不轻，跟我闹了好几回，现在连手机号码也换了。危危，你做的事永远这么出人意料。"他笑得眼波流转，不知是在赞扬，还是在讽刺。

电梯快到一楼，她朝前走，却被他伸手拦住。他按下地下车库的按钮，电梯门再度合上。

"真难为你居然拍得那么认真，如果真这么记挂我，直接说就是了。"他慢慢地朝她靠近，伸手将她困在手臂和电梯之间。他提起唇角，压低了头："危危，是不是想我了？"

她还是没说话，手指慢慢搭上他的手臂，眼瞳如猫一般眯了起来，眸底竟有一丝笑意。

凌洛安已经很久没这么近看她的脸，也已经很久没看到她露出这种表情，出神的片刻间只感觉手臂一紧，接着身体被一扭一甩，他整个人已被摔了出去。

危瞳站在打开的电梯门口，将背包捡起，笑容明净："你看我像是那种没头脑的贱骨头吗？"

从来，她都不是没有头脑的小女生。虽然情商不高，屡战屡败，但这么多年在父亲与师兄弟的陪伴熏陶下长大，使得她比普通的男生更加有骨气。

喜欢与憎恶，她一直都分得清清楚楚。就像丢弃用过的纸张一样干净利落地解决问题，从不愿意给自己增添不必要的烦恼。

喜欢一个人时，她也会如女孩般有这样那样的甜蜜心思，可当她决定讨厌一个人时，也绝不会因为对方的举止言语而拖泥带水。

她没有瞎，那个晚上她把所有的事都看得清清楚楚，所以即便那一夜她心里再难过，也走得干脆利落！

凌洛安，他真是太不了解她了！

危瞳回家收拾了东西本想连夜赶去，结果因为买不到夜间车票只能订了第二天一早的。她不禁有些怀念凌大老板的座驾，同时也怀念陆路一手包办的车票机票……

到达S城是上午九点多，她在路上随意买了个煎饼，边啃边坐车去往酒店。

凌泰不在酒店，房间里只有打扫卫生的服务员。她只能再次打给陆路，对方说如果老板不在酒店，就一定在南苑那里。

为期数月的拆迁工作一直进行得不太顺利，这次又冒出几个钉子户，整天带着横幅在自家门口静坐抗议，引来了不少媒体记者。

这种工作本来不需要老板亲自过去，凌氏有的是人，随便派谁都可以。但因为那个人，他们清楚这并非单纯的抗议，而是有人在背后策划，老板这才非得亲自解决。当然，这个原因陆路并没有告诉危瞳。

可惜等危瞳赶到南苑时，凌泰已先走一步去了医院。听留在那里善后的保安说，有家钉子户威胁要自杀，结果不小心从楼上摔了下来，现在凌总跟着一起去了医院。

危瞳有点儿想吐血，几番折腾，等终于见到凌泰，已是下午一点多了。

偏偏对方还没好脸，在医院走廊淡淡看了她一眼，问她怎么来了。

危瞳被噎得够呛："我是你贴身保镖啊，凌总！"

他大约是注意到她因匆忙赶路而变得凌乱的长发，眼神缓和了几分，问她有没有吃过午饭。之后朝旁边几个保安吩咐了几句，几人护着他从医院后门离开，去了斜对面的一家餐厅。

"你还不能走么？"她注意到他略显疲态的眉宇。

"还不行。"他答得很简单。之后两人安静地用餐，气氛依然让她很烦躁。饭后，他让她下午先回去，这里的事她帮不上忙。

危瞳没吭声，脸上明明白白地写着不爽。大约老天为了证明"她帮不上忙"对她是个天大的侮辱，他们才走出餐厅没多久，已有打探到凌泰行踪的记者们大批涌上。

其他几个保安都还在医院，凌泰身边就只有一个危瞳。

她一边推开记者，一边拉着凌泰朝医院后门走。

人实在太多，她又不能真的动武，他们被挤得东摇西晃，不知哪个记者手里的摄像机因为没拿稳朝他们倒过去，危瞳忙伸手一挡，没让机子砸到凌泰，手腕却因此一扭，传来清晰的疼痛。

腰间围上男人的手臂，他手指一收，将她圈进自己怀里。

"让开！"两个冷厉的低沉音节，让围着的记者们愣了一愣。

危瞳抬头，那张优雅清淡的脸孔不知何时蕴着窒冷怒意，他一手抱紧她，一手扶着她扭到的手，快步走出记者的包围。

那些人不知是因为摄像机意外，还是凌泰突来的怒意，都愣在了那里没有追来。

医院的保安见大老板一脸怒气地进来，忙为他安排了一间安静的单独病房。

医生很快被请来了，说只是小伤，用药油擦了按摩一下就会没事。危瞳觉得凌泰大惊小怪，练武的人，什么伤没受过，这根本不算什么。

然而他却没理会她，将她安置在沙发上，自己取了护士送来的药油，为她细细擦涂并按揉起来。

男人的目光很专注，脸上冷色未退，但动作却非常轻柔，仿佛她是什么易碎的珍宝，小心翼翼。

危瞳的心里突然觉得软软的，之前的不爽和毛躁，连带那些莫名其妙的不适感，都一扫而空。

"凌总……"她低低出声。

他的动作顿了顿，又继续帮她揉了一会儿，随后抬头看她："叫凌泰。"

她没出声，直直地看着他，男人的目光渐渐变得温柔，他低低叹了口气，俯首在她受伤的手背上轻轻一吻。

仿佛一团轻软的棉絮，又像是凉凉的果冻。

他再次抬头，握住她的手，欺身吻住了她的唇，柔软而浅薄的一个吻，却令她心底微微一颤，仿佛有什么电流，刺啦一下子从脊背上通过。

"你……"她愕然，"你不是应该在生气？"

"你知道我在生气？"

"我又不是笨蛋。"她睁大了眼，"你干吗又吻我？"

他看着她，为她理理乱掉的额发，轻柔地笑了："老公吻老婆，不是很正常么？"

"……"任何语言都无法形容危瞳这一刻的震惊。

"你跟我求过婚了，忘记了？"墨黑的眸底染上了笑意。

"可是你没答应啊！"

"我现在答应。"

"……"

Chapter. 8
前女友变婶婶

▼

危瞳觉得自己的雇主大约是疯了，她随口说的话居然也当真！

和凌泰结婚？！让她死了吧！

然而——凌大老板的头脑和措辞，都不是危瞳能够正面抗衡的。

"我……我那天早上还没睡醒，胡乱说的！"

"这么说，你是打定主意不准备负这个责任了？"眸底的笑意收起，他缓缓地在沙发的另一端坐下，姿态闲适，眉宇却压低了几分。

危瞳感觉这间病房的温度立刻低了十度，她正襟危坐，神态严肃，可惜底气不足："凌总……我记得你说过，你就算要结婚，也不会跟心不甘情不愿的女人？"

"的确，那天我是这么说的。"他顿了顿，眯起眼似笑非笑地注视着她，"不过我有说过这个女人是你吗？"

"……"底气又弱了百分之三十。

"危瞳，听说练武的人很讲信用，说的话一是一二是二，从来不会弄虚作假是不是？"

"……"剩下的底气基本快没了……

"本来倒也没想让你负责得这么彻底，但既然你都开口了，我一个男人没道理让女人失望，对不对？"

"……"

"所以，我们就这样说定了吧。"

"……"

次日，危瞳拎着背包，一脸世界末日的表情站在自家门口。

昨天清晨从这个家门离开时，她还是快快乐乐的单身贵族，而此刻，她已正式跨入已婚妇女的行列……

凌泰的办事效率惊人，昨天就解决了钉子户坠楼事件，今天早上把收尾工作交给赶到S城的陆路，之后直接载她回Z城，顺路去了趟民政局。

当她以"没带户口本不如改天有空坐下来慢慢聊聊具体细节"为借口死活不肯下车时，凌大老板表情淡淡地自电脑包里取出一早由陆路送来的户口本……

由此可见，危家老爹并不是个有危机意识的老人家。

拍照、填资料、盖章……

办事处的老阿姨边办手续边一个劲地夸赞她有福气，老公这么年轻这么好看。

当看到资料上面凌泰的出生年月时，对方着实一愣，又急忙改口，说年纪大点儿的男人好，大一点儿的才懂得心疼照顾女人！

危瞳只能保持沉默……

一如此刻，对着前来开门的危老爹沉默。

其实，以她的身手，若要在木已成舟前逃离是完全不成问题的事。

她只要用她的手刀，以百分之五十的力度劈在他的后颈，他铁定当场倒地，而她就能溜之大吉。可是，这之后呢？

凌泰想要做的事，岂是她这一逃就能彻底解决的？她难道可以不上班，躲他一辈子？

更别提整件事里他根本就没有做错什么！是的，霸王硬上弓的人是她，主动开口说结婚的人也是她，什么都是她做的她说的，现在才后悔，也实在没义气没信用得有些离谱！

再加上她本来就底气不足心有愧疚，所以现如今也只能眼一闭，把字签了！

就当作对他的补偿吧！危家大姐大如此安慰着自己……

另一方面，危老爹刚刚吃完饭，正在品茶，听见敲门声捧着茶杯就出来了，看见自己的女儿就直接问，户口本收到了吧？那事情解决了吧？

"算是解决了……"危瞳耷拉着肩膀，就算不看，也知道此刻身后男人的目光正聚拢在她身上。

危老爹这时也注意到了女儿身后这个优雅清隽的男人，目光清冽，眉宇干净，气质沉稳，倒是比上次找上门的那个富家公子顺眼多了。

危老爹边喝水边问："这位是……"

"我老板。"危瞳陈述事实。

"原来是领导！怠慢怠慢！"老爹笑脸相迎，顺便又咽了下口水。

危家大姐大接着开口，依旧陈述事实："你女婿……"

危老爹的笑容僵住，他呆了三秒，接着一口茶水喷了凌泰一身。

这天的晚饭，危家多了一个陌生人。

碍于危老爹那张死板的八卦脸，十一个师兄弟没人敢出声询问。

饭吃到一半，危老爹开始喝酒，顺便也帮凌泰倒了一杯，接着一语不发就要和他干杯。凌泰笑了笑，爽快地干了。

危老爹的脸色缓了一点儿，又倒了第二杯，两人依旧干掉。

干完第五杯，凌泰握着筷子的手微微颤了颤。危瞳觉察到了，想开口，但一想到自己莫名其妙转变的身份，又把话压了回去。

终于，一瓶白酒见了底，危老爹的脸也渐渐放了晴，朝一声未吭的凌泰竖竖大拇指："酒量不错！"

"哪里，是爸您手下留情。"凌泰声音平静，清淡的眉宇间却染上了一份浅浅的醉意。这份醉意令他的五官在晕黄灯光下显得格外温柔。

这个"爸"字，让危瞳呛了一下。

危家老爹没理会女儿，继续道："酒品也不错。凌先生和我们家瞳瞳认识多久了？"

"叫我凌泰就好。我们五年前就认识了，只是中间因为一些事一直没遇到，去年秋天才重新见面。"

"哦……那也不算太短。"危老爹抓了两下头发，又道，"凌泰，实话跟你说，我这个女儿从小就宝贝得很，自从我老婆去世后，就更宝贝了。你们都是成年人，结婚这种事说到底是你们两个人的事情。可婚姻不是儿戏，你们这么登记了就算是结婚了？"

"的确是我仓促了些，但我是真心诚意想和危瞳结婚的。仪式我会补办，当然还是要看您的意思。我这边没有长辈，所以一切都听您的。"

"哦。"危老爹又抓了两下头发。这人都把话说到这个份儿上了，他也实在没其他好挑剔的。想了半天，他又挤出一句："你知道我女儿之前有个男朋友吧？"

噗……危瞳口中的汤差点儿喷出来。老爸，你真是哪壶不开提哪壶！

凌泰神情未变。他搁下筷子，笑意盈盈："我知道，洛安他是我侄子。他们的性格不合，分开也挺遗憾的。"

"侄子？！"旁听的十一个师兄弟中，终于有人忍不住，不过很快被危瞳一个凌厉的眼神秒杀。

危老爹这回打从心里慌了起来，抓头又抓头后，他再次将凌泰上下仔细打量了一回，之后道："你今年……多少岁了？"

"三十一。"凌泰有问必答。

"哦，保养得倒是不错！"隔了一会儿，再问，"对我女儿和你侄子的事，真不介意？"危老爹到底心疼女儿，怕对方只是嘴上说说，等娶回家之后给脸色耍脾气。

凌泰握起身旁人的手，搁在自己掌心握住，说道："爸，我对她是真心的，您放心。"

虽然知道他说的这些话大部分都不是真的，但这一刻，凌泰握着她的手说是真心的，还是令她的心跳有点儿加快。

危瞳甚至在想，如果这个男人每天都能这么温柔，也许和他在一起也不算一件太坏的事。

当然，这个念头只在脑中停留了一瞬，她又不是花痴，哪可能这么快又喜欢上一个人。

这场婚姻说到底是两场意外的后遗症，字是签了，可她本人还根本没有缓过神来。除了满脑子的义气信用，她暂时没办法想其他东西。

决定是她自己做的，后悔只能放在心里，现实还得去面对。

真要怪，只能怪自己！什么"她负责去结婚"，真是见鬼的祸从口出啊！

当晚，危老爹招呼新女婿在自家住下，他爽快地答应并非常自觉地进了危瞳的房间。

门关上后，憋了一整晚的十一个师兄弟蹑手蹑脚地一拥而上，用耳朵贴着门听里面的动静。还没听到什么，危老爹就再度出现，一巴掌甩过去，无声无息地拍飞了几人。一众师兄弟蹑手蹑脚地作鸟兽散，回头再看，他们老爹正蹲在门边做他们刚才做过的事……

房内，危瞳尴尬地看着开始脱衣服准备洗澡的男人，注意到她的目光，男人转过视线，询问："想一起洗？"

她使劲摇头："不客气，你先！"

他轻轻一笑，进了旁边的浴室。

十五分钟后，某人完事，危瞳进了浴室。

一个小时后，她还没出来。他放下电脑，走到浴室门前，很有礼貌地敲了三下。

"我想多泡会儿，你先睡吧。"危瞳缩在浴室的木桶里，无聊地玩泡泡。

半个小时后，洗蜕一层皮的危瞳终于吹干头发走了出来。房间的灯调得很暗，凌泰果真已经睡了，占据了她半张床。

穿着一身小熊棉布睡衣的女人站在床边很纠结，从来没想过，自己的床上居然会多个男人！

这个男人昨天还是她的雇主，今天居然成了她的老公！

这心情怎一个纠结了得啊！

她抓了抓头发，心一横，关灯爬上了床。管他呢！反正也不是第一次了，谁怕谁！

刚刚闭上眼睛没多久，身旁的男人翻了个身，手臂自她身后探来，从她腋下穿过，将她拥在怀里。

"怎么洗这么久？"男人的声音略微有些沙哑，在寂静的夜里听来竟带了一抹性感。

"你还没睡？"

"在等你。"

"等我做——"后面两个字，被淹没在他微凉柔软的唇里。男人的吻有些急切，大约因为喝了酒，力度有些过猛，探入她口中的舌尖比以往的都要热情，那温度煨烫，令她的脸阵阵发烧。

他用了她的浴液，熟悉的香气里有着男人特有的清爽气息。

她感觉他的手指正滑入她的衣襟，摸索着到了后背，将内衣的扣子解开。

胸口一松，她有点儿着急，刚想推他，他的手指却已撤了出去。

男人微乱深沉的声音贴着她的耳朵响起："以后睡觉别穿内衣，对身体不好。"

"我自己会脱！"这种事难道她会不知道？还不是因为床上有个他！

腰间的手指没有离开，他拥了拥她，轻轻道："睡吧，晚安。"

以为又是一场"狂风暴雨"的危瞳大大松了口气，目前能接受的最大限度就是跟他同睡一张床，至于夫妻婚后的某些义务，还是慢慢再说吧……

凌泰回公寓后，危瞳又在家住了三天。

危老爹虽疼女儿，但也知道婚后应该和丈夫同住，没过多久就催促女儿打包了行李，通知女婿来接人。她的东西不多，感觉像是去外地十日游，就一只背包，一只行李箱。

危瞳趁着老爸不注意，绕到车后压低声音朝放行李的凌泰表示，如果他不方便她可以继续住家里，完全没问题！

凌泰看了她一眼，道："也行。那我通知陆路今晚把我的行李整理好送过来。"

"……"这种换汤不换药的事有个屁意义！危瞳快快作罢。

当晚，凌泰回请岳父，在清风望山附近的川菜馆订了个包间。危老爹尤爱吃辣，心情一好，又拉着凌泰干掉两瓶黄酒。

饭后，危老爹到凌泰的公寓坐了一会儿，看惯了旧街老宅，自然对这套公寓比较满意。装修好，风景好，大厅的保安更是客气礼貌，唯一的不足是公寓里的玻璃阳台太惊险，担心女儿晾衣服会晾出恐高症来……

当然，这时的危老爹还不知道自己所处的公寓便是隔壁阿成口中又爱又恨的"清风望山"——号称Z城第一的贵族楼盘。

将危老爹送上回家的出租车后，两人的新婚生活正式拉开序幕，一周之后，当两个终于从当事者嘴里得到可靠消息的死党用看超人的表情问某已婚妇女新婚感受时——

危瞳毛躁地抖出两个字：尴尬。

没有怦然心动的一见钟情，没有你侬我侬的恋爱过程，没有花前月下的山盟海誓，只有盖着章的结婚证书……她想，世界上最尴尬的事莫过于此。

在公司，除了陆路，没有任何人知道凌大老板的贴身保镖已升级成为凌夫人。她照旧做她的保镖工作，人前人后称他为凌总。每次听她这样称呼，凌泰总会投来似笑非笑的一瞥。通常有旁人在的时候，他不会跟她多说什么。待到没人时，便要求她重新喊，喊错一次扣百分之五的薪水……

这个命令的下达导致危瞳本月还没拿到手的工资已严重缩水，可在人前让她一个保镖直呼老板名字也实在做不出来，唯一的解决方法是：人前干脆不喊，人后卖力多喊几遍。

邢丰丰说既然结了婚，就该早点儿公开这件事，郑重其事地将婚宴仪式补办一回，否则显得她太没身价。危瞳倒是没把这事往心里去，反正办不办仪式他们都结婚了，不差这个。

至于苏憧，她唯一表示关心的是她跟雇主老公的房事问题……

频率如何、质量如何、形式如何……

关心完，还有些不好意思地解释道："最近网上的小说都大河蟹，我好久没吃肉了，你让我脑补一下吧……"

危瞳当场捏烂了一只红豆饼。和凌泰的"那件事"一直是她的心病，要不是先前两次意外，就不会演变成今天这种局面。

其实刚搬去清风望山那晚，她就主动跟他提了这事，大致意思是说她还没适应目前两人的关系，所以问能不能分房睡。

说完后，他眯着眼睛看了她半晌，期间只感觉屋里的温度降了又升，升了又降。

最后他淡淡地表示不行，说他们已经结婚，分房睡太不像话，何况他家也没有第二张床。如果她担心的是另外一件事，他倒可以妥协，答应她慢慢来。

听到他妥协，危瞳自然也觉得不能太过分，于是就同意了。

只可惜她独自睡了二十四年，就算不做那件事，这一个多星期她也没睡安稳。因为每晚凌泰都会吻她，吻完便抱着她一起睡。

男人的身体就在身后，他的温度和气息令她很不习惯，想要适应，估计没那么容易。

除此之外，倒也有好事。

例如同住的第二天，凌泰便给了她一张卡，说是家用和零花，以后想买什么就直接买，不用跟他说。

危瞳趁上班间隙去提款机查了下余额，被里面的数目震惊了。那天回家后她一直不怎么爽，后来直接从自己的包里摸出三张红票票，想了想又塞回去一张，接着将两张红票票递到凌泰面前。

见他不解地看着自己，危瞳趾高气扬地说道："拿去！这是你这个月的零花！以后每个月都有，想买什么吃的用的就自己买，不用跟我报备！"

"零花？"他摸着那两张单薄的纸币，发现自己居然也有无语的时候。

"嗯，我给你的零花！"危瞳重复。

那天，凌泰捏着钱，笑了很久。她从没见过他如此愉悦的笑容，那清俊的眉宇完全舒展开来，优美的唇拉出好看的弧度，墨黑深邃的瞳一直凝在她身上。

笑完，他将她拉过去，在她的额头上亲亲，郑重其事地说了句："我会好好用的，谢谢老婆。"

危瞳顿觉扬眉吐气，"老婆"二字听着倒也没那么突兀了。

总体来说两人的新婚生活还算不错。

如果可以，危瞳愿意就这么一直把凌夫人的名号维持在"隐身"上面。只是，在这件事上凌泰却有自己的计划。

眨眼间到了五月下旬，凌氏开办周年酒会，在花园酒店开了草地自助餐会。这天中午吃过饭，凌泰没回公司，直接带危瞳去了一家形象设计中心。

危瞳看着设计师拎出来的一件件小裙装，脸色逐渐难看起来："我不爱穿裙子！穿着裙子工作多不方便啊！"

"下午不用你工作。"凌泰安坐在一旁的沙发上，随手翻看杂志，"今天晚上是凌氏的周年庆祝酒会，也是你第一次以我太太的身份出席。"

"……公司的职员都会去？"

他看着她，神态如常，略一颔首："但凡凌氏本部的员工，都会出席。"

"我不去行不行？"

他没出声，搁下杂志慢慢走到她面前，拉着她的手在她面前半蹲下："危瞳，你应该明白，我完全可以不提前和你说，直接带你去周年会。"

"嗯……"

"我现在告诉你，是因为我尊重你。我们已经结婚，应该要互相尊重迁就，对不对？"男人的语气和目光都异常温柔，她不知不觉间就朝他点了点头。

他拨了拨她垂落的发梢，继而道："那么，我现在尊重了你，你是不是也应该迁就一下我？"

"你说得也对……"的确，如果他做到而她做不到，实在没什么义气！

"很好。"男人的唇角弯了起来，他起身，朝候在一旁的几个人眼神示意，那几人立刻动作迅速地一拥而上，把完全没反应过来的危瞳揪了过去。

等她意识到自己又被凌泰绕进去时，木已成舟……

危瞳人生里第二次的裙装造型就这么新鲜出炉，装扮完毕，危瞳对着镜子看了好一会儿。

镜中的男人目光专注，视线自她换完装就不曾离开过她分毫，浓烈似火，深邃如海。

"这裙子倒不错！"凌家太太发表了她的意见。旁边一众设计师、化妆师等面露笑容，等待对方的点评。在殷殷期待中，她继续道："这裙摆够宽松，只要在里面穿条平角裤，打架完全不成问题！"

众：……

周年酒会，身为凌氏少东的凌洛安自然会出席。

近来他绯闻依旧，小明星、富家女在他身边来去不断，但这晚挽着他手臂一同出席的却是甚少露面的凌家小姐凌静优。她一入场，先前为这一夜筹谋许久尽全力打扮得花枝招展的娇俏女职员们立刻相形见绌。

装扮，到底是需要金钱堆砌的。

香奈儿、普拉达、爱马仕……凌家小姐这一身价值不菲的造型让女职员羡慕嫉妒恨的同时，也令男职员垂涎。平心而论，凌静优的脸孔是很美的，是那种非常惹人怜爱的乖巧柔美型，纤纤动人的娇柔身形，非常纯粹的黑发黑眸，脸孔白皙柔软，嘴唇精致嫣然。

这种长相向来是男人心中最想娶回家的类型，顺从温柔，可怜可人。

感觉到从四面八方而来的关注，凌静优今晚的心情甚好。先前因为危瞳频繁发来的照片和视频，她着实烦了好一阵。就算向来清楚凌洛安有很多女人，但耳听和眼见到底是两回事。那阵子，她很收不住脾气，经常跟他发生争执，结果反而逼得他连凌宅都不回，夜夜在外留宿。

她花了很久才让自己重新冷静下来。其实有钱人家的男人都是一样的，即便结了婚，又有几个能对妻子从一而终？有钱，又有一副好皮囊，多得是女人前赴后继，挡不住也挡不完。这个道理她一直都懂，只是被危瞳一搅，自己乱了阵脚。

她不闹，凌洛安自然住回凌宅，只是再也没有碰过她。即便她穿着薄纱睡衣主动进入他的房间，他也不为所动。

他告诉她，只要在这个家，她就是他的妹妹。如果她想做他的女人，那以后就再也不能姓凌。

她知道他是为了上次的事才会这样，说到底，他心里还记挂着那个女人！这阵子他看似过得潇洒自在，但她已经很多次在深夜看到他独自坐在没有开灯的客厅抽烟。

烟头的火光一明一灭，她矗立在楼梯口静静地看着，心底的恨意滋生缠绕……

周遭的赞美问候还在继续，凌静优纵然心底思绪千万，面上却仍单纯得如同养在深闺的千金小姐。赞美总是动听的，等她觉察时，身边的凌洛安已不知去向。

酒会所在草坪邻近别墅套房，中间有个枝叶繁茂的蔷薇花园，一条曲折回环的长廊穿插而过。

凌洛安靠在长廊一隅的圆柱上，低头点了支烟，才抽第一口，这片安静的区域就来了打扰的人。

他皱眉回头，傍晚昏沉的暗光里，一道深蓝色的窈窕身影停在距离他不远的弯折处。

她似乎没发现他，正弯腰摆弄着地上的什么东西。女人的身形很美，长发随着她的动作自肩头倾泻而下，轻盈柔软。

虽然没有看见脸，但这样的身姿却已是上等品。男子精致的长眉扬起，他丢了香烟，如同每一次猎艳那样用慵懒而安静的脚步走了过去。

“这位小姐，有什么需要帮忙的吗？”他很绅士地微微欠身，将手递到那女人面前。

面前的女人慢慢抬起头，身经百战的男子刹那间怔在了原地，甚至连伸出的手都忘记收回。

蔷薇花园里装点的盏盏灯光慢慢亮起，娇艳的花朵、晚春的翠叶、数不清的灯盏，这一刹那在他眼前展现了一个华美的电影场景。

她就站在这场景的中心，璀璨生辉。

颜色如深海一般的雪纺纱裙，带着微微的蓬。裙摆刚及膝盖，缀着无数细小碎钻，腰间是黑色的宽腰带，将她纤细的腰身完美展现。

后背微敞，一个轻软漂亮的黑色蝴蝶结恰到好处地连接在开口处，使背后的春光若隐若现。纤巧的小脚踩着高跟的黑色复古罗马鞋，披肩而下的茶色长卷发和清爽妆容将她的可爱与性感发挥到了极致。

从没有见过这样的危瞳，早就知道她很美，只是没想到打扮起来，竟会惊艳到这种地步！

她以前是不穿裙子的，就连和他订婚那次，也是很简单的卫衣牛仔裤。

算起来，真的很长时间没见到她了。自从在电梯被她摔过一次，他的心里就很是恼火。

以前与他分手的女人，哪个不是哭哭啼啼求着闹着要复合，哪怕他做得再过分也是如此。被她发现他和静优在床上的那晚她这样愤怒，他以为就算她表面装无所谓，心里也应该是在乎的！

可她将他甩得干脆利落，笑着离开。

这些日子，心里居然时不时会想起她，挥之不去的身影令他心生厌烦。可现在见到她，却发现自己并没有想象中那般厌烦。甚至，内心竟泛起一丝愉悦。

危瞳拔了很久，终于把嵌入走廊地板缝隙的鞋跟拔出，再次起身时发现凌洛安竟还在看着自己。

“怎么，又想挨揍？”倒不是她不想动手，只是之前在别墅房间休息时，陆路再三嘱咐，希望她今晚别出纰漏，好歹给老板一个面子。

"危危。"他这才回过神来将手收回，见她要走，身体一挪，挡在了她面前。

许久不曾听到的熟悉称呼勾起了她过去的一些回忆，当然，大部分都是不好的那些。拳头有些痒，手指在慢慢收紧。她真不懂这人到底是怎么想的，花心背叛的是他，几次三番纠缠的也是他。男人不应该爽利干脆吗？！婆婆妈妈真是讨打！

她吸了口气，忍了很久才把那股揍人的欲望压下去："我答应了人今天不动手，所以你今晚最好给我滚远点儿！"她身形利落，说话间人已闪开了凌洛安，几步将他甩到身后。

她被造型师折腾了一下午，早就饿了。凌泰临时有事离开片刻，陆路听她说饿，也没给她弄点儿东西吃，直接让她自己去酒会弄吃的。

结果好不容易取了盘食物，凌洛安居然又出现了。带着探究目光的桃花眼放肆地在她身上徘徊，唇角一点点勾了起来："怎么，你也学公司那些女职员，想趁着今晚钓个金龟婿？凌氏企业虽然精英众多，但美女也不少，相较之下，少东的前女友身份可不见得能沾到什么光。"言下之意，他凌洛安交往过的女人，就算分手，整个公司也没有一个人敢觊觎。

"危危，按照惯例，每年酒会都会有一个开场舞，如果等会儿觉得尴尬，我不介意你来找我。"他笑容魅惑，姿态却依旧高调。

危瞳翻了个白眼，正要发作，已有人走了过来："哥，人家找了你好久，Uncle徐他们想找你聊天呢！"凌静优轻轻地挽上他的手臂，笑颜温婉。说完，才像是刚发现一旁的危瞳，又是娇柔一笑："危姐姐，你也来了，今天可真漂亮呀！这衣服好像是微兰大师的新款呢，仿得真不错！微兰大师最近又获奖了，这衣服就算是仿的也比一般名牌的正品贵得多。看来我们公司保安组的薪水还真不错呢！"

"嗯，你这身也仿得不错！"危瞳随口回了句。

"你什么意思？"凌静优的脸垮了几分。

"夸你！"回答实在有够敷衍。

"危姐姐，这不是仿的。"凌静优忍耐着回了句，瞥了一眼身旁的男子。凌洛安没有出声，一手执起红酒杯，另一只手斜插在裤袋里，眉宇舒展，唇角轻挑，像是在看戏。

盘踞在心底的恨意到底漏了几分出来，女孩脸色微敛，眼眸轻垂："危姐姐，我不知道你故意这么说是什么意思。如果因为我刚才的直接令你感到不快，那算我多事。你应该明白，今晚这里几乎所有的女职员都希望装扮完美，能吸引到自己喜欢的男人。但就算想引起注意，也不会像你这样故意给我难堪。我虽然脾气好，待公司职员客气，可也是有度的。"

危瞳对陆路的嘱咐谨记在心，本想由着她，但凌静优胡说八道的本领太高，她实在忍不住："行了行了！你跟我说这些莫名其妙的话你就不觉得腻？爱演戏拿钱砸导演去，成天在我面前装，装个屁啊你！我又不是不知道你是哪路货色，你倒还有心情和我表里不一地叽叽歪歪，我一听就烦！"

名人济济的酒会上，不乏受邀而来的记者，凌家少爷与小姐都在这里，目光自然也聚拢了过来。

凌静优的脸上掠过一丝难堪，凌洛安仍然没有插手的意思，她缓缓吸了口气，开口："保安在哪里？"当着他的面这么做是不理智，但不理智也要做一次，否则今天丢的就是凌家的脸面。那人说了今天会回来，在得罪凌洛安和得罪另一人之间，她宁可选前者。

凌小姐开口，保安很快赶到。

凌静优指了指危瞳，道："这位小姐非常不礼貌，这里不欢迎她，请她出去。"

保安组的几个人一看对象是危瞳，顿时愣了，这下请走也不是，不请也不是，场面有点儿僵。

众人都在窃窃私语，凌洛安的眉间也起了褶皱，她懂得见好就收，看似心软地叹了口气："算了，让她向我道个歉，这事就算结束了。"

"这事可不能就这么结束。"低缓优雅的嗓音自她们身后传来，陆路分开人群，今晚酒会的主人终于出现了。

凌静优眼底掠过一抹意外，她没有料到凌泰竟会替她出头。

男人今天穿了一袭纯黑色的修身西服，领带衬扣搭配齐全，他的肤色本就白皙，这么一衬更显得色泽如玉。墨黑的瞳仁清淡优美，眉宇线条干净而清俊，气场却一如既往地强大，让在场的女人们都看得心里一颤。

凌静优看了眼脸色莫测的凌洛安，朝凌泰客客气气地喊了声叔叔。

凌泰的薄唇微提，语调平淡："倒是很少听你这么称呼。"

"哪里，平时叔叔也忙，很少回凌家，所以见得少。"她应对得体，笑容娇俏。

"也是，真是见得太少，所以有个人还没来得及介绍。"凌泰缓步走到危瞳身旁，轻轻拢住她的肩膀，淡淡一笑，"洛安，静优，来见过你们婶婶。"

众：……

危瞳："……"

凌大老板语出惊人似乎已成了习惯，某已婚妇女虽见识过多次，但这一声"婶婶"仍然有如天雷勾动地火，火山熔岩喷发一般让人震惊……

从当初签字结婚到如今，她一直没有意识到一个问题——凌泰的辈分。

虽然年纪相差不大，但在凌家，他的的确确比凌洛安和凌静优高了一辈。现在她跟他结婚了，于是成为他们的婶婶也是顺理成章的……

危瞳原本还有些纠结于这个称呼，不过一看到凌静优那张白了青，青了紫，紫了又白，色彩变幻丰富得跟调料盘一样的脸，心里就暗爽起来，人也下意识地朝凌泰身旁靠去。

凌静优半天才挤出几个字："叔叔你开玩笑也……"

"静优，你觉得当着这么多人的面，我会开玩笑？"仍是那样清淡平和的语气，却听得凌静优心头一颤，那股莫名的畏惧感又浮上心头。

凌泰抚了抚怀中人细软的长发，神态闲适："我们已经结婚了。"

"哐当"的碎裂声响起，凌洛安手中的红酒杯在地上摔了个粉碎。

众人的目光纷纷转移，不知情的觉得诧异，那些知情的凌氏职工都非常识趣地避开了。前女友突然间变成了婶婶，凌少这回不光是面子，连里子都丢尽了！果然有钱人家好戏多，大小凌老板除了在公事上处处针锋相对，现在连女人都喜欢一个！啧啧，精彩……

凌洛安怔怔地看着脚下的碎片，直到侍应上前收拾，才赫然抬头。眉宇间先前的飞扬跋扈已让阴霾取代，他慢慢眯起了眼，目光如冰一般在危瞳身上转了一圈，唇角再度勾起，眼底却再无笑意。

他重新从侍应盘里取了杯酒，脚步随意似要离开，却在经过她身侧时停住。他略微低下头，在她耳旁道："你果然从来不会让我失望，真是恭喜你了，婶婶！"

"多谢。"凌洛安的目光让她很不舒服，人再度不自觉地朝凌泰身旁靠。好在凌洛安说完即走，没再多纠缠。

这边，凌静优终于缓过神来："你们真的结婚了？"

危瞳扬眉，朝她笑道："静优，叫声婶婶吧！"

"你——"

"叫个婶婶，刚才的事就算了，身为长辈兼女主人不该这么小气的。"危瞳看了看凌泰，诚恳发问，"凌泰，我这么说对不对？"

"对。"他眼底的笑意扩散。

那夜，凌静优憋出两个字后悄然退场，而酒会的气氛，也在凌泰当众给新婚妻子送出钻石项链时达到了高潮。

事后，有人认出这条项链是法国大师的名作，取名"星辰"，据说在去年秋天的一次公开拍卖上被一位神秘人士以天文数字竞走。没料到，这位大手笔的神秘人，就是凌氏的老板。

果然真正有钱的人都很低调，一时间，凌泰的年轻妻子也成为众多向往豪门的女性的新话题。

用邢丰丰的话来说，以钻石的大小来衡量，凌泰果然比凌洛安对她用心了不知道多少倍……

周年酒会之后，危瞳成了公司众人巴结的对象。她最烦这种裙带关系，知道众人敬畏凌泰，只要他在就不敢乱来，就越发跟他跟得紧。总之他走到哪儿她就跟到哪儿，把尽忠职守发挥到了极点。

这天，凌泰没有饭局，危瞳琢磨着要不要回家和老爹吃饭，陆路接了一个电话，匆匆进去跟老板低语了几句。

"怎么了？"危瞳搁下手机。

"凌家大夫人请我们过去吃饭。"凌泰的脸色很平静。

怎么又是她？

危瞳第一次见她是在酒会那晚，凌泰为她戴上项链没多久，陆路也像今天这样匆忙地走来，附在他耳旁低语。之后，她就跟着凌泰进了酒店的一间套房，见到了传闻中长年不在国内的凌大夫人关慧心。

关慧心孩子生得早，今年不过四十七岁，加上各种保养，看起来也就四十不到的模样。

套房里除了她，还有乖巧地坐在她身旁的凌静优以及站在落地窗前慢条斯理喝酒的凌洛安。他那张精致漂亮的脸孔和他的母亲极为相似，初一看简直像是对姐弟。

凌泰跟凌洛安不和，对方老娘也自然不会跟她老公是一挂的，只是有钱人说话总爱装，明明话里到处都是刺，却喜欢装得春风满面。

据关慧心说，她这次是因为周年酒会才临时改道路过Z城，但没想到一回来就听到这么大一个消息。

她和凌泰一番问候结束，又把目光转向旁边的危瞳："危小姐，我听到一些关于你的传闻，不知道你介不介意坐下和我聊聊？"

"介意。"危瞳认真地点了点头。

"危小姐果然与传闻中一样幽默。"关慧心微笑柔媚。

"可我明明说的是实话。"对于此类女人间的谈话，她绝不可能有兴趣，与其装模作样地答应，最后郁闷了自己，还不如干脆拒绝。可有钱人就是这样，她干脆直接地说真话，对方却偏偏故作大方地曲解。

那位夫人的脸色眼看着微妙起来："凌泰，我以为你素来要求高品位也高，怎么这回这样失策？"

"大嫂，我在某些方面其实和我大哥是一样的。"凌泰淡淡地回了一句。

听到如此转弯抹角骂人的话，危瞳忍不住"扑哧"笑了出来。身旁的男人侧头，轻轻抚着她的长发，继续道："我只是和大嫂开了个玩笑，无须当真，你若信了，不连你自己都笑进去了？"

"谁信了，我就笑笑。"她说得一本正经，暗地却朝他挤眉，表示自己完全听懂了。

他唇畔的笑意加深，手指掠过她的肩膀，将她揽了过去。危瞳没有准备，脚上的细跟罗马鞋使她站立不稳，几乎是扑入他怀中的。

她扶着他站稳，刚要抱怨，却冷不防看见凌洛安盯着她的那双眼睛。那眼底除了嘲讽冷笑，还压着其他一些东西，仿佛是高高在上的不屑和轻视，又似乎带着某种阴冷的恨意……危瞳心里咯噔一下。她怎么会感觉到恨意？就算要有，也应该是她恨他才对！

她心里不舒服，拉住凌泰，说自己饿，表示想先离开。他握住她的手，朝关慧心说了句抱歉，带着她一起走了出去。

套房外的陆路见他们出来，忙迎上前，神色微凝地附在凌泰耳边低语几句。虽然声音压得很低，但危瞳耳力好，还是隐约听到了胜华、香港这两个词。凌泰听完，眉头微微一紧。

"怎么啦？"危瞳问他。

"没事。"他勾唇，拢住她的肩膀。

虽然那天后来他没再说什么，但直觉告诉危瞳一定有事，而且十有八九跟回国的关慧心有关。

两天后的一场意外告诉她，她的直觉是对的。

Chapter. 9
开始悸动的心
▼

那天天气不错，凌泰带她去Z城近郊的一处农庄吃午饭。

农庄不大，掩在湖边的树林之间，带着清新自然的原木气息。农庄主人是个四十多岁的男人，与凌泰认识，在他们抵达前便已等在门口。

这应该是一处非营业性的农庄，主人很热情，在湖边的木质露台上，为他们安排了精美而丰盛的午餐。

危瞳这才知道这趟过来并非公事，而是凌泰特意为她安排的假日活动。

结婚已有不少日子，除了每晚与他同床入睡还不太习惯外，她已渐渐适应了新的生活。

凌泰家里的日常用品每周都由保姆买了按时送来，并且将公寓从里到外打扫一遍。

平时哪里不干净，以前是他动手，现在则换成了她。倒不是他让她做家务，只是她天生好动，在老宅时每晚都要在道场练习一通才睡觉。现在搬来这空中豪宅总觉得有点儿无趣，便用打扫来解闷。

其实"清风望山"相应的配套设施非常齐全，除了高尔夫球场差不多都有。

偏偏凌泰除了高尔夫，很少做其他运动。

对于高尔夫这种坐半天车，只挥一杆的老人家运动，危瞳非常不喜欢，跟着他去了一次就再也不想去了。她喜欢激烈的运动，例如打架、跟人斗牛、群殴，或者干脆跑步也行。

但她又不能直接跟凌泰说她喜欢"激烈运动"，他一准往那个方面想。所以只能提议早上去跑步，最后的结果是，她绕着楼下的小公园跑了三圈，他才跑了半圈，她大汗淋漓，他气定神闲……

于是危瞳明白，运动也是要看人的个性的。

他喜欢听音乐、浏览网站新闻、看财经杂志，以及工作，假日里偶尔还会亲自动手做下午茶。用研磨的咖啡豆煮出香醇的咖啡，煎金黄的吐司或者是自制乳酪蛋糕。每当他换上居家服，挽起衣袖在敞开式厨房工作，她都会凝神看上许久。

这样的凌泰，和她去世的老妈很像。都带着淡淡的宁静气息，温暖而安心。看来民政局的老阿姨没说错，年龄大一些的男人才懂得照顾女人。

就像今天这事，她也只不过偶然提了句，说觉得近来天气好，适宜出去走动。结果隔了一天，他就安排了这顿农家餐。

如此有心的凌泰，倒让她有些受宠若惊。都说了解一个人是需要时间的，这些日子相处下来，她发现了他不少优点。

相比之下，凌洛安的确显得幼稚和任性得多。

日子过得安乐，刚结婚时那种恐慌的感觉也平复了许多，危瞳甚至在想，也许就这样跟他做一对相敬如宾的夫妻也不错。前提是，她暂时不用履行婚后某些必须的夫妻义务……

午餐之后，凌泰坐在露台上与主人家喝茶，危瞳好动坐不住，便独自跑去湖边晃悠。

初夏的阳光挥洒而下，纤长灵动的背影在不远处的湖边驻足，男人安静凝视着那片波光水影，待到觉察时，圆桌旁侧的农庄主人已不见了。

露台上走来四个黑衣男子，乍一看，真有些电影里某类社会人物的味道。男人淡薄的唇微微轻提，搁下手中的茶杯："这里也能找到，消息倒是灵通。"

"抱歉，请务必跟我们走一趟。"男子之一面无表情地上前一步，看似恭敬，实则不容拒绝。

凌泰的目光不动声色地掠过不远处的湖泊，确定危瞳并没有觉察这边的异常后，缓缓起身。

黑色的轿车启动没多久，便被突然窜出的身影拦住。

司机一个急刹，一前一后两辆车子差点儿追尾。坐在凌泰身旁的黑衣男子怒意冲冲地下了车，还没等开口，就被拦车的人一脚踢开。

凌泰探出视线，尽忠职守的保镖朝他一笑："你仇家不少嘛！怪不得陆路让我这几天盯紧点儿，他可真是未卜先知啊！"

听到忠心助理的名字，原本还有些诧异的凌泰明白过来。想到陆路对某些情况也不甚了解，凌泰抚着额角下了车："这次是他多虑了，放心，我只是过去谈一谈，没事的。"

危瞳眉梢一挑，指了指他身后："我可不这么认为。"后一辆车上几个黑衣男子气势汹汹地下了车，连带先前一辆车的两个，总共五人，把他们包围了起来。

为首的男子冷笑了声："抱歉了，夫人说过，如果邀请被中断的话，我们可以采取另一种方式。"

危瞳反应过来："我是不是帮了倒忙？"

凌泰似笑非笑地朝她眯起眼："如果我说是，你现在打算怎么办？"

"还能怎么办？一对五而已，开打呗！"她不以为意，闪身拦在凌泰前面，朝那几个男人道，"你们想要动他，得先问过我！"

一边放话一边松动手指关节的危家大姐大并没有发觉，在她身后的男人因为这句话，露出了何等柔软的笑意。

然而事实上，根本无须她动手。

在凌泰缓缓举起右手后，六七个高大的保镖很快出现在黑衣男子们的外侧。用危瞳的话来说，这场群殴看得她热血沸腾，数次想上前，都被身后的男人牢牢拉住。

在对方落荒而逃之前，凌泰示意保镖们拦住为首的那个男子。他缓步走到他面前，淡淡道："带我去见你的雇主。"

这是距离农庄两三公里处的另一栋乡间别墅。

虽然已经猜到了大概，但危瞳在别墅见到关慧心时，还是愣了愣。

直到这一刻，她才慢慢觉察到一些过去从来没想过的事情。

看着那些走进别墅并站到对方身后的黑衣男子，她甚至联想到了去年在香港的意外。

凌泰与关慧心的单独谈话在一旁的会客厅里进行，时间并不长，他出来时，眉宇间多了抹淡淡的倦色。

这天上车后，她一直托着下巴仔细观察他的表情。在她长久的注视下，原本撑着额角静默不语的男人终于回过头来，淡淡的笑容有些莫测："怎么了？"

"你们凌家人之间的关系，好像真不怎么样……"

"所以呢？"他优美的薄唇笑意渐深。

"不过没关系，你还有我！"她的表情很豪气，然而说完却从他略微诧异的眼神中察觉到了这句话里的暧昧。不知怎么的，看着他深邃的目色，她竟无端地有些心慌。很是奇怪的感觉，从前这样跟他说话，从不会如此。这样与他对视，就好像有一缕纤细的羽毛，在心里轻轻撩拨，痒痒的、酥酥的，有种让人难以忽略的奇妙感觉，不但不讨厌，似乎还有些莫名欢喜……

男人的手指在她略有些僵硬地扭头后抚上她的发，轻轻地顺着，如同在抚慰一只猫咪。

"乖。"他磁性温柔的声音，仿佛要钻到她心里去。以至于那天回去的路上，她再没主动开口说一句话。

……

种种回忆结束，危瞳叹了口气："关系都差到这种地步了，她怎么还请我们吃饭？"

"你不想去？"凌泰扣上电话，示意陆路下班。

"难道你想去？"注意到陆路在门口踟蹰的脚步，危瞳有些好笑。这人之前自作主张暗中吩咐她顾好老板，结果却让事件升级。之后她曾恶作剧般添油加醋地说给他听，害得他这几天都小心翼翼，生怕再会错意。

"我和他们来往本来就不多，你不想去我们就不去。"

危瞳当然不想去，得此一言当即拉凌泰下班，途中还顺路去了趟超市，为他挑了一堆露营用品。

"我要这些东西做什么？"

"露营！"

"我什么时候说过要去露营？"

"你没说啊，是我说的。"危瞳理所当然地回答道，"我们已经结婚了，要互相尊重迁就。我尊重你，所以提早告诉了你，那你是不是应该迁就我，跟我一起去？"学以致用是个好习惯，她笑眯眯地看着他，浅麦色的干净脸庞上漾出了几分娇态来。

露营的事，其实是邢丰丰和苏憧要求的。

据说她们这次都会携伴参加，所以坚决要求她把凌大老板带来，虽然危瞳曾表示过凌泰喜静不喜动，但这更引起了两人对凌泰参加露营的兴趣。她们甚至以危瞳是否能说服凌泰参与打了赌，邢丰丰赌不来，苏憧赌会来。无论谁赢，危瞳都能跟着蹭饭。

于是当天回家，她就给邢丰丰去了电话，告诉她准备请客，因为她已经搞定了。

正高兴地挂上电话，回头就见凌泰披了件单薄的浴袍从浴室里出来，坐上沙发上打开了电脑。

宽松单薄的浴袍只打了个松松的结，他黑色的发丝还在朝下滴着水珠，微敞的领口露出一大片润泽白皙的肌肤，银色的项链若隐若现。

第二次喝醉那夜的大部分画面她都还记得，这阵子虽然同睡一张床，但毕竟没再有过亲密关系，冷不防见他如此模样她还是有些不好意思。

她假装去厨房，却被他叫住："过来。"

"干吗？"她不想过去。

"有事，来。"他的注意力正在电脑屏幕上，没有觉察她的异样。

她快快地蹭了过去，被他拉着坐在身旁，他指着屏幕上一款新车的广告，问她喜不喜欢。

喜不喜欢？危瞳的大脑此刻有些当机，她的视线正定格在他浴袍下交叠着的修长双腿上。一个男人皮肤这么白皙，却又偏偏不觉得女气，反而带着某种力量与美感……

目光一路朝上，最后定格在他脸上。他专注某件事的时候，眉心会不自觉地微微蹙起，并非觉得为难，只是一种习惯。从侧面看，他的唇形非常漂亮，微抿的唇角看似有些冷淡，但其实她知道那儿的触感很柔软。

危瞳的手指在距离凌泰嘴唇只差一厘米的时候停住，她因为他转过来的视线突然清醒，那双墨黑瞳底的诧异提醒了她此刻正在做的事情。

她居然想摸他？危瞳尴尬地缩回手，随便点评了几句屏幕上的车子，赶忙闪去洗澡。

这晚睡前，凌泰给了她一个比以往任何一次都更缠绵的深吻，混乱的呼吸里，她感觉到他抚摸她身体的手指，心里一慌，到底还是拒绝了。

他半压着她，花了很长时间平复呼吸，最后搂着她在她耳旁轻轻道："睡吧。"

次日清晨，危瞳被自己的手机吵醒，来电显示为陆路，电话一接通对方就着急地问老板在不在旁边，说凌泰手机没电，打不通。

危瞳存心逗他，说两人正在山上露营。陆路吃了一惊，问她怎么会带老板上山。

"山上不能来？"

"老板有畏高症，你哪里不好带，非带他去山里！"

"畏高症？那他还住在空中别墅，家里还弄个玻璃阳台？"

"老板个性就是这样，越怕的东西就越要让自己面对……"意识到自己扯远了，陆路又忙说让老板接听。

男人修长的手指自她背后伸来，将手机接了过去："是我。"晨起的嗓音微有些沙哑，听得危瞳心中一荡。昨晚的美腿美唇又在眼前晃悠，她下意识地不想回头，像只猫一样朝床的另一侧挪去。

挪到一半，就被他的手轻轻卷住腰身，朝怀里扯去。后背抵上他的胸口，单薄的衣衫无法遮挡身体的温度，男性的气息瞬间包裹住她。他的呼吸很自然地落在她耳后，在她小巧粉嫩的耳垂上吻了吻。一阵酥麻的电流从被吻的地方蔓延开，她的心里仿佛有只猫爪正在挠啊挠……

危瞳不淡定了，一大清早这是干什么啊……

陆路还在说什么，他不时嗯几声，低沉的声音牵动胸膛的震动，每一下都准确无误地传达到她的背部。她只觉得身体发热，连手脚都不知道该搁哪里。真是见鬼啊见鬼，她这究竟是怎么了！

听到他挂好电话，危瞳赶忙转移注意力，问他是不是有事。

"嗯。今天的露营……"

"没事，你去忙你的，这边没关系！"她说着又悄悄朝床侧挪，结果再度被他捞回去，"你快点儿起床吧！"她抱怨。

他在她身后沉默，不知在想什么，手指缓缓顺着她的茶色长发："等会儿陆路来接我，车子给你开，注意安全，到了那里打个电话给我。"

危瞳一一应着，第三次不动声色地想摆脱他撩人的怀抱，这回却被直接按住了肩部。她的身体被翻转过来，男人带着淡淡倦意的面容一下子在眼前放大，随后便是落在她唇上的吻。

明明微凉细腻轻软，却仿佛火焰一般灼烫。从相触的地方开始，到脸部，一路扩展，以惊人的速度蔓延至全身。

她仿佛听见心底"轰"的一声，脑中像是有什么东西崩断了，强大的晕眩感冲击而来。那一刻，她心底仿佛有一个声音，在命令她去做一些她昨晚就想做的非常非常大胆的事！

危瞳正打算豁出去，凌泰却放开她起了床。

突如其来的凉意让危瞳清醒过来，她羞愧得无地自容，默默缩入薄被中……

危瞳开着欧陆去接邢丰丰和苏憧时才知道，这两人谁都没携伴，本来就是算计好了想让她带凌大老板出来为女士服务。

露营的计划是两天一夜，三个人本打算第二天吃过野外午餐再下山，结果因为另一人的出现而改变了计划。

"果然是凌花花，又换妞了！"邢丰丰看着距离她们帐篷不远处的两对男女，低低哼笑。凌花花是苏憧知道凌洛安劈腿后给他起的别名。

去年秋天，她们在这里第一次见他，彼时两人都被他精致出众的五官和跋扈嚣张的气质吸引，这次再遇见，却觉得跟孽缘似的。

偏偏对方还不自知，偌大的野生公园，非要挑离他们这么近的地方露营，还旁若无人地任由他的新女伴在他怀里媚笑撒娇。

"种马！"邢丰丰骂道。

"渣男！"苏憧跟了句。

"无聊。"危瞳打了个哈欠。

三人都觉得无趣，决定提早打包下山。

在她们两个收拾打包时，危瞳去还租来的烤肉架，却在回来的路上碰见了不速之客。

这天不算非常晴朗，清晨山上起了薄薄的雾，此刻雾虽散了，但天气仍有些阴沉。空气里弥漫着未完全散去的水汽，夹杂着淡淡的青草香，以及突兀的香烟味。

她抬头，他就靠在山路旁的石壁上抽烟。烟雾升腾，令他的眉眼有些模糊。她想起周年酒会上他那阴沉的视线，那句恭喜，他母亲做的那些事，以及其他尚未明了的事，心里顿时不舒服起来。

她假装没看见，从他身旁经过时，却听见他慵懒张扬的笑声，以及丢过来的一句话："你以为他对你是真心的？"

危瞳没忍住，顿住脚步也是一句反问："怎么，又想挨揍？"

陆路注意到老板已经是第三次看时间了。被撞者的家属依然在哭哭啼啼，恒安的少东陈伟凡一脸嫌恶地站在远处，交警才走没多久，他的律师正在和对方交涉。

昨天刚刚处理完香港那边的事，今天又跑来这里。陆路觉得再发展下去，陈伟凡连家里的生养死葬都要交给老板处理了！

真是过分，当老板是他家的保姆吗！

陈伟凡这态度别说是对方家属，就连陆路也看不下去了，他眉头一皱就要上前，却被他老板拦住。

"你跟律师说，对方提的条件只要不是太过分通通答应，别再耗了，他老板那里我会去说。"凌泰嘱咐了几句，就朝陈伟凡走去。

见他过来，原本坐着抽烟的恒安少东立刻起身，掐了烟头朝凌泰笑笑："泰哥，今天打扰你大半天真是不好意思，不过你也知道，我这人耳根软没有主见，就怕遇上难缠的被当成冤大头！"

凌泰唇角一勾，笑容淡冷："怎么，现在这个冤大头不是我么。"

"泰哥，瞧您说的！"陈伟凡也不是不会看眼色的主，只是最近与凌氏合作的南苑计划令他一时间成为新闻媒体的宠儿，有关他的报道层出不穷，各家想在南苑计划中插一脚的建筑公司都铆足了劲儿跟他攀关系拉情谊，他被捧得太高，人也轻飘了不少。现在听凌泰丢了这么句话，立刻就明白过来，直说是他不好，耽误了他的时间。

"现在我们在谈的不是时间。"如果不是另有别的事，他今天根本不会过来。

凌泰唇角的笑容未落，陈伟凡却感觉周遭的空气似乎低了几度。

某件事在他心里转了几圈，终究还是不敢瞒："泰哥，我错了，胜华那里的人的确是我弄过去的。可你也知道，凌洛安那小子实在太过分，南苑这块地从冬天搞到现在，计划都被搁置着，我还不是为了泰哥您的利益嘛……"

"所以，你就擅自做主了？"凌泰话音一冷。

陈伟凡一听，知道凌泰真的动怒了，忙摆手说立刻打电话把人从香港叫回来。

"不用了，你的人我都处理了。"凌泰看了他一眼，眸底的温度仍然冰凉，语气却缓了几分，"最后说一次，南苑那里，你不必插手，凌洛安那里你更不用理会。整个恒安现在是你做主，别再学你父亲以前那套不入流的！至于利益，说来说去都是我的事，你急什么！"

陈伟凡听了这句，当下就明白凌泰不会把折损算在他的头上，立刻痛快了，马上招呼律师快点儿完事，搞定走人。

凌泰看了他一眼，便带着陆路离开了医院。

山风拂来，拨动着面前女人长而纤细的卷发。素颜，浅麦色的肌肤，明澈的瞳，饱满微翘的菱唇，还有简单的长袖卫衣与牛仔短裤，与最后一次在酒会见面时的打扮完全不同。

明明是早已习惯了的模样，却因为带着敌意的眼神而变得陌生。

他下意识地蹙眉，眼底透出几分跋扈的戾气，语调越发散漫："你以为我只是故意丢话惹你？危瞳，别总是这么天真。我跟凌泰的事，你到底知道多少？你见到的那些不合都只是表面而已，在公司针锋相对只是一部分的，更多那部分……"他压低了眉，"在所有人都看不见的地方。"

"他跟你结婚，无非两个理由。第一，他到了适婚年纪，找个女人一起过很正常，不是你，也会是别人。第二，他明明知道我和你之前的关系，却还要在全公司董事面前宣布已婚。你以为他是为了你？他不过是为了报复我——通过利用你来打击我而已！所以，你瞧，你如此陶醉的这段关系，还能称得上是婚姻么？"

见她没有出声，凌洛安眉梢一挑，惑媚的双眸眯了起来："我承认，他去年在香港碰到意外，是我这边的人擅自行动惹到祸，但他也不傻啊！这回我在香港的项目也遇到了不少麻烦！你以为不叫的猫就不会咬人？那个男人，不是你能驾驭的！因为他根本就没有心！"

危瞳静静地看了他很久，仿佛要从那双熟悉的桃花眼一直看到他心底去。

"你是想说，他现在和我结婚，是为了利用我打击你……"她停了停，缓缓道，"就如同你那时利用我打击他一样的那种利用么？"

凌洛安怔在那里，直到香烟烫到手，才反应过来。

面前的女人淡淡一笑，再度道："凌泰在香港的那次意外，他从来没跟我说过是谁做的。还有，我也从来不是他那边的人，那些立场站位，都只是你自己想的。就算他不是真心对我，也绝对不会像你那样利用我！最后，我可以很肯定地告诉你，不管你在香港的项目遇到什么麻烦，都不可能是他做的！他跟你不同，他不是那种人！"

她收起笑容，利落地转身离开，而他却再也没有开口。

因为她性格单纯，所以便将那当成天真，以至于忘记她是个很聪明的女人。仅仅几句话，就令他哑口无言。

那个关于利用的问题，他很想说不是，但他说不出来。他以为还可以像以前一样，在她面前演戏骗她，然而当他看着她那双明净的眼，这些谎言已无法再说出口。

是的，一开始他接近她追求她都是有目的的，可是到后来，连他自己都分辨不清那些笑容和亲昵究竟是真的，还是假的。

如果不是从酒会开始就一直盘桓在他心底那种挥之不去的烦躁和怒意，如果不是听母亲讲述她为了维护那个人如何面不改色地直面那些保镖，或许到了今时今日，他都可以继续假装自己并不在意也从来没有真的在意过这个女人！

那短短五个月的相处，她像是一道擦不掉的痕迹，留在了他的心上。他甚至有一刻曾想过，如果她从一开始就不是他那边的人，那他们现在的结局是不是就会不同？

可现在，她却告诉他，她从来不是凌泰身边的人！简直，就是个笑话！

他凌洛安又何曾做过这么可笑的事？

这一刻，他仿佛听见自己心底有个声音在对他说：凌洛安，你好像真的陷进去了！

年轻的男子看着空荡荡的山路，突然低低地笑了起来。

开车回城的路上，凌泰来了电话，询问她的方位。

三个女人正准备去吃午饭，下午的活动是K歌，之后一起吃晚餐再泡酒吧。

凌泰一一听着，听到最后一项活动时在电话这头蹙了蹙眉，随后问了酒吧活动的时间和地址。

"老板，你不会晚上还要回来吧？"尽忠职守的助理小心发言。南苑那边本来进度就慢，这次香港胜华事件后，关慧心似乎把怒气都撒到了南苑头上，给他们弄了不少麻烦，他和老板下午还要赶去S城，本来打算是住在那里的。

"他们做来做去就那几套，能花我多少时间。"凌泰挂上电话，靠在后座椅背上闭目养神，忙了两天，终究还是有些倦，"今晚不住了，晚饭前把事情处理完就回来。你开车吧，我睡会儿。"

"是！"陆路应着，体贴地为他将车窗关上。

夜幕降临，Z城的初夏夜晚清爽怡人。

这是一家很有名气的蓝调酒吧，邢丰丰本来建议要好好地玩一场。结果进了酒吧不到十分钟，已婚妇女就坐在一旁发起呆来。

她想，或许凌洛安说的并不都是谎话，只是可惜，他料错了一件事。最先开口提结婚的人，不是凌泰，而是她！

本来就是因为先前的意外而结成的婚姻，哪里来的真不真心！

连她自己都没有的感情，又怎么能要求对方有？所以说到底，她并不在意凌泰对她抱着怎么样的想法，现如今，让她困扰的反倒是她自己的想法。

最近，她的目光总会不自觉地被他吸引，总想去靠近去触碰，这种念头出现时通常让她的行动快过思维。

就像是，她对凌泰的身体，似乎有了些不正当的想法……可她是女人，又不是凌洛安那种只会用下半身思考的男人！怎么可以去垂涎别人的身体？！

这也太荒唐、太不像话了吧！危家大姐大幽怨地抱住头。

然而想着想着，昨天清晨那个细腻轻软的吻和充满男性气息的怀抱又再度不受控制地浮现于脑海。明明此刻他并不在身旁，但只要一想到那些画面，她的心就失衡般胡乱跳动。

危瞳按住脑袋，把头磕在酒吧的吧台上。

声音不算小，惊着了旁边数人。

"瞳瞳，你酒还没喝，怎么就醉了？"说起来，苏憧和邢丰丰很少和她来酒吧，难得来一次，也只是一人捧一瓶科罗娜，喝完散场走人，所以她们从没见识过喝大后的危家大姐大。

"你才醉了！"危瞳抬头给了两人一个白眼，"没看见我在思考一些深层次的事情吗！"

"你也会有深层次的事情需要思考？"邢丰丰笑得不行，"说来听听！"

"不告诉你！"危瞳扑上去捏她的脸，结果因为动作太大，带到桌上的啤酒。酒翻在苏憧身上，殃及池鱼，害得她只能去洗手间。

危瞳生怕苏憧出来找自己算账，想到凌泰在电话里说差不多这个时间过来，便找借口说去门口等他，趁机开溜。

她并不知道自己刚起身凌泰就进了酒吧。吧台位于酒吧正中间，两人一个从左侧进，一个从右侧出，恰巧没遇上。

凌泰寻了一圈只看见吧台旁的邢丰丰，问清后又再度朝外走。路过走廊时碰见从洗手间出来的苏憧，她冲他打了个招呼，似乎有话说，可又有些犹豫。

凌泰何等敏锐，见状便收住脚步，等她开口。

其实早上凌洛安和危瞳对话的场景，苏憧看见了，只是当时距离远，没有听到他们说什么。她本想跟邢丰丰说这事，和她商量看看要不要去问危瞳，结果一转头就忘记了。

现在看到凌泰，越发觉得这个男人比凌花花那家伙沉稳踏实得多。虽然他和危瞳的婚结得仓促而且意外，但她觉得只要两个人好好相处，以后未必不会是幸福的一对！

于是，她还是把早上看到的情形说了出来。

虽然不知道这位凌大老板对危瞳到底抱着什么态度，但凌洛安到底是他侄子，他和危瞳以前的事他这个叔叔应该都知道。她只说她看到的，不做胡乱猜测，算是给他交个底。

凌泰没多说什么，只微微颔首，礼貌地说了声："谢谢。"

陆路觉得，这几天办公室着实有些低气压。

老板虽然素来话少，但这几天实在少得有些过头了。他趁着老板去洗手间的当口，旁敲侧击地去问危瞳。

危瞳这几天正努力对抗内心的"色性"，闻言只觉得莫名："你问我我问谁啊！你们都是男人，你都不知道还反过来问我这女人！"

陆路："……"

不过经陆路这么一提，危瞳也稍稍留意起来。之后，下午开会、晚上饭局、开车回家，大部分时候她的视线都牢牢地凝固在他的身上。这天后，凌氏开始盛传凌小夫人危瞳对老公兼上司的迷恋甚深，无时无刻不在放电……

而危瞳通过这一天的观察，最后得出的结论是：这男人工作时真的很诱人……

线条干净优美的脸，时而轻蹙时而舒展的眉宇，唇角那抹若隐若现的淡笑，以及凝望某人时那双深邃瞳底的犀利……某已婚妇女这晚在家中浴室扶镜默哀，并花了比平时多两倍的时间洗澡。其间凌泰来敲过两次门，最后她只能擦干了出去。

小心地开门探出脑袋，却发现他正在门口等她，脸色有那么一点儿莫测。

"干吗？"她抓紧领口。

他低下头，用额头贴住她的前额，低沉地发问："不舒服？"

温热的气息撩拨着她的心，危瞳颇有些狼狈地说了声没有，逃进了卧房。

危瞳在床上想了想，最后用薄毯把自己裹成蚕蛹，她对自己的意志力实在没什么信心。

不多时，她听见他进房的声音。男人上床后，习惯性地伸手来搂她，她夹紧薄毯硬是一动不动。良久，他的手指落在她的发上，轻轻顺了两下："你把毯子都裹了，让我盖什么？"

"再拿一条！"她愣是不松手。

"别闹，快松开。"他伸手去掀，她死活不肯，他眉头一蹙，手上开始发力，争抢毛毯的过程中，两人一起从床上滚落，跌在落地窗前的地板上。

她被压在下面，毯子到底松开了，他支起身体，看着躺在月色里的她，眼眸一点点深暗起来。

她单薄的睡衣领口一路开到胸前，浅麦色的肌肤诱惑动人，一如记忆里的那个晚上。他的身体渐热，某些压抑了许久的欲望被唤醒，他抚着她优美纤细的脖颈，低头吻住了她。

他用上了八成的力，可没吻几秒就被她推开，他没有理会，握住她的手腕，在手心上吻了吻，又去亲她的耳垂。

"乖，别闹……"他的气息在蚕食着她，另一只手拉开衣襟，重重抚上她的身体，"听话……"

她很不听话地再度推开他。

他一语不发，眉头蹙了蹙，再次握着她的手腕按在地板上低头吻她，这次用上了十成力。危瞳一时摆脱不开，着急了，推着他连声音都变了调："凌泰，你别逼我！"真的真的别再她，再逼下去连她也不知道自己会做出什么事！

就算是○○××也有可能！孤男寡女共处一室，男色当前，她现在满脑子的不纯洁念头，就怕自己一个冲动把他扑倒，可她又不想变成跟凌洛安一样的"禽兽"……

趁着他稍微松动的瞬间，她立刻逃到一旁紧紧捏住自己的领口。月色里，男人注视她的神情有些淡凉，眸底好像藏了些她看不懂的情绪。

凝视着她的视线慢慢移开，良久，他平复了呼吸，朝她轻轻道："地板上凉，上来睡觉。我不碰你了。"

第二天，危瞳终于忍不住打电话给邢丰丰求救："丰丰，我好像变成色女了……"

邢丰丰那头正忙得天昏地暗，听得不清不楚，没好气地道："你找抽是吧！没事跟我炫耀你们两夫妇半夜调情的细节做什么！该怎么办怎么办去，知不知道我今天忙得要死！下午还要出差！你以为个个像你有长期饭票不用做事啊！"

危瞳被骂得狗血喷头，不过邢丰丰也只有在打电话的情况下才敢这么凶，如果当面的话，早被她的拳头招呼了。

她又打给苏憧，哪知才说了"昨天晚上我和凌泰在床上"就被对方娇羞地打断："哎呀！我上次说想了解细节质量都是跟你开玩笑的，虽然大家这么熟，可你也别真说啊！讨厌啦！"说完，很娇羞地挂断了。

危瞳对着手机毛躁啊毛躁……

陆路是男的，不能问，老爸也是男的，家里那十一个师兄弟都是男的！

危瞳烦躁地抓着头发，真是女到用时方恨少！怎么她身边尽是男人呢！

然而，抱怨不过两天，她的面前就出现了一个女人，还是个令她怎么也愉快不起来的女人。

据说，她是凌泰的前女友。

那天，她跟着凌泰从B城出差返回，在机场候机时，听见有人喊他的名字。循声看去，是个三十岁左右的熟女，一身标准的OL的打扮，带着意外相逢的喜悦笑容。

但当她的视线落到她身上的时候，这种笑容却似乎淡了几分。

"凌泰，这位是你的新助理吗？你好，我叫黄珊。"女人的目光在危瞳身上转了一圈，同为女人，危瞳没感觉到什么，对方却难掩眼底的艳羡。

烟灰色露肩的宽松短袖T恤，米色休闲短裤，黑色绑带中靴，明明再普通不过的衣着，却因为那张浅麦色的性感脸孔和茶色长卷发而平添了妩媚。再加上修长的双腿和纤秾合度的身材，就算一句话不说坐在那里，依然能吸引周边男人们的目光。

危瞳打手机游戏打得正入迷，随意地抬头朝她说了句"嗨"，又埋头苦干。凌泰的视线落在身旁人身上，唇角也跟着慢慢提起："是我太太。"

"你、你结婚了？"对方似乎很惊愕。

他随口"嗯"了声，手指落在危瞳的发上，轻轻顺着："飞机大约是误点了，饿不饿？"

"不饿，中午吃得很饱。"她玩着游戏答得随意，他似乎并不介意她的态度，依然一下下地顺着她的发，仿佛那长长的发丝是此刻最有趣的东西。

女人看着他们，半晌才开口："看来你过得不错。"语气微有些幽怨，说的时候视线不动声色地瞥了眼那位凌太太。换作一般女人，多数会从这话里听出些味道，可惜危瞳不是普通的女人。她依旧在玩她的游戏，全神贯注。

"你太太，很年轻，很漂亮。"

凌泰微微眯了眯眼，还是礼貌地说了声谢谢。

这种疏离令黄珊坐在那里怔了很久，直到地勤通知她登机才微有些恍然地站了起来。

危瞳真正注意到这个叫黄珊的女人，是在飞机抵达Z城，提行李出关时。他们再一次遇见，据她自己说，她是从B城来Z城出差的，会在这里住上一星期。

她取了张名片，在机场门口递到凌泰面前："我行程不多，你有空找我，我请你吃饭叙旧。"

男人白皙的指尖刚刚触上那张名片，黄珊就突然上前一步，伸手拥抱住了他。其实一般来说，普通人在这种突发情况下是不可能及时避开这个拥抱的。但关键是，黄珊并不清楚这位凌太太是个什么样子的人。

电光石火间，危瞳背包一丢，飞快地闪到凌泰面前，美女的拥抱，直接由危瞳代为承受。如果这时有人问她为什么要挡，她一准犯傻。

身体的本能反应，要她怎么回答？保护私人财产不受侵犯？

浓烈的香水味使危瞳鼻痒打了个喷嚏，对方惊异地跳开，脸色难看地摸着自己的头发。

危瞳取出纸巾，擦鼻子的同时递了张给对方："不好意思，你的香水太呛了。"

"你倒真敏感。"黄珊扯动嘴角笑了笑，"刚刚那只是朋友间的正常问候，需要这种反应吗？"

"我只是觉得，你下次再想拥抱别人丈夫时，最好先问问他老婆的意思。"危瞳耸耸肩，拎起背包，转头问凌泰走不走。

自始至终没有说话的男人淡淡一笑，他接过她的包，握住她的手，与黄珊打过招呼，便走向机场外候着的车子。

那么温柔的眼神动作，完全不是她记忆中凌泰的模样。

黄珊愣在那里，很久很久。

回Z城的第二天，凌泰带着危瞳再度拜访了危家，并将准备好的婚宴场地、日期一一细说给危老爹听。

危家老爹见女婿如此认真，事事亲力亲为，也颇为高兴，便留两人在家里吃饭。

危瞳很久没松动过手脚，下午硬是逮着两个师弟在道场里摔跤，下手还不轻，疼得他们哭爹喊娘。二师兄实在看不下去，进房取了个东西递到她面前。

是一封还没拆开的邮件，寄件地点是澳洲。

"大师兄的礼物？今年怎么这么早！"渃宸去澳洲多年，因为话费太贵，平时和他们联系得不多。但每年危瞳八月生日，都会寄一份礼物回来。

现在才六月底，礼物早得令她吃惊。其实她不知道，渃宸生怕路途遥远，礼物不能及时送达，所以每年的礼物都是提早寄来的，由二师兄接收保管，在她生日当天再转交给她。

今年的礼物是一只袋鼠手机扣以及一沓他拍摄的照片。照片一张张地贴在漂亮小巧的笔记本里，每一张都在旁边备注了场景、他当时拍摄的心情以及正准备做的事。

危瞳安安静静地坐在道场看了一下午，连凌泰几时来到她面前都没觉察。直到对方的手指轻轻落在她的发上，才抬头看他。

"怎么了？"男人朝她微微一笑，"突然这么安静地坐在这里？"

"在看礼物。"危瞳把笔记本合上。

"谁送的？"

"大师兄。"她笑眯了眼，露出洁白整齐的牙齿，"他在澳洲半工半读，每年都会给我寄生日礼物！"对她来说，危家十二个师兄弟，只有诺宸是不同的。他不仅仅是师兄，他还是哥哥和家人。是这个世界上，除了她老爹和过世的妈妈外，最疼她的人，永远都爱护她不会让任何人欺负她的人。

那笑容明亮得如同午后阳光，他的心跳微微有些失衡，想到昨天在机场她的反应，眸光逐渐深邃："昨天，你为什么……"

"什么？"她收好礼物站了起来，他却只是凝视着她，没再说下去。

半晌，淡笑着说了句"算了"，把她轻轻拉入自己怀中："你爸对婚礼的安排很满意，你呢，有没有什么意见？"

"我没有。"一靠近他，闻到他身上清淡的气息，她的脑子又不受控制地胡思乱想起来，哪还想得到什么意见。她赶忙一把推开他，直说自己要去找师兄练拳脚。

刚走一步，又被他拉了回去。

她撞在他怀里，抬头却见他略有些压低的眉宇："你这阵子怎么了？"

"我、我哪有！"她忙争辩。

他静静地看着她不开口，看得她心里直发毛，只能喃喃道："我不是跟你说过还没适应么，你也答应我了啊……"

他移开视线，看着自己指尖上缠绕着的她的发丝："危瞳，在你看来，一个男人和一个女人结婚的理由是什么？"

见她想张嘴，他却突然低头吻了吻她，阻止她即将出口的话。看着她吃惊又愕然的模样，他却柔软了神情："不是要你立刻回答。自己好好想一想，想清楚了再来告诉我。"

没等她把凌泰为什么结婚的问题想清楚，另一个问题又出现了。

危瞳想，可能Z城真的不大，否则他们又怎么会一而再地遇见黄珊？

这天她跟陆路陪同凌泰去会所，在偌大的包厢里，发现黄珊居然在对方的随行人员中。

黄珊在对方负责人的介绍下和他们礼貌地打了招呼，随后笑着说本还想请凌总吃饭，没想到又遇上了。对方负责人立刻明白她跟凌泰是旧识，于是整晚都将黄珊作为他们那里的重点人物，不时夸赞黄珊工作能力强，不枉费他高薪挖角，又说自己当初眼光好。

黄珊礼貌应对，倒也没像那天在机场那样过多地展现出她和凌泰的关系。

中途凌泰出去接电话，黄珊看了眼他离开的方向，没隔多久也笑着起身说失陪一下。危瞳凑到陆路身边，拉拉他的衣袖，低声发问："这女人和凌泰以前是什么关系？"

"她原来的公司和老板在公事上曾有些往来，所以……"

"拜托你下次说谎时看着别人的眼睛，就算我想相信你也说服不了自己！"危瞳撇嘴。

"我怎么敢骗你啊，我说的都是真话……"陆路的话卡在危瞳慢慢抬手的动作上。小小的手，纤细的手指，握成拳头在他眼前晃了两下，随后拳头的主人眯起了眼："你不怕痛的话可以继续说下去！"

陆路："……"

Chapter. 10
谜一样的旧事

▼

这天晚上，危瞳终于知道了黄珊的身份——凌泰的前任女友。

不仅如此，她还偷听到了两人在走廊上的对话。

只是她悄悄赶去的时候，两人已经说了几句，她只听到以下部分。

"……你还记得那家咖啡屋吗，以前我们常去的。今天我一个人去了，那里和以前一模一样，还是那个老板，他还记得我，也问起了你。"女人轻靠在灯光迷蒙的长廊上，微微地轻笑，"那一刻，我只觉得这几年的时光好像是静止的。没有分离，没有陌路，你还在那里，我也在那里……"

危瞳翻了个白眼，用嘴型骂了句脏话。这女人明明知道他已经结婚，还要这些文艺腔是想干吗？想干吗？

更可恶的是，凌泰居然站在那里，一点儿离开的意思都没有！

"我一直在想，过得不好的不仅是我，或许你也和我一样……可是，可是……"说到这里，她似乎难过得不能自己，抱着双臂开始颤抖，慢慢蹲了下去。

男人的手适时地扶住她的手肘，将她拉住："你喝多了，回去吧。"

"喝多？"她抬头看他，梨花带雨，"如果不是多喝了几杯，这些话我又怎么说得出口！是啊，当初明明是我说要分手，结果偏偏忘不掉，却那么骄傲始终不肯回头找你！现在你结婚了，看到你过得这么好，却发现自己根本还爱着你……凌泰，你说说，我到底该怎么办，怎么办……"

女人的声音渐渐低了下去，仿佛哭得再也说不下去。

危瞳盯着凌泰扶着那女人的手，身体里像是卡了根刺，怎么都不舒服！

修长白皙的手指温暖而有力，抚过她的发和唇，可现在这只手居然扶着别的女人！这女人还是他的前女友！还哭哭啼啼地在向他表白！

危瞳毛躁了，有一股熊熊怒火在她心底燃烧！烧啊烧啊，烧得她拳头发痒，烧得她理智全无，烧得她怒火攻心！

她松松指关节的筋骨，正要冲上去，陆路却及时赶到制止了她。凭着他那还算拿得出手的武力，一手捂住她的嘴，一手拽住她，连拖带扯地弄进了一旁无人的包间。

"干吗！"危瞳一拳挥去，陆路险险避过，忙做投降状表示自己有话要说。

"说！"炸毛的猫心情不佳，陆路只能尽量挑重点说。总体意思是，老板不是个没分寸的人，他既然已经和她结婚，就不会随便做对不起她的事。他要她别冲动，万一过去搅和把事情闹大，反倒会让老板不高兴。

"我干吗要看他脸色！我看那女人不爽！我要揍她！"

"……"陆路很无语，"你如果真不在乎老板怎么想，你这么生气干什么？"

危瞳被这句话问住了，怔在那里越发毛躁，末了还是踹了陆路一脚才算勉强压下火气。

陆路捂着受伤的小腿，开始觉得助理也是个高风险的活，明天得找家保险公司投保才行！

不过还算幸运，等他跟着危瞳从包间出来时，那两人已不在走廊上。老板回了他们的包厢，继续神态温淡地应付着对方负责人。黄珊隔了很久才回来，脸上的妆淡了些，眼睛有一点点肿，估计是去洗手间整理过了。

因为郁闷，那晚后危瞳一直保持着冷淡状态，本想激得他生气，自己主动来问，她好顺势把那天的事问个清楚。结果她淡，他更淡，每天忙于公事，她跟进跟出完全就是保镖，哪里还像什么凌太太！

她郁闷之下找邢丰丰吐槽，说凌泰的前女友十分讨厌，缠着已婚人士，又说凌泰也讨厌，既然有个这样优秀的前女友，还逼她负什么责结什么婚！直接找前女友不就得了！

邢丰丰这才知道了两人结婚背后的真相，好友这么暴躁，她却笑了起来，直到危瞳拍桌展示拳头，才稍稍收敛，随后问了句非常找死却又自然无比的话："你有没有想过，其实你很喜欢凌大老板。"

"……"

"别跟我说你没有！就你这德行，瞎子都看得出来！你这状态简单概括只有两个字：嫉妒。"邢丰丰说话向来一针见血，"其实这也不奇怪。凌泰这男人有身家、有实力、有脸、有个性，又这么成熟稳重，女人很难不动心的。而且你们都结婚了，天天朝夕相处，若说你没喜欢上他我才觉得奇怪！"

这一席话让危瞳愣住了。

隔了许久，她眼底的震惊慢慢转变为苦恼。

她想，邢丰丰说得对。

虽然之前她一直觉得凌泰这个男人个性莫测难以接近，那些冷静犀利的话语常常令她很恼火。但这阵子他们住在一起，每天朝夕相处，她慢慢了解到以前所不知道的凌泰。

是的，结婚后，他一直对她很好，但凡她的要求，基本没有不应允的。他会亲自动手做早餐和下午茶给她吃，很多时候都会很温柔地看着她微笑。

回想起来，虽然凌泰从来不曾说过多动听温柔的言语，可每次他都会在她最需要帮助的时候出现。凌洛安背叛她的时候，凌静优一再挑衅的时候，每一次心情跌落谷底的时候……他那样静淡安然，却轻易解决了她所有的麻烦。

并非甜言蜜语就是安慰，他的方式，起初总令她有些恼怒，感觉像是被嘲笑被看戏，可最后的效果却是出乎意料地好。

一个成熟而睿智的男人。

不知不觉间，他吸引了她的目光和全部的注意力，就连那些莫名其妙想要靠近他、触碰他的冲动，现在想想也是因为她喜欢他才会有的！

她一直以为自己不会这么快再喜欢上一个人，何况他还比她大这么多岁，可她却在不知不觉间就这么喜欢上了。这种感情甚至比那时对凌洛安的还要强烈！最起码，如果换成是凌洛安的前女友上前哭诉，她绝对不会这样毛躁。

"那就不奇怪了……"危瞳托着下巴，忧郁地说道，"怪不得我最近一靠近他就总想与他亲密接触，我还以为我被凌洛安附体了，原来是因为喜欢上他了……"

在邢丰丰看怪兽的眼神里，危瞳又开始烦恼"她喜欢上他可他却不喜欢她以及他前女友出现对他虎视眈眈"这个令人毛躁的问题……

周六晚九点，凌泰还未回家，危瞳端坐在茶几前，盯着面前的红酒已有一个多小时。

邢丰丰说，一个女人想在最短的时间里快速抓住一个男人的心，最有力的武器，是她的身体！

这句话让危瞳当场就起了一身鸡皮疙瘩，但就此次事件而言，这似乎是最有效的办法。可让她主动做这种事，实在很不现实，所以唯一的方法是——灌酒！

酒是个好东西，关键时刻能壮胆，退一步来说，就算失败了她也不丢人，最多当作又一次的酒后乱来。反正已经有了第一次和第二次，凌泰也该习惯了吧。

这么想着，她便毅然将整瓶红酒喝了个底朝天。

只可惜，以她的酒量，这一瓶下去只是半醉，根本没能达到不要脸的地步。正想再去找一瓶，大门传来开锁的声音，凌泰回来了！

危瞳立刻将酒瓶朝茶几下一塞，整个人往沙发上一趴，装醉。

凌泰一进门就看见"昏睡"在沙发上的人，他搁下文件，在沙发扶手上坐下，手指轻轻地拨开散在她脸上的头发。没料她睁开眼，竟朝他笑了：“你回来啦……”浓重的红酒味，还有这熟悉的灿烂笑容，令他觉察到一个事实——她又喝大了。

还好，这次喝大的人没有主动脱衣服，也没有扑上来就吻，只是像只八爪鱼一样抱住他的腰身，在他腿上蹭。蹭了没多久，她又去揪他的衬衣，埋头在上面嗅嗅，没有女人的香水味，只有他干净清爽的味道。她高兴了，爬起来去揽他的脖子，继续蹭，使劲蹭……

“来，去床上睡。”他拍拍怀中的人，打横抱起她。听见床上二字，危瞳相当配合地缩在他怀里，看准机会，在他把自己安置在床上时用力揪住他的衣领。凌泰没有防备，人朝前一扑，将她压个正着。

轻软甜美的气息印上他的脸颊，黑暗的卧室里，身下人正用那双沾染了醉意的明净双眼注视着他：“凌泰，我们抱抱吧……”

他撑起半个身体，黑眸明暗不定，眼瞳深处似有火焰在烧。他缓缓平顺着呼吸，开口时嗓音比他意料中更加暗哑：“乖，睡觉。”

“一起睡！”她死揪着他的衣领，坚决不松手。

他想把衣领上的手拉开，冷不防被她一个用力，两人的位置瞬间颠倒，他在下她在上。

居高临下的感觉真是好，危瞳笑眯眯地看着身下男人那张清隽漂亮的脸孔，一连串吻落了下去。

照之前那晚的记忆，她就是这么吻着吻着让他从被动变主动的，之后由他引导继而一发不可收拾……然而，吻了又吻后却发现身下的人并没有动静。

她抬头，撞入那双墨黑色的淡凉眼眸里。男人的眉宇间分明已有了动情的痕迹，胸膛也因为她柔软紧贴的身体而微微起伏，可那双眼偏偏如此地凉。

带着她不习惯的疏淡神态，就那样直直地看着她：“不喝酒就不行是不是？”一句莫名的话，自他薄唇滑出。

半醉的危瞳大脑当机，这反应可不在她的预料之内。

她不管了，拉住他的衣领又去吻他的脖子，湿漉温软的气息如此诱惑，可他却干脆地推开她翻身下床，淡淡道："今晚你自己睡吧。"

男人的语气薄凉得不像话，危瞳愣了愣，随即恼了。她抓起枕头狠狠砸在他身上："给我回来！"

她砸得很准，成功制止了他的脚步，可他却只是站在那里侧过身："别闹了，睡吧。"

"叫你回来！"另一只枕头也飞了过去，接着是薄毯和靠垫，在她准备掀被单的时候，男人的手臂从后面扣住了她。

"别闹了。"

"你又不理我，我闹我的，不用你管！"

"床是我的。"他到底不舍，语气一软，多了抹无奈。

"大不了赔给你！"她赌气般用力地揪！

"你有钱赔？"

"卡里有！"

"那也是我给你的。"

"给了就是我的！这里所有东西，还有你……"她趴在那里，脸有点儿烧，"你也是我的。"

他只当她喝多乱说话，软语哄道："嗯，我也是你的。"话才出口，就再度被她勾着脖子吻住。泛烫的嘴唇，用力吻住他的唇，小巧的舌尖舔过他薄淡的唇瓣，滑入他口中，有些放肆地诱惑着他。

扣着她身体的手指微微颤抖，数度挣扎之后到底还是推开她些许："危瞳……"嗓音因隐忍而沙哑，他呼吸急促，与她的气息交融在一起。

她抱住他，抬高双腿缠上他紧绷的腰身，一语不发地躺在那儿，用脚跟蹭着他的背，可爱妩媚得像只撒娇的猫。

凝视她的眸子深暗如海，透过薄薄衬衣，她的指尖感觉到他攀升的体温。

他的指尖落在她脸上，带着留恋的触碰轻柔而细密。她仿佛听见他低低地叹了口气，下一刻，男人的唇落了下来，她被深深吻住。

一些东西压抑久了，当再度释放，总会加倍而来。

那些吻与动作都带上了略微失控的力度，就算她早已有所准备，仍然被这种反常的不冷静与强势吓到。她在凌乱的喘息里睁眼看他，情动时的凌泰毫无优雅可言。

丰丰说得对，他终究是男人。

这夜，在那些折磨她的忽快忽慢的节奏里，危瞳开始明白一个道理——人不可貌相。尤其是那些平日里内敛清淡的男人，往往这类人，一旦爆发就会越发不可收拾……

而从此刻起，她会从身体到心灵，将他一一攻略。

——凌泰，你跑不了了。

耍酒疯是无奈的，那有目的的耍酒疯呢？

扑倒计划成功的女人此刻正枕在男人的手臂上，他的另一只手搂着她的腰，呼吸就在她发间。轻暖的气息，时不时触碰着她。

尽管危瞳已经有很多次在清晨醒来时发现自己躺在他的臂弯里，但这次的感觉完全不同。

她捂着脸，一边赞美自己昨晚的勇气，一边不动声色地在心里甜蜜。

"醒了？"他吻吻她的耳垂，收紧手指，将她搂得更紧了些，"早餐想吃什么？"

"吃你做的。"危瞳一点儿都不客气。老婆享受老公做的早餐，天经地义。

他答应下来，又问："昨天为什么喝酒？"

为了勾引你。估计她这么直接的回答会吓到他，危瞳决定慢慢来。她在他怀里翻了个身："有一点点烦恼的事情啦……"

他没出声。

"你怎么不问我是什么烦恼的事情？"她挺郁闷，这么不配合让她如何说下去。她抬起头，他专注的黑眸看得她心一阵阵乱跳。

隔了许久，他才道："以后无论有什么烦恼的事，都不许胡乱喝酒。"

"为什么？"她傻了，她其实还挺喜欢喝酒的。

他微微眯眼，似有些不悦，唇角却偏偏带着笑："这问题问得可真好。"

"我偏要问！为什么为什么为什么！"危家大姐大完全没发现自己原本的思路已完全跑偏……

他眉梢轻轻一扬，凝视着她的眸子却暗沉了几分，翻身将她重新压在下面，顺势一个吻，将她的唇堵住。

呜呜咽咽断断续续的抗议中，修长的手指已在她身上摸索起来，带着热度和力度，令她有些头昏脑涨。

"凌泰……"她低低叫着他的名字。

"叫老公。"他吻住她的耳垂，气息暧昧。

"老公……"她声如蚊蚋。

"乖。"他微喘着低声哄她，在耳畔轻轻道，"记住，你现在没有喝酒。还有，这件事开始了就是开始了，以后即便不喜欢也不许给我抱怨……"

危瞳此刻哪里还听得懂他的弦外之音，一概嗯着点头，很快再一次被攻城略地，随着他的动作起伏跌宕……

自从成功将凌泰勾上床后，危瞳的心情一直很好。无论如何，她老公对她有心更"有力"，前女友之类应该成不了气候。

只是这样并不会阻止其他人的行动。这天她接到了黄珊的电话。

她在电话里表示，自己马上就要回B城了，离开前想请她吃个饭。

"单独请我？我和你好像并不怎么熟。"

"我知道。但我们认识共同的男人，你应该清楚我说的是谁。"

"行，你说时间地点！"就冲她这句不知所谓的"共同男人"，危瞳怎么样也要去会会她。

那天，黄珊下意识地花了三个小时打扮自己。她去做头发、做护肤，还挑了件非常适合自己成熟气质的连衣裙。镜中的女人明光照人，却始终输给了年纪。

其实她不是自不量力的女人，在见识过凌泰的漠然后，她一直没打算单独去见这位年轻的凌太太。如果，不是几天前在餐厅偶遇凌洛安的话……

　　她们坐在西餐厅靠窗的位置，黄珊没有浪费时间，落座后直接切入主题。

　　"我早就猜到你不是真的想吃饭。不过如果你只是为了告诉我，他娶我不是因为喜欢我，而是和他跟凌洛安商场上的那些事有关，从而让我们不和分开，而你好乘虚而入的话就太无聊了！"

　　对于凌泰和凌洛安之间的那些事，危瞳并不是一点儿都不在意。只是对她而言，现在最重要的不是那些，所以她不打算深入研究。

　　她现在关心的，只有凌泰："就算我们一开始结婚不是因为爱情，也不保证以后不会产生爱情。你也看到了凌泰对你的态度，如果不是我问他助理，恐怕都不知道你是他的前任。如果是我，绝对不会纠缠一个已经不在乎自己的男人，我会重新找一个在乎我爱我的男人！"

　　黄珊的气息有些不稳，她没想到危瞳竟会说出这样一番话。她稳了稳情绪，重新露出笑容："你知道我是谁，那你又知不知道我跟凌泰是什么时候分手的？"

　　她顿了顿，看着危瞳慢慢说下去："是六年前。六年前的夏天，我提出了分手。那晚吃饭巧遇，凌泰告诉我，他在凌洛安之前就认识了你，也就是六年前。你不觉得这太巧了么？想想六年前的那晚，你就会明白，你们的开始是因为我。你有见过他失态的模样么？我想你应该清楚他平时是怎样一个男人，冷静内敛，从不让别人的情绪左右自己。他非常有自制力，他这样的男人如果不是因为太过在乎而失去理智，又怎么会和酒吧里的一个年轻小女孩发生一夜情？"

　　危瞳慢慢收紧拳头，这女人果然欠打！

　　"好了，该说的我都说了，剩下的我想你应该能自己解决。"黄珊缓缓起身，拿起自己的包，"菜点了就不要浪费，你慢慢吃吧，我会去买单，先走了。"

　　"等一下！"危瞳着急起身，没注意一旁正端着杯盏走来的服务生，对方避让不及，与她撞了个结实。她倒是没事，服务生也没事，倒霉的是走在一旁的黄珊，那些杯盏通通打翻在她身上。碎片划过她的额头，她伸手去摸，手指触到一片潮湿，顿时惊叫起来。

陆路赶到医院的五分钟后，凌泰也到了。

那时危瞳正坐在护理室的外面发呆，凌泰匆忙走去，在她面前半蹲下问道："你没事吧？"

"我没事。"她看了他一眼，又移开目光，"她有事。"

"我听陆路说了，只是擦伤。"

"既然你来了，那我回去了。你跟她说，我不是故意撞服务生的，她如果真要告我就告吧。喊毁容喊了一路，我听着烦。"

她站起来想走，却被他拉住带入怀里："怎么不高兴了？我又没说你。"

危瞳再度看向他："我只是觉得，你应该有话想单独跟你的前女友说！"说这话时，她刻意平复了情绪，只是最后三个字，她咬得很重，到底泄露了几分内心的不悦。

男人有些错愕，随即淡淡一笑："她说的？"

一旁的陆路顿时紧张起来，朝她挤眉弄眼，还好危瞳也没有出卖他的打算，"嗯"了声算是回答。之后扳开自己手臂上的手指，快步走了出去。

凌泰看着她离开的背影，眸底深处泛出了些冷意。他转向一旁的陆路，沉声吩咐："去查查，黄珊在这几天见过什么人。"

"老板？"陆路不解。

"以她的个性，不可能厚着脸皮直接找危瞳。除非，这几天她见过某个人。"

"我明白了。"陆路领命而去。凌泰转身，进了护理室。

陆路调查得非常迅速，不过半个小时，已将结果汇报给了他的老板。

凌泰听完，笑容越发地冷："我就猜到是他。"

"老板，黄珊这里需要我来处理吗？"陆路看了眼自己老板的脸色，硬着头皮继续道，"其实，我觉得女人通常会趁这种时候提一些不合理的要求。她只是擦伤，根本不需要住院……"

"要求？"凌泰淡淡道，"也要她敢提才好，你先回去，明天再过来安排她出院的事。"

陆路匆匆离开了，病房内，黄珊一直侧耳倾听着外面的动静。

两人的谈话声音并没有刻意压低，也没有走远，像是根本不需要避讳她。

在她亲耳从凌洛安口中听到他们商场上那些明争暗斗之前，黄珊一直都以为凌泰和这个侄子的关系还不错。

至少，六年前是这样的。

可凌洛安却说，连凌泰的婚姻都成了他们争斗的一部分：有目的的闪电结婚，还有曾与侄子谈过恋爱的凌太太……

黄珊并不愚蠢，回去之后在电脑上查了Z城之前的娱乐八卦，果然如凌洛安所言，危瞳曾经是他的女友，而且两人还订过婚。

那么，到底是什么理由，令这个年轻女人在短时间内改变目标，和男友的叔叔走在了一起？

对此，凌洛安告诉了她另一个内幕——这两人在六年前就已经认识并有过一夜情。以危瞳的身手，无论凌泰将她安置在他身边或者收在自己身边都是有利的事，况且她本身也是个美女。

正是六年前这个词，让黄珊又重燃了希望。因为她和凌泰说分手，正是在六年前。

当年她提出分手，他那样淡漠，甚至连一句挽留的话都没有。她一直以为他不在乎，平淡的恋情，平淡的分手。但如果他其实是在意的呢？

其实她并不肯定，毕竟他们在一起那年，这个优秀的男人给她的感觉完全不像是在恋爱。他们似乎，只是在平淡地相处，见面、吃饭、喝咖啡、他送她回家……他们甚至连一场电影都没有看过。她承认，当初是她对他一见钟情，主动追求，他应允的那天她高兴又激动，却没有料到这场期盼许久的恋爱会如此平凡无味。

牵手是她主动的，接吻也是她主动的，可之后再没有更进一步。她几次三番地暗示，有一次甚至装病叫他去她家主动想发生关系，可结果，他居然推开了她！

那晚是她人生里最大的耻辱。她漂亮聪明能干，素来骄傲，追求者众多，以前交往的男人个个都将她宠着爱着。所以那晚后，她和他在一起总忍不住闹情绪，然后甩手走人。

时间一久，她也累了，最终提出分手。

其实她不是真的想分开，她只是想听到他的挽留，想逼他一次，看看他的真心，那些掩藏在他优雅清冷成熟背后的真实。可她始终没能看到。

这几年，她身边有过不少男人，岁月流逝，最后却仍单身一人，只因为后面的那些男人再没一个能及得上他。身家也好，能力也好，长相气质也好。

她对他念念不忘，想象过无数次他们重遇的情景，可结果他却结婚了，有了年轻漂亮的妻子。他对她的那种宠溺与温柔，她受不了！

所以，在向危瞳说出这些话时，她撒了个小谎。她和凌泰是在春天分手的，她刻意说晚了几个月，就是想让她误会。

可是黄珊并不知道，危瞳之所以在意，是因为她说的这件事无意间对上了一个困扰了危瞳六年的问题。

她静静地坐在那里，终于等到凌泰进来，却不是为了她而来。

"洛安告诉你我和危瞳六年前的事了？"这件事虽然只有当事者知道，但凭凌洛安的手段要查出来也并非难事。

黄珊怔怔地点头。

男人居高临下地盯着她，时光飞逝，她的眼角有了细纹，他却如此受时间眷顾。清隽的眉宇依然漂亮优雅如往昔，沉淀了时光的气场愈加淡定从容强大。

"你听好，我不管你是怎么跟危瞳说这件事的，总之以后，我不想你再去打扰她。我已经娶了她，她这辈子都是我的太太，你懂不懂？"

不懂！她不懂！如果不懂，是不是可以大声喊出来，然后扑上去告诉他，她有多想挽回他？

可她已不再年轻，这种事她再也做不出来。

凌泰走之后，她在病房的窗前，静静发呆。

危瞳那晚没回清风望山，她从医院离开后，直接回了危家。

不是她小气爱计较，也不是她不相信凌泰，只是六年前那件事，除了她和凌泰没有别人知道。如果不是凌泰说的，黄珊又怎么会知道！

原来他当初不告而别，竟是这个原因……

因和女友分手而失意，继而买醉，结果撞上了同样酒醉的她。

其实说到底他没做错什么，他们认识在先，她是他的前女友，这个事实无法改变。如果是以前她不会在意，可现在她就是该死的非常在意啊！

所以当夜，在凌泰打来电话时，她非常酷地冲他说道："我要回娘家住几天！"

他在电话那头沉默了几秒，随后淡淡应允了，一句疑问都没有。

这态度不禁让她有点儿毛躁。难道凌泰已经觉察出她喜欢他，所以才这么不在乎，感觉吃定她了？

她只好找了狗头军师邢丰丰为她解决烦恼，对方趁机敲诈了她一顿五星级酒店的自助晚餐。她答应后，立刻贡献计策，让她暂时请假几天。

危瞳不解，邢丰丰解释说："你想啊，你光回娘家有什么用，第二天上班还不是照旧贴身跟着，所以他才不着急！现在这情况，他既然不主动解释，你就冷冷他，连人都不让他见着，这样他才会上心。还有，记得别直接打给凌大老板，要打给你在公司的直属上司。"

邢丰丰一番话让危瞳恍然大悟，当即给保安部大叔去了电话。

从入职至今从未请过假的危瞳一开口，对方立刻答应了，给了她三天假期，再凑上周末双休，放足五天。

危老爹难得见女儿回家住，也没多问什么，天天好菜招待。

凌泰在她请假的第一天就打来了电话，那时邢丰丰提早下班，正拉着她逛街，伸头一看屏幕上的名字立刻抢过去挂断。

"你干吗！"

"瞧你那点儿出息！他打你就接啊，也太没脾气了！"她边说边顺手帮她关了机，"你放心，你家大叔什么阅历，不至于被挂一个电话就生气发怒。相反，他也许会担心你是不是有事啊，可能不舒服啊……"在邢丰丰的循循善诱下，危瞳逐渐有了胃口。

　　两人吃完五星级自助大餐，又一起去看了场电影，等回到家已是深夜十一点多。

　　老街狭窄的路口，烟灰色的宾利欧陆静静地停在那儿。

　　车门在她走近时打开了，从驾驶座下来的男人在她面前站定。深色系的紧身西服勾勒出他优美修长的身形，她今天穿了双平底凉拖，近距离的仰视越发显出两人身高的差距。

　　"嗨！"危瞳第一反应是窃喜，但她谨记邢丰丰的嘱咐，没有喜形于色，语调平淡地问道，"你怎么来了？"

　　他一言不发地凝视了她片刻，没有正面回答："听保安部说，你请的似乎是病假。"

　　危瞳尴尬："就有点儿头晕，现在好了。你快回去吧，明天还要上班呢！"

　　男人的眸色转淡，微微提起唇角："你不跟我回去？"

　　"不回，我说过要住几天的。"

　　"六年前，我去酒吧不是因为跟她分手。"男人一句话就成功留住了她的脚步。

　　危瞳诧异地回头，原来他知道她在纠结什么。她心里的不舒服顿时去了大半："看来你跟你前女友沟通过了。"

　　"她以后不会再来打扰你。"修长的手指滑入她的长发，缓缓顺着，"我知道，这件事是我处理不当，没有提前跟你说。"

　　"她说，是她提出分手的。"危瞳眯起眼。

　　"的确。提出分手的是她，但我也同意了，我们是和平分手，不是你想的那样。"他继续顺着她的头发，"现在，能跟我回去了吧。"

"还有一个问题！"趁着这机会，她一定要把那件事弄清楚，"既然六年前你不是因为她才去酒吧，那是为了什么事？还有，你那天为什么天不亮就一个人走了，你留下的纸条上写的是什么？"

顺着她发丝的手指缓了下来，凌泰沉默了。

这件事，以前可以说，现在却不必再提。误解这种事，无所谓再多添一笔。

他俯下头，吻吻她的脸颊："回去再说好不好？"

危瞳看了他一会儿："你回去真的会告诉我？"

"危瞳。"他渐渐收敛眸色。

"你曾经说过，结婚后，两个人要相互尊重迁就，你也问过我，一个男人和一个女人结婚的理由是什么。我现在就告诉你，普通人结婚是因为相爱，而我们的结婚是因为你说要我负责。可是这些如果没有坦诚作为前提，根本不可能长久下去。"他们的婚姻开始时，她并没有认真，自然不会考虑这么多。但现在却不可以，她一定得弄清楚当初他不告而别的原因，否则这件事会一直卡在她心里。

她说完，他没有回答，只是压低了眉宇凝视着她，眼底似有诧异。

夜风拂过，那种深沉的寂静让危瞳再度收敛了表情。

那晚，她到底没上凌泰的车。

之后几天，她除了在家吃吃睡睡，找师兄弟活动活动手脚，便是跟着邢丰丰出去吃饭逛街。七月的Z城正式进入炎夏，每天都艳阳高照，阳光肆意挥散着热度。

对逛街一事本来就兴致缺缺的危瞳大呼受不了，邢丰丰知道凌泰后来没再给她打过电话，了解她心情不好，便约了苏憧，说定周六去游泳，给她减压。

可是周六未到，事件制造者又来了电话。

如果危瞳不是忘了黄珊的号码，一定不会接。

"你放心，凌泰已经跟我说清楚了，我不是打来找麻烦的。"黄珊的开场白还算顺耳，但后来她却跟她说了件不怎么顺耳的事。

黄珊并不知道发生在凌泰叔侄和危瞳之间的事，但事后再想，也明白自己是被人利用了。她踏上社会这么多年，却被个年轻小子耍了，还令她在凌泰面前失态，自然心有不甘。

所以现在，她把她从凌洛安那里听来的话原封不动地丢给危瞳。

"我承认除了被利用，我也有自己的目的，但最后看来这件事里最有益的一方不是我。"

"这件事你也跟凌泰说了吗？"危瞳皱眉。

"他想知道的话根本不需经过我的口，你不信自己去问他。危瞳，我一直都没羡慕过什么人，你是第一个。"

她说完便挂了，危瞳丢了手机，趴在床上一动不动。

又是凌洛安，他似乎就是不愿意干脆放手。

危瞳真的想不明白，当初背叛劈腿的人不是他自己吗？就连被她撞破时，他也是一副无所谓的笑脸，现在她都和凌泰结婚了，他还想怎么样！

难道他和凌泰之间就真有天大的争端，令他如此不依不饶？

危瞳心里生气，但又不想就这么去找他。只好打算周六把怒意全部发泄在泳池里。

在水里象征性划了划水的邢丰丰和苏憧看着卖力游来游去的女人，都很无奈。她们是来泳池看帅哥的，而她是来炫耀体力的。

这家室内游泳馆是某间会所的附带设施，客人不算太多，来的基本都是有一定消费能力的都市男女。当初凌泰给危瞳会员卡时她并没在意，导致此卡一直在她包包里长眠，要不是那天被邢丰丰偶然翻到，她到现在还不知道这卡有什么用。

"凌大叔对她很不错啊，连会员卡这种小事都注意到了，你还教她冷战。"苏憧责怪着邢丰丰。

"你懂什么，男人不能宠的，现在摆明了凌大老板不想解释当初吃完就跑的原因，那就让瞳瞳放一放咯！"见苏憧还想说话，邢丰丰忙指着一侧说有惊艳帅哥，让她看。

泳池对面的躺椅旁，的确来了几个身材修长的年轻俊男，两人边看边评头论足，却在其中见到了一张熟悉的精致俊颜。

那人是凌洛安。

危瞳上岸没走几步就看见了一旁人群里的凌家公子，他同样看见了她，或者说，他早就看见了。在她还在水里游泳时，他的视线就一直锁在她身上。

橘黄色的比基尼与她浅麦色的性感肌肤很衬，她就像一尾灵巧的鱼，纤秾合度的曼妙身材散着无穷魅力。不是没见过身材更好的女人，可只有她是不同的。

看到她回视自己，他别过头，重新和身旁的人说笑起来，仿佛她只是透明的空气。

勉强压下心底怒火的危瞳怎么也没想到，她今天还会第二次遇见他。

第二次照面的地点是在会所另一侧的餐厅，她们三人游完泳，危瞳嫌运动量不够，又去餐厅楼上的健身房跑步，邢丰丰和苏憧实在受不了，便先下楼开包厢点东西吃。

她冲完淋浴再下楼已是一个小时之后，走进包厢才发现自己进错了房。

黑色玻璃长桌的两侧坐着几个陌生男女，她说了句"抱歉"转身想走，却一头撞在推门进来的男子身上。烟与香水混合的熟悉气味在她鼻端蔓延开来，对方握住她的手臂将她扶住，她抬头，果然入眼的是凌洛安张扬出众的俊脸。

"这么巧！"他笑了笑，很云淡风轻的神态，仿佛背地里从未做过那些令她讨厌的小动作。

"让开！"危瞳甩开他，朝门口走。

"今天我那位'疼爱'老婆的叔叔怎么没有陪婶婶一起来？"带着轻佻的声音自她身后传来，危瞳已打开门的手顿住了。她突然觉得自己强忍着怒气一点儿必要都没有！

她松开手指，重重踢上门，走回他面前："怎么样，是想我在这里当着他们的面动手么？"

包厢的气氛顿时微妙起来，餐桌旁的几个人见凌洛安的脸色变化，立刻识趣地一一离开。

门开了又关，危瞳盯着面前的人，松着自己的手指关节："我知道你和凌泰关系不好，我以为你会正大光明地跟他斗，不管是什么样的手段。男人之间的问题，就应该用男人的方式解决。但没想到你居然这么幼稚，连他的前女友都拿来利用！你会不会太无耻了点儿！利用女人是你的专长吗？"

女人的语调很冷漠，眉宇间的厌恶显而易见。明明是炎热的夏季，这室内却似乎有些阴冷。一抹凉意自他身体深处无声无息地泛开，犹如冰冷的小蛇，蜿蜒着钻入血液，一点点啃噬着他的心脏。

面前的女人长发披肩，短靴、牛仔短裤、贴身的T恤，把身体的线条勾勒得格外清晰。

腰部的柔韧感是他熟悉的，微翘的菱形嘴唇也是他熟悉的，他还清楚记得那些美妙的触感。她笑起来的可爱模样，她生气时的急躁表情，每一样都记得清清楚楚。

跟黄珊说那些话的时候，他当然明白她知道后会有什么样的反应，他只是不清楚面对这些反应的自己会是什么模样。

他没说话，脸上的嚣张和嘲弄却仍在。

那种表情让危瞳叹息着摇头。到了现在还是这样，他真是没救了。

"我以前说过，只要你努力，总有一天会赢他一次。但我现在觉得不管你做什么，你都不可能赢过他！你们是完全不同的两种人！"

"那又怎么样！"他突然开了口，眼底的怒意出现得非常突兀，"姓凌就非得是一样的人？！他是他，我是我！不需要你来比较！利用别人怎么了，你以为他们有多崇高多天真，谁没有自己的目的！我利用别人，别人利用我，这本来就是个相互利用的世界！你以为你又有多清高！在别人眼里，你也不过是个为钱利用身体周旋在凌家叔侄间的无耻女人！"

危瞳气得一拳打去："你真是没救了！"

他没有避，俊脸生生挨下了这一拳，头被打偏，嘴角立刻裂开。

他低低地笑，用指腹轻轻擦去渗出的血液，再用舌尖舔去："难道我有说错？你以为凌氏行政总裁那个位置他还能坐多久？除掉那个头衔，他根本什么都不是！你真这么爱钱，何不来讨好我？我就不信，他在床上会比我强？"骤然暗沉下来的眸底似乎带着某些危险讯号。

下一刻，危瞳被他揪着手腕拖了过去，有力的指尖捏住她小巧的下颚，男子的气息冰冷而魅惑："你一直以为我身手不及你，对不对？"

她皱着眉头挣扎，手腕上的手指却像生了根一样纹丝不动。她反手扣住他捏着她下颚的手，扭推之间挣脱出来，然而不过几秒，她再次被他揪住，这回她整个人都被按倒在身后的餐桌上。

还来不及挣扎，男子的唇就压了下来，蛮横地堵住她的嘴，舌尖挑开她的唇就朝里闯。是的，从一开始他就不是弱势的人，那时因为要试探所以才伪装。可现在不用了，他可以顺着自己的心意去做。

他本可以告诉她，他的冷语嘲讽，他的不屑轻视，一切一切都是因为他在乎她！

可他永远不会承认，也永远不会让她知道——他此刻的怒意只因为她一句简单的"赢不过"！

原来他竟已在意至此！

浓重的香烟味随着他的舌尖侵入她的口腔，危瞳怒了，扭头避开，弓起膝盖开始攻击。几回攻势后，她发现凌洛安的速度与力度都与以往不同，就像他说的，他的身手从来不在她之下。以前那些不敌，都只是他在她面前的伪装。

包厢内很快一片狼藉，椅子翻倒，桌上的餐具碗碟横七竖八地滚落碎裂。

当餐厅的服务员因巨大的声响而冲进包厢时，才发现里面的两位客人正打得不可开交。一个学过武术和空手道，一个学过跆拳道和散打，最终劝阻无能的服务员无奈拨打110。

Chapter. 11
有风，但未起浪
▼

这是危瞳第二次进公安局了，凌泰出现的速度一如既往地快，事情解决后什么都没说，直接拉起她离开。

在通道碰见凌洛安时，他依旧一语不发，即使对方笑着抚摸自己的唇角示意他留意她微肿的嘴唇，他仍然淡漠着脸色，安静地带她离开。

她关上车门，这才发觉右手指关节有些隐隐作痛。

挥拳永远是一个相互的作用力，对方会痛，她也一样会疼。

除了手指，嘴唇亦有些微微肿痛，这才想起之前被强吻的事来，正想去看后视镜，凌泰已探过身为她系好安全带。

系完，他抬头，目光自她唇上扫过，眸色微有些清冷。他没说什么，很快启动了车子。

"去哪儿？"危瞳仍去瞄后视镜，可惜晚上看不太清楚。

"晚饭有没有吃？"他反问。

"没有。"

他点头："先去吃饭。"

在餐厅洗手间的镜子里，危瞳终于看清了自己的嘴唇。下唇果然有些红肿，但不是很明显，刚才车里那么暗，凌泰应该没看见吧？就算她再迟钝，也知道这痕迹被凌泰发现意味着什么。

她打开水龙头，用凉水擦拭脸和唇，直到红肿看起来没那么明显才回到包厢。

这是家日式料理店，合式包厢灯光幽黄，精美的低矮木几上已摆满了各式刺身和料理。昂贵的西服被随手丢在软榻一角，他眉宇微蹙，松了松衬衣领口，正在看手里的一份文件。显然他之前本在忙碌，接到通知后才匆匆赶来。

她好像给他添麻烦了。

心里有愧的危瞳乖巧无比地在木几的另一侧坐下，悄无声息地拿起筷子，准备速战速决。

"先过来。"他合上文件，示意她坐到他旁边去。危瞳慢吞吞地蹭过去，却看见他从一旁拎过一个小小的医药盒，吩咐她将右手伸过来。

指关节上，有几处破皮，很小的伤口，她根本没有在意，只是简单用水洗了洗。

看着神态专注为她擦药并贴上OK绷的男人，她心口又软又暖，酥成了一片："你哪儿来的医药盒？"

"经理拿来的。"他淡淡回道。

"其实只是小伤口，不用这么仔细的，随便贴一贴就行了。"她长这么大，也只有两个人会这样留意在乎她的细小伤口。一个是她过世的老妈，另一个是大师兄淇宸。自从他去澳洲后，便再也没有人留意过她的这些小伤。她的老爹是十足地神经大条加后知后觉，估计骨折以下的伤一概不会注意到。

而凌泰，算起来这应该是他第三次为她收拾这些小伤口了。

他总是这样矛盾，一边摆着一副清冷淡漠的神态，一边做着让人心里温暖的事。这一刻，她突然觉得也许他本来就是如此温柔的一个人，只是因为一些原因，令他不得不维持着疏淡。

正犹自猜测，男人的声音在耳旁响起："张嘴。"低软的两个音，带着命令的意味。她下意识地张开嘴，一块软软的生鱼片被塞进嘴里。已经蘸了酱料，不！应该说蘸足了酱料，芥末的分量多得她想哭。

事实上，她的确被呛出了眼泪。

太辣了！

她以为是他手误，结果却发现对方一脸笑容地看着自己，眼底似乎还带了抹促狭。他问她："好吃吗？"

"你……咳咳！你故意的？！"她捂着鼻子，好不容易才让那股呛劲儿过去。

男人不置可否，再次夹了块生鱼片递到她嘴边："再张嘴。"

她忙朝后避开："我才不要再吃！"

"危瞳。"凝着她的眼瞳逐渐深邃莫测，"你知道今天我赶去公安局之前在做什么吗？"

"做什么？"

"我在和夏辉集团的老总谈融资投标的事，如果谈成，这笔生意在未来起码会给凌氏带来九位数的盈利。"他另一只手慢慢抚上她的嘴唇，将上面沾到的一点儿酱油抹去，动作轻柔无比，"可这事还没谈成，我就中途离开了，你知道这意味着什么吗？"

"意味着凌氏有可能失去这笔生意……"危瞳的脊背阵阵发寒，开始在心里算着九位数到底是多少钱，算出来后连心也开始发寒。

"刚刚听陆路说，夏辉的老总对我中途离场很不满意。"他淡淡地叹了口气，"危瞳，你说这件事……"

"行了！我吃！"她心里愧疚叠加，二话不说再度将生鱼片吞了，于是又一次身不由己地热泪盈眶。吃完后豪爽地凑上去，示意他继续，不要客气。

男人修长的指尖蹭过她的睫毛，将沾在上面的湿气拂去，指尖滑落到她的嘴唇，在下唇轻轻摩挲，眼底某一瞬似有锐利的冷芒闪过。速度太快，她不敢确定是不是自己眼花。

芥末生鱼片喂食结束，他搁下筷子，开口吩咐："今天起回公寓住。"

"哦。"

"以后与人动手，必须在确保自己不会吃亏的情况下进行。"他继续道。

"嗯……"她有点儿心虚。

"去游泳池，不可以再穿比基尼。"

"呃……"他怎么连这个都知道？！

"如果真想穿，可以在我们去海岛度假的时候，那边人少，随便你。"

"哦。"她有气无力，想到这次冷战的目的到现在还没达成，却又被要求这要求那，心里又渐渐毛躁起来。

他像是知道她心里的想法，接下来道："还有，那件事不要再问了。我能告诉你的，我都会告诉你。我们结婚了，我需要你的信任，同样的我也会信任你，可以吗？"

这样低软的口吻，她还能说什么，自然是点头答应了。

他唇边漾开优美的弧度，仍旧夹了块生鱼片递到她嘴边。

"还来？"今天晚上她够委曲求全了，怎么还戏弄她？

"放心，这个能吃。"他笑。

危瞳立刻表示自己有手，可以自己吃，但最终在对方"温柔关切"的目光下作罢，吃了有史以来最"废柴"的晚餐。

同样的夜晚，凌家大宅的书房内气氛凝重。

关慧心靠在临窗的贵妃榻上，纯黑色的丝质睡袍顺着榻沿垂落而下，落地灯的光晕暗淡，那黑色丝袍如委顿在地的一块斑驳暗影，又似是深夜里栖息在角落的某种飞禽，令人有一种本能的不适感。

"你给我说说，这究竟是怎么回事？"她看着面前那张与自己相似的精致脸孔，缓缓开口，"明明就告诉过你，目前澳洲那边的事最重要，这阶段不要去招惹他，你倒好，竟闹到了公安局！"

男子立在离她不远的黑暗中，正在低头摆弄着手里的银色打火机，听她说完才抬头冲她一笑："妈，事情哪有你说的这么严重，这根本是两件事。"

"严不严重不是你说的。"关慧心按了按额角，"你也不是不知道那个人的能力，要瞒着他的耳目做这些我花了多少心思？你倒好，还有空去惹他的女人。"

或许是"他的女人"这几个字有些刺耳，凌洛安脸上的笑意渐渐转冷："遇到而已，别说得我像是故意的。"

关慧心看了他一眼，没再往下说。

一些事，如果他不想承认，她也不想点破。只是再度嘱咐他近期收敛收敛，别误了正事。

他微低着头，仍旧在玩手里的打火机，眸底阴云翻涌，唇角却仍挂着玩味的笑，对关慧心的嘱咐一一应下。

"行了，今天也晚了，你去休息吧，走的时候帮我关上门。"

待到儿子的脚步声完全消失在门外走廊，关慧心慢慢起身，在书桌前坐下，拨了一串长长的号码。

"上次跟你提过的事差不多了，资料我过几天传过去，你做好准备。"她姿态舒适地靠着椅背，声音优雅而轻缓。

挂上电话，她静静地坐在黑暗里，享受一个人的宁静时光。

一切事情都朝着她计划的方向发展，想来这么多年，她多少从那个被她称为丈夫的男人身上学到了些东西。这些东西，比起他们曾经所谓的婚姻，可有用多了。

女儿要搬回公寓跟老公住，危老爹表面没说什么，心里却很不舍得。两人的结婚典礼最终定在九月，主要她怕热，而凌泰提议的教堂婚礼是在白天举行，所以选在了气温较适宜的初秋。

自婚期定下后，危家那十一个师兄弟又开始骚动起来，整天聚在一处讨论这事到底要不要跟大师兄说。在危瞳本人看来，当然希望诺宸能赶回来参加自己的婚礼，毕竟他是她十分重要的家人。可一来机票实在太贵，二来听二师兄说他最近正在准备一个摄影展，非常忙碌。

最后这事就被搁置了下来，交由师兄弟们去处理。

这个问题可真把他们难倒了，现在的情况不比当初危老爹默许她和凌家公子的恋爱。两人婚都结了，米已成炊，木已成舟，不该干的该干的也通通干完了，告不告诉渃宸其实都一样，总不可能因为大师兄看男方不顺眼，他们就离婚。

可危瞳的婚事到底是大事，如果渃宸以后回国，知道自己错过了她的婚礼，保不准会更生气。

现在的问题是，事情发生得很突然，大师兄又太护犊太能打，他们每一个都很珍爱生命，不敢做那个打电话的炮灰。

讨论没有结果，最终由二师兄决定抽签选出炮灰人选，最小的师弟不幸被选中。那晚，众人聚在道场等消息，一个小时后，倒霉的小师弟耷拉着脑袋出现，表示任务出现意外状况，他联络不上大师兄。

众人顿时松了口气，不是他们不说，而是大师兄自己不配合，此事就此作罢，无人再提。

危瞳这阵子无聊得发慌，因为回公司上班没多久，保安部组长大叔就主动批了婚假给她，为期三个月！

想来想去，应该还是之前在皇马娱乐会所那出戏闹的后遗症。

这事得从她搬回公寓住说起。

再回公寓，危瞳每天对着凌泰那张清隽优美的脸孔，感觉居住环境非常良好。

对她而言，目前唯一需要做的事，就是让她的老公兼雇主喜欢上她，疯狂地迷恋上她，深深地爱上她……为此，她前后花费了三顿大餐，两场电影，四顿下午茶，才把两个死党搞定，让她们改变了原本"凌大老板还没有解释当初吃完就跑你不许主动凑上去花痴"这个根深蒂固的看法。

其实嘛，她也不是真的不在乎，只是她这人心胸宽广，不怎么爱记仇，也不喜欢斤斤计较。既然都和好了，也没必要再去翻旧账，把握现在展望未来才是需要做的！

"男人，最难搞定的就是如何让不合法变成合法，你们都登记结婚了，最难的那部分已经完成，接下来的只是小儿科！晚上多多努力就是了！"邢丰丰媚笑连连，"要不要借你几部我私家珍藏的爱情动作片？不是太阳国的哦，是有剧情的那种，女主超性感！"

"别听她的！那样做只会让凌大叔觉得你只迷恋他的身体，久而久之你们之间就只会有情欲，而失去了那种温馨的情感。爱情是两个人心灵的交汇，你要得到他的心！"苏憧侃侃而谈。

"嗯，身体上征服，心灵上占有……"缺乏恋爱经验总感觉男人心海底针的危家大姐大拿着本子，总结归纳记录。

"忘记你们已婚的事实，多制造浪漫的互动，多一些出其不意的惊喜。例如洗澡忘记拿衣服，在家准备一顿简单精致的晚餐，当然重点不在吃，而是你要穿得性感！"

"说来说去还是情欲！"苏憧忙补充道，"应该跟他吃烛光晚餐，看爱情电影，让他陪你去湖边看星星，一起拉着手走在湖边散步。还有，在他生日的时候准备一份惊喜礼物。"

"礼物还不简单，不穿衣服，在自己身上缠点儿红色带子，直接躺床上！当然，奶油、手铐之类的你自己权衡着准备啊！"

"邢丰丰！你别毒害瞳瞳了！"

"喊，幼儿园小朋友不许出声！"

……

两个死党的对话虽然有些不靠谱，但危瞳去粗存精，还是整理出了一份比较正规的追夫秘籍！

总体来说，要出得厅堂入得厨房进得卧房……

厨房这一项，她估计这辈子是没啥指望了，所以当下的重点是厅堂和卧房！

邢丰丰最后告诉她，"男人都是视觉动物"是千古不变的道理。她平日当保镖总穿T恤短裤，就算底子再好，男人看多了也会腻的，要注意打扮！

危瞳左耳听了，右耳直接出。打扮这种事，一来她不会，二来太麻烦，而且她也不觉得凌泰会在意这些——直到这晚饭局，对方人员里出现了个绝色美女。

别说是男人，就连危瞳都看直了眼睛。对方弯下腰为众人一一倒酒时，她筷子上夹着的菜掉了两次，差点儿流鼻血……原来这就是传说中的F啊！

最后还是凌泰夹了她想吃的菜搁进她碗里，顺手理了理散在她颊边的发："还想吃什么，我夹给你。"

她还没出声，那位F胸女倒笑了起来。她属于那种很会笑的女人，唇角的弧度绽得刚刚好，不轻浮也不含蓄："凌总对自己的职员真是好，让我们这些旁人看了都好羡慕啊！"

立刻有人笑着附和说凌总魅力果然大，连他们公司最能干的特助都心动了。

危瞳以为凌泰会澄清她是他老婆，结果他只是淡淡一笑，什么都没说。

这下轮到她不舒服了，之后听对方邀请晚饭后去会所小坐，她看了眼自己平凡无比的T恤热裤，心中开始翻腾。

发现危瞳不见是在一行人进入包厢后，那时陆路刚刚结束加班，从公司直接赶了过来。

F胸女特助姿态妖娆地向凌泰递去红酒，顺势说了几句恭维的话，可惜被凌泰当空气忽略。

凌泰转头，低声问陆路危瞳人去了哪儿。陆路答曰：厕所。回答的同时忍不住在心里感叹老板的定力，F啊F，换作是他，怎么也要愣个几秒。恐怕在凌泰眼里，再波涛汹涌也不过是个端酒的工具。

"她去了多久？"

"放心吧老板，刚才她跟着我们一起进来的，绝对不会丢。"陆路说着，又悄声向凌泰报告工作，"澳洲那边的资金动了。"

凌泰不动声色地坐在那里，眼底划过一抹厉色。才七月而已，他们就已经忍不住了，连两个月都不愿多等。

他安静地喝了口红酒，一旁的陆路却有些沉不住气，再次开口："老板，你看？"

他搁下杯子，示意他出去谈。

"对方还不知道我们已经觉察，老板，你看接下来？"

"他们不想我们知道，那我们就继续装作不知道。关慧心这回调动的显然是她这些年在澳洲的大半身家，不如先让他们玩玩，适当地给点儿甜头也行。让他们高兴一下。"

"老板，这样会不会出事啊？虽然股东里站我们这边的人很多，可条件太好，有些人总会心动的，要是万一……"

"我都不怕，你怕什么？我这个位置，他们还动不了。"

陆路虽然担心，但凌泰显然并不放在心上。他跟了他也不少年了，可很多时候，陆路仍旧觉得自己不了解面前的这个男人。他过分冷静过分睿智，也过分深沉。

即便这样近距离的对话，他还是觉得对方离自己很遥远。

陆路在心里叹了口气，他想在这个世界上，大约只有危瞳，才可以真正走近并了解他的心。

与此同时，危瞳正在厕所……

邢丰丰一边帮她化着烟熏妆，一边感叹自己如此有义气，随传随到。

"你这裙子为什么这么短？"

"那是因为你腿长！"邢丰丰脸沉了沉。

"还有，腰部太松了！"

"……"

"胸口又绷得难受！"

邢丰丰的脸全黑了："知道你身材好！再啰唆我扒光你！"她手脚利落，片刻就帮她搞定了妆容，在看到她的整体造型时，连邢丰丰自己都怔了好久。

不得不说，这彪悍暴力的女人打扮起来实在太惊艳了！

肤色性感，五官经过妆容的点缀变得又媚又撩人，更别提她接近黄金比例的身材，那小蛮腰看得她心里荡漾无比。

"记住！等会儿进去别死黏着你的凌大老板，要识大体，跟大家都说说话，倒倒酒，别被那个波霸抢了风头！现在他还没告诉那些人你的身份，所以你等会儿就只是个保镖。还有，别跟上次一样走错包厢惹祸！我男人还在等我，就先走了！"

经这一叮嘱，包厢她倒是没走错，可祸还是惹了。

当时凌泰和陆路都不在包厢内，而她以一袭紧身华美的黑色超短裙装亮相时，着实让包厢里的男人们惊诧。

一众男人惊艳的同时，都没认出她就是刚才凌泰身边的小保镖。

于是，危瞳被当成了这家皇马娱乐会所的……小姐。

自动送上门的美色没有男人会拒绝，何况这位小姐还非常会识人，这位经理那位先生，称呼无一出错。见她倒完酒，众人纷纷开口跟她说话，大部分都是夸她漂亮有气质。听见夸赞，危瞳高兴了起来，笑容越发明媚，男人们被电得迷迷糊糊，问她叫什么名字，直说下次来还找她。

"我叫危瞳，下次你们直接打给凌总就行！"

"原来你跟凌总这么熟，怪不得会自己过来了！"

"是啊……"

鸡同鸭讲，鸡同鸭讲……

当凌大老板同陆路谈完私事返回包厢时，见到的是这样一幕：他的老婆兼保镖化着烟熏妆，穿了件低胸超短连衣裙坐在几个男人中间，端着酒杯与他们谈笑风生，声音低婉柔媚，神态性感诱人。

陆路心情复杂地看向自己老板，果然，那张清俊淡雅的脸孔此刻黑沉一片。犀利冷锐的眼风扫向他："去厕所，嗯？"

"抱歉，老板！"陆路忙避开那道迫人的视线，用力低咳两声，提醒惹祸的保镖小姐。

哪知，她却只弯眼朝他们笑了笑，接着继续"很识大体"地跟两边的男人聊天。

陆路额前滑下一滴汗，危瞳啊危瞳，你这是赤裸裸地挑衅你的雇主大人啊！

最后还是对方那一行人自美色中抬头，发现了凌总的出现。美人是好，不过生意更要紧，众人立刻识趣地让开位置，邀请正主入座。

"凌总！"危瞳喊得很欢乐，企图从他眼中找出惊艳与赞美来。

那双墨黑眼瞳在她身上停留了数秒，唇角淡淡抿出了笑意，他居高临下地看着她："好不好玩？"

"呃……"怎么是这个反应，危瞳一头雾水，完全没注意陆路挤眉弄眼的暗示，点头表示还挺好玩的。

这个小小的点头动作，直接使她获得了之后整整三个月的无薪假期。并让她从老婆与保镖的双重身份直接降级为老婆……

陆路对此事表示惋惜，除却偶尔的彪悍和脱线，危瞳这个保镖总体来说还不错。尤其是遇到突发状况时，还是非常靠谱的。

而从那之后，有关"素来谈公事不喜女色的凌氏老板其实在皇马娱乐会所有个特定人选，对方年轻性感以至于凌总禁不住诱惑直接带人离场只留助理独自应对"之类不靠谱流言也流传开来。经过数天发酵，此流言被传得越来越香艳，更有人称那晚曾在皇马的地下停车场看见凌氏的老板搂着个妖艳女人热吻，情急至此不禁让众人同情那位与老板新婚却独守空闺的妻子，叹息有钱人果然没一个真心。

流言通过各种渠道扩散着，以至于在女主角不知情的状况下传到了另一个人的耳朵里，造成了误解，并在其后引发了一点儿小小的麻烦。当然，这是后话。

在危瞳的记忆中，这应该是她人生里比较委屈的一个晚上。

在花费心思违背原则之后，不但没有被认证身份，还被当场拖走。

她第一次发现凌泰的力气如此之大，那双修长优美的手此刻紧紧地扣住她的手腕，她一时居然挣脱不了，直到进了地下停车场才挣脱出来。

"上车。"淡淡的两个字丢来，语调很低。

"你不讲理！"危瞳抚着手腕瞪她。

"哦，我不讲理？"气压明明很低，他的唇角却带着笑。他靠着打开的车门，眉宇稍扬，"说说看，怎么不讲理？"

"你在别人面前无视我！"尤其是在F胸女面前！

"所以你就穿成这样？"

"不好看吗？"敢说不好看她就揍他！想她从小到大为数不多的几次穿裙子的经历，次次都是因为他，这次还主动牺牲！真以为她喜欢穿这种衣服？如果不是为了在大家面前展示一下凌总太太的魅力，以显示出自己"出得厅堂"，她才不这么虐待自己呢！

他再度打量了她一遍，脸色莫名淡凉："不适合你。"

危瞳真被惹着了，顿时炸毛，想也不想就冲上去，揪住他整洁的领口："说好看！"

她的身体因为惯性结结实实地撞在他身上，非常柔软的触感，隔着单薄的衬衣十分清晰。

他蹙眉："快松手。"这话和表情落在她眼里却变成另一种意思。她恼了，可又不敢真的下手打他，又气他冷淡的口吻，只觉得面前优雅的薄唇怎么看怎么碍眼，真想咬一口！

事实上，她的确咬了！

连咬带啃，齿下的感觉又软又嫩，还有淡淡的红酒味，舔舔，不解恨，再咬一口，然后勾住脖子，重重吮住。

原本扶在她腰上推着她的手因为这个动作赫然一紧，手指的力度似乎有些失控。

她痛得一缩，想退开去揉，却被他紧紧抱住。唇被吻住，他侧着脸，双唇与她厮磨着。这个吻的力度很重，牙齿被挑开，舌尖闯入，与她纠缠起来。

这场吵架，最终以一个莫名其妙的吻收场。

她一开始还保持着清醒，但在缠绵炽热的呼吸里慢慢沉醉。虽然每晚睡觉前他总会吻她，但这样强势的吻却并不太多，她只觉得腰上的手臂越圈越紧，几乎要将她折成两半。

最后是怎么结束怎么被塞回车里怎么回到家她都有些忘记了，甚至当他在临睡前云淡风轻地丢下那句话时，仍有点儿回不过神："我今晚有事忙，你先睡。还有，明天起你正式放假，为期三个月。"

危瞳打给邢丰丰抱怨："他嫌我碍眼，他想调虎离山！"

"……我倒是第一次听到有人把自己比喻成老虎。"邢丰丰赶报告的同时还得应付好友的爱情烦恼，越发觉得自己伟大，"他如果真嫌你碍眼，直接把你开除不就得了，还休什么假，分明想给你个教训！"

"可他这几天都不怎么理我，早出晚归，我打电话给他也总说忙。算了，干脆跟他表白得了！成不成就一句话！"她拍着桌子，毛躁加纠结。

其实危瞳一直觉得喜欢上一个人是很简单的事，对方喜欢她，他们就在一起，对方不喜欢她，她就作罢。可偏偏，这回她心动的男人身份特殊。她和他已经有了所有恋爱中的情侣最希望的结局，却单单少了在一起的过程。就像一个本该只有两种答案的是非题，突然千变万化，曲折难定。即便他真的不喜欢她，她也不可能选择放弃。

她过往那些屡战屡败的恋爱经验，无法为她这一次的恋爱提供任何参考。

简单来说，她目前非常茫然，深深地茫然……

听闻好友要主动表白，邢丰丰恨铁不成钢地告诉她，一般男人生气不是因为碍眼，更有可能是吃醋！吃醋就代表在意，也就是说她家老板可能喜欢上她了。目前这种状况她更加不能先表白，否则一辈子都会被吃定！她跟凌泰原本就不是一个段数的，他这么深沉睿智，她要是先表白了以后还有什么出头之日！

"那我怎么办？"危瞳又被她的一席话说蔫儿了。

邢丰丰笑得意："你有没有听过一种追男方式是这样的，明明是你追他，可所有人都以为是他追你。"

"……你在说火星语？"

"……"

事实证明，爱情之于危瞳是件万分复杂的事，说到底她只是想弄清楚凌泰到底喜不喜欢她。如果喜欢就让他更喜欢，如果不喜欢就让他变得喜欢，只是这么简单而已。

所以，当这天从凌静优的嘴里听到那番话时，她着实愣了好一会儿。

她们站在近郊一家教堂外延的树荫下，危瞳是被引来的，对方借陆路的名义约她这个时间来这个地点见面。

然后，她看见熟悉的烟灰色宾利慢慢驶入教堂，透过黑色的铁栅栏，她见到了脸色淡漠的凌泰。

她刚想走进去，冷不防有人从后面拍了下她的肩膀。

她回头，见到的是凌静优那张柔美清纯的笑脸。她说："约你来的人，是我。"

"先别着急进去，他不一定想在这里见到你。"凌静优仔细地观察着她的表情，笑容加深了，"看到我很意外吗，当初嫁给凌泰时，你就该知道我们已经是一家人了啊！"

危瞳眯起眼："那你知不知道，我现在随时能把你拖到树后暴打一顿，并且不让任何人看见。"

凌静优朝后缩了缩，眼底明显带上了些畏惧。不过，她今天来这里不是说废话的。

"你一定很奇怪，你老公为什么会在这里出现吧？"

"比起他，我觉得更奇怪的是你。"

"危瞳，其实我也挺同情你的。男朋友被我抢了，随便找了个救生圈以为嫁入豪门，到头来你对你老公的事究竟了解多少？"

危瞳听着，忽而笑了："你今天不就是为了让我更了解才叫我来的吗，还是说重点吧，我真的不怎么喜欢对着你这张脸。"

"其实之前我一直都很诧异，像我叔叔那样有品位有身家有能力的男人，怎么会突然娶了。那次凌氏周年酒会，听着我和洛安两个人像傻瓜一样称呼你，你应该很得意吧！现在我就来告诉你，凌泰妻子这个身份，谁都可以做，就算是我——只要有了当初那一夜，他也同样会跟我结婚！"凌静优的脸上终于出现了惯有的甜美笑容，"看着我干什么，你以为你们的一夜情还是秘密？你别以为我只是虚张声势，我这回说的绝对是真话！你刚才也看见他开车进了教堂，不仅是今天，他每周无论再忙都会找个时间独自来这里。"

凌静优凑近她："正如你此刻脑中的猜测，没错，我这位叔叔，他是一个基督徒，一个虔诚的基督徒。他跟你结婚，只是因为曾经和你发生过关系，他必须对你或者说对他的信仰负责。也就是说，无论那晚跟他在床上的女人是谁，他都会和她结婚。没有爱，没有喜欢，只是一种责任，现在如此，以后也是如此。你如果觉得我说的这些都是胡说八道，他人就在里面，你可以自己去问。就算不在教堂里，他也不会骗你。"

危瞳很认真地看着她："说完了？"

"你挺镇定嘛，不过不要死撑啊，会内伤的。"

"所以说，这就是你认为能打击到我的手段？只是这样？"她松了松指关节，看着对方退后两步，笑起来，"不要怕，我今天心情不错，不打人。我倒是要谢谢你，告诉我这样一个天大的秘密。原来我老公是一个洁身自爱的基督徒，他因为偶然的一夜便愿意负责跟我结婚，这样的男人我还有什么不满意？倒是你……"

危瞳轻轻摇头："你用身体抢走凌洛安那又如何？说到底，你也不过是他众多女人中的一个。你自以为是未来的凌少夫人，可你真觉得凌洛安会跟你结婚？就算结婚了又怎样，一个男人，身体不忠诚，花心无度，仅仅靠一纸婚约就算拥有他了？你想过你未来的生活没有，他每天在外面跟不同的女人亲热，而你却要守在空荡荡的家里，会有各种女人不断地闯进你的生活，挑衅你，就像你曾经对我做的那样。他不会关心你，不会在乎你难不难受，不会因为爱你而呵护宠爱。你对他来说算什么？退一万步，就算你有本事让他爱上你，你又能保证他未来会专心对你？我跟他也算相处过，我了解他，有些事是天性，改不了的。当然，如果你真能完全收服他，那我要祝贺你。但你扪心自问，你是不是真的有这个本事！"

危瞳的神态淡漠，眼底似带着怜悯，一番话说完，原本准备来看好戏的女孩发现自己渐渐被困在了一个圈里。

危瞳所有的话，无一不戳到了她的痛处。尽管她总是不承认，总是用另外一种情绪来压制，但并不代表这些想法就会消失不见。

树荫下，茶色长卷发的女人转身朝教堂走去，而年轻的黑发女孩却仍怔怔地站在原地。

道路另一侧的车道旁，停着一辆全黑的商务车，后排座位上，中年女人自窗外收回视线，漂亮精致的脸孔微露出不满："她果然还是欠了火候，这么多年都白教了！"

女人身旁，年轻男子转过同样精致的俊脸，不置可否地勾了勾唇角："明知她就这点儿能耐还把她推出去的人不是你么？"

"目的达成就好，区区一个危瞳，还没资格让我亲自出马。"关慧心看了自己儿子一眼，他眉眼慵懒，目光依旧若有似无地飘向窗外，她眉头微蹙，"洛安，你要清楚记得你自己的身份。哪些女人能碰，哪些女人碰不得。"

"妈，你是不是太多心了。"他依旧回她一个慵懒的微笑。

关慧心不作声，只是看着他。别人或许不清楚，但她是他的亲生母亲，又怎么会不了解自己的儿子。从周年酒会那晚，她回国第一次见到危瞳，就发现自己的儿子有些不对劲。之前闹到公安局那回，她就几乎能肯定了。

那种凛冽到令人心寒的眼神，她只见他有过一次——那是在十年前，他发现自己跟另一个男人亲热的时候。

当时他还只是个孩子，却用那种连她看了都会害怕的目光死死地盯着她。仿佛带着恨，可在那些恨的背后却带着抹不去擦不掉的更深刻的感情。

回忆起来，洛安便是从那时候开始跟自己疏远的。

关慧心有些后悔把话点明，她揉揉额角："你自己心里有数就好，不要一时冲动做出出格的事。你应该明白现在的情况，时间已经不多了，凌泰绝对不会放手。这样的麻烦牵制不了他多久，他野心有多大你自己清楚，到时可能会连你现在的那份一起吞了。"

"我不会让他成功的。"仿佛是想到什么，凌洛安的眼底透出一股狠厉来。

在示意司机开车之前，关慧心慢慢道："要做你背后的女人，静优还不够格。明天你于伯父六十大寿，听说他的小女儿刚刚从国外回来，这种时候如果能得到于家这个靠山，你的胜算会大很多。你懂我的意思吗？"

凌洛安的手指关节紧了又松，仿佛在极力忍耐，最后还是无声地点了点头。

危瞳没有进教堂，她在他的车子旁静静等待，直到祷告活动结束，他走出来。在等待期间，她用手机粗略地查了查基督教徒在"床事"方面的要求，结果越看心越凉……

他看见她，停住了脚步，她从他脸上读到了诧异，但没有多久这种变化又归于平淡。

"你知道了？"

和那次她发现他是和她419的男人时一样的问句。

他真的是个非常冷静和聪明的男人，而且也不打算说任何话来骗她。危瞳在心里叹了口气，问他："如果那晚不是我，换作任何人，你也会跟她结婚？"

那张清隽干净的脸庞放软了几分，他走到她面前："我不会否认，因为我不想骗你。"不想骗她，但也不希望她知道起初是这个原因才令他接近她然后结婚，所以才会一直隐瞒。

她移开视线，静静地看着一旁地上斑驳的树影，阳光灼热的午后，温度高得令人有些受不了。

她咬了咬嘴唇，再度看向他："那你告诉我，那天凌晨你着急离开到底干吗去了？"

他上前抚了抚她的头发："我来了这里。"

"这里？"

"我来祷告。"或者说，是忏悔。那么多年一直坚守的信仰，因为另一个信仰的破灭而有了人生里第一次酒醉，第一次被诱惑，第一次彷徨地寻求慰藉，第一次的罪，"我给你留了话，让你等我回来。可惜我回去时你已经离开。"

"祈祷……"危瞳有些凌乱，这男人一夜情后居然去了教堂祷告！所以说，他当初暗示自己因为打不过她才被霸王硬上弓然后要她负责这事……居、然、是、真、的！

危瞳原以为从他口中听到事实后自己会很生气，但此刻心里最大的感觉居然是罪恶感！

酒果然是万恶之源啊！

那年，她一个不正经的夜店少女酒后撒泼，就这么硬上了一个虔诚保守的基督教徒……

头痛，头很痛……这个事实让她情何以堪！原来黄珊那次他不告诉她是因为不想让她有这种罪恶感！她还一直想方设法让他喜欢自己，现在想想，有了这个前科，她还指望个屁啊！

人生真杯具！

"你生气吗？"回城的路上，她第五次问他。

他依旧只是意味深长地看她一眼，随后浅笑。

恶女危瞳的内心七上八下，趁着红灯停车，再次搭住他的手臂很认真地问："说真的，六年前的事……你到底生不生气？"

男人看了看她一本正经又略带愧疚的脸，用修长的手指敲了敲方向盘，优美的薄唇淡淡吐出两个字："生气。"

生气生气生气生气……一瞬间她脑袋里只有他说的这两个字！

他真的生气？！

她本来就还没弄清楚他对她的心意，现在听到这个回答，只觉万分糟糕！试想一个生气的男人，又怎么会喜欢上那个令他如此生气的女人？

大事不妙……

"所以，你以后要做些让我不生气的事。"他又补充，随后倾过身，在她的颊边吻了吻，"你好好想想，该怎么做。"

危瞳撑着脑袋，被他"生气"二字搞得心不在焉，压根没留意他眸底转瞬即逝的笑意。

于是，危家大姐大花了整整一天一夜终于想到了一个让他不生气的方法。

这天下午当凌泰回到公寓时，迎接他的是一纸留书。

留言里再一次表达了她对六年前那件事的诚心忏悔，以及她内心的罪恶感。她已经想清楚了，为了弥补自己的错误，她决定让他自由。从即日起，她搬回危家，也就是说，她决定跟他分居离婚……

那一刻，凌泰看着纸条，真不知道是该气还是笑。

所谓自讨苦吃用在此刻真是再恰当不过。

他拿起钥匙打算去危家接人，就在这时陆路来了电话。他接听后没多久就皱起眉，说了句"就来"便匆匆出门。

Chapter. 12
湉宸归来
▼

危瞳此次回家住有两套说法。

第一套是对危老爹的：想他了，所以回来住一阵子。

第二套是对着师兄弟们发泄的：我跟凌泰分居了，谁上来给我松松手脚！

危老爹很高兴。

师兄弟们很郁闷，而更郁闷的是，他们谁都不敢把实话告诉危老爹，又更加不敢拂逆"心情郁闷情绪低落"的危家大姐大"松松手脚"的意愿。

终于，在半数人的脸上都出现青青紫紫后，拯救他们的人出现了！

这是危瞳搬回家住的第三天，凌泰一直没来电话，更没有主动出现。她想，对于她这个决定，他估计很满意，否则怎么会几天都没一个电话？

虽然他不喜欢她，可她还是很喜欢他的，所以希望他开心。

"只要你不生气，我愿意承受所有的痛苦……"危家大姐大靠在道场门口，四十五度仰首半明媚半忧伤地轻轻说道。说完，自己先打了个哆嗦，随手把小师弟借给她的言情小说丢远。

丫的！这台词简直太令人寒碜了，她真是脑袋抽筋了才会听小师弟的话暂停体力运动，进行脑力活动……

危瞳回头，瞪了眼正在和二师兄切磋的小师弟，对方嘴角抽搐，立刻脚下打滑，躺地装死。这几天他受到的"摧残"最多，没办法，他还在读书，现在是暑假期间，基本每天都在家。

"小宝，来！让师姐给你提升提升！"危瞳蹲在他面前，托腮朝他笑。

"不要！"小师弟小宝趴在地上，死都不起来。

二师兄本着大顾小原则，本想让危瞳转移目标人物，结果危瞳一口咬死就要小宝，害得年方十六俊秀纤细在学校被封为校草的小宝一把鼻涕一把眼泪地哭诉。

危瞳恼了，揪着他后领就将他朝上提。

混乱之中，小宝不知哪根筋搭错，朝着道场门口直呼大师兄救命。

"大你个毛！你大师兄这会儿还在澳洲陪袋鼠呢！"她骂完，继续摧残大业，直至有人走到她身后，拍拍她的肩膀。

危瞳丢了小宝，顺势捉住肩膀上的手，反手转身一扭一推，打算将对方摞倒，结果却被对方敏捷避开。

夏日午后明媚的阳光自一旁的木格窗户里漏进来，跳跃的光线里，那人退后一步，看着她扬起笑容。

他穿着洗得发白的牛仔裤和T恤，细碎的额发下，一双熠熠生辉的浅棕色眼瞳正专注在她身上。那里面，有喜悦，也有暌违许久的宠爱。

三年不见，他似乎没太大变化，深邃的五官依旧帅气逼人，如午后明光，灿烂温暖，令人心里暖融。

"怎么了，不认识我？"湝宸看着她张嘴愕然的模样，忍不住加深了笑容。

危瞳终于反应过来，一声惊叫，随后朝他扑去，抱着他的脖子不肯撒手："大师兄大师兄！你怎么回来啦？"

他一把接住她，调侃道："你的体重和你的身手都进步不小啊！"

危瞳笑出了声，像只无尾熊一样攀着他的脖子不肯放手。

地上，小宝泪流满面地感叹着："大师兄回来了，一切痛苦终于结束了……"

危家这天格外热闹，危老爹因为诺宸的归来烧了一桌子好菜，大家围坐在桌前，一边七嘴八舌地问他这几年在澳洲的生活，一边喜滋滋地接收礼物。

二师兄直感叹，说早知道他会突然回来给大家意外惊喜，危瞳二十五岁的生日礼物就等他自己回来送了！

"谁送都一样，她喜欢就好！"诺宸喝了不少酒，脸色有些泛红，笑容越发明亮。他看着不断给他夹菜的危瞳，揉乱她的发，"是不是下午说你体重进步不高兴啊？一回来就想塞胖我？"

"人家明明是关心你！你都三年没吃老爹煮的饭了，让你多吃点儿！"她又塞了只大鸡腿进他碗里，原本正准备夹那只鸡腿的小宝一脸哀怨地盯着她，被她一眼瞪了回去。

偏心……小宝同学默默咬牙。

"是啊，师兄，你就多吃点儿吧！吃饱喝足才有力气跟她松动手脚，这几天可把我们累够呛！"二师兄半开玩笑道。

"是你们太菜……"危瞳扳着自己的手指朝诺宸道，"大师兄，等下吃完饭要不要跟我切磋切磋？"

"诺宸才回来，别打打闹闹！"危老爹终于发话了，再度帮诺宸满上一杯酒，两人一起干掉。

饭后，诺宸说想去附近散步，看看周围环境的变化，危瞳自然是陪他散步的不二人选。眼看两人踏出家门，先前一派欢欣的师兄弟立马悄无声息地溜进道场集中。

对他们来说，诺宸的归来虽然终结了来自危瞳的折磨，但另一个更大的问题却犹如被启动的定时炸弹，随时都有可能爆发。

那就是危瞳的婚姻问题。

至今为止，诺宸还不知道危瞳已婚这个事实。而同时，危瞳此次却宣布分居回家住。由她最近的暴力程度可以得知，这个消息绝对是真的。

所以，众师兄弟讨论了一番，觉得还是不要把她结婚的事告诉湉宸比较好。反正她都离婚搬回家了，原定九月的婚礼估计也不会进行。有钱人总是一会儿一个样，要让湉宸知道最疼爱的师妹结婚不到几个月就被撵回家，事情铁定要闹大。

多一事不如少一事，如果瞳瞳自己不说，这事就这么算了，如果她自己说了，那这事也怪不到他们头上。

一番计算讨论结束，众人各自练武、洗洗、睡觉。

盛夏的夜晚温度很高，风淡淡的，带了些甜蜜的花香。危瞳陪着湉宸，一路在老街上穿行，偶尔遇上附近的熟人，危瞳便会主动跟对方打招呼，拉着湉宸献宝似的表示自己大师兄从澳洲回来了。

听到对方恭喜之类的话，便笑得越发灿烂。

一直任她拉来拽去的湉宸忍不住出声："我回来你真这么高兴？"

"高兴极了！"她冲他眨眨眼，"走，请你吃冰激凌！"

十分钟后，他们每人拿着个甜筒坐在了沿河的石栏上。三年前的春天，也就是在这个地方，湉宸告诉她，打算离开家一段时间。

那时她以为他只是被冤枉辞退后的气话，结果没有多久，他就托人办好了所有手续，坐上了去澳洲的飞机。

他走的那天，她把自己关在房间，硬是不去送他。总以为像以往每次那样耍耍性子，他就会妥协，留下不走。但结果他还是走了，而她连最后一面都没有见到。

一开始她有些生气，可日子久了又开始想他。之后那个夏天，她收到他从澳洲寄来的第一份生日礼物。读着礼物里夹着的信，她才慢慢理解了他的心情。

世界很大，男人总该趁年轻时出去闯荡，学习成长，累积收获。一家人总是一家人，无论去到多远的地方也不会改变什么。就算见不了面，她也明白他永远都是那个疼爱她的湉宸。

"大师兄，这回不走了吧？"危瞳朝他的身旁蹭蹭，拉住他的衣角。

他露齿一笑，随手揉乱她的头发："怎么，怕我跑了啊？"

"是啊。"她朝他挑挑眉，"就怕你又跑掉了。你不在，二师兄他们老欺负我！"

诺宸手臂一伸，勾着她的脖子将她拉向自己："是你欺负他们吧！"

"哈哈哈，你真了解我！"她在他怀里抬头，笑得得意，冷不防鼻尖一冷，诺宸已用甜筒在她鼻尖上蹭了下。

恶作剧的结果自然和以往每次一样，彪悍的危瞳勾住他的脖子，用手里吃到一半的甜筒涂了诺宸一脸……

嬉笑吵闹里，危瞳一扫前几天的郁闷，心情变得轻松欢快。无论如何，诺宸回来了，以后单挑有他群殴有他无聊有他，一切一切都有他。

等到凌泰打来电话时，危瞳正在一个摄影展会上。

这是诺宸回国的第三天，他在澳洲得奖的几张摄影作品会在这里展出一周。危瞳虽然没什么艺术细胞，但听闻诺宸得奖自然要来捧场。

明明只有数天未见，但当她看到屏幕上跳动着熟悉的名字时，心口竟一阵猛跳。其实已经是决定好的事，这几天也一直希望他能出现把事情做个了结，可真正要面对时，她发现自己竟心生逃避。

一旁的诺宸见她只是发呆不接电话，便凑上前看了看号码。屏幕上跳动的名字是：雇主。

"老板的电话怎么不接？"

危瞳"哦"了一声，朝诺宸示意了一下到旁边去。刚刚走到较僻静的一隅，铃声就停了，她很鸵鸟心态地舒了口气，结果不到两秒，手机又响了，依旧是那个名字。

她还是接了。

电话那头，熟悉的嗓音一如既往地优雅磁性："在哪里？"

"外面。"

"哪里？"

"有什么事？"她下意识地紧张起来。

"告诉我地址，我现在让陆路去接你。"

"为什么让陆路来接我？"难道打算接她去办那什么手续？危瞳犯愁

地咬牙，虽说想到这个方法来解决问题的人是她，可听到对方打电话来催促心里总归不好受。她得承认，这几天她不是没有在心底想过，也许凌泰会心软，也许事情会有转机……

"你说呢？"他的声音低了两分，似乎多了分薄怒，"告诉我地址。"

"我不知道！"她恼了。离婚就离婚嘛，居然还这么凶这么着急！

"地点！"电话里的人像是真的发怒了。

这下危瞳也火了："就是不说！"

她似没恼够，又对着手机接连说了五个"不说"，随后用力摁掉，接着关机塞进背包最底下。

做完这些，她顿时觉得心情顺畅。既然总归是要离婚的，那么在这最后一段时间里，就让她好好展露一下本质吧！

同一时间，正在待命的陆路接到了老板的电话。

"给我订今天回去的机票。"

"老板你今天就回来？！"按照计划老板起码还要在那里待三天，所以才会把接危瞳这个任务交到他头上。电话那头的人没开口，陆路诧异归诧异，还是尽职地开口问道："要什么时间的？"

"最快那班。"

"好……我马上办。"就陆路对凌大老板的了解，八成又是危瞳那里出了问题……

从摄影展离开后，危瞳请渃宸吃了顿大餐。饭后两人有默契地选择去距离老街不远的小学操场跑步消食。

渃宸十一岁进危家，他曾跟危瞳在这里一起上下学整整两年。

危瞳小时候皮得很，有次体育课被老师在操场罚跑，那会儿正是放学后，偌大的操场只有她一个，越跑肚子越饿，她差点儿哭出来。之后渃宸找来了，书包一丢，跟着她一起跑，边跑还边说笑逗她。跑完后带她去校门口的小吃摊吃馄饨和蛋饼。那晚回家之后，吃饱的两人怕罚跑偷吃的事被知道，又将晚饭吃得干干净净。结果撑到半夜，不约而同地跑去道场练武消食……

夜风拂在危瞳的脸上，看着熟悉的操场，儿时那些久远的记忆悄无声息地在眼前浮现。

想想那时，日子真是简单而快乐。渃宸虽然不是她的亲哥哥，可对她非常好，通常顽皮的是她，受惩罚的却是他。

他也说过，无论发生什么事，只要有他在，谁都欺负不了她。

可是，这世界上的事，从来无法随心所欲地长久。一切快乐的时光终止在她的十八岁。妈妈的去世是意外，没有任何人能够挽救阻止，可她却像走进了一条死胡同，怎么都转不出来。

高三那年，彻底荒废了，高考失败后她更是变本加厉，成天跟着一群混混到处打架惹事。她老爸对妈妈的死自责愧疚，劝不了她，整个危家，也只有渃宸能稍稍压制住她。

直到后来，她在酒吧遇见凌泰，荒唐一夜后，她彻底清醒过来。她只是想发泄，到底还没到堕落的地步。那夜的秘密除了邢丰丰和苏憧，她谁都没告诉，只是染回了头发，开始漫长的高三复读。

老爹问不出原因，只是高兴，比以前更加宠她。其他师兄弟也宠她宠得不行，尤其是渃宸，他把所有打工挣的钱，都用来给她买吃的用的。

后来想想，大概就是这个原因，害他一直没找到女朋友。现在他总算功成归来，奔三的人也该考虑下结婚大事了。

"结婚？"回家路上，渃宸被问及敏感话题，笑了，"我也想啊，不过还没女朋友。"

"没事，从现在开始找，很快的。"

渃宸转头看她，浅棕色的眼瞳在路灯下璀璨如星："瞳瞳呢，准备什么时候找个男朋友？"

危家大姐大闻言，立马毛躁！

还男朋友！她都快成失婚妇女了！真不知道欠了姓凌的什么，好好去打工，先是被侄子追又被侄子甩，之后莫名其妙结了婚，这会儿又莫名其妙不得不离婚！

老听邢丰丰和苏憧说女人谈恋爱多好多好，可她压根没感觉到，除了烦还是烦！这也是她之前没跟渃宸提这事的原因。

她真不知道要从哪里跟渃宸说起？六年前的霸王硬上弓？

这时的危瞳并不知道，片刻之后，不必她烦恼，自会有人主动开口解释。

老街的路口，熟悉的烟灰色欧陆正停在那里。

她的心不争气地颤了颤，下意识地咽咽口水。

危瞳想，她大概是这世上第一个主动提离婚又对前夫垂涎三尺的女人。

她又想，明明是大晚上，他穿这么好看是想怎样。米色的衬衣，袖口整齐地挽起，露出白皙的手臂，领口松了两粒纽扣，坠着银色十字架的项链在路灯下若隐若现。再搭配浅色的休闲西裤，身形越发修长清隽。他推开车门，站在那里，就这样用浅淡而深邃的目光安静地凝视着她。

危瞳忍了又忍，才把扑上去亲他的冲动给忍下来。这么"精分"的当口，自然不会注意凌泰扫过她身旁渃宸的视线，以及微微轻蹙的眉宇。

"回来了？"到底还是他先开的口。

"你怎么知道我这个时间回来？"她问得很傻气。

"我等了两个小时。"他的长眉轻轻一挑，语态平淡。

"没人让你等！"危瞳回嘴。

这态度令他看着她的眼神越发意味深长，正当危瞳感觉头皮发麻的时候，渃宸笑着开了口："你好！我是瞳瞳的大师兄，请问这么晚找她有什么重要的事吗？"

凌泰淡淡地笑了笑，薄唇微扬："你好。其实不算什么大事，也不想惊动爸，所以在这里等。"

"爸？"渃宸不解。

"那是我爸，不是你爸！"危瞳插嘴。下午还急吼吼地要接她去离婚，这会儿一口一个爸，虚伪！

凌泰唇角的笑意再度深了两分，她却觉得他似乎有一点点生气，正在疑惑这是否是错觉，他已几步走到她面前，习惯性地抚上她的发。

修长的手指被另一只宽大的手挡住，凌泰微有些诧异地侧头，对上对方警惕的浅色双瞳。凌泰明白过来，轻轻收回手，缓缓道："你误会了，我是她先生。"

先生，或者说是丈夫、老公。合法婚姻对象，从摸头这种小动作到一些深层次的大动作，都拥有名正言顺的行动权。

这晚，尽管危瞳很肯定地纠正他们是即将离婚的夫妇，诺宸还是被这一突兀的消息震撼了许久。后来，危家的十一个师兄弟谁都没睡好，按顺序一个个在道场由大师兄"指点拳脚"，并将这件事从头到尾详详细细地描述了一遍。

弄清楚所有事情的诺宸脸色难看地丢下两个字：胡闹！

于是，其他人的脸色也跟着难看了，他们几乎可以预见到未来那充满"激情"的家庭生活……

至于危瞳，在凌泰亮明身份后，自然逃不了单独面对他的命运。

"我前几天有事在忙。"

"哦。"他态度平和，她倒也发不起火来。她抓抓头，想了想，忍痛道："没事，反正我哪天都有空，等你有时间了我们再去把手续办一办。"

"危瞳。"他站在她面前，轻轻挑起她的一缕长发，在指间摩挲，"你不知道基督教徒是不能离婚的吗？"

"啊……"危瞳张了张嘴，愣在那里。

不是她故意要摆这副傻样，实在是他突如其来的一句话让她太震惊！不，应该说是太惊喜了！基督徒不能离婚？也就是说凌泰根本不可能和她离婚？！

换言之，他们还能继续在一起！

这消息太令人振奋了，如果可以危瞳真想仰天大笑。不过在凌泰面前，而他的神情明显称不上愉悦，所以为免惹得他生气，她决定把这股喜悦硬忍下去。

"我不知道啊……"她很用力很无辜地眨了两下眼。

"那你现在知道了么？"他轻轻挑眉。

"知道了。"她老老实实地点头，憋着笑用颇具安慰意味的表情拍拍他的肩膀，"其实……既来之则安之，世上没什么解决不了的事，万事有商量，是吧！"

这种分分合合百转千回的感情事她还真没什么经验。之前她想了半天才忍痛想出这个办法，现在听到不可行，心里除了窃喜还有一点点良心不安。所以放下身段，好言好语地安慰他几句也是应该的。

见他不出声，只是用探究的目光看着自己，她有些快快地缩回手问他："那不如你说说现在我们怎么办？"

凌大老板居高临下地发话："去整理东西，今晚跟我回公寓。"

不能离婚，就是还有希望让他喜欢上她。危瞳收敛态度，把打算展露本质的豪气丢进垃圾桶，态度软软地开口："可我还想多住两天……"

他看着她示意她说下去。

"大师兄才刚回来，一家人好不容易整整齐齐……"

凌泰双眼微眯，似乎在思考什么。片刻后应允："也好，我这边还有一些事，你在家住也有人照顾。"说完，目光在她脸上流连，清淡的目色渐渐温软下来。他朝她伸出手，"过来。"

危瞳娇羞了一下，立刻走上去。男人的手指落在她的脸颊上，细细轻抚："这几天都做了些什么？"

"吃饭、睡觉、打架。"

他似乎弯了弯唇，忍笑："嗯，过得挺充实。对了，我之后几天可能不在Z城，你如果有急事找不到我就打陆路电话。"想了想，继续道，"想出门也可以打给他，他这阵子是你的专用司机，不用客气。"

"真的？"危瞳高兴了。

"我几时骗过你。"修长的指尖带着留恋的宠溺，慢慢触上她的唇。低头吻她的刹那，他仿佛听见自己在心里低低叹了口气。

几天不见，终究还是想念的。

吻很短，男人薄软淡凉的唇仿佛柔软的羽毛，在她唇上贴了贴，随即离开，可这片刻的接触却已让她神魂颠倒。他的脸近在咫尺，在昏黄的路灯下有种极致的温柔，线条干净的眉宇漂亮得令她有些失魂。心脏在剧烈地跳动，仿佛一头不安分的小鹿，一不小心就要跳出胸口。

看着他转身上车的背影，危瞳脸颊发烫地小声嘀咕："居然偷亲我……"

哪知，已侧身坐入车内的男人却回头朝她一笑："下次让你偷亲我。"

"……"又被言语调戏了调戏了调戏了，可为什么她好兴奋好兴奋好兴奋！真是不中用不中用不中用啊！

之后几天，危家大姐大"放晴"了，可危家大师兄却"多云"了。

危家师兄弟们更是愁云惨淡，最后连危老爹都隐约觉察出异常，揪着自家女儿去一旁说悄悄话，问诺宸这是怎么了？

危瞳表示自己也不太清楚，约莫是刚刚回来时差不正水土不服？又或是知道她结婚，回头一想发现自己都快奔三了却连女友都没一个，心里不平衡……

危老爹听了一阵唏嘘，抓着头思索了会儿，如此这般地跟女儿耳语片刻。危瞳听了连连点头，直叹老爹高明。

再过两天就是危瞳的二十五岁生日，往年生日都是在家过的，由危老爹主厨，一伙人围着桌子胡吃海喝一顿，接着砌长城，送钱给危瞳用。

今年危老爹却放话说诺宸回来了，该让年轻人自己去外面过。这天正巧是周六，除了个别不休假的师兄弟，其他人浩浩荡荡地朝步行街的日式料理店进发。

日式料理是自助餐，虽然一位一百二十元的价格并不算太贵，但就危家这群师兄弟的抠门程度，平时是绝对不会来吃的。除非是他们家大姐大想吃，他们自然立马掏钱。所以像这样大规模的群体聚餐还是第一次，这都要归功于危瞳。

据说前一晚，是她摇着大师兄诺宸的手臂表示今年生日想吃料理，还说想请几个朋友一起来。诺宸之前为她胡乱结婚的事很是生气，以往他从不舍得给她重话，这回却沉声责备她太乱来，之后几天都不怎么搭理她。

无奈木已成舟，无论他怎么生气都不可能改变事实。

这次见她软语撒娇，到底还是心软答应了。之后瞥了眼在旁边偷听的师兄弟，看着他们或青或紫却满是期待的脸孔，松口将他们一起带上，准备好好玩一天。

危瞳所谓的朋友除了邢丰丰和苏憧，还有另外两个女孩，一个是邢丰丰的同事，另一个是苏憧的同事。她之前都只见过一两次，并不熟。这次请来为她过生日其实是有比较重要的用处，另一个方面也是因为她比较相信这两人的眼光，所以让她们各自携带一个。

就算这两位渃宸看不上，也有邢丰丰和苏憧这两人后备。据说她们最近都失恋了，正处于"饥荒"状态。两人都是她的高中同学，那时渃宸一边要读书一边还得打工，每天忙得不见人，和她们也不算很熟，加上后来他又去了澳洲三年，几乎可以说是相当陌生。

危瞳期待着，他们之间或许会燃起熊熊的爱情之火！

午后，一伙人吃饱喝足气氛正佳，决定续摊。女人们提议去唱歌，渃宸看危瞳点头，便买了单一起朝步行街另一头的KTV走去。

一帮人很兴奋，但都忘了一件事。现在是暑期，学生都放假了，KTV白天下午的三小时优惠活动令大小包厢全数爆满。于是，十几人挤在柜台前，叽叽喳喳地没了主意。

喝下午茶嫌撑，逛街又太热……危瞳毛躁地抓头，她倒是有卡可以带大家去先前去过的会所，那里有空调有泳池有茶室有健身房，想玩什么都行。不过这里距离会所很远，人又这么多……

"对了，这种KTV不都有那种超级豪华包厢吗？学生不会订那个，应该有空的。"邢丰丰的同事突然开口，邢丰丰在旁皱起眉，危瞳心里也有些不舒服。她说的包厢她知道，里面的装修和服务都与一般包厢不同，价格也贵得离谱，白天档也没有特价，一小时要几百块，再加酒水零食服务费，这一下午唱下来要好几千。

渃宸虽然得了摄影奖，但他这几年在澳洲到底赚了多少钱危瞳并不清楚，一顿午饭已经花掉他近两千，她怎么舍得他再花这么多钱。

她拉住湑宸摇头，正要表示换地方，湑宸却揉揉她的头发，说就订这个。

　　看着湑宸走去柜台的背影，危瞳开始心疼了。他以前打工时有多节俭她都知道，可在她身上花钱却从来不省。思及此处，她不禁开始后悔今天的安排。

　　邢丰丰同事被危家几个师兄弟的目光刮来割去，下意识地往邢丰丰身后站了站。

　　危瞳的手机在这时响起，电话是凌泰打来的，他知道她今天生日。她简单说了说一日的安排，语调乖巧顺从，听得师兄弟们一阵恶寒。

　　"我还有两个多小时就去机场，不误点的话大约晚上会回去，到时候给你庆祝。"

　　"可我这里好多人……"

　　"没事，都一起。地点订好我会让陆路通知你。"凌泰正说着，危瞳却看见湑宸从柜台返回，原来这家KTV的超级包厢只招待VIP贵宾。电话那头的凌泰听见，便让危瞳等等。

　　五分钟后，他再度打来，报了个距离步行街很近的会所地址，让他们直接过去，说包厢已经订好了。

　　危瞳又高兴起来，挂上电话呼唤众人行动。

　　会所的侍应在危瞳报上姓名后非常恭敬地称呼她"凌太太"，这不常听见的名词让她一愣。以前就算跟凌泰去熟悉的店，服务生也从不如此称呼她，何况这家店她从没来过。

　　正诧异，湑宸已笑着朝那位侍应道："带路吧。"

　　凌泰准备的KTV包厢在会所顶层，装修豪华，面积超大，除了小酒吧和棋牌室，甚至连浴室都有，众人皆十分兴奋。尤其两个不知情的女同事，好奇羡慕地看着危瞳，唯独湑宸不置可否。

　　危瞳在各种麦霸歌后的鬼哭狼嚎中度过了一下午，大概是两死党提前跟她们的同事说过，加上湑宸本身条件就好，两人都非常主动地跟他攀谈，又极力邀请他唱歌。

渚宸并不扫兴，有问必答，在澳洲的三年令他见识大增，言谈间不时展露的明朗笑容更令两个女人倾心，连邢丰丰和苏憧都暗地里对他赞美有加。

气氛似乎正朝危瞳期待的方向发展，几个师兄弟不时朝她挤眉弄眼，大意是感谢她救他们"脱离苦海"。

晚餐之前，侍应再次恭敬地出现，说用餐包间已准备妥当，可以入席。见危瞳不解，对方解释："是陆先生安排的，他让我转告您说凌先生已在来的路上，让您先过去。"

众人进入包厢坐定，十分钟后，凌泰果然出现。

他推门而入时，渚宸正侧身帮危瞳铺餐巾，一不小心弄掉了她的叉子，旁边的侍应正巧没注意。渚宸帮她捡起，用餐巾擦了还给她，她像是不答应，于是取走他的叉子。他揉乱她的头发，她也不生气，侧脸朝他笑，神态分外娇媚。

凌泰眉心微蹙，伸手敲敲已打开的门。

他才从机场赶来，明明应该风尘仆仆，却半点不见疲态，衣着整洁，神态优雅，提唇朝包厢内愣愣看着他的众人微微一笑："抱歉，我迟到了。"

两个没见过他的女人怔了很久才想起发问："他是？"

"我是危瞳的先生。"他已走至危瞳身边，伸手拢住她的肩膀，俯身在她额角轻轻一吻，"生日快乐。"

坐在渚宸旁侧的师弟小宝感觉大师兄的脸色微妙地沉了几分。他没敢开口，默默低头假装不存在。

晚餐在一张超大的圆桌进行，侍应川流不息地分菜，菜式精致可口，别说危家那些师兄弟，就连总去饭局的邢丰丰都很少吃到这么昂贵的菜品。

这导致她席间几次勾着苏憧的脖子叹息穷人与富人的差别，说得多了，连凌泰也注意到了，笑问："是不是哪里不满意？"

"哪能啊！"邢丰丰媚眼生波，"要不是凌总，我们根本进不来这间会所！怎么可能在VIP包厢玩一下午？"

她这一说，其他人也附和起来，加上危瞳生日，便顺势说要敬他。

"不用客气，危瞳的朋友就是我的朋友，以后叫凌泰就行。"他淡淡一笑，轻轻将身旁的人搂在怀里。他伸手时，她正在听一旁的湑宸说话。对方不知道说了句什么，把她逗得眉眼弯弯。

他这一搂，看似无意地打断了他们的对话，危瞳转头："怎么了？"

"他们在敬酒，今天你生日，你也喝一点儿。"

"能喝？"她还记得他说过不许她胡乱喝酒。

男人的手指在她光滑的胳膊上细细摩挲，他的指腹有一点儿温凉，夏天的肌肤格外敏感。偏偏这时他还将嘴唇凑到她耳旁："今天你生日，就算喝多做坏事我也不会生气。"

男人的气息暧昧温热，带着低低的磁性，震动着她的鼓膜。刹那间仿佛有一道电流自她脊背划过，危瞳顿时热血沸腾，豪迈地夺过凌泰手里的酒杯，拍案而起："来吧！我们喝酒！"

危家师兄弟都知道危瞳喝大之后是个什么德行，自然不会真的和她喝，那些酒基本都敬了凌泰。一来二去，他们跟凌泰的关系拉近了不少，加上见他对危瞳很好，离婚一事显然子虚乌有，态度也变得亲近起来。

唯有湑宸，自始至终待凌泰都客气疏离，其间除了出于礼貌地敬杯酒，再没跟他说过一句话。倒是整晚都在与危瞳聊天，不时捏捏她的鼻子，揉乱她的头发，像是要充分行使大师兄这个身份的权利，偶尔抬头对上那男人犀利的眼眸，也只当没看见。

当事者或许没有觉察，总留心着湑宸的两个女人却看出了点儿什么来，这种情况下也不乐意凑上去说话。

这晚散伙之前，邢丰丰借口去洗手间，将危瞳单独拉了出来。

"听你家师弟说，前几天你和凌大老板闹离婚？"

危瞳简单把凌泰是基督徒的事说了说，邢丰丰诧异之余没多说什么，只告诉她以后不用再费心思给她大师兄介绍女朋友了。

"怎么了，她们不喜欢我师兄？"

邢丰丰没有十足的把握不想乱说，拍拍好友的肩膀就进了厕所隔间。

等危瞳出来时，众人基本都散了，会所门口只剩两个男人，各站一边，都没说话。

凌泰喝了酒不能开车，渃宸表示他没怎么喝，可以把他送回去，之后再带危瞳回家。

危瞳嫌太麻烦，想了想，还是让渃宸直接回去，她送凌泰。

"那你今晚回来住吗？"路灯下，轮廓深邃的明朗男子神色似乎有一些黯淡。

"不回来了，帮我跟老爹说一声，我今晚住家里。"身旁的男人低头看她，晕黄光线里她素净的脸孔越发柔和，那两个字说得非常自然，连她自己都没觉察到有任何不妥。他握住她的手，修长的五指牢牢包裹着她。

渃宸的目光从两人的手上移开，他上前一步，突然将她搂入怀里，结实有力的手臂紧了紧便松，快得她都没反应过来。之后如以往每一次那样亲昵地揉乱她的长发："那我先回去，你小心开车！"

"嗯。"危瞳目送他离开，抬头却发现凌泰正盯着自己看。那目光，有一点儿莫测和意味深长，似乎……还有一些不悦。

"怎么了？"

这个问句，他没回答，或者说不想回答。

先前只是猜测，但刚才在危瞳未出来前与渃宸的那一番对话却足够他明白了。

他自然看得出对方的刻意疏离与客气，却料不到他竟如此直接："我并不喜欢你。"他与他保持着一段距离，目光灼灼，没有笑容，"不，应该说我有些讨厌你。"

凌泰笑了笑，不语。

"瞳瞳很单纯，你不适合她。"

凌泰缓缓开口："过分保护是一种病态心理。"

"随你怎么说。说到底，你和她不过区区几个月，我却是从小就在她身边的人。男人可以再找，大师兄只有一个。"像是不屑，又像是笃定，他笑了笑，又很快收住，不再浪费表情。

渃宸如此肯定，临走之前那个拥抱更像是挑衅。

在他面前尚且如此，那在他看不见的时候呢？

凌泰的眉心不自觉地蹙起。

回程的路上凌泰一直没有说话，靠着椅背似在闭目养神。

危瞳估计他是累了，毕竟刚下飞机就赶来吃饭，又被一群人缠了一晚上，又是啤酒又是红酒。

她想她今晚得做个贤惠的妻子，回家给他取拖鞋，放洗澡水，最后再捏捏肩膀按摩什么的……这么一路盘算着回到家，开了大门，手还没摸到灯，人已被他拖了过去。

门关上，她被按在门板上，黑暗中，男人带着淡淡酒味的柔软嘴唇吻住了她。

力度有点儿失控，他的唇由轻至重，碾磨着她的嘴唇，带上一些吮咬。后颈被扶住，迫使她只能仰着头，身体与他的紧贴。

对方肌肤的热度很快透过夏日单薄的衣衫传递过来，她在双唇厮磨的空隙低低叫了他一声，他的舌尖顺势探入，卷住她的，深深缠绕……

等到嘴唇终于被放开，已是几分钟后的事，而她人已被压在沙发上。

借着落地窗外朦胧的月色，她终于看清了身体上方男人的脸。一如既往地优美漂亮，一如既往地干净清俊，却被浓重的情欲沾染。

这样的凌泰，有一些陌生。这么多日子，他似乎总能很好地控制他在某些方面的需求。虔诚的基督徒，过分冷静、过分内敛。

失控的场面并非没有，只是太少，尤其今晚这种模样她还是第一次见到……他甚至忘记了他们还没洗澡，身下也不是床。

她不太明白原因，也懒得去费神。

唇与手指无处不在，甚至有一些放肆。身体上方的人衣襟敞开，男人的肌肤在夜色里如玉般莹润，线条优雅而流畅，秀色可餐。

"有没有想我？"他沙哑低沉的嗓音，在寂静的空间里格外惹耳。

"嗯……"她咬住嘴唇，却又在他手指的动作下发出不由自主的低吟。

"真乖……"男人的前戏总是很细致，探索着她的身体，并不着急，细细碎碎，在敏感处流连。明明对双方都是折磨，却忍耐着要她先投降。

当手指在中心点开始撩拨，她终于忍不住主动缠上他的身体，低低叫他："凌泰……"

"嗯？"

"老公……"她忙改口，抱着他努力地蹭啊蹭，以此暗示她难得主动的老公应该主动得更彻底一些。

上方的人沉声低笑："每次都这样，你是猫么……"

"我才不是……"话语被推入身体的热度打断，男人低低地喘息着，蹙紧长眉控制着分寸。这种时刻，对任何一个男人来说，忍耐都是件非常痛苦的事。可即便如此，他仍不想弄痛她……

感觉她终于放松了紧绷的身体，他这才开始用力，慢慢动作起来。

危瞳晚上只喝了半杯酒，脑袋非常清醒，这种清醒足够让她身体的每个细胞清楚地感觉到他在自己身体里的动作……

慢慢地开始加快，他的喘息渐重，额前滴下汗水。嘴唇将她深深吻住，随后落在她的脖颈，连吻带咬，似乎开始有些失控了……

她的低吟逐渐扩展，夹杂着零碎的低语，像是在抗议他的粗鲁。

"乖，听话……"带着喘息的语调轻柔，动作却分秒未停，扣着她的手腕举高压在沙发上，继续变本加厉。

这种强势冲击让她头脑发晕，身体脸颊烫得惊人，仿佛正被火焰燃烧着。

她抬头，寻找着他的唇，很快与他吻在一处……

第二次的时候，她攀着他的肩膀，硬推着他换了个动作，变成她在上，他在下。那些曾经的记忆一拥而上，她眯起眼笑，搂着他的脖子，一鼓作气吻了下去。

身下的男人乱了呼吸，她吻完，故意一动不动地在黑暗里看着他的眼眸，问他喜不喜欢？

他没有出声，按着她的腰身，以实际行动作为答案……

夜深了。

Chapter. 13
风波渐起

▼

人们总说，小别胜新婚。

现在，危瞳终于完全明白了这句话。

第二天早上她赖到很晚才爬起来，之后自然也没回危家，老爹打来电话时她还在床上，有些不好意思地说自己暂时不回去住了。

危老爹虽感觉有些寂寞，但女儿和女婿感情好到底是好事，而且外孙之类的，老人家其实也挺期待的。于是嘱咐她有空多回家吃饭。

凌泰第二日没去公司，见她在床上躺了大半天，以为自己酒后力度没控制好，弄伤了她，晚上特意熬了一锅鸡汤给她补气，之后还补送了她生日礼物。

礼物是由陆路领着两个男人抬进门的，是一架跑步机。老婆生日送跑步机？对于这么个有创意的礼物，陆路同志也只敢默默腹诽。

危瞳对这礼物倒很喜欢，起码在家无聊时还能消耗一下体力。

然而之后一阵，跑步机始终没机会发挥它的功用。渃宸在第二天来了电话："我才回来，你就真不想回来多住一阵？改天我又走了，可就见不到了！"

"走？你怎么又要走？不是不回澳洲了吗！"危瞳有点儿急了，结果听到他在电话那头笑，才知道被耍了，"大师兄，你真无聊。"

"你说对了，我倒是真无聊。才回来，也没这么快找工作，原本想陪你多玩几天。"

"我没说不陪你玩啊。"她现在是长假中的家庭妇女，白天时间大把，没聊几句，就敲定了次日的午饭和游泳的活动。

后面几天两人经常换地方吃饭运动，闲时还会看场电影。

在她第一次跟湝宸出去后的傍晚，凌泰很随意地朝她丢了个问题："你和你大师兄关系很好？"

"是啊。"危瞳想了想，又道，"大师兄很疼我，对我超好。"

凌泰搁下笔记本电脑，抬眸看了她一眼："你不觉得，好得有些过分？"

"对我好不是很好么？"危瞳看着他，"难道要对我不好才对？"护短心态发作，她有点儿不高兴，转身准备进房。凌泰的声音却再度从客厅传来，一句她不怎么明白的话："他是一个男人。"

当然是男人，难道还会是女人？

她不理她，洗完澡爬上床玩游戏。

之后她照旧和湝宸出去。凌泰虽忙，但她的去向大概都知道，也从没多说什么。

她以为先前他们关于湝宸的那番对话所引起的不快只是她自己的错觉，直到这天晚上，当她挂上电话准备去酒吧与湝宸碰头时，在客厅沙发上看文件的男人却淡淡开口："不许去。"

"你在跟我说？"

"这里还有第三个人？"他搁下原本就没在看的文件，神态平和。

"为什么？"她诧异。

他靠坐在沙发一侧，叠起长腿，凝视着她慢慢压低了眉："你问我为什么？"

她明白过来，有些窘："你想哪里去了！湝宸才不是这种人！"

男人微微眯眼，似有不悦："那你的意思是，我是那种人？"

"我不是这个意思。"

"总之，不许去。"

"我不喝酒还不行！"她有点儿恼了。

凌泰扬眉，仍是那样清清淡淡的模样，瞳底却渐渐起了变化。

"真想去，下次我陪你。"他稍作妥协，"但今天你不许去。"

危瞳当然听得懂弦外之音："这么说，你是在针对淖宸？"

他蹙了蹙眉，再度不悦："如果是针对他，就不会到今天才开口。你自己想想，这段时间你们进进出出，我有反对过一句吗？"

"我们又没干吗，你也没什么可反对的！"

他不出声，低头喝了口咖啡，再度拿起文件翻看。

"凌泰！"

她喊了几声，他都没理会。感觉像是已把该说的话说完了，不打算再开口。危瞳心里很毛躁，不知是因为他第一次不讲道理地干涉她，还是因为他对淖宸的那些想法。

淖宸是她的家人，是她的兄长，这种念头就算只是想想都很难堪！她从来不会也不可能防备他，这种怀疑对淖宸简直就是种侮辱！

几次开口都不见他有反应，危瞳性急，直接走到他面前说："你根本不了解淖宸，不能这样不负责任地凭自己的想法去断定！"她现在真的很喜欢他，如果他换个理由，或者干脆不提淖宸，她今天就算不出门也无所谓。但现在她却不想妥协，因为妥协就等于认同他的想法！

握着文件的白皙手指渐渐收紧，清淡的视线自修长浓密的睫毛下慢慢探来，有一丝微凉的深沉，唇角却又偏偏带着莫测的笑意："不负责任？"

男人的神情变得有些难以捉摸，令危瞳再次想起喜怒不定这个词。

"你对你不了解的人轻易下判断，不是不负责任是什么！你用猜测来限制我的自由，是不讲道理！"她决定举例说明，"而且以前我跟大师兄喝酒的次数也不算少，要有什么早就有了！"

他的脸色有些难看，盯着她看了片刻之后再度平缓，似笑非笑地丢出两个字："很好。"

很好？

危瞳莫名其妙。

他就非要说得这么深奥吗！每次都这样，高高在上地端着，说些她听不懂的话！果然，七年的代沟难以逾越。

"你想说什么就直接说，我从来不是不讲理的人！"

"该说的我都已经说了。"

"那是你的感觉。在我看来，背后还有其他内容！"

"那你认为，背后的内容是什么？"他的语调依旧淡淡凉凉，凝视她的目光静默如潭。太深了，即便她费力去猜，也不可能猜到全部。而且，这也不是应该由她来回答的！

"我不想猜，也猜不到！凌泰，也许你很聪明，你见过那么多不同的人，即便对方不说话，你也能知道那人的想法。可我不一样！还有，今天就算我能猜到你全部的想法，那也不代表你就是对的！我说过了，诺宸不是那种人。还有，他对我很重要，所以别用你那些框架去评判他！"她的语速有些快，边说边换好了鞋，将屋门打开，扶着门框回头朝他道，"最后，你的沟通方式真是烂透了！"

她匆匆离开，门被用力甩上。

那声响泄露了她心底的怒意。

自结婚后，她是第一次这样生气，完全抑制不住内心的愤怒。但其实，连她自己都不清楚，这些怒意究竟是因为他对他们不负责任的误解，还是比误解更深层次的理由——他不信任她。

出门半小时后，危瞳恼怒冲动的心情稍稍平静下来。

想想，这应该是她婚后第一次与他当面冲突。不久前，她还以为不得不跟他分开，情绪低落心情郁闷，想着如果能和好，她什么事都愿意退让。

结果和好没多久，又生变故。

只是左思右想，无论她多喜欢凌泰，这件事她真的不能也不该退让。

如果单单只是自己的事，以她的性子横竖都无所谓。可这事关系到湉宸，他根本就不了解湉宸对她有多好。即便是亲哥哥，也不见得能像他这样。

湉宸是危家收养的第一个孩子，也是在孤儿院待得最久的孤儿。他被收养时已经十一岁。他整个童年，几乎都是在孤儿院度过的。

院里的人都对他不错，但毕竟人多，加上条件有限，很多时候难免被疏忽。这样的环境里成长起来的湉宸，比同龄人更加早熟懂事，也更懂得感恩。

那年她才八岁，家里条件虽然一般，但有父母宠着，自然无忧无虑。湉宸待她好，很长一段时间她都认为是理所当然的。

但凡爸妈不应允的东西，只要朝湉宸开口，少则半天，多则几天，他一定想办法给她弄来。

十岁那年，她看中学校对面体育用品店里的一副羽毛球拍，爸妈不给买她自然而然找上湉宸。那时只想着拥有，从没想过自己想要的东西，是湉宸用两个星期的午饭钱换来的。

也不过十三岁的孩子，却硬生生挨了那么多天饿，第一时间买到了羽毛球拍，送到她手里。看着她满心欢喜地接过，后来自己却在校内的篮球比赛上晕倒。

那天她被吓呆了，知道整件事后哭得稀里哗啦，直说自己再也不要球拍了。

他却只是揉乱她的长发，朝她笑。明朗若晴空的灿烂笑容，注定只属于这个少年。

所以，无论她有多喜欢凌泰，这件事她都不会退让！

教堂那次后，这是凌洛安再度见到那张熟悉的脸。

这是一家爵士酒吧，音乐低缓，没有嘈杂的猎艳男女，客人三三两两地散坐着，人不多，环境舒适，很适合聊天。

他在酒吧一隅的水晶隔帘之后，身边的于家小姐于丝嫄正和旁侧几个年轻的富二代聊天。冲突是怎么起头的，他有些记不清了，只知道于丝嫄凑过来跟他说了几句话，而他没有理会。她伸手在他眼前晃了几下，就这么一个动作，挡住了水晶隔帘外面那两道几乎靠在一起的身影。

心里原本就装着怒意，这下仿佛得到了一个契机，他不耐烦地打掉那只白白嫩嫩的手，皱眉开口时大约语气不太好。

于是，冲突就这么产生了。

那两个富二代也是冲着于家这位身家殷实的小姐而来，他独占鳌头原本就令他们十分不爽。英雄为美人打抱不平谁都会演，若是平时或许他眉眼生风地笑几声，搂着于丝媛说几句无伤大雅的软话，美人若是一笑，事情或许就这么过去了。

可这一刻，他却连敷衍的兴致都没有了，只是觉得烦躁以及愤怒。

母亲设计让静优去向危瞳揭露那人结婚的真相时，他的确是抱着看好戏的心态。在局外静坐微笑，不动声色，像在等待一场期盼许久的闹剧上演。

果然，暗中监视那人的人传来两人分开居住的消息。他默不作声，却无端开始想象下一次见到她时她的模样。

大约是带着恼意的，用那双明亮的瞳盯着他，责骂或是直接动手，在他面前愤怒失态，而他却可以云淡风轻地嘲笑他们那如同儿戏的婚姻。

而不是像现在这样，在夜晚的酒吧，看见她跟一个陌生男人微笑着聊天、喝酒。

冲突最终演变得不可收拾，怒气收不住，仿佛在寻找一个发泄的口子。

终于，连吧台旁的那两人也注意到了这边的动静。

他知道她看见他了，灯光昏暗的酒吧，他甚至可以看见她脸上幸灾乐祸的笑意，依旧可爱而性感。身旁那男人不知跟她说了什么，她一下子皱起眉，但最后仍然妥协了。

然后，那两人一起朝这边走来。

就在他走神的这个片刻，手臂上一阵湿漉，待他回头，只看到对方目瞪口呆的脸，还有于丝媛惊愕的苍白脸孔。在场的几个人，大约谁都没料到，他竟然没有躲。

受伤了么？他有些木然地抬起手，一片模糊的鲜红。

这一刻，不知怎么，突然想起去年初秋她在乔安会所包厢替他挡下的那瓶红酒。

一阵锥心的痛，铺天盖地而来。

午夜十二点，危瞳在医院急症室外的走廊看见匆匆赶来的凌静优。凌家公子的老妈没出现，童养媳倒是来得很快。

对方见到她，脸色变得不太好，一副兴师问罪的模样。

危瞳立刻闪到渃宸背后，把烂摊子交给他。反正是他要多管闲事，她才不想搭理凌静优。想到今天的意外，危瞳觉得回去后有必要把凌洛安如何骗心又企图骗身以及劈腿的事跟渃宸说说清楚，让他把这两人的模样记一下，省得下回再蹚浑水。

凌静优大约着急凌洛安的伤势，冷冷瞪了她一眼就走进急症室。

原本是出来玩的，谁知一折腾又折腾来了医院。危瞳本来就觉得有些饿，听到渃宸说去吃消夜，忙不迭地说好。没走几步，手机在口袋里响了起来。

"还不回来？"男人的声音略低。

"吃了消夜就回。"她懒得说凌洛安的事，不过她也没想到他会主动打电话。她以为之前那样不管不顾地出门，他铁定会生气，然后冷战什么的。现在接到电话，心里像是放下了一块大石头，整个人都轻松起来。

他在电话那头顿了顿，又问："喝酒了？"

"没，喝的饮料。"

"去哪里吃消夜？"

"还不知道呢！"

"就你们两个？"

"是啊！"总觉得今天的凌泰特别啰唆，都告诉他没喝酒了，还想怎样！

"太晚了，说一下你们的大概位置，我开车过去接你。"

"……"

诺宸见她还不挂断，笑了起来："怎么，他不放心？要不要我来跟他说？"

他这一说，危瞳心里又毛躁起来。她根本没干什么，只是和大师兄出来聊天喝东西，以前这频繁得几近家常便饭。那时他俩练武之后觉得肚子饿，常常两个人溜出去吃消夜，次次都过了十二点才回家，老爹也从来不说一句。

现在倒好，和自家师兄出来倒像是在做什么见不得人的坏事一样！

她非常不喜欢这种感觉，在她心里，不想诺宸受一点儿委屈。

"不用了，吃完大师兄会送我到楼下。就算不送，我也可以跟他一起回家睡。"她想了想，继续道，"你最近公司很多事忙，还是早点儿休息吧，不用等我。"

电话那头很长一段时间没人说话。

过了片刻，她忍不住"喂"了一声，凌泰才缓缓在那头说道："随你。"

淡漠平和的两个字，听不出什么情绪，却也没有一点儿温度。说完电话就被挂上了。

见危瞳神色飘忽地放下手机，诺宸伸手揉揉她的发："怎么，他真生气了？那不如现在就送你回去？"

"不要，我饿了，去吃东西。"

"真的没关系？"他看着她笑。

"没事。"她长长出了口气，"他就这样，一天到晚那模样，也不知道心里到底在想什么！"

"他年龄比你大一些，又是生意人，你们的见识阅历心智都不在同一个水平，有摩擦是正常的。"诺宸却只是摇头笑，大手在她的头发上揉啊揉，"你啊，不声不响就结这个婚，难道这些问题事先都没想过？"

被诺宸一语中的，可危瞳也实在不好意思跟他说因为凌泰是基督教徒，被她压了之后只能结婚之类的狗血理由。

他说的这些话的确有道理，凌泰跟她，真不是同一个世界的人。

除了年龄的差距，其他方面也都相去甚远。个性、爱好、脾气，她是跟一群男孩子混大的，粗鲁洒脱，直来直去大大咧咧。而他，却太过内敛深沉。

烦恼的事她不愿多想，于是勾住诺宸的手臂，表示自己饿了，催促他快点儿离开医院找地方吃消夜。

这晚危瞳还是回了公寓，诺宸坚持要送她，到达清风望山已是凌晨两点。

"几楼？"

"最高那层。"

凌晨的夜空下，他抬头望向大楼顶端，四十五层的高度，如此近距离看去，几乎已触及天空。

"真高。"他淡淡低语。

"是啊，客厅有个全玻璃做的阳台，站在上面像悬空一样。凌泰的助手陆路说，之所以设计这楼房时会弄这样一个地方，全因他有畏高症。越是怕的东西，他越是要自己面对。典型的自虐狂心理是不是？"危瞳笑起来，眉眼弯弯，瞳底似有明光流转。

他看着她提及凌泰时的明媚，什么话都没说。

回到公寓，凌泰果然睡了，她洗浴完毕爬上床的另一侧，听见他在黑暗里翻了个身。她回头，隐约对上他墨黑的瞳。短短几秒的对视，她没出声，过了会儿，他重新闭上眼。

见他没动静，她这才躺下睡觉。

半梦半醒间，似乎被一双手从床沿安置到了柔软处。她实在太累，迷迷糊糊地朝那处柔软蹭了蹭，再度熟睡。

次日，凌泰走时她还没醒。这几天他都这样，似乎有很多事要忙。敞开式厨房的吧台桌上，搁着已做好的早餐，是留给她的。

危瞳梳洗完毕，托着下巴对着早餐发呆。八月的阳光透过玻璃落在盘子上，盘中煎得金黄的鸡蛋仿佛是一件艺术品。她有点儿小疑惑，依他的脾气，事情没解决前不可能像没事一样给她做早餐。

她眯起眼，平静的背后往往酝酿着一场新的风浪。

危瞳这回猜对了，在她吃完早餐做了些零星家务，在跑步机上开始锻炼时，凌氏保安组大叔给她来了电话。

电话内容为：复职。

危瞳的工作真可谓一波三折，从普通保安到凌少保镖再到凌大老板保镖，最后回归到了保安部，当一名走班制的小小保安。

今时不同往日，凌氏上下没有员工不知道她已是凌小夫人，套近乎拍马屁之类的自然多不胜数，而最让她受不了的还是那不知道怎么打发的上班时间。

比起从前，她如今更是清闲百倍。只要她愿意，可以从上班一直发呆到下班，完全不会有人来打扰她。

邢丰丰和苏憧成为她新工作首当其冲的受害者——因为太无聊而频繁打电话，完全不顾两人受得了受不了。

"你家凌老板真是的，既然不满意你总跟别的男人出去，就该给你份有意义的工作！要不像以前那样带在身边也行啊！"

"诺宸不是别的男人。"

听出好友不高兴了，邢丰丰识相住嘴，经过之前种种，她如今已对教导危瞳成为情场高手一事完全失了兴趣。就像这事，摆明大老板吃醋不爽又不想主动挑明，她却偏偏理解不到。不过如今不爽的又不是危瞳，凌老板如此深沉，她就偏偏不跟危瞳明说，多折磨他一阵子估计会有意料不到的收获。

为此，邢丰丰特意给苏憧去了电话，如此这般说完，对方笑着直说她狡猾，表示自己也不会点明，同她一样看凌大老板究竟能熬到几时。

危瞳复职将近一周，对无聊的忍受度也已到达极限。

凌泰和陆路最近经常进进出出，每天都像有处理不完的事。而凌洛安自那天受伤后就一直没来过公司，听人说似乎借着受伤休假去了。

越是靠近九月，公司的气氛也越发紧张。危瞳各处打听下来，才了解到了原因。原来公司高层间暗地流传，九月底，是当初凌泰与凌洛安父亲约定的交接日。

凌泰对凌氏的绝对管理权，并非没有期限。

就像危瞳第一次知道凌泰身份时听到的那样，这家公司这份权力，迟早都要归还给凌洛安。

这个日子即将到来，可照目前的形势，凌泰似乎不会这么容易放手。毕竟金字塔顶端的位置，坐得时间久了，谁会愿意主动下来？

所以，最近两派的幕后争斗也空前激烈起来。

凌洛安虽不成器，但关慧心却不是省油的灯，这几日一直在二十八楼处理自己儿子的工作，日日在会议上跟凌泰斗得波涛暗涌。

九月之后，凌氏究竟谁当家做主，还是未知数。

危瞳七拼八凑地打听到这些消息，只觉得复杂万分，生意这事她实在半点儿不懂，其间几次在家问及凌泰，忙碌于文件的他也只是淡淡地告诉她不必担心这些。也是，她什么都不懂，他自然不愿跟她多说。

可喜欢一个人，总会忍不住关心他的一举一动。

这天午餐后，她在保安部的监控屏幕上见到凌泰和陆路带着几个保安行色匆匆地自电梯出来，直奔大门。

凌泰的神情是少有地凛冽，她飞快跑出保安部，推开公司大门，正巧赶在他上车之前："是不是有事？"

见凌小夫人出现，除了陆路，其他几个保安都很知趣地退开了。

他收起凛色，微微点头，说自己要出差几天。

"去哪儿？"

"S城。"他语气平淡，一旁的陆路却忍不住看看手表，并低低提醒了一声。凌泰微抬手指，制止他说话。危瞳感觉出什么，忙表示自己也要一起去。

"不用，我现在就出发。"他似乎想上车，末了还是回头朝她道，"这几天你可以回家住，自己一个人小心点儿。"

说完，手指轻轻在她发上顺了两下，弯腰坐进车内。

危瞳看着一前一后启动离去的汽车，缓缓眯起了眼。

看情况，S城那里麻烦不小。将她这么一个能力超强的保镖搁置不用，也太暴殄天物了吧！

这天下午，她回公寓简单收拾了几件衣物，背上背包直奔火车站。

凌泰不会想到，在他抵达S城时，危瞳也已身在S城的火车站。

陆路刚下车没多久就接到一个电话，听到电话那头那个熟悉的声音用轻快的语调说出她目前所在地时，他顿时有种心惊肉跳的感觉。

走在前面的老板回头瞥了他一眼，陆路立刻寻了另外一个理由，之后走去一旁嘱咐对方最好在老板知道前回去。

"如果我被你一说就回去，之前就不会来了。"危瞳笑了两声，"你老板每回来S城都没好事，我当然不可能待在家里等。"

"老板不想你操心。"

"他总有他的理由，可我也有自己的理由！"危瞳打定主意要挖出消息，"你应该清楚，以我的身手就算帮不上忙也能在旁照看他，你也希望你老板多个照应吧！现在，我想知道到底出了什么事？"

危瞳说的的确没错，在陆路的心里，老板的安危才是最重要的。九月逼近，虽然凌洛安松散，关慧心却咄咄逼人。这次S城工地连续突发两起事故，是否与那对母子无关还很难说。

这种关键时刻，多个人自然也多份保障。

他最终还是把此次工地发生的意外大致说了一遍，并告诉她老板等下会先去医院看受伤的工人，确定对死者家属的赔偿金，之后可能还会亲自去趟工地。

听陆路说完，危瞳有点儿疑惑。就这几天打听来的八卦，她也并不是完全没想过一些意外的源头，但为什么现在出事的地点不是南苑，而是另一块完全无关的地？难道这次的事跟凌洛安无关？

而此时的陆路也完全没有料到，他无意间透露的消息，竟导致了另一个严重意外。

危瞳在工地发生意外的消息传来时，渃宸正在指导几个师弟的拳脚。

打电话来的是个年轻女子，声音很好听，但说话几乎没什么温度。只告诉他，危瞳在S城的工地出了意外，现在正在那里的医院。

她是为了保护她的雇主兼老公凌泰才会受伤的，伤势并不轻。而这件事凌泰并没有让危家任何一个人知道的打算，她是谁不要紧，她只是想告诉他，他如此宠爱着的人，在那个人身边也不过是个随时拉来垫背的工具而已。

对方报出了医院地址和病房号就挂断了电话，渃宸看着手机上那个陌生的号码，皱紧了眉头。

消息不假，危瞳的确在医院。

伤势不算轻，但也不是很严重，左手臂、大腿各有两处口子，伤口有些深，缝了几针。此刻她正靠在单人病房的床上，看可怜的陆路在凌大老板冷冽的目光下战战兢兢地道歉。

"真的不关他的事。"危瞳看不过去，"是我自己跑去工地的，而且也不算什么大伤，骨头没断啊！"

她这一说，陆路同志立刻感觉到病房的温度再次降低，他抬头看见老板眯起眼似笑非笑的神情，心里大叹不妙。

好在，此刻被他这种眼神盯着的人并非是他。

沙发上的男人缓缓起身，朝陆路做了个手势，对方立刻松了口气，转身离开病房。

陆路一走，这空间里所有的压力顿时朝着床上的她而去。

男人缓步走至床边，视线落下，修长的睫毛在鼻翼处映出漂亮的倒影，那双黑瞳却深得探不到底。危瞳下意识地朝床的另一侧缩了缩，受伤那一刻，最令她心惊的不是手臂大腿上被划开的血淋淋的口子，而是这男人当时的眼神。

简直像要把她生吞活剥了一样。

"你该不会想骂我吧？我可是伤员！"她举起受伤的手，哪知伤口被牵动，痛得她皱了下眉。

床边的男人赫然倾身过来，当她反应过来时，人已被他抱住。手臂避开了她的伤口，用一种紧致到令她惶恐的力度将她扣在怀里。

他的鼻息就在她的发顶，她能够感觉到他微乱的呼吸，还有他似乎带了丝颤抖的声音："以后，绝对不许再做这种事。"

斩钉截铁，俨然是命令，却有暖意在她心底泛滥。

她靠在他怀里，笑了："今天真的是我倒霉，又不是为了保护你才受伤。无缘无故站在那里楼梯居然塌了，好在我眼明手快……只是小伤，真的不碍事。"

她听见他重重地叹了口气，搂着她的手臂缠得更紧了些："记住，别总当自己是保镖。你首先是我老婆，这种事，以后由别人来做，你不用担心。"

听到这里，她推开他一点儿，抬头看他："我不是因为是你保镖才走今天这一趟的。正因为你是我老公，我才非得跟着来。"

他眼底掠过笑意："担心我？"

"那当然。"她说得理所当然，但对上他深邃的目光，脸颊还是泛了抹红。

他抚了抚她的脸颊，在她额头吻了吻，这亲昵的举动令危曈心情大好，转念却又想到了另一件事："你觉得，这次的事跟他有关么？"她问的人，自然是凌洛安。

然而关于他和凌洛安之间的那些事，凌泰似乎不愿意多提，只问她饿不饿。随后嘱咐她先在这里休息等他，便出了病房。

病房外的走廊上，陆路挂断电话，朝凌泰走去。

"老板，查过了，今天的事不是单纯的意外，的确有人动了手脚。"陆路一脸愤然，"是我疏忽，以为再一再二不会再三！但现在来看，前两次意外大约都是为了这第三次！"

凌泰微微蹙了蹙眉，片刻又缓缓展开："不是他做的。"

"老板？"

"如果是他，今天受伤的人应该是我。"

"可这事太明显了！他知道连出两起意外，加上有工人伤亡，你一定会亲自过来。"陆路想到他这回的手段，忍不住打了个寒战。这可是人命

Accident
for one Night

啊，却被当作工具来利用。

凌泰沉默着踱了两步，摇头："没有证据，前两次就只是意外。"这是人命，凌洛安就算再急功近利也断不会离谱成这样。

他再度蹙眉，眸底掠过一抹冷厉："今天这事，可能与她有关。"

陆路怔了怔，明白过来："凌夫人？老板，我明白了，我会把这件事彻底查清楚！"说罢便要离开，却被凌泰叫住。

"这附近有卖鸭血粉丝汤么？"突然之间冒出一个很不符合之前气氛的提问。

"……"陆路嘴角抽搐，"老板你饿了？我帮你叫外卖比萨。"

"不是我吃。"他淡淡地笑了笑，原本清冷的脸部线条完全柔和下来，"问问哪里有，叫人送一碗过来，鸭肝少点儿鸭肠多点儿，多放香菜。"

"……是。"真是难为老板记得这么牢，陆路再度抽了抽嘴角。

渃宸的来电着实令危瞳意外，她才刚刚入院，他怎么会知道？

听到他在电话那头的担心，她忙表示自己只是小伤，明天就回去，让他不用赶来。

渃宸问清她回Z城的大概时间后才挂上电话，她一抬头，发现凌泰正站在病房门口看着自己，神情有些淡，似乎并不怎么愉悦。

她突然想起，自己和他之间还有一件未解决的事。

危瞳烦恼地低吟一声，凌泰立刻走到床边，俯身看她："怎么了，伤口痛？"

她想了想，点头道："痛死了……"

"你等等，我找医生给你拿些止痛药。"

他刚要走，却被她伸手拉住。半靠在床上的女人朝他眨眨眼："我不爱吃药。"

他看出了些什么，眼底的紧张淡去几分，看着她似笑非笑地扬眉问道："那你想怎么办？"

"我想吃苹果，你给我削。"

"好。"他语气温柔，让危瞳的心甜蜜地跳了一会儿。只是她不知道他这种关心，到底是出于喜欢，还只是一个丈夫的责任。

看着坐在窗边沙发上的削苹果的男人，她突然出声："凌泰，渃宸是我非常重要的家人和哥哥，之前的事，我希望你理解。"

削苹果的手停住，片刻安静后，他缓缓投来视线，那目光温和，语气波澜不惊："对你而言，他是家人和哥哥。但对我而言，他只是一个男人。"见她还欲开口，他淡淡道，"好了，你现在有伤，这个话题我们下次再谈。"

他走到床边，将削好的苹果递到她手里，弯腰顺顺她的长发："你喜欢的外卖一会儿就到，我就在这儿，有什么事叫我。"

男人的神态是温软的，清俊眉宇间漾着淡淡的宠溺，这么静好的时光，她突然不想去破坏。

危瞳点头，把心里的疑惑压了下去。

次日他们返回Z城时，渃宸竟已等在了公寓楼下。

见到她下车，他一副不出所料的表情："这就是你说的小伤？"他摇摇头，从凌泰手里扶过她，礼貌而疏离地朝他开口，"她的伤不算小，我已经在医院开了病房，现在就送她过去。你有事先忙，我叫了出租，就这样。"

"大师兄……"危瞳知道他生气了，不过这态度也实在……

"你就老实点儿吧，老爹正在医院等你，自己看着办！"渃宸速战速决，丢了句让她收声的话，直接领她离开。

看到那人旁若无人地带走危瞳，陆路不满起来，他最疑惑的还是凌泰的态度，明明并不愿意却没有开口阻止。

"事情没查清楚之前，她待在家人身边比较安全。"凌泰淡淡地收回目光。

陆路赫然明白："老板你是怕……这次的事原本就是冲着她去的？"

凌泰没有接口，只吩咐道："另找四个人，每天跟着。婚礼之前，我不希望她再有意外。"九月之后，这一切即将结束。

即将到来的九月，在一切结束之后，是即将来临的婚礼。

夏日黄昏，薄暮红光，男人缓缓抬起视线，目光远眺，不知落在了哪一处。

住院两天，回家六天，危瞳被勒令养伤，差不多连门都没出过，就这么从八月底养到了九月。

其间，凌泰一次都没来过，加上她的手机在回Z城后不知所终，所以连电话都没接到。

众师兄弟整日听她骂人，时间一长耳朵也开始起茧。

终于，师弟小宝悄悄跑来告诉她，其实凌泰有来过，而且不止一次，但都被大师兄拦在外面。

"师姐，你别怪大师兄，其实他也是心疼你……你这次为了保护你老公受伤，非常英勇！但毕竟受伤的是你，老爹听说姐夫明知有危险还带你去工地心里也不怎么高兴。不过我觉得姐夫不是那样的人，这当中肯定有什么误会，师姐你如果想见姐夫，就得先把这个误会解开……"

可惜小宝并不知道，该解释的误会她都跟诺宸解释过了。由此可见这次的事并非误会，而是刻意为难。

对她此次受伤，诺宸始终耿耿于怀。

危老爹其实心里明白，女婿并非那种人。

但见自家女儿受伤心里总是不高兴的，所以在诺宸将凌泰拒之门外时，他并没出声。甚至发现诺宸暗地里取走女儿的手机丢在抽屉角落时，也睁一只眼闭一只眼只当没看见。

这天，凌泰第三次敲开了危家大门。

应门的仍是诺宸，危老爹端着茶杯踱出来，边喝茶边考虑对女婿的刁难是不是该到此为止？如果真搅和得这对小夫妻闹矛盾，他这个当爹的就不应该了。

结果，凌泰这次找的却不是危瞳。

两次被拒之门外加上电话不通，他自然知道这是诺宸的手段。其实早在先前对方带她离开时，他就大抵料到了这个局面。

说实话，若他非要强行进门，湉宸是不可能拦住的。但这样对双方都不好，出现问题得从根本解决。

半小时后，凌泰与湉宸已身在乔安会所的包厢内。

与湉宸的这场谈话他早有打算，只是这几天公司太多事需要处理，他没有时间。

服务员送完咖啡就匆匆退了出去。虽然包厢里的两个男人谁都没说话，脸上也都带着笑容，但气氛却非常诡异。空气里，仿佛有一些看不见的火花，这种微妙的错觉令她半秒都不敢久留。

沉默的时间里，两人都似乎想从对方的眼里看出一些东西。

凌泰搁在桌面的修长手指轻轻扣了扣，缓缓道："今天，我只是想解决一些问题。"

"原来你也知道有问题！"湉宸笑了两声。

凌泰的眉宇压低了几分，唇角却仍保持着礼貌的弧度："你是单纯针对我，还是针对任何一个人在危瞳身边的男人？如果是前者，尚属于能够解决的范畴。如果是后者……"他顿了顿，目光淡了几分，"我想我帮不了你。"

"是不是你们这些做生意的人说话都喜欢绕圈子？"湉宸摸了摸鼻尖，摇头笑道，"看来不管是前者还是后者，我的影响力都不容小觑。你想知道我对她是什么样的感情是吗？"他问完，笑容又慢慢收了回去，浅棕色的眼瞳慢慢透出认真，"在那之前，我觉得你应该先说说你自己到底对她抱着什么样的心态！"

一来一去的谈话，两人似乎都在探究着对方。

凌泰知道，危瞳受伤的事不是她自己说的，也就是说，在意外发生后，另有人在第一时间把这个消息告诉了湉宸。

无论这个人是谁，目的是什么，他都不希望危瞳因此成为被利用的对象。

"我跟她结婚，就已非常清楚地表明了我的态度。你也不是蠢人，与其在这里因为意外而迁怒，怎么不仔细想想那个通知你的人到底抱着什么目的。"凌泰缓缓蹙起眉头，"工地意外是人为的，在你打电话来之前，我们没有向任何人透露过此次意外。你懂我在说什么吧？"

"这件事我会去查，不过就算这样，也不代表你能完全撇清关系。商场上那些黑白是非，不应该把她牵扯进去。我不喜欢听理由，牵扯了就是牵扯了。如果你真有本事，就应当好好地保护她，风雨再大也不让她淋湿分毫！"

诺宸说着，神态逐渐严肃："从小到大，她虽然一直好动，喜欢找人打架，可我告诉你，有我们十二个人看着，她从来没吃过一次亏！你以为她不喊疼，就真的不痛？手臂五针，腿上七针，一共十二针！二十五年来，她大小擦伤扭伤的确多得数不清，可从来没有哪次严重成这样！"

他的怒意渐起："你不用再问我对她是什么样的感情，无论是怎样的都没必要也不会让你知道！你也别再做出一副能够给她幸福的模样来，婚姻只是形式，什么都说明不了。你说想解决问题，那我就直接点儿告诉你，不用解决。关于危瞳，无解。"

Chapter. 14
未完成的婚礼
▼

　　这夜的一场谈话，让两个男人维持在场面上的最后一点儿客套也彻底消失。淏宸说完该说的，率先离开。

　　走出乔安会所后，他眼底的怒意很快消散，他的目光掠过停在路旁的车子，短暂的一瞥并未久视。随后拦了辆车，返回老街。

　　此刻已接近午夜，老街上的住客们早已睡下，昏黄路灯下，狭窄的老街静谧而深幽，似乎有一道视线在暗中注视着他。

　　淏宸何等耳力，他朝阴影处看了眼，笑着摇头："还不出来？"

　　纤长的窈窕身影闪了出来，年轻女子浅麦色的脸孔带着讨好的笑："大师兄……"

　　看着她一身热裤T恤外加贝雷帽的利落打扮，他好气又好笑："翻墙出来的？"

　　"没有。老爹坐在墙边上捧着茶杯看月亮呢，我是走大门出来的！"她老爹天天糊涂，难得精明，知道小宝告密后就明白她不可能待得住，特地在墙边等她就是为了不让她带伤翻墙。

　　她上前勾住淏宸的手臂："凌泰找你都谈了些什么？"

　　他避而不答，只盯着她问："这么晚还回去找他？"

"明知故问。"她有些不好意思。

看到她的模样，他又有些想笑，然而敏锐的触觉再度忠诚地反馈给他一些讯息。他骤然拧眉，借着摸头的动作，眼角余光不动声色地扫向斜后方的另一处阴影，那尚未凝结的笑意就这么消失无踪。

他收住脚步，逐渐凝神："其实凌泰今晚问了我一个问题。"

危瞳抬头，月色下，诺宸俊挺的五官越发显得深邃立体。

"然后，我就一直在想，当年执意要出国发展，到底是对是错。"

"当然是对的！不出国又怎么会拿摄影大奖？"

他叹了口气，目光停顿在她脸上，缓缓将他手臂上的手握在自己手里："可惜我得到了事业，却失去了你。"

"啊？"危瞳被吓得不轻，怎么会突然出现这种对话？！

"瞳瞳，我真的很后悔。"他的声音压得很低，这么近距离听来有种不真实感。危瞳不傻，若是这样都听不出背后的意思那就是白痴！

可正因为听懂了，才越发震惊，尤其在全无准备的状况下。

她张张嘴想说话，却被他摸着头发打断："不用问了，就是你想的那样。这些话我本不打算说，可现在我才知道骗不了自己。从小看你长大，你是我重要的家人，也是我最重要的女孩。我不该离开三年，以为你还小，以为你对感情总是懵懵懂懂所以不会太早恋爱。结果回来才知道你连婚都结了……"

"大、大师兄……"她抽了抽嘴角，竟不知道该说什么。

她一直在凌泰面前努力争辩的事，此刻却变成她一个人毫无意义的坚持。认定是家人的兄长，竟突然告白……

她推开他的手，退后一步："大师兄，你是我重要的家人，我从没对你有过那种心思！"

"是吗？"熟悉的声音带着不熟悉的落寞。

危瞳狠狠心："是！我不想我们的关系因此变得疏远，所以今天这些话，我就当从来没听过，你也当没说过，我们……"

"不可能。"他斩钉截铁地打断，"我既然说出来就不会收回！瞳瞳，那个男人不适合你。他太复杂太深沉，他的世界跟我们的世界完全不同，就算现在不分开，以后你们也终究会陌路！"

夏天的风闷热枯燥，令这个夜晚变得莫名地冗长和焦躁。

淆宸在她离开前告诉她，他并不介意她这一次的婚姻。他在意的只有她，他不会逼她，但他希望她能好好想清楚。她跟凌泰的这场婚姻，到底是不是真能继续下去。

倒第三杯咖啡时，凌泰发现窗外天空已经泛白。

近来，他的生活毫无规律可言。

他按住发胀的太阳穴，端着咖啡踏上玻璃阳台。

从四十五层的高度看去，整个城市仿佛陷在一片奇怪的灰白色混沌中。天空云层很厚，想来今天会有一场大雨。

想起昨晚陆路的电话，本就深沉的眸色再度冷了几分。

陆路打来电话时，他正加快车速甩掉后面的尾巴。这些年，被跟得多了，车技倒是练得炉火纯青。

这一次的调查几番周折，花费了陆路不少时间，只因从一开始他们就走进了一个误区。九月临近，总以为对方的目标是公司和凌泰，却忽略了另外一人。

凌洛安先前在酒吧受伤的事，陆路也有所耳闻。凌家小姐当晚在医院出现过，想来应该就是在那时知道了淆宸的存在。对方是何种意图他不了解，但那晚之后危瞳身边就出现了跟踪的人。

这人甚至一路跟去了S城，偷听到他们的电话，然后趁机制造了这个意外。

淆宸那边，应该也是凌静优通知的。

她虽没有下狠手，但处心积虑安排了这一切，着实令人生厌。

跟踪危瞳的人陆路早已命人暗中除去，但凌泰一想到她曾经被危险环绕，心底的怒意就平息不了。

"关慧心教育出来的'好女儿'，若只是骄纵任性也就罢了，可偏偏动了不该动的人。"烟灰色宾利在夜色里飞驰，后视镜里，男人的眼瞳窒冷，"也是时候过滤一下凌洛安身边的女人了。"

陆路跟了他这么些年，自认对老板很了解，以前遇上麻烦，他都能一笑置之。这次这样做，绝对是真的动怒了。

陆路不敢含糊，应下后当即着手布线，同时传消息给负责危瞳安全的保镖，令他们盯紧一些，别出岔子。结果却得到了这样的报告：他的老板夫人，昨晚被人告白了……

身为助理，陆路近来觉得压力颇大。

都说男人动情会变得没理智又盲目，他一直以为清冷睿智如凌泰，不会做这么失策的事，但理想与现实总相差甚远。

之前因一次失言导致危瞳受伤的助理挣扎了一夜，终于还是决定打给老板报告这一情况。

不料话才出口就遭到老板打断："没事，她过来了。"他一手拿着电话，一手拉开门。公寓外，浑身湿答答的女人正摘下帽子挤着头发上的水，见他开门，朝他灿烂一笑："嗨，起这么早啊！"

凌泰眉头一紧，挂上电话将人拉进公寓，取了大浴巾给她披上，怒斥："伤还没拆线，是不是想再进医院！"

"出门时没想到会下雨，别这么凶嘛！"她笑了两声，却见他动作迅速地拿了换洗衣服将她推进浴室。

洗完出来时，公寓内飘着煎鸡蛋和烤面包的香味，她绕到客厅，男人果然在敞开式厨房里忙碌。

修长的白色身影挺拔清隽，从侧面看去，那脸庞微微带着些疲倦。看来不光是她，他也应该一晚没睡。

她昨晚在老街附近的河边坐了一夜，也不知道自己是在整理思绪，还是单纯发呆。清晨准备来公寓时，老天却像故意刁难似的开始下雨。她家附近很难打车，公车这么早也没有，她冒雨跑了两条街才拦到车。

原以为自己的出现会给他一个惊喜，结果这男人平静得就好像她仅仅是出去晨跑了一趟回来。

她在吧台式餐桌的外侧坐下，托腮盯着他看。

凌泰淡淡一笑："怎么了？"

"我突然回来你一点儿都不奇怪？"

"依你的性子，这是早晚的事。"他将早餐搁在她面前，"以后下雨不要乱跑，打电话给我。"

"回来后手机就不见了。"

"今天陪你出去买一个。"他顿了顿，又道，"去之前先去趟医院，你的伤也该拆线了。如果有恶化，还得继续住院。"

危瞳立刻转移话题："你今天不用上班？"

他顺顺她的湿发："该忙的也差不多了，剩下的事……别人能应付。"他顿了顿，各安天命四个字终究没说出口。

"凌泰！"她突然叫他，"我没有跟凌洛安睡过。"

"……"他被某人彪悍的话语吓得呛了一口牛奶。

难得能见他如此模样，危瞳笑眯了眼："我不是突然提这个，我只是不想你因为外面那些人说的话而误会我。"

婚礼越近，八卦新闻也越来越多。这几日她在家养伤，看到了各种有关她这位飞上枝头变凤凰的女保安的消息。虽然大部分都是夸大其词，但她和凌洛安交往过是事实，凌洛安风流成性也是事实。与其让凌泰听到那些不明不白的谣言，造成一些可能会有的误解，还不如她直接跟他说清楚，心里也痛快。

凌泰眼底的错愕慢慢转变为笑意，带了抹淡淡的宠溺与无奈："我知道了。"

"还有，诺宸的事，是我没考虑周到，我跟你道歉。"她语气坦然，"他昨天……跟我表白了。"

虽然已从陆路那里得到了报告，但此刻从她嘴中听来意义却是不同的。他保持着浅笑，看着她不语，似乎在等她继续说下去。

"当然，我只把他当哥哥。其实我感觉他也一直把我当妹妹，这次的事太突然，我想了一夜都没想明白怎么会这样。"

"所以昨天晚上你一直都在外面？"凌泰眯起眼，看起来有些不悦。

"放心，我的身手一般人动不了。"她满不在乎，炫耀似的扬了扬自己的拳头。却发现他依然不悦地看着自己，她眨眨眼，踮脚撑着吧台桌，将脸探到他面前，笑容明媚得如同朝阳，"我以后都乖乖听你话，好不好？"

近在咫尺的黑瞳有诧异掠过，他朝后退了一步，以便能更清楚地看到她的脸。她却在这时用力一跃，整个人跪在桌面上，勾住他的脖子，在他薄软的唇上重重一吻："我以后，都听你的！"

那日的举动，并非冲动，而是危瞳独自思考一夜后的决定。

她想明白了，喜欢一个人就是喜欢，这种感情不会因为对方不喜欢自己而轻易改变。

她可以接受他因为基督徒这个身份而跟她结婚，她也可以接受他暂时还没有喜欢上自己。他对她好，对婚姻忠诚，试问现在有几个女人能嫁给一个自己喜欢的，又对自己关怀备至的男人？

他们已经结婚，结果既然已成定局，过程就算不完美、不完整，她也可以忽略不计。喜欢一个人也是需要勇气的，她其他的没有，就是勇气多。就算他现在还不喜欢她，可每天这样朝夕相处，她相信他总有一天会喜欢上她的，就像当初她喜欢上他一样！

他的确深沉，让她捉摸不透，可这只是性格使然，不是故意为之。所以，她不想再别扭着计较和忐忑，索性大大方方地对他好，不是更愉快？

邢丰丰说她傻得没药救了，苏憧却欲言又止地称赞她聪明。

相约哈根达斯那天，两个好友为此到洗手间进行了秘密谈话，出来之后两人都很一致地不再提这件事，开始热烈讨论起她婚礼那天她们应该穿什么，问危瞳凌泰对伴娘礼服的价格有没有限额。

婚礼将近，虽然各种事宜凌泰都已安排好，但还有很多事必须她亲自去做，例如，试婚纱。

听陆路说，她的婚纱是微兰大师的作品。这位服装设计界的传奇人物这一阵子都在南非度假，之前凌泰花了不少功夫才找到他并让他设计了这款独一无二的婚纱。

婚纱前摆极短，未及膝盖，后摆却如鱼尾般展开，倾泻一地。柔软轻薄飘逸的雪纺，点缀着独特花纹的蕾丝，恰好将她手臂上的伤完美遮盖，连素来不喜欢裙子的危瞳也对这件婚纱爱不释手。

试婚纱那天，危老爹也一起去了。当婚纱店的服务生撩开更衣帘时，在场的五个人都呆住了。

"一直知道这丫头漂亮，可每次看她打扮，心脏还是会嫉妒到抽搐！"邢丰丰抱着苏憧一阵长叹，"你看她的胸！明明大家都是C，凭啥她的看起来就像是D啊！还有她这几天明明就跟着我们胡吃海喝，小蛮腰怎么一点儿肉都不长啊……"

"原来这几天你拉她胡吃海喝，是为了弄粗她的腰？"

"那不然呢！这丫头的脸就不用说了，不上妆就是美女，一上妆完全是顶级明星的脸。偏偏身材还这么好，不行……我不能再看她的腿，婚礼那天我绝对不站在她旁边！"

"好看吗？"危瞳完全无视两位哀号的死党，直接跳到凌泰面前，冲他笑了又笑。

修长的睫毛下，凝视她的眼眸深黑而专注，有笑意自眸底升起，一点点自内而外扩散，满满的，仿佛要溢出来："很好看。"他看了眼她临时盘起的头发，伸手将用来固定的发夹取走，茶色的长长卷发立刻披泻而下，落在浅麦色的肩头，"这样更看好。"

"老公你也好帅！"被夸奖的危瞳兴高采烈，踮脚勾住他的脖子，整个人都挂了上去，两只脚还跟树袋熊似的紧紧缠住他的双腿。

店里的服务生们都在偷笑，被女儿忽略的危老爹伤心地抓着头，一旁的陆路看了眼那双纤长美腿上因大幅度动作而露出的运动热裤，别过头无声地抽动嘴角。

婚礼前的这段日子，是危瞳有史以来最开心的。

果然像凌泰说的，该忙的事都差不多忙完了，他的作息恢复正常。公事减少，他基本每天准点下班，有时没有重要的事他便会留在家里，或带她出去玩。

危瞳本来就大胆，确定了心意后，对凌泰日渐"放肆"。

她很喜欢看他在家安静看书或对着电脑的模样，这时的他，眼神专注，神态淡然，整个人温雅深沉得令人心悸。

她通常会在他最专注的时候骚扰他，从后面捂住他的眼睛，揽住他的脖子，或者干脆转到他前面，在他大腿上一坐，大大方方地在他漂亮的脸庞上亲一口。然后看着他无奈又宠溺的浅笑，任凭他伸开手臂将她收拢在怀里。

男人的身体总是很温暖，带着咖啡的淡淡苦香以及他特有的清雅幽香，她一天比一天依恋这个怀抱和味道。

说起来，其实她从未认认真真地谈过一段恋爱。那时跟凌洛安在一起，也是被缠着缠着才习惯的，一般来说，开玩笑和撒娇的工作都是他负责的。

可现在和凌泰，做这些事的人却变成了她。这种感觉，完全不同。

每天在他怀里醒来，跟在他后面抢洗手间刷牙洗脸，在他做早餐时趴在桌上看着他，在他偶尔主动时对上他莫测深邃的笑意……这一切的一切，都让她感觉甜蜜万分。

心底那棵破土的幼苗在一天天长大。有时会觉得不可思议，原来迷恋一个男人的感觉竟是这样美好。

这种美好一日日扩散，在婚礼来临前，她的眼里心里就只看得到他一个人。

其他人其他事，都被愉悦彻底赶出了脑海，以至于，在最重要的那天，当意外来临时，她竟完全反应不过来。

她忽略的人，不代表就此消失。

那些诡谲的暗涌，潜伏在平静的表象下。仿佛豁出一切的猛兽，只等着这一刻，使出致命一击。

坐满宾客的教堂里，不速之客在戒指交换后出现。

来人出示了相关证件，随后态度礼貌地将凌泰从婚礼上"请走"。

这突如其来的变故令在场的所有人哗然，危瞳上前拉住他，半个身体下意识地挡在他前面，仿佛是保镖的天性。可只有她自己知道，这一刻她的心有多慌。

男人的手指搭上她的手臂，有一点儿微凉。她顺着那手指朝上看去，对上他依旧静淡清隽的目光。

"没有事的，只是询问。乖，等会儿让陆路先送你回家。"

"老板！"陆路眼中透着焦急，这突如其来的变故完全在他预料之外。这种情况下，他又怎么可能不管他！

"安全送她回去。"凌泰一脸冷静，又看向一旁的邢丰丰和苏憧，没等他开口，两人已点头表示会跟着回去陪她。

"我会听你的话回家，不过有邢丰丰和苏憧在，陆路就不必跟来了。"危瞳缓缓握起拳，再开口时，声音的颤抖已不那么明显，"陆路，你去做你该做的事！"

"乖。"凌泰伸手，如同以往每一次那样顺顺她的长发，随后低头在她额前一吻，"等我回来。"

凌氏大厦二十八层的落地窗前，五官精致却面容阴郁的男子静静伫立。

这是一个晴好的天气，大厦外的天空澄澈透蓝，几乎没有云，阳光无阻隔地洒下，将他脚下的这个城市照耀得敞亮无比。

办公室的门紧紧关着，办公桌后方的黑衣男子第一次踏入这栋大厦。

因为身份和工作特殊，使得他长期潜伏在黑暗中。凌夫人通知他直接过来见他时，他也在心里暗暗吃了一惊。

那些吩咐下来的事，都是他经手的，对什么人会产生什么后果自然也在他预料之内。今天，便是所有这些事了结的日子。

而他这枚棋子在凌洛安面前，也就没了隐瞒的必要。

几乎不用费神，他就能猜到此刻站在落地窗边那个男子的想法。凌氏两叔侄明里暗里较劲了这么多年，凌洛安会选择这样的方法并不奇怪。

商场上，没有哪个人的双手是干净的。

在他看来，凌洛安早就能这么做，只是他太骄傲，总想着用自己的实力取回，结果折了一次又一次。

底线将至，终究没人能放弃得了这个高度所能得到的一切。

在金钱与权势的面前，亲情那种东西廉价得近乎可笑。

"凌夫人对少爷这次的成绩很满意，三天后的股东大会，她会准时出席。"黑衣男子语调平静，态度不卑不亢。

凌洛安缓缓转过身，视线停顿在他脸上："你跟了我母亲很久？"

"是的，少爷。"

"少爷？"像是听到了什么滑稽的称呼，凌洛安笑起来，那双桃花眼魅光潋滟，"原来如此，怪不得……"他收住笑意，神情又渐渐冷却，"不过，你应该明白，想在凌氏存活，永远别指望能左右逢源。你以前是我母亲的人，这点我不介意。至于之后你是谁的人，就看你自己怎么选择。想清楚了，就别再三心二意。"

"是的，少爷。"黑衣男子笑了笑。

"陈伟凡那里确定不会有问题？"

"是的，他的家人已全部安排好了。表面来看，他只是被利诱，加上主动投案态度良好，应该会轻判。失去几年自由换得一辈子的衣食无忧，很划算。"

"这个人精着，搞定他应该不容易吧！"

"谁都有弱点，方法总是有的。"这世界让人变好的方法总是难找，但堕落的方法却有成百上千。

"你这种自谦的态度倒是不错。"

"谢谢少爷。"

"没事了，你先走吧。"

"是。"黑衣男子退出办公室，为他关上了门。

凌洛安再度转身，看向脚下的喧嚣都市。

二十八层的高度，到底还是差了点儿。三十层，才是他应该站立的高度。

三天之后，他要看着他从那个高度跌落，自此万劫不复！

这两天，Z城的商业新闻版面被一则则突如其来的惊爆消息占据。城中四大集团之首的凌氏现任执行总裁的名字与以权谋私、收取巨额回扣以及S城历年来投资最大的商业区"南苑"等词摆在了一起。

与此同时，恒安曾经的少东，现在的当家人陈伟凡因不堪对方种种威逼而主动投案，并道出了之前关于南苑合作项目中种种不为人知的内幕。

凌氏虽是家族企业，但大小股东不少。凌泰虽是血亲，可说到底这几年只是暂代，距离名正言顺仍有一步之遥。

就当初凌老先生的意思，将在凌洛安正式接手公司前，举行一个股东投票大会。毕竟单单只是他一个人的决定，对集团的其他股东也不公平。

所以，九月之后谁当家做主，可以说悬念丛生。

这个股东会议的事，当初并没有公布，其他股东也是近一个月前，自凌老先生生前的律师那里接到通知。

负面新闻爆发后，局面似乎已呈现一面倒的趋势。集团的利益，始终是最重要的。

关系撇清得异常迅速，凌氏上上下下，无论以前是"公子"派，还是"凌泰"派，都在紧急会议上或对外媒体发布会时，站到了凌洛安这边。

名正言顺的合法继承人虽吊儿郎当，毕竟比以公谋私的暂代老板要稳当得多。

凌氏职员私下纷纷议论，看来明天的股东大已能预见到结果了。

只是，可惜了啊……

像凌泰那样优雅成熟又能力超群的人物，怎么就自个儿走进了死胡同呢？看来钱之一物，实在有如恶魔的诱惑。

现在来看，原本以为乌鸦飞上枝头变凤凰的保安危瞳，此次可是眼瞎挑了棵快倒的树。若当初还跟着凌少该有多好，虽然凌少是风流了些，可总比一文不名要好吧！

可怜啊，婚礼当天新郎被人直接带走，估计这几天都躲在家里大哭不止……

事实上，危瞳在婚礼回来后的当天晚上，就偷偷换上便捷衣服，摆脱两个好友，盯住了四处奔走的陆路。

她的确答应凌泰会听话回家，不过没说不会再出门。

婚礼当天发生这样的事，简直跟演电视剧似的，偏偏她这个女主角对事情的来龙去脉一无所知。她想，应该是凌泰这一阵子把她保护得太好了吧，婚礼的筹备让她放松了所有警惕，忘记了其他一些事。

九月底，是凌氏管理权交接的时候。

婚礼的当口出这种事，十有八九跟凌洛安母子脱不了干系。

她相信凌泰绝对不会做犯法的事，但如果是故意陷害，这次的麻烦应该不小。商场的事，她是一点儿都不懂，但在这关键时刻，她想要第一时间知道凌泰的所有消息。

"老板不想你担心，有消息我一定会第一时间通知你，你就回去休息吧好不好？"凌晨两点，对于身后狗皮膏药般跟着的尾巴，陆路实在有些吃不消。

"我能打，非常时期屈尊当一下你的保镖啊！"对此，危瞳自有其解释。

"就算是保镖，也不至于连我上厕所都要跟着吧！"活了这么些年，陆路还是头一遭上厕所被女人守门，"今天很晚了，你还是先回去吧！回头要让老板知道，倒霉的人还是我！"

"你能打得过我，我就听你的回去。"危瞳看似不在意地吹了吹拳头。

"……"陆路深深觉得，助理与保镖无法沟通。

就这样，整整三天，他去哪里，她就跟到哪里。连他偶尔抽空回家换洗休息，她也一路跟着没有放弃的意思。

他忙碌的时候，她大部分时间都不说话。他本就焦头烂额，自己吃饭的时间不固定，更加顾不上她。她倒是半点儿抱怨也没有，总帮他买水买吃的，明明自己也困得要命，却一直坚持开车做他的司机。

陆路虽然表面仍显示出不耐，但心里却很感动。

出事至今，面前这个女人不哭不闹，不吵也不刨根问底，丝毫退却之意也无，一心一意只想着怎么把凌泰从那个不知道地址的地方安全顺利地弄出来。

不得不说，他心里是很佩服的。

素来知道她的直爽与明朗，但在这种情况下依然能对老板如此真心却并不容易。就连他自己，也曾一度在心底怀疑这次的事到底是否确有其事。毕竟，他比任何人都清楚老板在凌氏的微妙身份。

当然，这想法只出现了一瞬。

就像之前两次危瞳发问时他回答的那样，老板是什么样的人，难道他还不清楚吗？

但若只是诬陷，这事也棘手得可怕，对方能弄出如此天衣无缝的证据，就表示了他们的准备很充分。想要让老板脱难，恐怕没这么简单。

三天转眼即过，股东大会迫在眉睫。

即便他不想承认，但凌泰缺席大会一事基本已成定局。

"不能改期吗？"危瞳问他。

"这件事本来就是针对股东大会搞出来的，他们的目的就是想让老板缺席，根本不可能改期！"陆路无限疲倦，"算了，事已至此，出不出席大会还是小事，我们还是先想办法让老板脱困再说。天快亮了，你先回家吧，这几天你也很累。回去休息一下，等明天我们再想办法。"

"那大会呢？"

"我们去也改变不了什么。"

黎明前的S城，露水浓重，苍穹深邃，风里品尝得到初秋的凉意。

危瞳看着漆黑的天空，长长地呼了口气。三天没有见他，心底的思念泛滥成灾。她从来不知道，自己有一天会思念一个人，眷恋一个人到这种地步。

见不到他，听不到他安好的消息，就仿佛身体的一部分缺失了。陆路总让她休息，可是他根本不明白，那个人不在身边，她怎么可能休息得好？

如果可以，她宁愿此刻下落不明的人是自己。因为一个人担心，为他寝食难安，为他上下忐忑，为他心神不宁……原来喜欢上一个人，并不单单是甜的。原来当喜欢的那个人出事，会让人辗转反侧至此！

心底的担心有多少，怒意便有多少。

只是这三天，她不想让陆路担心，所以一直隐忍着，逼自己冷静。

可一想到明天的股东大会，那个男子会以怎样得意的模样大大方方地在所有人面前轻而易举地接手一切，她心里的怒意便再也压制不住。

这么多年，凌泰全心全意地管理着公司，没有人比她更清楚他的努力与勤勉。现在，那个身为他侄子的人，却凭着如此卑劣的手段，打算夺取一切！

难道就这么视而不见，听之任之吗？！

不！心底有个声音在反驳！绝对不可以！就算她什么都不懂，就算她去了也不见得能帮上忙。可她绝对不要就这么放弃！

"陆路，明天的股东大会，我们一起去。"她缓缓回头，夜风撩起她纤长的茶色卷发，浅麦色的素净脸孔透出某种坚韧而冷静的凛光，"危家的武道精神，从来没有不战而败这四个字！所以明天，不！应该说今天的大会，我们一定要去！"

危瞳与陆路去得很早。

二十九楼的会议室内，部分人员已经到达，见到他们出现，都不太愉悦地皱起了眉。

凌洛安的秘书正在一旁整理文件，见到他们略有些意外，但很快就笑了笑，将他们引到旁边的两个座位，感觉像是早已得到某人的吩咐并有了准备。

上午十点，大小股东纷纷到齐，长长的会议桌旁，唯独首座和第一侧位尚且空着。

会议室的门再度打开，进来的人是凌洛安。一袭贴身的黑色西服，搭配白色衬衣，非常成熟的色调，令他收敛了往日的桀骜跋扈，多了份沉稳。

凌洛安的脚步在经过首座时停了停，视线划过会议室众人，扬眉一笑，绕过首座，在第一侧位坐下。

股东们见他没有开口，纷纷不耐地出声，请他直接开始会议。

"我们的凌总还没到，怎么能就这样开始？"他交叠双腿，有些慵懒地靠着椅背，勾起一侧的唇角。

他不提倒好，一提凌泰场面更乱，已有数个股东开口提议凌洛安直接坐上总裁的位置。提议一出便得到原本几个"公子派"的附和。渐渐，除了几个跟凌泰关系非常好的股东，其他人基本口径一致。

局面呈现出一面倒的态势。

凌洛安静静地观察着这一场面，视线缓缓投到危瞳身上，笑着道："原来今天小凌夫人也来了，莫非我叔叔被什么事绊住了，特意派你过来打头阵？"

众人的目光转向危瞳，片刻之后，私语声四起，那些投向她的谴责和鄙视的目光变得更加肆无忌惮。

"凌经理，你这是何必，有些事情到底是怎么回事大家心知肚明！"陆路心中气愤，率先开口。

凌洛安的目色瞬间阴冷："陆助理，如果我没记错的话，今天这个会议你并没有参加的资格！允许你旁观，并不代表你能随便开口，如果管不好你的嘴，就请出去！"

话音未落，会议室内突然"砰"的一声巨响，围坐的众人纷纷感觉到桌面一阵剧烈的颤抖。

危瞳缓缓从桌面上收回拳头，朝凌洛安轻轻一笑："吓到你了？真不好意思，有苍蝇。"她抬起拳头，凑到唇边吹掉并不存在苍蝇，再度道，"凌经理，凌总裁的事现在并无结果，一切都只是外界不实的报道和猜测。在这种情况下，身为侄子的你是不是该站出来，向大家解释一下，将股东大会延后一段时间呢？毕竟，今天这个会议事关重大，你应该也不想在名不副实的情况下坐上那个位置吧？"

"延后？"凌洛安像是听到了什么笑话，笑得越发肆意，眉眼分外魅惑，"危瞳，你究竟何时才能不天真？"

危瞳敛去了笑意，平视着他慢慢道："你可以称呼我为凌小夫人，或者婶婶。"

男子的瞳孔刹那间收缩，莫名的冷意在眼底盘旋。一旁的秘书见状，不由得皱眉出声："抱歉，凌小夫人，我想我有必要提醒您。您并非股东，今天的大会您没有发表意见的资格。"

"资格？"危瞳嗤笑一声，视线定在凌洛安那张布满阴霾的脸上，"凌经理，你的秘书倒是很会说话。不过她似乎忘记了，在法律上，我已是凌泰的妻子。中国人讲究长幼有序，从身份而言，我现在是你的长辈。无论今天这个大会结果如何，我是你长辈的事实都不会改变，所以凌经理，请你的秘书对我客气一点儿。"

"你……"秘书的脸色变得难看，本想再开口，却被凌洛安冷眼制止，硬生生收住声。

"好，凌小夫人，就算我换了称呼，就算我再尊重你，你认为，今天你的出现，你刚才的话以及你之后想要说的其他话，能对整个局势有什么改变？"凌洛安带着几乎不存在的笑意，一字一句缓缓道，"凌总裁以权谋私，收取巨额回扣，这一切都是事实。你想要维护丈夫的心情我明白，但也请你搞清楚，这里是凌氏的股东大会，我们谈的是凌氏的未来，是生意，关系着在场所有人的命脉！你？充其量你只是凌总裁的保镖，生意的事你懂多少？所以，在我没有因迁怒而赶你离开这里之前，请你有点儿自知之明，并且尊重在场的每一个股东，安安静静地住口吧！"

他盯着她，嘴边是笑意，眼底却是恨意。他恨她到了这个时候，还为了另一个男人不顾一切！他已经输了，被他彻底赶出了这个局，这个商业帝国，如今已回到了他的手里，可为什么在她心里，依旧只惦记着那个男人？！

随着凌洛安脸色的阴郁，整个会议室的气氛也逐渐冷却。

危瞳死死握着拳头，痛恨自己这一刻的词穷！明明是对方要的诡计，可没有证据，她根本不可能让在场的股东相信！

到底、到底应该怎么做！

到底应该做什么才能帮到凌泰？！

凌洛安低哼一声，示意众人会议继续，就在这时，会议室的大门再度被人推开！

一个三十岁左右的男人在推门之后站到旁侧，将进门的通道让给后面的人。

来人身形修长，身着最普通不过的白色衬衣，清俊的脸庞神态安然，如此静淡的神情却偏偏带着冷厉而迫人的强大气场。

漆黑的眸在偌大的会议室里轻轻一掠，那沉甸甸的压力便莫名落下。

原本焦急恼怒的危瞳喜出望外，高兴激动之余狠狠地掐了陆路一把："我、我不是在做梦吧！"

"……很痛。"陆路边笑边痛得咧嘴，"老板果然出现了！我就知道这世上没任何人任何事能把他困住！"虽然这话很马后炮，不过在当下，他想应该没人会介意！

凌泰没有停留，踏入会议室后直接在首位坐下。那名陪同他前来的男人也跟着坐在了他身旁——原本留给助理陆路的位置。

片刻沉寂后，回过神的股东们再度交头接耳，之后，在几个"公子派"的带领下，犹如声讨般的问题接二连三地涌向凌泰。

很久很久之后，危瞳回忆起这天的事，依然会带着崇拜仰慕的表情。

那个男人，淡定从容，优雅深沉，似笑非笑的眼底带着掌控全局的睿智。

过程非常简单，他甚至没开口说几句话。

跟在他身后的男人是个律师，他出示了几份文件，一份是恒安集团最大股份的持有证明，另一份是身份证明。

至此，众人才惊愕地发现，原来恒安早在数年前便已易主。

当年，恒安资金周转不利，内部出现亏空，恒安的陈老先生把部分股票变卖。而这个买主，是当时欧洲一家公司的老板。

之后，这家公司的老板几次暗中扫货，并游说恒安的部分股东，以高价将股票收购，在控股比例上远远超越恒安的陈老，成为恒安新的主人。

然而在当初，对方并没有接手恒安以及露面的打算。对方提出条件，立下契约，在陈老有生之年，不会剥夺他的主控权，更不会拆分恒安变卖股份，并答应在他去世之后的五年内保证他儿子对恒安的主控权。

交换条件非常简单，就是要他保守恒安易主的秘密，包括他的儿子。

陈老自知能力有限，欣然同意。所以这几年来，此事无人知晓。就连他自己的亲生儿子也一直蒙在鼓里。

而这个收购了恒安的欧洲老板，便是凌泰本人。

他曾在欧洲多年，那是他的另一个身份。

所有资料已经经过机关查实，均属真实。

事情至此，似乎变得非常明朗！

陈伟凡指控凌泰利用南苑卖地一事收取巨额回扣，可恒安本来就是凌泰的。拿自己的钱讨好自己，这算哪门子指控？

会议室内一片哗然，半晌后，众人再度恢复平静。

十五分钟后，投票结果产生，凌泰成功当选凌氏集团正式总裁。那一刻，凌洛安的脸色苍白得有些可怕。他搁在桌面上的手指逐渐收拢，关节处发出细微的声响。

一败涂地！

到头来他竟还是输给了他！

凌泰看了他一眼，侧头朝身后的律师说了几句，对方了然，站起身，声音清晰地开口宣布："我现在，将代表我的当事人凌泰先生，在今天的股东大会上，向各位股东辞去总裁一职。由于凌泰先生在凌氏未持有任何股份，辞职之后凌泰先生将与凌氏没有任何关系……"

那律师的话，仿佛是溅入油锅的水，瞬间产生惊人的效果。

众人再次哗然，危瞳愕然，就连陆路也惊讶地瞪大了眼，显然事先半点儿都不知情。

嘈杂的人声里，凌泰缓缓起身，悄然退场。

现场只有危瞳注意到，他离开前朝她这个方向做了个简单的手势。

片刻后，她的手机振动，对方的话简洁明了："跟陆路一起去停车场等我，一切等见了面再问。"

办公室外传来脚步声时，凌泰朝律师示意一下，对方轻轻退离，将三十层的空间留给来者。

"为什么？"那声音透出了一丝不易觉察的颤抖。数年的争斗对象在胜利在望的形势下突然宣布退出，对任何一个人来说，都是一种讽刺和侮辱！

凌泰看了他一眼，依旧慢慢地整理着办公桌上的私人物品。

"我要知道为什么！"他在猜，这是不是代表着另一个计谋的开始？

"不会再有开始。"凌泰仿佛猜到了他心中的想法，"到这里，一切都结束了。你毕业了，所有该学的和不该学的，也通通会了。将近六年，我再没有什么可教你的，所以不需要留下。"

"你、你在说什么？"年轻男子的脸庞一点点灰沉下去，仿佛失了生气的人偶，那些仅存的自负与骄傲在苦苦支撑着。

"洛安。"凌泰停下了动作，目光平和地看着他，"也许这种逼迫你成长的方式残酷了一些，但对你来说却是最有效的。凌氏现在归还给你，你很聪明，完全能分辨哪些该做哪些不该做。以后，就只做你该做的，忘记不该做的。"凌泰轻轻一笑，自一旁的保险箱里取出大小两个信封。他顿了顿，将大的信封搁在整理出的物品中，另将小的信封放在了桌上："这是给你的。我走了，再见。"

他的东西不多，提起来十分轻松，就如同他此刻的脚步，自凌洛安身旁掠过，很快走出办公室，走进电梯。

过了很久，男子的手指才慢慢伸向桌上的信封。

那是他父亲留给他的一封信。

白色的信封，只写着他的名字。那是父亲的笔迹，还有封口处父亲特殊的印记。

这天，凌洛安在三十层的办公室待了很长时间，却始终没有打开那个信封。这么多年，钩心斗角，他视他为人生最大的敌人，难道到头来要告诉他，他这么费尽心思去陷害的是一个全心教导他的男人？！

这么滑稽可笑的事，绝对不可能！

他，绝对不会承认！

Chapter. 15
挂冠而去
▼

　　这是一处临街的门面，一百多平方米，明净的落地玻璃，白灰两色的时尚装修，摆设精致婉约，细节处十分用心。

　　唯独所有的墙面，大片空白着，似乎在等待主角的到来。

　　两天前，凌泰上车之后，便吩咐陆路直接把车开到这里。

　　途中，陆路到底忍不住，一连串的疑问出口，坐在副驾的那位律师倒是笑了。

　　其实凌泰在被"请走"的当晚，就已顺利脱困。当时也如同那天一样，出示证据，经过查实，最后解除危机。

　　之所以用各种办法掩盖不动声色，自然是为了今天的股东大会。这也是他教给凌洛安的最后一课。

　　听完这一切，陆路既感叹又犯愁了。感叹的是，他的老板竟把这些事藏得如此之深，连他这个资深助理都半点儿不知。本以为是一场家族夺产，早已准备好要跟着老板与对方争到底，结果老板自始至终就没打算留下。

　　犯愁的是，他是凌泰的助理，但也是凌氏的员工，老板这一走，他再留下还有什么意思？这岂不是意味着失业？

“老板，那你接下来是准备回欧洲那边还是……”陆路纠结着开口。

“那边的业务早已走上正轨，我去不去都一样。”

陆路闻言很高兴，直说自己跟定他了，无论他是打算去恒安主持大局，还是开新公司，他都照跟不误。

凌泰搁在膝盖上的手指轻轻点了两下，淡淡轻笑道：“我之后想做的事，你可能不会感兴趣。”他说着，目光侧转，落在身旁的女子身上。

她正趴在车窗边看街景，长长的茶色卷发随风而起，纤细唯美，素来明朗的脸庞此刻却有些沉寂，安静得过分，不知在思考什么。

“怎么了？”男人的手指滑上她的发，“还在担心什么？”

“我有什么好担心的，你这么厉害。”

凌泰自然能感觉出这话里的不悦，他轻轻一笑，并未多言。

之后，律师在途中下车，陆路载着他们来到这家店铺。凌泰告诉跟了自己数年的助理，从此刻起，这里便是他未来的工作地点。

“这里似乎不太大，老板你准备搞网络科技？”

凌泰失笑：“是画廊。”

“……”

那天陆路走的时候，仍旧有些回不过神。他眼中的老板在商场来去自如，是如同神一般的存在。而现在，他居然把自己的未来就放在一家小小的画廊里，他实在无法想象。

凌泰的感觉没有错，危瞳的确不高兴。准确来说，是非常生气！

这三天，她吃不好睡不着，担心焦急思念，满心满脑就在记挂着他，可如今却得知他早在第一天就完好无损地离开了那边！

可恶的是，这三天，他居然一点儿消息都不给她！就这么任她担心，太过分了！

危瞳站在落地窗边，看着外面的行人和川流不息的车辆。不被在乎与信任的感觉不是一点点糟糕。是，就算他不喜欢她，就算他没有与她相同的感情，但他们毕竟是夫妻啊，共同生活了这么久，怎么可以一点儿音讯都不给她！太过分了！实在太过分了！

男人的脚步在她身旁停下，他的手指落在她的发顶："饿了吧，去吃午饭？"

"你早就没事了，为什么不跟我联系！"她素来都是藏不住话的人，何况她也不想藏。

他没有回应，她很是恼火地转头："这种时候你还装什么深沉！看不出来我很生气吗？我知道我们这对夫妻原本就只是形式上的！可这次……你知不知道我有多担心？！为了你，这三天我就没吃过一顿安心的饭！你……算了！现在说这些一点儿都没用！反正你也不喜欢我，当然不用理会我的感受！这样莫名其妙冲你发火，真让我觉得自己很无理取闹！"

她打掉头发上的手，转身欲走，却被凌泰自背后紧紧抱住。

宽阔的肩膀与有力的手臂，将她整个拉入怀中。背后的胸膛是温热的，那些她熟悉的气息与触感，在共同生活的这些日子里，早已成为她的一部分，依恋着期待着。

这样喜欢，深深地喜欢。

柔软的唇在她脖间印下，略低的磁性声音清晰传来："你怎么知道我不爱你？"她没有觉察到，她用的是喜欢，他用的却是爱。

这个刹那，她的心跳乱得如同擂鼓，在胸膛里敲个不停，她几乎怀疑那句话是自己幻听！

他……他在说什么？！

男人低低地笑着，无可奈何地卸下了平日里的清冷，却又似乎心甘情愿地沉沦。不爱，不爱，怎会不爱？

早已爱惨了，爱过了，爱到了骨子里。

起初，或许是因为责任。从认出她的时候开始，就决定要跟她结婚。可在同一天，他也被她的正义感和责任感吸引。她没有在最危险的时候选择独自离去，这份胆色和从容，是女子身上少有的。

她很漂亮，明明靠着脸蛋身材就能得到任何想要的东西，却偏偏不贪，安心做她的小小保安，以劳动换取报酬。

他知道，她那时跟凌洛安交往，从来不是为了他的钱。他不想她被凌洛安戏弄，却也没办法直接说明，唯有将她调到自己身边。

责任、关注、关心、相处……那些明明只应该属于责任的关爱，等到他觉察时，已变成另一种意义的宠溺。

他深深地陷了进去。

看着她的时候，心会变得很软，总会专注目光，总忍不住笑，总想要给她最好的。

结婚之后，他却怕她不习惯。毕竟他太安静，而她好动，她这么年轻，他……却有些老了。

他从没有认真谈过恋爱，不懂得说那些甜言蜜语，也不懂得什么是浪漫。他只知道关心她，照顾她，在她伤心的时候帮助她站起来，用行动去宠爱她。

这些，便是他所知道，并且能够为她做的所有。

"在我看来，做永远要比说有用。人类的语言是简单易变的，动动唇就能天长地久那些事我从来都不信。我想让你感觉到的，是比语言承诺更加深刻而长久的感情。"他拉住她的手，在掌心摩挲，然后紧紧握住，"危瞳，或许以后我还会和以前一样，不会用语言去表达，但你一定要记得，此刻握着你的这双手，是你这一生都能安心依靠的。"

那天他在她耳旁说的话，无论她回想多少遍，笑意都会自动从唇角溢出。

这几天，没有任何人任何事来打扰他们。

凌泰带着她四处挑选画廊的摆设，她虽然懂得不多，但这样与他一同逛街购物，也是十分开心的事。

老爹得知凌泰平安无事后相当高兴，买了好多菜，在家里请他们吃饭。众师兄弟里，唯独少了诺宸。

据说那次她回公寓后的第二天，他就跟老爹辞了行，说有事要忙，可能要过阵子才能回来。

陆路虽然很想跟着凌泰，但到底对画廊不感兴趣，最后去了恒安，收拾陈伟凡留下的烂摊子。

他跟了凌泰这么多年，早就能独当一面，凌泰有意聘请他出任CEO。

画廊的软装完毕后，之前订购的画作也一一到货。这几天，她忙着跟凌泰布置那些画，每日都忙碌而充实。

偶尔休息时，她会静静地看着墙上的画，想一些事。

她时常在想，这世上是不是真有这样一种人，能够为了当年的一个承诺不顾一切，一心一意地努力。

明知不可为而为之。这一刻，她又突然想起自己很久前对他的评语：初识，只觉得优雅成熟温柔；而后，会发现深不可测；深入，便有了迷惑与畏惧。

现在完全了解后，却只余下心疼。

六年，那人视他为敌人，各种明里暗里的手段层出不穷，他却始终如一。

无论是误解还是中伤，都无法动摇他的决心！

这个男人，用了这么长的时间，独自跋涉在一条寂寞的道路上。没有人明白，没有人懂得，那些哗众取宠的称赞或是恶毒的言语攻击，对他来说没有任何意义。

想想也真是可笑，那些人那么费尽心思，不惜一切代价……甚至连渃宸都在一直追求的东西，他却如此轻易、毫无留恋地抛下！

想到渃宸，她忍不住叹气。

这件事，陆路之前犹豫了很久才告诉她。在凌泰被带走的第一天，他返回凌氏取东西时，看见自电梯出来的渃宸。

那时的他，一袭黑色紧身西服，神态犀利严肃，再没有之前匆匆一面时的那种随意。他没有看见陆路，直接从大门离开，上了一辆黑色商务车。

他后来去查了车牌，那是关慧心的车。

危瞳的大师兄与凌家的夫人，是无论如何也拉不上等号的。可如今看来，两人显然关系匪浅，所以解释只有一个：渃宸在为关慧心办事。

渃宸在澳洲待了三年，关慧心每年也有一半的时间待在那里，这样细细想来，整件事就顺理成章了。

因为事情牵扯到危瞳，陆路知道不能马虎，本来在老板的事解决后打算继续深入查这件事。然而后来他在代表恒安与凌氏商讨有关"南苑"发展的会议上，见到了跟在凌洛安身后的诺宸。

再多调查，都不及亲眼所见来的真实。

陆路以为，把这一切都告诉危瞳后，她或许会很难接受，也可能会很难过，甚至恼怒之下会不管三七二十一先踹他两脚……

不过她听完后，只是很平淡地"哦"了一声，然后转头去看一旁的凌泰："你们那天晚上单独谈话，你有没有拜托他去那对母子身边探听情况？"

见凌泰摇头，她略有些失望地"啊"了一声："这样啊，那就是说诺宸真的在帮他们做事……"

"可能有我们不知道的原因。"凌泰搁下咖啡，走到她身边缓缓顺着她的头发，"你大师兄看起来不是那样的人。"

"老板……"陆路不满地提醒，"你这次被陈伟凡诬陷的事，其实就是他……"

说到一半的话被凌泰瞥来的淡冷目光制止，陆路有点儿无奈地收声。所以说，动了情的男人最没理智……

得知这件事的当晚，她全无睡意，悄悄自床上爬起，取了个靠垫坐在玻璃阳台下，俯瞰脚下的都市。

想不明白，怎么都想不通。

金钱和权力，是不是真这么重要？可以改变一个人原本的秉性，甚至，连从小一起长大的亲情都可以忘记。诺宸他明明知道她很在乎凌泰，却将她重要的婚礼搅成一个凌乱的局。

是因为她拒绝了他的表白？

她真的想不明白。

脚步声渐近，迷蒙的夜色里，她对上了他令人心安的深邃眼瞳。

"你先去睡吧，我坐一会儿就来。"

他笑了笑，蹲在她身旁，反问："喜欢这个高度看夜景吗？"

"是很漂亮。"她托着下巴，"可惜，实在太高了，一个人看的时候有种孤寂感。高处不胜寒，不算很喜欢。"

"嗯，我也是。虽然漂亮，但太高了。"

"你有畏高症？"危瞳突然问。

凌泰的眉头打了个结："陆路说的？"

"你怎么每次都这么聪明？"危瞳冲他眨眨眼，"你这么聪明我会压力很大的。"

"压力？我可不觉得你有什么压力。"他扬扬眉，拉起她的手，将手指捏成拳头，"反正说不过你可以动手打。"

她抿了抿唇，突然转身扑到他身上，将他压在了地板上。

长长的茶色头发从她肩膀两侧垂落下来，她眉眼弯弯，一手按住他的身体，一手去勾他线条优美的下巴。

"做什么？"他失笑。

"调戏你！"她笑得很邪恶。

他静静地看着她，笑容莫测，却不作声。她一时占得上风，有点儿得意："以前不知道你喜不喜欢我，每次你似笑非笑地看着我，我就什么都不敢做，现在可不同！以后这个家，武力说话。"她说着，低头在他唇上重重一亲，"现在我问你，对你来说，什么才是最重要的？"

"你指什么？"他躺在那里，眼底满是温柔的宠溺。

"任何事。对你而言，人这一生追求的是什么？你……为什么这么笨，替你哥哥扛下整个凌氏，还有凌洛安。"

"阶段性追求和最终追求是不一样的，有些追求只是达成最终追求的手段。还有，这不是笨。"他轻轻抚着她年轻的脸颊，"这是我的责任和承诺。"

"可没有人会感谢你！"

"不需要那些，我只是做了自己应该做的。"

"那还是笨！"她故意道。

他缓缓直起上半身，原本跨坐在他腰侧的人也顺势滑落到他腿上。他揽住怀里的柔软身体，在她额头上亲了亲："可能你现在不太能明白，那是因为你还年轻。人这一生，总是要有一个信仰。人生不一定会一帆风顺平步青云，每一个转角处都会有波折。其实能够经历不同的事也是好的，因为经历是回忆，回忆少了挫折便不完整。挫折使人迷茫，然而有了信仰，也等于有了目标。没有目的地的飞机无法起飞，没有海岸线的轮船无法靠岸。盲目去做和目标清晰地去做是完全不同的两回事。"见她睁大眼睛怔怔地看着自己，他又笑起来，"再过几年，你就会懂了。"

她仰着头看他，面前的男人气息轻暖，眸色深邃，从这个角度看去，那眉眼越发如画般优美。

他总是这样，然后用平和的口吻缓缓地说出一些令她内心平静的话语。

她想，无论对他而言最重要的是什么，都一定不会是金钱和权力。

她突然觉得，单单喜欢一词，已不足以完全表达她内心的情感。

她想，她爱这个男人！

深深地深深地爱着他！

"现在这种眼神暗示着邀请么？"男人的话语里有淡淡的促狭，他捏着她的耳垂，在指尖轻揉，"老婆，我有一点点怀念你喝醉后的表现……"暧昧的气息游移在她鼻端，危瞳的脸一下子红了。

"……你坏！"她憋了半天，只憋出这两个字。可看到他一副掌控全局的淡定模样，心里又忍不住毛躁起来。

纠结了半天，到底心下不爽，决定豁出去了。她揪住他的领口，重重地在他唇上啃了一口，起身的同时勾着他的下巴豪迈道："我在床上等你，快点儿来哦！"

黑暗中，女子纤长的双腿一路轻盈地穿过走廊，无声地消失在房间门口。

他坐在那里，撑着额角，笑如烟花般绚烂。

画廊全部陈列完毕之后，凌泰并没有急于开店，而是递过笔记本，让她挑选上面的蜜月地点。

"去哪里都行？"至今没机会出国的危家大姐大乐了，"那……那我要去最远的！去南极！"

又跑来画廊串门的陆路在旁边呛了口咖啡，沙发另一侧的凌泰撤回视线，抚着额角继续看杂志，假装没有听见。

"不喜欢？"危瞳快快不乐，想了想又道，"那么近一点儿，去爬山。"

"爬山倒是不错。"凌泰点评。

危瞳接着道："我想去珠穆朗玛峰很久了！"

"……"他什么都没听见。

在去非洲沙漠探险、青藏高原看山、亚马孙热带雨林宿营被一一无视后，危瞳的兴趣转淡："这也不好那也不好，还是你自己选吧！"

"夏威夷？"凌泰试探。

"俗套！"

"斐济？"

"没听过……"

"巴黎？"

"矫情！"

"希腊？"

"一样矫情！"

凌泰叹息："稍微给点儿提示。"

"想去刺激的，不要去有名的城市，也不要去每天吃吃睡睡的海边，想要个终生难忘的冒险之旅！就像《鬼吹灯》里面写的那样，神秘而充满危险的地域，很少有人踏足，然后我们带上工具，去探索世界的奥秘……"危瞳沉浸在自己的想象中，托着下巴笑得眉眼弯弯，"说不定我们还会发现什么古迹或是文物！那回来可就发达了！"她转过视线，这才发现沙发上的人不知何时没了踪影。

画廊门口，陆路异常同情地看着凌泰："老板，要不你也去报个武术班进修进修？"

"算了吧，我这个年纪才去学……"凌泰抚了抚眉心。

陆路想走，顿了顿，最后还是取了张名片递给他："我之前投保的一个公司，挺不错，如果真的要去这种类型的蜜月，去之前先买个保险好一点儿……"

"……"

这天，陆路诧异地发现，原来自己如此睿智冷静的老板，也有窘到说不出话来的时候。

对于蜜月地点的意见不一，使得旅行这件事暂时搁置了下来。

这天周末，危瞳约邢丰丰和苏憧去会所游泳健身加吃饭。邢丰丰和苏憧知道危瞳最近运动量又加大了，所以游泳时基本都在池边戏水喝饮料，以保存体力，陪她杀进健身房。

结果才跑了十几分钟，两人就大喊受不了，硬拖着危瞳去旁边的茶吧休息。

哪料却在茶吧目睹了一场精彩好戏。

她们三人去得早，挑了比较靠里的位置，虽是周末下午，因为会所只招待VIP，所以人并不多。也正因如此，一旦有什么大动静，都会听得清清楚楚。

率先看见那人的是苏憧，她坐在正对着外侧的位子，迅速压低声音示意危瞳："是那个劈腿女……"

邢丰丰背对着外面，漫不经心地搅着咖啡："喊，都哪年的旧事了，不用跟看到明星似的吧。"

"不是！"苏憧伸手，硬是把危瞳从小圆桌对面拉到身边，"你看，有人在骂她！"

这一句话，令小圆桌旁的三个脑袋一致朝外看去。

那是比较靠近门口的位置，凌静优似乎刚从外面进来，却被原本坐在桌旁的一个年轻女子拦住。

那女子的说话技巧非常高超，听起来斯文有礼，其实句句带刺。大意是讽刺凌静优被赶出凌家后仍死性不改，没有自知之明，傍上一个有钱人，装着还是上流社会的小姐，来这种会所消费。

对方咄咄逼人，凌静优却始终将头别向一边不说话，竟一反本性地一味忍耐。

"她被赶出凌家了？"邢丰丰愕然，捅捅危瞳，"怎么回事？"

"我也不知道，凌泰早和凌家没关系了。"

苏憧本不喜欢这种场面，可被欺负的对象却令她很高兴："那女的谁啊，太厉害了，整个一电视剧里教训坏心女配的侠女！"

危瞳也在奇怪，却发现那个说话的女子有些眼熟。

楼上包间吃晚餐时，她才想起之前和诺宸去跟着的就是这个女人。

丰丰分析，"刚才那女人一看打扮就知道是害的那种。凌花花犯风流病去追人家，结果女人之所以容忍有钱男人花心，大部分都是知道他跟自家那个童养媳关系不正常，当没安的老娘把她扫地出门，现在摊见自然她表面仍旧在凌静优扮演顺从懂事的小妹时笑脸相迎，背地却设计了一个陷阱让她踩，后来惹得关慧心大怒。

在关慧心心里，静优这颗棋本来就废了，留着只是顾念她这么多年陪在自己身边母女相称的感情。哪知她这样不知好歹，居然敢去设计于家小姐，这样的人当然不能再留。

之后，凌静优被迫搬出凌家。

危瞳一直觉得，在自己和凌静优之间，存在着某种孽缘。

Z城很大，要在短时间内这么频繁地遇见，并且每次都场面热闹，实在不容易。

恒安临时有点儿事，凌泰今天跟陆路去了恒安，他知道她和姐妹碰头，便将宾利车的钥匙给了她，让她能方便进出。

和两个死党晚上看完电影之后，她们又提出要去酒吧续摊，结果被危瞳一口拒绝。

两姐妹直笑她现在成了二十四孝贤妻，倒也没有勉强，只说把她们送到酒吧门口，就放她回家。

之后，一车三人在酒吧一条街再度见着了凌家小姐。

那是条人比较少的巷口，几个看起来不善的男人将走出酒吧的凌静优拦住，推搡着进了小巷。

当时危瞳正在找邢丰丰说的新酒吧，车速很慢，车上三人都看到了这一幕。车在路边停下，苏憧问要不要下去看看，邢丰丰立刻打断说这是人家的事，别多管。

"那几个男人好像很凶，我们不理，万一出事怎么办？"苏憧去推危瞳。

邢丰丰搭住好友的肩膀："这就叫自作自受，她这种女人，就算有报应也是应该的！"

危瞳熄火，捏捏两人嫩嫩的脸："我下车去看看，你们两个可以去酒吧了！"

然而，好奇的邢丰丰和苏憧最后还是跟在她身后，踏进了那条小巷。

小巷很曲折，与街上完全是两个世界，到处都是被人乱丢的垃圾，阴冷漆黑。三个人小心翼翼地走着，不让脚步发出一点儿声响。

她们拐了个弯，阴暗小巷的尽头，凌静优正被人压在地上，她的上衣几乎被全部撕扯掉，有一个男人正准备解裤子。她的嘴被塞住，白皙柔软的身体在肮脏的地上拼命扭动，企图甩掉淫笑着抚弄她身体的手，但一切都是徒劳。她头发蓬乱，满脸都是泪水，看起来就像个疯子。

三个女人都被吓了一跳，欲上前的危瞳被邢丰丰拉住，后者朝她奋力摇头。危瞳安慰地拍拍她，还是冲了过去。

在认识危瞳之前，她们就听说过她的名号，她从小学开始就是附近几所学校的风云人物。她家里有十二个师兄弟，她有一身威慑力十足的武功！

可认识这么多年，除了见她跟高年级学长或者学姐打架，她们从未见过她认真动手时的模样。

男人一共有四个，被全部摆平只用了五分钟，相互搀扶着逃跑只用了五秒钟。她们从担心到放心到目瞪口呆，差点儿没拍手鼓掌。

冰冷的地面上，凌静优扯掉嘴里的布，死死地瞪着脱下外套朝她递来的危瞳，红肿的眼底全是恨意："别以为救了我我就会感激你！如果不是你，今天这一切都不会发生！"

危瞳看了她一眼，弯腰将外套搁在她面前："你还是这样，永远分不清是非黑白。你以为你的感激有多值钱？也不要以为我真想救你，我只是不想让危家武道精神因你而改变！"

危瞳说完，拉着好友准备离开，没走几步，背后传来压低的哭声。她叹了口气，打发好友先离开，再度折回去："去医院，还是报警？"

"都不要……"凌静优用手胡乱地擦掉眼泪，捡起地上的外套披在身上，"你可以，送我回家么？"

这是一套两居室的公寓，不新不旧。凌静优被迫搬出凌家后，就一直租住在这里。公寓位于闹市，装修还不错，只是主人疏于打扫，到处都是衣服，显得有些凌乱。

这几年，关慧心和凌洛安也给过她不少钱，虽然用得多，但好歹存了一些。所以被扫地出门后，起初生活不算太窘迫。只是她奢侈惯了，买名牌的习惯改不了，出入都是高级餐厅，结果不到一个月，就捉襟见肘。

她也曾回凌家要了两次钱，可每次都遭到关慧心的冷语嘲讽。她这才真正明白，这个养育了她十几年的女人根本没把她当作女儿看待。她只是一个有价值的物品，一旦失去了利用价值，就一文不名。

她也曾想过找凌洛安，然而想到于丝媛设计她时他袖手旁观一脸慵懒笑意的模样，她就没办法踏出这一步！

她那么疯狂地爱着他，以为只要能将他留在自己身边，其他事她都可以不在乎。但就像危瞳说的，一个男人，心不在她身上。不爱她，不关心她，更别提忠诚。

他能看着她被其他女人陷害，即便她去找他，又能得到什么？

再多一点儿的嘲讽？再多一点儿的轻视？

她不想回去被他看不起，便开始与自己不喜欢的男人交往。她还有漂亮的脸蛋，是男人最喜欢的纯真面容。她开始变成另一个人，白天柔美可爱地依偎在男人身边撒娇，晚上抽着烟化着浓妆出入夜店，偶尔也会跟看得上的男人去开房。

有时在高级场所碰见上流社会的熟人，她会微微一笑装作不认识。凌家小姐这个称谓似乎已成为上个世纪的事了。

今天下午已不是她第一次在会所撞见于丝媛。那是个比她更加心狠手辣的女人，在那双总是淡淡笑着的眼睛深处，她看得到冷锐的毒刺，带着不耻，仿佛在看什么肮脏的东西。她厌恶凌静优在这种会所出入，厌恶她在她面前出现。

其实凌静优心里已隐隐有了感觉，但没想到对方下手居然这么快，如果不是危瞳，今天她在劫难逃！

接过危瞳递来的毛巾，沙发上的人低低说出三个字："对不起。"

危瞳不在意地笑笑："我以为你想说谢谢！"

"对不起！"凌静优抬头，"我指的，是之前在S城工地的事，对不起！那件事是我做的！"

"S城工地？"危瞳摸了摸手臂上缝针留下的淡淡伤疤，愕然，"是你做的？！"她长长吐了口气，慢慢眯起眼，"我真想揍你一顿！你还真是什么都敢做！"

"是啊，为了凌洛安，我就是什么都敢做！我想你不知道，那天在医院，他听到了你和你师兄的对话。明明之前还一副生人勿近的可怕模样，听见你和凌泰不合，以为还有机会夺回你，竟笑了起来。那阵子他一直在追于丝源，我以为他早把你忘记了，结果他居然还喜欢你？！他怎么可以这么喜欢你！你不知道那时我看着他目送你离开的背影，心里有多恨！"她的声音有一点儿扭曲，对危瞳是恨，对凌洛安却是又恨又爱。

"之后，我派人跟踪你。你赶去S城，跟踪的人听到你讲电话，所以我让人在工地设计了这个意外！我一直都知道凌洛安跟凌泰竞争的事，我打电话给你师兄，故意挑拨离间，想把这件事嫁祸给他们，随你们几个斗去！结果你的老公真厉害，不声不响就把我的人解决了……"凌静优抱着毛巾，越说声音越低，双腿蜷缩在沙发里，眼睛无焦距地看着前方，"你的命真好，总是能让男人喜欢你，先是侄子，然后是叔叔……凌泰，我每次看到他，就有种发自内心的畏惧。他太冷清了，有时明明是微笑着的，却带着拒人千里之外的漠然。我一直不明白这样一个男人，竟能宠你到那种地步！"

"他不是你以为的那种人。"冷清？曾几何时，她也是用略带畏惧的目光看待他的。若没有六年前的那场意外，只怕凌泰对她，也不会有丝毫改变。

"所以说，人的命运有时很奇特。如果不是因为你，恐怕现在被玩弄被抛弃伤心难过的就是我。时间越长，越难抽身离开，换个角度，其实我应该感激你那时介入。"

凌静优嗤笑一声，牵动苍白的嘴角："你还真是个奇怪的女人！我设计你那么多次，你居然没有在我最落魄的时候踩上一脚，是不是练武的女人特别喜欢装好人？"

"你就当是如今生活幸福的我对生活不幸的你施舍的怜悯好了！"危

瞳临走前，还是留了句忠告，"刚才几个人身手不错，应该不是普通的混混。这件事，可能还有续集，我建议你报警。"

拉上大门前，公寓里传来轻轻的两个字："谢谢。"

这时的危瞳不会知道，是否报警根本改变不了已酿成的祸事。那些逃走的男人拍下了连当事者都不知道的裸照。

两天后，一组名为"征SM男友"的裸照被传上网，里面的年轻女子上身赤裸、表情惊恐，照片旁甚至备注了她所在的城市、住址以及电话。

八卦记者们迅速认出主角，翻出凌静优以前的照片对比，事情闹得沸沸扬扬，但关慧心始终一副事不关己的态度。她甚至称凌家小姐一直在澳洲度假，照片只是那些想红想疯了的人在P图炒作！

数天之后，被记者们追堵，不断接到骚扰电话甚至连家门都不敢迈出一步的凌静优如游魂般打开了家里的煤气。

被送到医院的时候，她已陷入深度昏迷，是否能清醒过来还是未知数。

危瞳关掉电脑，走到画廊的小吧台前，朝正在煮咖啡的男人道："我想去医院看看她。"

他看着她，点点头。

情况与她所料的差不多，关慧心打定主意置身事外，再不顾及母女之情，任由凌静优在医院里自生自灭。

危瞳用凌泰给她的卡，帮她转了高级单人病房，并换了医院最资深的主治大夫。另外还雇了一个护工负责她每天的擦拭换洗。

整个过程中，凌泰始终没开口，危瞳问他会不会觉得自己有点儿矫情，凌静优明明那么坏，她却还要帮她。

凝视她的眸底藏起原有的凛光，男人的眉宇慢慢温软下来："怎么说也是挂名婶婶，她是小辈，你做些事我不反对。"

他从不去同情那些咎由自取的人，即便因为他的命令使得她被丝媛算计，但离开凌家后她仍有千万种选择。人总抱怨命运，却忘记了很多时候造就这种命运的恰恰是自己。

"其实我们应该对她好点儿。"

"哦？"他一侧的长眉轻轻挑起。

"因为没有她这个坏心的小三，我又怎么能找到这么好的老公！"她勾住他的手臂，整个人贴了上去，健康的浅麦色脸庞洋溢着灿烂笑容。那笑性感又可爱，明媚得如同开在骄阳下的花儿。

他定定地看着她顾盼间的妩媚，趁着她仰头看自己的瞬间，低头在她唇上啄了一口。

人来人往的医院走廊上，小护士和病患家属的目光都被吸引过来，大部分视线当然都集中在清隽如玉的凌泰身上。

他看着她微微泛红的脸颊，促狭地眯眼说道："这句话说得好，奖励你的，不喜欢？"

被调戏的某人心花齐齐开，哪里会说不喜欢。这么甜美的一刻，她突然想起他们搁浅的蜜月旅行："老公，我们什么时候去度蜜月？你上次不是说西双版纳可以考虑一下？我想去密林宿营……"

"……"凌泰收声。看来，他真的有必要去进修一下武术了……

临近十月底，一个月前凌氏的易主风波似乎已逐渐淡去，然而凌氏的高层们发现他们的新总裁近来越来越多地在例会上神游。

一些人没有参加投票大会，不知道九月底那场百转千回的变故。在他们眼里，如今坐在这个高位的人，是凭借他的能力夺下了主控权。原本的凌总是否触犯法律他们已不关心，重要的是，谁能成为这个新任凌总面前的红人与心腹。

为求在总裁面前表现，各部门一时间风起云涌，可所有竞争到了凌洛安那里，却成了一池静默的死水。

年轻、出色外表、极好的女人缘、非凡的身价背景，他们想象不出还有何事能令他如此魂不守舍。那张出众贵气的俊容，始终带着散不开的阴霾与戾气，让他整个人都弥漫着一股厌世的情绪。

三十层的高度，如此看去与未得到前没有分毫差别，他已完全失了那种心气。

钱与权力，当得到之后，却发现没有丝毫满足感。或许还是有的，只是去得太快，连抓都抓不住。

不开心，胸口那里总是空落落的。

他曾经不惜一切，甚至出卖人格、亲情、婚姻来获得这一切，可到头来他竟然不开心！

在付出巨大的代价后，发现这些并非自己最想要的，那是何等讽刺的笑话？他以前那么努力是为了什么？这所有的一切又有什么意义！

凌于两家的联姻已定，婚期就在下个月。

母亲明明知道他不愿意，却装作一点儿都没觉察。以前是为了夺得凌氏，现在凌氏都已经拿回了，他不懂还有什么原因让她逼着自己的儿子去娶一个根本不喜欢的女人！

说不出地烦躁，然后他竟又想起了她。

那天他在街上看到她了，当时他坐在等红灯的车里，她从斑马线通过。不过几米的距离，非常近，他甚至看得清她蕴在眼底的笑意。

她手里拿着刚买的冰激凌，脚步轻盈地穿过马路，跳到在马路另一边等她的男人背后，很调皮地去吓他。

男人露出笑意，拂开她被风吹乱的长发，为她夹到耳后。

她挖了勺冰激凌，示意他吃，却在对方低头时偷亲他的脸颊。

那天，阳光弥漫，她在街的那端笑得光芒四射……

凌洛安撑着玻璃，慢慢低下头，胸口空掉的那块地方再度传来与那日一样的锥心痛楚。

电话急促地响起，来电者是关慧心。

他狠狠地掐断电话，随手朝办公桌上一扔，拎起西服大步走出办公室。

Chapter. 16
最后一场狩猎
▼

这已经不是凌洛安第一次打她手机。

危瞳照旧挂断，继续将今天新到的画搬入画廊仓库。

凌泰这家画廊终于开了，名字起得很艺术，就一个字：瞳。

她曾经以为，画廊之于凌泰，不过是大风大浪后的回归，他并非没钱，要赖以为生，画廊只是一种消遣方式。

这种想法，在见到两天前他的一幅信手涂鸦后被完全改变。那是为她作的素描画，简洁的线条，寥寥数笔，却生动地勾勒出她的形貌。

诧异之后去问，才知道他大学第一年学的是美术，后来因为某些原因，转读了工商管理。危瞳想，这大约是因为凌泰的大哥。

相处这么久，她很少听他提家里的事。有钱人家，总有些难言之隐。这个男人，总是喜欢把最艰难的那部分留给自己，转身依旧一派静淡地朝他人微笑。

她诧异自己今时，竟能如此懂他的心境。也因为懂，所以在他如今唯一的亲人再度缠上她时，她没有掉头就走。

"为什么不接电话！"旧街路口，他的身影被路灯拉得长而淡，灯光下，他的五官有些不太真切。不知是太久没见，还是那神情太过阴郁，总之，非常陌生。

这天凌泰去见一个刚刚归城的朋友，原本是要带她的，可是危老爹思念女儿喊她回家吃饭，她便没有去。此刻正奉老爹之命出门打酱油，却在路口见到了凌洛安。

"在私，我们没什么好聊。在公，立场也不同。"她想走，转念又补充了一句，"你现在的重心应该放在公司，那是你一直想要的，也是你的家人一直想给你的，别辜负了他们。"

"不要用长辈的口吻跟我说话！"

见他发怒，危瞳不爽了："我老公忙了六年，只为你老爸的一句临终嘱托！现在你顺利继承公司，竟然不知道珍惜，还在这里跟我叽歪！你有病是吧！"

"这不是事实！"他怒喝着打断她，"不要他说什么你就信！你根本不明白这几年我们之间的那些事，那些明里暗里的争斗，根本不是你能想象的！这种方式，根本不可能是他所谓的教导！"

"那你说他为什么要辞职，让出主控权？"

"为了你！"他的目光朝她压下，竟令她有种不适感，"他知道我在意你，用这个方法把你留在他身边！危瞳，离开他，他不是真心对你。我知道你们之间一直有问题，而他在结婚后也一直有其他女人，你既然能忍受他，为什么不能原谅我？"

回答他的是一记右勾拳。她目色冰冷，淡淡地看着他，吐出三个字："你放屁！"

她随手丢了酱油瓶，开始慢慢松动指关节："你别拿自己这种连喜欢是什么东西都不懂的人跟我老公比！你哪只眼睛看见他有其他女人，哪只眼睛看到我们有问题！要我原谅你？怎么，难不成还想让我跟你复合？你是不是真这么长情！这世界上的女人都死光了，就我一个跟仙女似的让你念念不忘？！"

他看着她，这回竟没再发怒："当初是我过分了，要你一下子原谅我不可能。可你要明白，这么多年，这么多女人，我从没对哪个说过这些话。只有你例外！你跟她们不同，我当初误会你，所以……"

"承认凌泰为你做的那些事真有这么难？！"她真想狠狠揍他，可想到凌泰又忍了下去，"凌洛安，凭着骄傲不能骗自己一辈子，你醒醒吧！"

"是啊，我也想醒过来，你有办法吗，教我！"他苦涩地勾起唇角，但那完全称不上是笑。

"你对我只是不甘心，因为从没得到。"危瞳终于完全让自己的情绪平静下来，"你也不小了，现在要掌管整个凌氏已经够忙了，还有心思想这些？"

"你还关心我？"

"我有在关心？"

"危危……"他的唇吐出熟悉的称呼，带上了从前绵软的亲昵。他看着她，眉宇放低，是从未有过的低姿态："我希望，你还关心我。"

丢下近乎恳求的一句话，他赫然转身离开。

之后几天，凌洛安再没来过电话。这天两人在画廊附近的西餐厅喝下午茶，危瞳把凌洛安找过自己的事跟凌泰说了。

相较于她，凌泰倒淡然多了。

修长的手指轻轻扣着桌面，他垂下眼帘，轻轻靠向椅背，笑容薄淡："依他的个性，若立刻接受现实我倒要奇怪了。这事你不用担心，我早有预料。"

抬起视线时，却发现对面的女子神情恍惚地看着自己，不由失笑："你怎么了？"

"……"危瞳有点儿尴尬，她没想到他会突然看她。说这事给他听，也有一点点私心是想看他会不会吃醋，结果自己倒先被他惯有的深沉模样给迷倒……

当她从桌对面换坐到他身旁准备正大光明吃老公豆腐时，凌泰的手机响了。

电话很短，他挂上后，将桌上的车钥匙交给她，说自己临时有点儿事，嘱咐她回家时开车慢一点儿。

打电话的人是陆路，他告诉他，有一个人，要单独见他。

这个人是湉宸。

那晚谈话后，危瞳一直没在他面前提过湉宸的事，但他知道她的担心。

即便湉宸真是关慧心的人，对她来说他还是家人。家人犯了错，其他家人会生气会心痛，但绝对不可能就此抛弃不理。

他们仍然约在派克，凌泰到的时候，湉宸已经等在了那里。

他为他倒了一小杯普洱，缓缓推至他面前，那张俊挺的脸孔，带着些许笑意，与记忆中那夜带着敌意与他谈话的男子判若两人。

凌泰蹙起的眉心很快展开，他想应该不用他开口，对方自会主动言明。

果然，湉宸率先开口："恒安那件事，是我做的。"非常坦然的表情，却带着玩味的笑意，"不过，我早就知道恒安的主人是你。"

低头喝茶的凌泰微微扬了扬眉，抬起目光与他对视："所以你想说，那次的事，其实是你有心放我一马？"他顿了顿，"为了危瞳？"

"是为了她，不过却不是你想的那样。"湉宸收起笑容，开始讲述整件事。

陆路没有猜错，湉宸的确是在澳洲认识关慧心的。

那时的他，初去异地，什么都没有，只有一身不怕死的胆色。他从关慧心的保镖做起，一场意外护得她周全，然后被提拔。

后来她让他接受训练，使他逐渐成为她在商场上清除障碍的得力助手。

曾有一段时间，他不太有原则，只要不是触及他道德底线的事，他都会听从吩咐，然后顺利完成。他也明白，这样的工作不可能做一辈子，于是去学了摄影，一方面也是因为需要一个能对大洋彼岸的家人交代的工作。

此次回国，除了摄影展，更重要的是回国为关慧心办事。

凌泰的资料，他在登上澳洲的飞机前就已看过。可他没有想到，却是在那种情况下第一次见到他本人。

危瞳结婚的事，他完全不知情，凌泰的资料里也只对这位新婚夫人简略提了一句，说是公司职员。

以至于整个计划尚未开始，就已被打断。

他明白，关慧心那样的人，对于他跟危瞳的关系不可能不清楚。明明知道却还让他接手，这女人摆明了是在试他。

要物质前途，还是收养了他却没有血缘关系的家人？

那一刻，他觉得有点儿好笑。那女人大约冷血惯了，便以为别人也如她一样，会纠结于这种问题。事实上，从他知道危瞳与凌泰的关系开始，他就打定主意站回危瞳这里。

不仅是站回，而且要凭借他现在的身份帮上忙。

后来，那些试探、不合、离间都是他做给关慧心看的一场戏。他很了解关慧心，知道在她完全放心前，不可能放任他一个人。他知道一直有人跟着他，随时汇报他的动向。

所以，他必须非常小心，只要露出一丝破绽，他就不会再被信任！

他看得出来危瞳很喜欢凌泰，他这辈子只有这么一个妹妹，他不想发生任何让她难过的事。

他必须寻找一个非常充分的理由来让他这场戏变得更真实更有说服力。所以后来，便有了那场表白。

一个男人在情场上失意，使他恼羞成怒，下定决心要除掉情敌。而现在有这样一个神不知鬼不觉的方式，再好不过，任何人都不会拒绝！

他觉得自己演技不错，之前的种种暧昧态度，那晚在派克里的谴责，还有老街里的生动表白，都被暗地跟着他的人一一汇报给了关慧心。

关慧心彻底相信了，而他却在其后的调查中隐瞒了最关键的资料，私底下给了凌泰一个翻身的机会。

一壶普洱已见了底，湝宸没有叫服务员，亲自起身将水加满。

桌对面的男人不惊不疑，倾听整件事的过程中，只偶尔抬起双指，在桌面轻点，仿佛在思考，那双清冽漆黑的眼瞳，始终深不见底。

这样的反应让诺宸满意，毕竟，这才是一个成功者该有的态度。

许久，凌泰缓缓开口："这么多年，我以为我也有看错人的时候，但原来先前的直觉是对的。"

"你早知道我在帮你？"

"不，没有确定。只是，我认为凭关慧心的缜密心思，不可能在关键一击时还给我留了条那么宽敞的后路。我那时在想，是不是有一个人在帮我？后来陆路说在凌氏见到你上她的车，我就隐隐觉得那个人是你。"凌泰抚了抚额角，笑问，"既然对你来说最重要的是家人，为什么事情结束后不回危家？危瞳很担心你。"

诺宸也笑了："那个傻丫头，只会瞎担心！不过有你在，我放心。其实那次帮了你，我的代价也很大，虽然没有实质证据，但关慧心后来不再信任我，之后我就跟了凌洛安。说到底，我也只是想赚点儿薪水，只要利益上没有冲突就好。你也知道危瞳和他以前的事，除非必要，这阵子我都不会回危家。"

说到这里，他停下，重新收敛神情，正色道："今天找你，其实是想请你帮忙。"

凌泰回到家时，危瞳正在厨房捣鼓。

翻了满地的淡奶油，碎了一桌的巧克力，水池边上还有破掉的鸡蛋，蛋清蛋黄惨不忍睹。

"你这是……"

"老公你回来啦！"危瞳双眼一亮，扑上前就是一个拥抱，"今天下午茶那个巧克力慕斯很好吃，你走的时候一口没尝，我想自己动手给你做一个！"

"所以我们家厨房就变成这样了？"凌泰脱下外衣，将打算再度走进厨房的人拉住，"别做了，下次再陪你去那里就是。"

"做事不能半途而废！"

"……"他觉得家里的厨房就要报废了。

"那么我来做。"

"授人以鱼不如授人以渔！"危瞳眯起眼，笑开，"老公你教我吧！"

她撒娇，勾着他的手臂轻轻摇晃。他低头看她，眸底蕴了抹意味深长的笑："真想学？"

见她点头，他吩咐她快速把厨房收拾干净。她欣然奔去，十分钟后，厨房得救了。

凌泰边解袖口边缓步走进厨房，接着取下她的围裙套在自己身上，动手做慕斯蛋糕。

"不是授人以渔吗？"他的动作利落快速，她根本学不了。

他似笑非笑："我比较喜欢给你鱼。"

"为什么？"

"因为比较喜欢看你每次要鱼时求我的模样。"

"……"

"其实真正想吃蛋糕的是你自己吧。"

"……"

他侧过头，在她额角亲了亲："快点儿求我，不然做完我一个人吃了。"

"……"她突然很能体会宠物的心情。

凌泰让她给凌洛安去电话约对方出来时，危瞳还以为自己幻听！不过在巧克力慕斯的诱惑下，她还是听从吩咐打了电话。

凌洛安接电话的速度非常快，大抵是误会了什么，在她约见面时态度顺从得有些过分。

挂了电话，危瞳走到凌泰面前，居高临下地看着沙发上的人："给个理由！"

"哦？"

"哦哦哦！哦个毛！你知道你侄子对我余情未了多番纠缠不吃醋也就算了，还让我约他出来？说，今天找你出去的人是谁？"她不客气地揪住他的领口，严肃提问。

凌泰笑着看她，其实他的老婆很聪明。

"是诺宸。"他没有隐瞒。

诺宸找他，最主要的原因竟是让他帮凌洛安。

他告诉他，凌氏于几天前在暗中再度移权，如今的凌氏，主控权已被关慧心拿到。凌洛安不仅让出了总裁位置，连手里的股份也一并卖给了自己的母亲。

他之所以这么做，是因为不想跟于家联姻。

关慧心没有给他别的选择，坐在这个位置就要负起该负的责任，而联姻势在必行，如果不想结婚，就离开凌氏。

他选择了后者。

而整件事里，只有诺宸最清楚，这个结果的出现并非偶然。从关慧心第一天计算着夺回凌氏主控权开始，这个权她就是准备留给自己的，逼婚只是一个手段。投票大会后，她明明知道他有问题，却放任他待在儿子身边，甚至没有一句提醒。

他可以称赞这个女人很聪明，可他实在不欣赏她做事的方法——世界上哪有母亲会为了钱和权把儿子逼到这种地步？

他现在想帮凌洛安夺回凌氏，并非有所图谋，只是纯粹不喜欢关慧心的做法。

只是这件事，他一个人做不来，所以他找上凌泰。

至于要危瞳打那个电话，只是因为目前任何人都联络不上凌洛安。

诺宸并不是真的喜欢她，并没有因爱生恨进而报复的这个事实让危瞳精神一振，心里的负担终于没了，对被利用去"勾搭"凌公子出来自然也无所谓。她甚至想，在这场夺权大戏里扮演一个角色，改头换面的小保镖，或者是美艳性感的女秘书？

她突然有些热血沸腾，就像是即将在现实中上演一场风云莫测的好莱坞大片，她的老公，她的师兄，都是精英中的精英。如此盛大的场面，怎么能少的了她？

听到她讨要任务，凌泰有些无奈："还没到那个时候，凌氏是洛安自动放弃的，明天先去见了他再说。"

"那带上我！我想知道你们会用什么方法来说服他！"毕竟那个人，骄傲得谁都不放在眼里，她很好奇凌泰会用什么方法令他回心转意。

男人卷住她的腰，将她安置在自己腿上，手指贴着她的手指，在掌心细细把玩："这么想去？"

她点头。

"到底是想去，还是想见他？"他微微眯起眼，唇边带了抹若有似无的笑意，目光却有些薄凉。

她学着他的样子眯起眼，与他对视了许久，忍不住笑了："老公，原来你演技也挺不错的嘛！"

"谁说这是在演戏？"凌泰故意语调凉凉地扬眉，"这是在吃醋！"

"……"对于自己老公如此体贴的"吃醋"，危瞳表示很不淡定。

"明天自己好好待在家里，或者约你的两个朋友出去玩也行。总之，不许去！"

"其实你不想我去的真正理由是什么？"

凌泰捏住她漂亮的下巴，在上面亲了亲，答非所问道："参与这件事，和陪你去非洲看沙漠，两者只能选其一。"

"……"

"五秒内作答。"

"……"老公，你这是何必。

"三、二、一。""非洲！"

"很好，你自己的选择，可别忘记了。练武之人要言而有信，乖。"适才还"吃醋"的男人缓缓提唇，绽开了柔软迷人的弧度。

危瞳垂下头，她又一次败北。

看到出现在面前的两人，凌洛安笑了起来。

虽然接到电话时，就大约猜到会是这个场面，可他心里居然仍抱着少许期望。希望来的人是她，希望她不是在欺骗，希望还有机会去挽回……

那个跟了自己不过一个月的人，此刻在他窒冷的目光审视下分毫都不紧张，神态自若。

凌洛安取过打火机，低头为自己点了支烟，嘲讽地笑道："原来这世界到处都是反咬一口的狗！"

"凌少，可别胡乱人身攻击。我虽然有些事隐瞒了你，但这次可是真心来帮你的！"

像是听到极度无聊的笑话，他吐了口烟，精致脸孔上的笑容越发肆意。

诺宸无奈地看向凌泰，后者不语，只是从携带的公文包里取出一个封口的牛皮信封，轻轻搁在桌上，朝凌洛安道："都在这里。"

诺宸匪夷所思："不会吧，就这么一个信封？"

凌泰微笑："足够了。"他起身，"考虑好了就打给我。那么，我们先离开。"

诺宸哑然。费这么大劲找上凌泰把人约出来，就只为给一个信封？

"上次是信，这次又是什么？"夹着香烟的手指傲慢地捏起那个厚实的信封，又随意丢下，"凌泰，这么莫名其妙真不像你的风格，直接说吧，想让我做什么？去恒安？继续跟你学习？"

已转身准备离开的男人慢慢回过头来，阳光透过玻璃落在他脸上，明光暗影间，看不出任何情绪："我知道你没有看那封信，如果看过，你根本不可能这么轻易把凌氏脱手。今天给你的东西，我不会收回，怎么处理也全由你自己。我希望，你还没有懦弱到连打开看一眼的勇气都没有。"

他不说任何话，是因为他知道说了也没有用。

凌洛安的个性，绝不是劝说就可以的。

一些事情，他得自己去发现，一些道理，他得自己去明白。

回程的车上，诺宸一脸叹息地摇头，直说自己这份新工作怕是挽回不了了，又问凌泰恒安缺不缺人，他打算跳槽。

"放心，你的新老板一定会找我。"

"这么笃定？"诺宸笑起来，"怎么我感觉你是在赌呢？这么大一件事，万一赌输了可不好看！"

"人生本来就是一场赌博。"凌泰看他一眼，笑了，"而我从来没输过。"

"真的一次例外都没有？"

凌泰扬眉："危瞳算不算？"

"提到这丫头，也应该见一见了！这样吧，今晚一起吃饭，我请你们。"

这头气氛正热，那一端的咖啡厅里，香烟早已燃尽。

许久，男子的手指慢慢伸向桌上的信封。

信封里是一份有效的让渡文件，让渡内容是他曾经百般反对却眼睁睁看着被卖给恒安的"南苑"。

让渡日期是恒安与凌氏合作发展南苑的记者发布会后的第二天。其实南苑从来没有卖给恒安，因为让渡方是凌泰个人，而获赠方则是凌洛安。

文件上已有了凌泰和律师的签名，现在只要他签上自己的名字，这块天价地皮就将完全属于他个人。

让渡文件里夹了一张白纸，上面只写着一行字：不必谢我，我没有这么伟大，用来买南苑的钱是你父亲留给你的。他说，这是你的成人礼物。

捏着白纸的手指在微微颤抖，几分钟的静默后，男子拿起文件，快步出了咖啡厅。

公寓房间的抽屉里，白色信封安静地躺着。

卖掉股份并从凌家大宅搬离时，他没有忘记将这封信一起带回——即便他从来都没有打开的想法。

这是他父亲留给他的信，而到了此刻，他才终于有勇气去读。

信是父亲亲笔写的，写于六年前，他入院之后。

那封信，是一个父亲留给儿子最后的爱。

凌仲升——这是凌洛安父亲的名字。早就知道在他去世之后，年仅十八岁只知道逃学玩闹的儿子没有本事也不可能撑起整个公司，所以在当时，他把自己的儿子和一生的心血都交给了凌泰。

他要他教导他，用另一种方式，迫使他成长，迫使他成熟。

凌仲升早就清楚，真正有野心的，是自己那个出轨的妻子。他甚至料到了凌洛安今日的状况，所以他在六年前写下这封信，他希望儿子懂得，凌泰不是敌人，是家人。

只要他愿意，他的叔叔随时都会帮助他。

凌仲升告诉他，假如他继承公司后一切顺利，南苑的让渡文件他会在三十岁那年收到。到那时，这只是一个礼物，没有任何其他的意义。

但如果他继承公司后，却被他的母亲逼迫着放权，那么这块地便是他东山再起的资本。

他希望儿子明白，人的一生不可以永远浑浑噩噩，有些仗必须要去打，有些东西必须要亲手取回！凌氏是他凌仲升辛苦了一辈子，甚至赔上健康才换来的江山！他是他唯一的儿子，这江山绝对不能败在他的手里！

是的，他太了解关慧心，凌氏到手之后她绝对不会去管理，她取得凌氏的目的只有一个——卖掉。

电话来的时候，包厢里的三个人正在吃火锅。

危瞳听说是诺宸请客，为替他省钱，便提议吃火锅。凌泰开车回家去接她时，她一上车就直接捶了诺宸一拳。

"敢骗我！你个浑蛋！"很彪悍的声音，前座的两个男人皆感觉一阵头痛。

去火锅店的路上，危瞳难得啰唆，直说他不回家，又换了手机号码，她根本找不到他，害得一家人担心什么之类啪啦啪啦一大堆。

这顿晚餐吃得很热闹，没有等危瞳从诺宸嘴里套出今天见面的事，凌洛安的电话就来了。

电话挂上后的二十分钟，那人带着秋夜的凉意，出现在包厢。

危瞳想，这也许是她二十五年来吃的最古怪的一顿饭。

凌洛安自出现后就一言不发，间或看她一眼，难得动筷子，却也只是蜻蜓点水般在汤里掠过，倒是几次都想抢她漏勺里的东西。

诺宸耐着性子看了他许久，虽有些想问，但看到凌泰一脸淡定，便也作罢了。

饭快吃完时，凌洛安忽然开口："如果我答应，你是不是肯把危瞳让给我？"

被点到名的危家大姐大直接一个捏扁的易拉罐丢过去："要做梦回家去！"

湉宸忍笑，去看凌泰，后者搁下筷子，语调从容，略带认真："对待婶婶要有礼貌。"

湉宸这回没忍住，笑着摸乱了危瞳的头发："你是婶婶？真是笑死我了！"

"可我真的很喜欢她！"凌洛安看着凌泰，这一句话说得太过认真，以至于整个包厢的气氛慢慢变得凝重起来，"我知道你做那些都是为了我父亲，我也根本没什么资格跟你提这种要求！但是，我真的非常喜欢她！这么久以来，无论我做什么，换多少女人，或是刻意讽刺嘲笑戏弄她，我都没办法忘掉跟她在一起的短短几个月！我不是要你让，我是希望你能给我一个公平竞争的机会，在所有事情都结束后，让我重新追求她，让她自己来选择！"

"……你、你欠揍！"危瞳越听越恼火，几欲动手，湉宸忙拉住她，示意凌泰自有分寸。

一时间，包厢里所有的视线都凝聚在那个眉目清雅的男人身上。他却仿佛不自知，仍慢慢喝着杯中的饮料。

片刻后，他搁下杯子，抬目扫了眼凌洛安，淡淡笑了："抱歉，我很爱她。所以，别说是让，就连机会我都不可能给你。她是你长辈，一辈子都是。除了尊敬，我不希望你对她再有任何其他的感情。"

危瞳怔住了。

数秒之后，她缓缓推开湉宸拉着她的手，探过身，在凌泰脸上轻轻一吻，微翘的菱唇边，绽开明艳的笑容："老公，我也爱你。"

湉宸想，或许凌洛安在开口的时候就已明白会是这样的结果；又或许，凌泰在对方说这番话的时候就明白他只是想把这些话说出来而已。

不过，人有时就是这样。

说一些明知不可能也要说的话，大约只是为了让自己真正死心。

这一晚，三个人的协议就此达成。

诺宸并不知道那天凌泰交给凌洛安的大信封里到底装着什么，然而几天之后，Z城商场风云变幻。

原先理应被恒安收入囊中的"南苑"竟出现在神秘人手中，对方接手南苑建设一案后第一时间宣布将暂停南苑的所有工程。

一时间，恒安与凌氏首当其冲受到牵连。尤其是凌氏，此前刚投入大量资金，如今被迫暂停，计划被打乱不说，甚至影响到了凌氏在其他项目的投资。

凌氏派出的律师代表与其交涉，数日唇枪舌剑后，对方只咬死一点：他们并没有违反合约。凌氏律师诧异地发现合约果然签得并不周密，当初全权负责这个项目的是前任行政总裁凌泰。而在当时的股东大会上，众人都被合约的回报率所吸引，另外也因为南苑当时的持有者恒安是合作方的身份，并没有注意到这个漏洞，竟如此草率地签订了合同。

如今他们想再交涉，根本难如登天。

有了这个烂摊子，原本对凌氏有兴趣的几个国际买家都持观望态度，关慧心气急败坏，无奈她的能力有限，加上恒安方面态度也不积极，她根本无计可施。

南苑工程一拖就是四个月，这期间，凌氏因资金周转不利，使其他工程被迫违约，灾难叠加，雪上加霜。

关慧心不甘愿就此贱卖，最终决定出售部分股权，套现周转。

然而，就当她以为危机已暂时远离时，她并不知道凌氏已步上当年恒安的旧路。

那是晚春的一个下午，她许久不见的儿子旁若无人地走进办公室，将一份文件搁在她的面前。

他说："妈，你输了。"

曾经，关慧心以为没人比她更了解自己的儿子，他骄傲、贪玩、盲从、口是心非、可以承受压力却承受不了责任。

她的老公不信任她，宁可把一切交托给凌泰。当时，她只是冷笑，不给她的东西，她就真的得不到？

她想要的，从来不会失手。

这么多年，因为有凌泰这个共同的敌人，她的儿子几乎对她的话言听计从。他想从她那里学到东西，他想赶走那个人，取回自己的东西，所以无论她的要求再过分，无论他心底再不愿意，他都不曾说过拒绝。

可惜他并不知道，从一开始，凌氏的主权她就不是为了他这个儿子去争的！那些权和钱，终究还是握在她自己手里才最安全。

而她，最想要的并不仅仅是钱，她这一生，最大的心愿就是将她丈夫的江山易主。

是的，只差一点点她就能成功了。

可这个被她视为无用的儿子，却在离开数月之后一脸肃穆地站在自己面前，宣布自己的失败！

"不可能的！就算你游说了几个胆小没用的股东，加上我卖掉套现的股份，也绝对不会超过我的持股率！"近期凌氏的股份在交易市场中并无大动，他哪里来的其他股份！

"除了南苑的地，父亲还留了一部分秘密股份。"凌洛安缓缓叹了口气，"相信我，你真的输了，妈。"

女人妆容精致的脸慢慢垮了下来："他留了一部分秘密股份？！原来他早就料到会有这一天！他果然是一个疼爱儿子的好父亲，居然给你铺了这么一条坦荡的路！"

"妈，爸只是为我留了条后路而已。如果你不逼我，这一切都不会发生。"

"逼？"关慧心笑了，"我怎么逼你？婚事么？我是逼了你，可那也是你自己选择放弃的。你承受不了坐上高位的压力，你不想跟自己不喜欢的女人结婚，你不愿意牺牲！是你选择了自由，放弃公司，这能算在我一个人头上么！从你发现我有其他男人开始，你就打从心里排斥我这个妈。可你根本不知道，最先有外遇的那个人不是我！而是给你铺这条后路的父亲！跟着他打江山的人是我，凭什么最后享受成果的却是其他女人？我做的那些事，只是跟他学罢了！他出去玩女人，我就在家玩男人，很公平，不是么？"

"我不想去评价你们的婚姻，那也不是我能评价的。"凌洛安瞥开视线，"从明天起，我正式回凌氏。以后我的人生，由我自己做主，我会把该负的责任都负起来，我不会再听从你的安排！你有股份，仍然是股东，只是失去主控权而已。以后，想要留在这里，还是回澳洲，随便你自己选择。"

这一刻，凌洛安突然觉得面前的女人也是软弱而可怜的，与印象里精明强悍处处计算的模样大相径庭。

可终究，这么多年下来，那些日复一日因为被管束被压制而累积起来的负面印象无法消散。

母亲，其实早已变成记忆里的词。

他没有再说什么，只是转身离开。

初夏的某个午后，阳光透过明净的落地玻璃，在画廊原木色的地板上投射下大片的明媚光晕。

靠窗的角落被危瞳摆放了一套黑色藤艺桌椅，据说这样就不必去隔壁西餐厅喝下午茶了。她可以在画廊的小吧台里煮出香醇的咖啡，再哀求她的老公做一个巧克力慕斯，或者其他想吃的甜品。

近几日，这块小天地变成邢丰丰和苏憧来找她八卦时的指定地点。当两个死党享受愉快的假日时光时，也会不由自主地看一眼在小吧台内做甜品的凌大老板。

"暴珍天物啊！让这种身家这种气质这种头脑的男人为你这样的女人洗手做羹汤……啧啧！"邢丰丰的嘴巴还是那么地毒。

"别理她，她嫉妒呢！"苏憧出声劝好友，以免她多毛。

危瞳看了眼"嫉妒中"的好友，决定不再保密，做一回坏人："也不知道她到底是真的因为凌泰嫉妒我呢，还是因为另一个人？"

"什么？"嗅到八卦的味道，苏憧立刻蹭到她边上，"这丫头看上谁了？"

"危瞳！"邢丰丰恼了，那次她追在某人身后死缠烂打的画面不巧被她看见，她可是花费了三顿大餐才把她的嘴堵上的！

"你干吗！大家都是姐妹，凭什么她知道我不知道！"苏憧不乐意了，忙一个个报名字开始猜，"陆路？凌洛安？在画廊打工的那小帅哥？你身边除了你老公不就这几个男人吗？"

危瞳摇摇手指，眯眼笑道："你漏了一个很关键的！说曹操曹操就到，喏……"画廊门口的风铃响起，苏憧随着危瞳的示意转头，进来的那个男人身材挺拔，五官深邃，一双浅棕色的眼瞳在六月阳光里璀璨如星。

"居然是诺宸！"苏憧的惊呼被邢丰丰捂上来的手打断。因为用力过猛，她倒在苏憧身上，苏憧又压在了危瞳身上。

所以，当诺宸与凌泰打完招呼过来时，看到的是三个女人叠在一起的画面。

"你们怎么了？"他失笑。

"这是新游戏！"危瞳快速脱身。

"打电话着急叫我来，就是看你们的游戏？"他调侃她。

"不是。找你来自然是有事想让你帮忙，是这样的，邢丰丰最近想拍一套写真留念，她知道你摄影技术好，所以想请你帮忙！可以吧？"

"你开口，我会拒绝吗？"诺宸侧头，朝邢丰丰笑笑，"什么时候拍？"

苏憧惊讶地发现，那位素来行事大胆火辣的OL居然悄悄红了脸。

"今天！"危瞳火速代为回答，看到诺宸一愣，忙补充道，"不会是没时间吧？"

"时间是有，不过我没带相机。"

"那就带着邢丰丰回去拿啊！你看今天天气这么好，择日不如撞日，就今天！"危瞳转身，手指一用力，将发蒙的邢丰丰一把拖起来，然后干净利落地丢过去，"去吧！"

"噗……"待到有些莫名其妙的诺宸和完全蒙掉的邢丰丰离开后，苏憧终于忍不住大笑，"你太绝了！"

"都是自己人，当然要帮一把。再说，都这么多年了，你几时见过那家伙在哪个男人面前这么乖巧过？"

"先前明明没这事的，不知道她怎么突然起了色心……"

"人总是会变的，因为发生过一些事，才会有改变。"危瞳看着窗外一同离去的两人，突然之间就想起了凌洛安。

在凌泰和诺宸帮他拿回凌氏后，他像是真正懂得了自己身上的责任。花心和风流，都变成了历史，他几乎把所有时间用在打理公司上。

而他过去那种骄傲到近乎任性的脾气也收敛了不少，甚至将几个月前醒来后一直住在外面公寓的凌静优接回了家，并在对方的请求下，安排她去了日本念书。

现在的他，已经变得很成熟。就像凌泰说的，人总要经历一些事才能成长。

几天后的晚上，她依偎在凌泰怀里，一起坐在沙发上看一部很老的电影。中间过程有些艰辛，但结局很美满。她觉得，就像她和凌泰。

现在，她已经不会继续纠结着去问，他到底喜欢自己什么，又是什么时候喜欢上自己的。

因为她懂得，若是一个曾经站在顶端，可以俯瞰脚下的世界，翻手成云覆手成雨的大人物，甘愿日日陪伴着她，与她柴米油盐酱醋茶地过最普通平凡的日子的话，他一定是真的很爱她。

开始不重要，过程也不重要，此刻的结局才是最重要的。

她在他怀里动了动，温热的唇印在她发上，随之而来的是男人优雅磁性的嗓音："怎么，困了？"

"没有。"她揽紧他的腰，"老公，等今年冬天来的时候，我们去斐济吧。"

"哦？"他轻轻扬眉，"你不是不愿意去听都没听过的地方么？"

"其实我前几天查过资料，那里是地球上最后的蓝色天堂，都是很美的原始风貌，我们去看看吧。"

"好。"

"然后，我们顺道去澳洲看看渃宸。"她想起今天下午收到的短消息，消息来的时候，渃宸已身在飞往澳洲的飞机上。

　　消息不算太长，短短几句，却将所有事表达得很完整：我要回澳洲了，这几个月赚够了钱，以后几年可能会继续摄影，也有可能会去不同的国家。放心，每年你的生日我还是会继续寄礼物回来。你要好好收敛你的脾气，别和凌泰吵架，也别欺负他。就这样，我走了，你要幸福。

　　渃宸走得有些突然，然而更令她感觉突然的是邢丰丰。

　　她打电话给她，本想和她说渃宸离开的事，结果对方镇静地在电话那头道，她已身在机场，那个男人无论去到哪里都逃不掉的！

　　"老公，我和丰丰认识这么多年，她还从来没这么认真和勇敢过，你觉得她会成功吗？"

　　"嗯，这么深奥的问题，让我想一想再告诉你。"男人微微勾起唇角，眼眸温暖。

　　"好，那你想吧。我现在有点儿困了，我睡会儿哦。"

　　"睡吧，睡着了，我会抱你去床上的。"

　　"老公……"

　　"怎么？"

　　"你真好……"

　　男人唇角的笑意加深了，他收拢手臂，将深爱的人紧紧抱住。

【全文终】

番外一

守

▼

凌泰第一次见到凌洛安，是在他十七岁那年。

那年，他第一次知道，自己在遥远的中国，还有一个同父异母的哥哥，他叫凌仲升，比他大了十九岁。

他还记得他们第一次见面是在S城一处名为南苑的老旧街区里。这里，是凌仲升长大的地方，也是他们的父亲多年前抛下他离开的地方。

故事很平淡，他们的父亲以及妻子都是在南苑出生的穷人，因为相同的信念走到了一起，从小摊贩开始打拼事业。可后来境况好转，有了钱，却要分开。

离婚后，大哥凌仲升跟了他母亲，而父亲通过结识的朋友去了欧洲，跟一个华裔女人结婚，生下凌泰。

凌泰的母亲是个虔诚的基督教徒，她知道自己丈夫过去的事，并没有介意，反而非常温柔地给予这个大她很多岁的男人更多的爱。

后来，凌泰的父亲因病去世，他的母亲也在不久后思虑成疾逝世。母亲过世后的数年，凌泰在一次整理遗物的过程中，发现父亲在中国还有另一个儿子。

失去亲人的孤单令他萌生了去见一见对方的念头。

那时是夏天，除了同父异母的哥哥，他还见到了那个仅比自己小八岁的侄子。

"你是我叔叔？"男孩子抱着篮球，站在自家院子的香樟树下，一张精致的小脸挂满了汗水。这一年，他只有九岁。活泼好动天真可爱，与他说话时，带了些腼腆与兴奋。

"叔叔，就是指我爷爷的儿子吗？"

"叔叔你是高中生，篮球一定打得很好吧！"

"叔叔，为什么以前我从来没见过你？"

……

那个暑假，他在南苑住了两个月。大哥的母亲刚刚去世，企业又出现问题，他的出现，使得原本情绪低迷的凌仲升重新振作起来。血缘的力量如此奇妙，它将两个从未见过并相隔半个地球的陌生人联系在了一起。

凌仲升是个很有梦想的人，从来不信命。他很像他们的父亲，想要凭自己的双手，打出一片江山。他把从母亲那里接手的仅仅只有几十人的小工厂，用数年时间发展成了一个员工上千的建筑企业。

那时，国内的房地产市场还未起步，大众买房的意识不强，但他却预见到，未来十年，土地和房产将成为国内最赚钱的项目。

那两个月里，凌仲升总喜欢在傍晚带着凌泰到南苑散步。铺着青砖的狭窄小巷，喧嚣曲折的街市，林立的小摊，古朴的石板桥，充满旧时代气息的建筑。

盛夏的风拂来，带着浓浓的烟火气息，有一种令人心安而温暖的奇特感觉。

凌仲升说，总有一天，他要把这块地买下，在这里建起现代化的高楼，给每个街坊一个新的家，让它成为S城最闪耀的明珠。

三年后，凌仲升成立了凌氏，他们一家三口，连同那些远远近近的亲戚们，都一同去了Z城。

这一年，凌泰与他们第二次见面。仍旧是夏天，他刚刚读完大一。

这一年，凌仲升看起来苍老了许多，他对他说，阿泰，你来帮我，好吗？

凌泰从未跟凌仲升细细说过自己在欧洲的家族，一来是因为他在那边长大，思想观念与国内的人不同，从不觉得家族的产业跟自己有什么关系。他也从来没有想过，以后有一天会去经商。

二来，他跟他的母亲一样，自小信奉基督，无欲无求，生活非常简单，只想继续学习自己喜欢的美术，以后在适合的地方开一家宁静的画廊。然后与一个喜欢的女孩相遇，结婚生子，携手同老。

而这些，凌仲升都不知道。

他开口求他帮忙，凌泰考虑了两天，回欧洲后，将他正在读的美术专业改成了工商管理。

他并不觉得这是一种牺牲，他只是不希望自己的亲人太辛苦。他希望尽自己的努力，帮他分担。

那之后的五年，除了学习，他亦在欧洲开了属于自己的公司，家族的人帮了不少，他自己的实力也渐渐跟上。

其间，他只回过Z城一次。凌仲升仍然忙碌，和他妻子关慧心的关系也有些微妙转变。可改变最大的恐怕还是洛安。

十五岁的少年，大约因为生活太过优越，渐渐开始生事打闹逃学。凌仲升对儿子自小宠爱，但并不溺爱。只是这几年他的心思都在生意上，对儿子管得也少，根本不清楚为什么原本懂事的儿子会变得如此叛逆乖张。

五年之后，二十五岁的凌泰正式进入凌氏工作，坐上了仅次于凌仲升的位置。

这时的凌仲升，身体已越来越差，而凌洛安依旧每日胡闹生事，甚至早恋。凌仲升知道，儿子虽然不成器，但本质并不坏。只是从小到大，他的生活太优渥太顺利，品尝不到挫折，也没有任何危机意识。

此后的一年里，凌仲升的身体每况愈下，一直在筹谋准备自己的身后事。

他清楚地知道，自己和妻子早已同床异梦。

他明白他们之间的关系弄成这样，也不能全怪她。是他先犯了错，而她竟以同样的方式报复，他们之间已经不可能修补。他只希望，她不要因为这些仇恨，伤害到他们的儿子。

但如果她真的不顾念母子亲情，他也要给他的儿子留一条后路！

最后一次入院时，他已有预感，他在病床上写了信，并将那些准备好的钱和股份都托付给了凌泰。

他很清楚他的为人，只要他开口，他就一定会答应，并且会坚持到底。然而他同样也清楚，这并不是一个简单的托付。洛安才十八岁，距离他大学毕业还有很多年，这是一条非常漫长的路。

除了公司众人的压力，他还要面对关慧心的刁难，甚至是洛安的不理解。

在这条路上，他将独自一人艰难跋涉。

他才二十六岁，为了他，已经放弃了原本的梦想，放弃了成长的土地，他甚至没谈过一场像样的恋爱！难道现在又要他把自己年岁里最好的时光贡献给他的公司和儿子吗？

那一刻，凌仲升觉得自己就像个无情的恶魔，一次又一次地剥夺了他的人生，只为修补自己的遗憾！

然而，他的弟弟却只是轻轻一笑，按住了他原本打算收回文件的手："已经说出的话，不可以收回。我是你的家人，难道你要我当作什么都不知道，就这样返回欧洲？你放心，这并不是什么难事，公司的事我早已上手，至于洛安……他这么聪明，也许不用太久，我就能把公司转交给他。或者……过不了几天你的身体就会恢复，根本用不着我。"

那天，他坐在床榻前，静静地陪伴着他。

那时的他们，谁也没有想到，这一守，就是六年多。他们也都没有料到，这天，竟成了他们的最后一面。

这天深夜，凌仲升病情加重，抢救无效去世。

一个星期后，凌泰出示文件接手公司，震惊了整个凌氏。那天，凌洛安在指责他趁乱夺产之后，愤然离去。他第一次感受到众叛亲离，仿佛世上唯有他一人。

那夜，素来自律淡漠的他第一次去了酒吧。早已知晓是如此的局面，可人心终究不是钢铁一般的死物。他告诉自己，总是需要一个习惯的过程。

只要撑过去，撑过去就可以。

只是无论如何……今天发生的事，他想彻底地忘记。

他向全能的主祷告，求他给予他勇气，求他给他指引，求他宽恕他的罪：那些本不该有的退却与懦弱，和这一晚的酒醉。

朦胧中，有人走了过来。迷离光线里，她长发披肩，妆容浓重，却偏偏有着明媚无比的眼瞳和可爱的笑容。

她那么大胆，那么放肆，不经许可便吻了他的唇。那唇带着浓重的酒味和甜甜的水果味，她冲他软软一笑，像只妖媚性感的小猫："别生气嘛，喜欢你才亲你的，别人我才不亲！"

他有些怔愣，因为他看见那笑容的背后，藏着深深的寂寞。

那是失去至亲之人的痛，与他一样的痛……

番外二
那夜
▼

那夜，是自律的他这一生中唯一一次脱轨。

Z城的酒吧，他是第一次踏入。

之所以不喜欢这类地方，是因为总觉得酒精是懦弱之人才需要的东西。内心坚定的人根本不需要。

然而这夜，他却觉得自己需要这种东西，只要一夜。

却没有想到会因此遇上她。

他已经不太记得他们是如何离开酒吧，又是如何去到酒店房间的。

或许他原本只是想送她回家，又或许这就是他的本意……二十六年的人生里，从未有过如此放纵的时刻。他总是严于律己，头脑清醒，知道什么该做，什么不该做。

他有着与常人不同的信仰，这份信仰总是支撑着他。他甚至前一刻还在心中祈祷，可这一刻，他却有了抛弃一切的念头。

她非常主动，抱着他亲吻，与其说在勾引，不如说那是一种渴望被安慰的求助。

他醉得很安静，她醉得也很安静，房间里，除了两人的呼吸，就只有衣物摩擦的细微声响。她一直抱着他，却也仅限于抱着，她在吻他，却也仅止于吻。

他的体温却因此渐渐升高。

仿佛是吻腻了，她开始探出舌尖，做另一种游戏。反反复复地探索缠绕，直至他崩裂了最后一丝理智。

她被他翻身压在床上，主动权瞬间被他夺取了去。

他扣紧她的手腕，像是怕她突然逃离一般，低头深深地吻她。二十六年来，他的身体第一次感觉到情欲的冲击，手指滑下她的领口，拉扯她本来就单薄的衣衫。

后来很多次，当他再回想起这一晚，总会有种错觉，感觉那个蛮横到有些可怕的男人并不是自己。她明明醉得很厉害，却也在这种强迫下抗拒起来。

她的力气很大，第一次挣扎轻轻松松就成功了。

她滚下床，跌跌撞撞地打开了浴室的门，把那里当成了离开的出口。这个游戏变得不太好玩，她想要离那个男人远一点儿。

结果还没走进浴室，她就滑倒了，横倒的身体绊到了他的脚，两人滚在一起，她再一次被压在下面。

他像是有些清醒，她却突然高兴地笑了起来，搂住他的脖子，再度吻上他的唇。

他们在深红色的地毯上接吻，他的手指抚上她年轻滑润的身体，指下的触感如此美妙，温暖、柔软，充满少女的甜香。

衣物在肢体交缠间被剥落，原始的本能不需要教导，只需一男一女共同探索。那么新奇的感觉，让她发出奇怪的声音。

第一下的进入，非常痛苦，她叫出了声，头脑似乎有一瞬的清醒，可很快就被接二连三的动作搅得乱七八糟。脑中再没有什么想法，只是觉得温暖，仿佛空寂的生命被填满，那一下下动作传来的热度，就像是重新跳动的心脏。

痛也好，其他感觉也好，都是新的，以前没有的感觉。让她清楚地认识到原来自己可以这样活着，这样地真实。

血迹顺着因推动而微微颤抖着的大腿内侧流下，很快被他们身体下的地毯湮没……

第一次攀上高峰的时候，他其实已经有些清醒了。

可身体仍然无法控制地再次进入她。

大抵是为了接待他们这样的客人，床很柔软而且很好，动作起来没有半点儿声音。

彻底清醒的时候，她已经昏沉沉地睡了过去。

她侧着身，双手还抱着一个枕头，这样睡姿的人，通常都缺乏安全感。

她脸上的妆容全都花了，完全看不出原本的面目，可他却觉得，这应该是个非常年轻漂亮的女孩。他知道她是第一次，抛开那些道理责任不说，拥有信仰的他也不可能就此离去，把这夜的一切都当作一场梦一般的风花雪月。

酒醒，放纵后的罪恶感袭来。

他在浴室简单沐浴后，在她床头留了张纸条。有些事，他需要立刻去做。他明白，如果不是他的信念不够坚定，这夜的事本不应该发生。

他并不后悔，只是需要忏悔，然后等待她醒来，将这一夜的镜花水月从迷离的夜色中拉出，变成阳光下的携手。

不管她是谁，不管她有着怎样的过去，不管她醒来后是什么反应，他都会用自己的方式，负起这个责任。

他打了电话，让助手开车来接他。在去往教堂的路上，他静静地靠上后座，凝视着窗外的浓黑夜色。

这时的他并不知道，在他离开之后，他留下的纸条被风吹落，悄无声息地滑入床底；他也并不知道，那个他已打定主意要与其携手的少女，在一番惊慌失措后，就这么离开了酒店。

这一错身，就是五年。

五年间，他找了她无数次，却始终没有音讯。

直到那一晚，在香港，他遭遇袭击。

在被枝叶环绕的黑暗中，当他与那个年轻的保镖身体紧贴的时候，当那些熟悉的触感和气息一股脑涌来，他才愕然觉察，那个女孩，她就在眼前。

番外三
斐济蜜月记

▼

秋意浓浓的十一月来临时，危瞳和凌泰踏上了南半球的蜜月之旅。

依照危瞳的意思，她原本想在澳洲转机，先在悉尼找诺宸和邢丰丰玩几天，再和他们一起飞去斐济度假。结果临行前接到邢丰丰的电话，说诺宸不久之前借口有"重大事务"要办，已逃离澳洲，她正在努力"追赶中"……

探亲这类事，下回请早。

危瞳郁闷得不行，难得出一次国，本想趁着人多热闹开开心心地玩一场，结果临时被放了鸽子。

十几个小时的飞行中，除了睡觉，她大部分时间都一边吃着冰激凌一边研究自己的死党怎么一年了还没把她家的大师兄给拿下。

对她偶尔发出类似自言自语的疑问，凌泰一概当没听见，只管安静闲适地看杂志。

有些事情，其实很需要人为地调整一下。难得有一次蜜月旅行和一个非常适合他们度蜜月的地点，他不想多两个煞风景的电灯泡。

他们乘坐的飞机在南迪降落。

达到的时间是上午八点，南太平洋湿润的海风拂面而来，危瞳看着蔚蓝天空下的陌生国度和各种肤色的旅人，突然间就兴奋起来。

"怎么了，这么高兴？"将行李交给出租车司机后，身材修长的清隽男子自她身后搂住她的腰，优美的薄唇在她脸侧吻了吻，"你如果喜欢这里，以后每年都来一次。"

"每年来一次哪还有神秘感啊！"危瞳说得煞有介事，"我只是突然想，这里离中国这么远，万一我们在这里丢了所有的钱和物品，说不定就能有一场别开生面的蜜月旅行！你说如果我在街头卖艺表演中国武术，会不会很受欢迎？"

凌泰低咳一声，默默走开。

两人订的酒店位于珊瑚海岸的沃里克度假村，这条长达八十千米的沿海公路两旁遍布着各类酒店。他们定了海景房，落地窗外便是风光旖旎的海滩。

关于蜜月地点，虽然危瞳最后妥协，放弃了南极、珠穆朗玛峰、亚马孙热带雨林等心仪之地……但因骨子里好动、爱冒险的因子作怪，危瞳还是把热带雨林徒步游、出海钓鱼、竹筏漂流等列入了主行程。

为此，她特意上网搜了很多关于斐济的攻略，自己制定了整个旅行计划，力求在这里的十五天能成为两人毕生难忘的时光。

不过，这似乎只是她单方面的想法。

事实上，他们在珊瑚海岸前两天的行程如下：

第一天：入住、海滩散步、午餐、午睡、SPA、晚餐、沙滩散步、"晚间运动"。

第二天：晨起散步、早餐、游泳、午餐、午睡、海岸咖啡、晚餐、"晚间运动"。

第二天傍晚，介于小妻子的强烈不满，凌泰改变了晚餐地点，选择了沙滩海鲜烧烤外加当地特色演出……

然而如此换汤不换药的行程，危瞳终于熬不住了，这晚待到他从浴室出来，立刻纵身跳上客厅沙发，威胁道："明天再不改行程，今天的晚间运动就取消！"

他淡淡地瞥了她一眼，在沙发的另一边落座，顺手取了本旅游杂志翻看起来。

危瞳完全被无视……

僵持了三分钟，急性子的危瞳憋不住了，再度开口："我说今晚的运动取消！取消哦！"她家老公虽是个虔诚的基督教徒，但婚后在尽到夫妻义务方面还是非常乐此不疲的。也亏得她体力好体质好才能配合。

"正好，今天我也想休息。"凌泰抿了口茶，柔声道，"乖，累的话你先睡。"

乖个头啊！危瞳毛躁地抓头，两天吃吃喝喝睡睡下来，不但不累，她精力充沛得能一拳打死一头牛！这会儿还让她睡，下午早睡够了！

威胁方案失败，得换一换！

危家大姐大从沙发上跳下来，蹭到他背后，手臂绕上他的脖子："老公！"她甜甜地卖乖，"其实人家也不是很累，不如我们来聊聊明天的行程啊？"

"你想怎么聊？"男人唇角微勾。

"你应该问我想去哪里才对！"她蹭蹭他线条优美的脸颊，在上面啄了一口，"来这里都三天了，每天除了睡觉吃饭就是散步游泳，好无聊啊！"

"来海边度假本来就是放松身心的。"

"可我原本的计划不是这样的，我想去雨林徒步，想出海去钓鱼！"她抱着他努力地蹭啊蹭，"老公，整天待在酒店里我都快发霉了……"她蹭上他的大腿，再蹭上他的胸口，跟只猫似的。

"乖。"他一手拿着杂志，一手顺着她的长长发丝，"那我们明天去南迪走走？第一次出远门，总得给你的家人带些礼物。"

他的话令她想起家中的危老爹和十一位师兄弟，听闻她远飞斐济度假十五天，一个个羡慕得跟什么似的。

危瞳想想也对，礼物总是要买的，晚买不如早买，买完才能尽兴地玩。

于是次日，两人拖着行李坐车返回南迪。

哪知这一去，就是八天。

原因是危瞳迷上了潜水……

要怪，就得怪凌泰新订的那家酒店的位置。

酒店并不在南迪本地，而是在距离南迪约三十分钟车程的丹娜努岛。跟珊瑚海岸比起来，这里的沙滩更细腻，海水更蓝，酒店也更加豪华。

危瞳从小在没海的城市长大，曾见过最远的海也不过是之前做凌泰保镖时去的海南。那会儿她还在纠结凌洛安的事，加上工作出差来去匆匆，也没顾得上玩。

所以当第二天上午，她在海风和烤面包的香气里醒来时，便被窗外的海景震撼了。

海水很蓝，近在咫尺又无边无际，连着天空的颜色，犹如童话世界。

房间外的阳台上，凌泰一袭白衣长裤，神清气爽地回过头来，眼底蕴含着宠溺的笑："终于醒了？早安。"

尽管已做了一年多夫妻，这一刻她的脸还是红了。

昨晚入住酒店后，她因为口渴，错把冰箱里的当地烈酒当成饮料，一口气灌了半瓶下去。待到凌泰淋浴出来时，她已经喝大了，正在床上边喊热边打滚。

看见凌泰出来，顿时一跃而起，非要表演脱衣舞给他看。

凌老板对小妻子酒后的种种行径虽早已见怪不怪，但这晚到底还是被震撼到了。

他被一把推坐在沙发上，强迫欣赏某人的脱衣舞。

某人还边脱边提问："我的腿很长吧？你摸摸，皮肤好不好？我的胸最近又变大了，因为我老公每晚都摸得卖力……还有，我的腰细吧，丰丰她老眼红……"最后总结为一句，"我漂不漂亮？"

男人抚额失笑："漂亮，你最漂亮。"

"那你不亲亲我？"她勾住他的脖子，嘟起自己的唇。

男人清澈的眸渐渐深邃起来，他轻轻抚着她的脸颊，压住她的唇。细碎地啄吻，像是在品尝她唇上酒的味道，然后是长长地厮磨，最后撬开她的唇，往里探进去。

刚刚触上香甜的柔软，大腿上的人却突然惊跳起来，捂着脸颊一本正经地表示自己还没洗澡。之后冲他眯眼一笑，扭身以Z字形朝浴室走。

被挑起欲念的男人哭笑不得，又怕她在浴室里睡着，最终决定进去帮她"洗"。这一洗的后果，就是大半夜两人都没得安宁。

结婚已经很久了，一些事也做了无数次，可有时候，热情一旦被点燃就不可收拾。

这个晚上，凌泰把小妻子所有的体力和精力彻底榨干，凌晨时分，当她嘟囔着直喊困时，他却自背后拥住她，不紧不慢地把昨晚整件事的始末一一说给她听。

对他而言，生活中的每一个细节都应该两个人共享，尤其是那些另类又有趣的。如果就此被遗忘，实在可惜。

所以此刻，当凌泰一派悠然地跟她说早安时，擅长酒后彪悍以及醒来遗忘的某人实在没办法装不记得，她羞得只想找个地洞钻进去。

这天，危瞳因体力问题没办法去南迪购物，只好在百无聊赖下，选择了浮潜。

丹娜努岛的海水非常清澈，危瞳是个游泳高手，连脚蹼都不用，面罩一戴便直接朝海里游去。

她在水里泡了很久，时不时丢几只蟹给岸上的凌泰，让他拿给附近小餐厅的人清洗然后烤了吃。

虽然这几天海鲜吃了不少，但这是她第一次吃自己亲手抓到的活物，加上岛上餐厅师傅调配的妙不可言的烧烤调料，危瞳直叹好吃。

不但如此，她还蹭到凌泰身旁去问他的意见。

"你亲手捉的，其他人捉的当然不能比。"他宠溺地顺着她湿漉漉的长发，在她颊边亲吻，"老婆，明天再多捉一些？还有，这附近有可供客人采摘的热带果树，你想不想去试试自己摘？你不是一直想出海钓鱼么，我们可以明后天租个船去远一点儿的地方海钓，还可以找个厨师一起上船，新鲜的刺身非常鲜甜，海上的落日也很美……"傍晚的夕阳里，他清俊优雅的脸庞色泽莹润如玉，贴近的呼吸里尽是温柔缠绵的气息。

来斐济这几日，明明两人都在一起晒太阳，他的肤色却丝毫不见变化。与生俱来的优秀基因让已从浅麦色肌肤向小麦色肌肤进发的危瞳羡慕不已，同时，也心跳不已。

结婚这么久还会对着老公流口水的人应该也只有她了吧。

这么漂亮有气质的老公提的要求，当老婆的自然一口答应下来。

反正她身体素质好，下海上树这种粗活重活当然由她来做！危瞳满心都是欢喜和满足，压根就没注意凌泰蕴藏在眼底的一抹深邃笑意。

等到某人反应过来自己原本那些雨林徒步、竹筏漂流等冒险计划尚未执行时，已经是他们在岛上的第十一天了……

然后，去南迪购物又花去了一天半的时间，他们的蜜月旅行只剩下可怜的三天半……

这天晚上，她躺在阳台的长椅上，一边喝果汁一边坚定无比地朝自家老公说道："明天坚决要去内陆雨林徒步，我车子跟导游都找好了！"

凌泰将视线从手机上收回，又看了眼远处海天相接的景色，实在不忍开口打击，柔声答了句"好"。

次日，暴雨倾盆。

危瞳趴在阳台的玻璃移门上，既忧郁又毛躁地抓着头发。

"为什么会下雨？"

"这里的十一月到来年五月属于雨季，之前一直没下，也算是我们走运了。"

"我讨厌下雨。"

"嗯，我也讨厌。"靠在沙发上边看书边品咖啡的男人故意蹙起眉头，表现出讨厌的样子来。

危瞳好动，枕在凌泰腿上看了会儿根本看不懂的电视，还是忍不住跳下沙发。

"我在酒店里走走，看看有没有好玩的。"

"要我陪你吗？"他很了解自家小妻子的英文水平，就怕她急起来抓瞎。

"不用了，这酒店才多大啊，我看看就回来。"

凌泰没料到，这一看就看出意外来了。

二十分钟不到，危瞳欢乐地跑了回来，拉着他就让他换衣服。原来她在电梯里遇见了一对同样打算去雨林徒步的中国小情侣，也是因为下雨的事耽搁了。他们说这个海岛的风雨来去很快，而从这家酒店开进内陆需要一两个小时，所以他们决定先坐车去那边的村舍民居，再看情况考虑要不要进雨林。如果今天实在进不了，就在民居住一晚，第二天再进也行。

危瞳觉得这个主意很棒，问了他们是否愿意同行，四人一车和两人一车相比明显能分摊掉很多费用，对方那个年轻男子很爽快地答应下来。

凌泰看着面前的人激动的模样，终是无奈一笑："真这么想去？"

"对！"

"好吧，你整理一下必需品，我马上就好。"

"老公最好！"她扑上去，在他脸上重重亲了一口。

开车的司机是个年近四十的壮汉，不是本土人，据说有一部分华人血统，说流利的英文，也会部分中文。

路上，小情侣中的男子坐在前排，一直和司机说着话，时不时回头跟后座的女朋友打情骂俏。危瞳坐在中间，有些羡慕地看着他们。

凌泰比她大了很多，个性也沉稳，一般在陌生人面前，不会如此肆意地秀恩爱。

"你老公话好少，他是做什么的？"那男子不光跟司机兼向导能聊，显然也想跟危瞳他们聊，无奈凌泰的话实在太少，他只得从危瞳这里下手。

"他就是这个性。"危瞳冲他弯眼笑笑，素颜的麦色脸孔刹那绽放出夺目的流光。对方愣了愣，过了好一会儿才低低地"哦"了声。

他坐正身子，又忍不住回头看了危瞳一眼。

这个回头的动作太过明显，他的女友立刻觉察到了，拍了拍他的肩膀：“看什么看啊！”

“没什么，就觉得她笑起来很美，很像哪个大明星。”他的视线还在危瞳脸上打转，却感觉到旁侧另一道清冷的目光射来。

他稍稍侧头，对上凌泰清俊却又淡漠冷冽的眸子，顿时心中一凛，马上收回视线。

车内的沉寂只维持了片刻，那男子再度回头和自己的女友聊起天来，对方也像是习惯一样，恢复常态跟他笑闹。

一路听着那两人欢乐的交谈，危瞳愈加羡慕，到民居安顿好后忍不住向凌泰表示自己也想要那样公开的打情骂俏。

“傻瓜，有时候眼睛看到的不一定是事实。”他揉了揉她的头发，便进浴室洗澡了。

几个想碰运气的人运气并不好，这场大雨只在他们开车中途停了会儿，之后便继续肆无忌惮地下着。

当天进雨林的计划泡汤，司机兼向导便建议他们留宿一晚，看第二天的天气情况再说。

于是当晚四人便在这间民居过夜，他们感觉十分新鲜，倒也不觉得简陋。

半夜，因为空调不好用，危瞳被热醒了。民居外的雨似乎越来越大，混合着雷电，像天漏了一般。

她下床找水喝，房间没有，只得一路来到饭厅。刚倒了杯水，便被人从背后拍了下肩。

她下意识地一个搭扣，按着对方的手腕就要甩出去，身后人急了，忙喊“是我是我”。

借着幽暗的光，她看清对方原来是小情侣中的男子。

她忙跟人道歉：“你也被热醒了？”

“是啊，这地方太破了，空调不行。不过这趟包车进来费用不高，也算值得。”他絮絮叨叨地跟她聊天，显然没有一两句结束的打算，“主要是我女朋友想住那家酒店，你也知道那么豪华的酒店，住一晚就要几千，我们在那儿住了两晚，所以接下来只能缩减开支了！对了，你们在那儿住了几天？"

"不记得了，十来天吧……"和凌泰在一起后，危瞳就从没问过钱的事。

"哇！你们这么有钱，为什么还跟我们挤一辆破车来这种地方？进雨林是没钱的背包族才干的事啊！"

危瞳看了他一眼，只觉得这场对话让她越来越不舒服，刚想开口告辞，对方的女友却在这时出了房间。

她面色不悦地看了他们一眼，用力把自己的男友拽到一旁，危瞳趁机开溜，然而背后那两人却叽叽喳喳地吵了开。

对话中几次提到她，危瞳觉得很冤枉，想回头劝架，这时一声惊雷刹那划过夜空，以惊人的气势和力度在他们耳边炸响。民居的门窗通通被大风刮开，雨水一个劲儿地朝里灌，瞬间就淹没了饭厅的地面。

几人尚在发怔，民居主人和司机却分别从各自的房里跑了出来。对方叽里呱啦地说着危瞳听不懂的话，那对情侣的脸色却突然一变，忙朝房间里跑。

司机一把拽住两人，似乎在说来不及了，推搡着他们直往屋外走。

那个主人来拉危瞳，挤出一句不标准的英文，危瞳这回听懂了，他在说"危险，快走！"。

可是凌泰还在房间里，她用力甩开对方的手，几步朝最里面的房间冲去。房门像是被东西堵住了，怎么也推不开，她后退几步，用力踹门，终于把房门踹开了。

房里早已一片狼藉，房间的窗户全坏了，雨水倒灌进来，风卷着碎掉的树枝，混着雨水直往里吹。

她几乎睁不开眼，好不容易才看清床上并没有人，她几步冲到浴室里，发现也没有人。

她心急如焚，刚退到房里，就听见有人在喊她。

透过破碎的窗户，她看到站在屋外的凌泰以及民居的主人和司机。

他们都在冲她大喊，然而风雨太大，她根本听不清。凌泰看了眼民居，突然甩开两人，朝房间冲了过来。

后来的事，非常混乱，她已经不记得是民居先倒塌的，还是凌泰先越过窗户冲到她身边。唯一记得的是他伸出的温暖手臂，以及他盯着自己的焦灼眼神。

"傻瓜，站着干什么！"他一把抱住她，用自己的身体将她紧紧护住。

"轰隆"一声巨响，危瞳眼前顿时一片漆黑……

再度醒来时，人已在南迪的医院。

她的手臂和腿上都有擦伤，然而这个时候她根本顾不上这些，一把揪住护士便问凌泰在哪儿。

"在你边上。"病床旁的布帘被掀开，他躺在病床上，脸色苍白地朝她微笑。

后来医生告诉她，算他们命大，这种天气也敢靠近雨林，昨天晚上，内陆地区不少居民都遭了殃。

十几年难得一遇的大暴雨，冲塌了他们住宿的民居，而她居然只有手臂骨折，真是太走运了！

对面病床上，那对受了轻伤的小情侣正在吵架，女方嫌男方太抠门，为了省钱找了个无牌向导，差点儿把她害死，昨天还只顾自己逃命，现在行李和钱都被水淹掉了，她要跟他分手！男方则嫌女方太市侩，都什么时候了还想着钱，再说丢的都是他的钱，她急个什么劲！

危瞳偎在凌泰病床前，将自己的老公紧紧抱住，一刻都不肯松开。

"怎么了？"他有些好笑。

"我怕。"

"怕什么，傻瓜，你不是最喜欢冒险么，现在钱和护照都没了，跟你当初计划的一模一样。"他抚着她的脑袋，轻轻笑道。

"我以后再也不冒险了，就陪你晒太阳、散步还有看书听音乐。"她把脸埋入他的脖颈，声音呜咽，"你干吗要进来啊！我身手这么好，根本不会有事，以前当保镖时，每次都是我保护你……你干吗非要进来！"

"傻瓜，哪有老公眼睁睁看着老婆有危险却不救的？你早就不是我的保镖了，你是我凌泰的妻子，应该由我来保护你。"

她抬头，对上他深邃却温软的眼眸，心里顿时软成一片："老公，你最好了……"

他顺着她的发丝，将心爱的小妻子拥入怀中。

回到Z城，已是两周之后。

除了补办护照花了点儿时间，他们倒也损失不大，因为大部分行李包括买回去送人的礼物都搁在酒店房间没拿。至于钱的方面，凌老板更加不担心。

回去时，两人坐的是私人飞机，凌老板的前助理陆路先生早已安排好了一切，毕恭毕敬地在Z城机场迎接他们。

看到凌泰好好出门，断手而归，陆路在心里庆幸自己给老板买了双份保险。好歹能赔点儿钱，虽然对凌泰来说根本不算什么，可至少证明了陆路同志是个很有远见的青年。

一个多月后，凌泰的手臂基本恢复了。

此时正是Z城最冷的时候，邢丰丰在一个大雪天，奇迹般地出现在了他们的画廊。

画廊很热闹，陆路在和凌泰聊天，危瞳则在冲咖啡，搁下给两人的咖啡后，她几步跑了过去："你怎么回来了？"

"别提了，你大师兄跑非洲去了，我顺道回来看看你。你以前不是常说想去非洲看沙漠吗，要不一起去？叫上你家凌大叔，就当——二度蜜月！"

"噗——"陆路一口咖啡差点儿喷了出来。他回头看了眼凌老板那张没什么表情的脸，凑到他耳边低声道，"老板，其实比起保险，我觉着你还是去学些空手道之类的武术傍身比较实在……你明白，有时候度蜜月这种事，也是挺危险的……"

大雪初融的春天，凌老板与保镖小妻子的婚姻生活依旧丰富多彩。

图书在版编目（ＣＩＰ）数据

近在咫尺的你 / 南绫著. -- 南京：江苏凤凰文艺
出版社，2017.12
ISBN 978-7-5594-1197-6

Ⅰ. ①近… Ⅱ. ①南… Ⅲ. ①长篇小说－中国－当代
Ⅳ. ①I247.5

中国版本图书馆CIP数据核字(2017)第246422号

书　　　名	近在咫尺的你
作　　　者	南　绫
出 版 统 筹	黄小初　沈洛颖
选 题 策 划	北京记忆坊文化
责 任 编 辑	姚　丽
特 约 策 划	暖　暖
特 约 编 辑	单诗杰　林　璧
责 任 监 制	刘　巍　江伟明
封 面 设 计	嫁衣工舍
版 式 设 计	段文婷
封 面 摄 影	巫一可
出 版 发 行	江苏凤凰文艺出版社
出版社地址	南京市中央路165号，邮编：210009
出版社网址	http://www.jswenyi.com
印　　　刷	环球东方（北京）印务有限公司
开　　　本	880毫米×1230毫米　1/32
字　　　数	311千字
印　　　张	10
版　　　次	2017年12月第1版，2017年12月第1次印刷
标 准 书 号	ISBN 978-7-5594-1197-6
定　　　价	36.00元

影视版权抢订热线　　　010-57194853
江苏凤凰文艺版图书凡印刷、装订错误可随时向承印厂调换